Antonia Heinrich
Was unter dem Mond geschah

Was unter dem Mond geschah

Antonia Heinrich

Impressum

Texte: © Copyright by Antonia Heinrich

Umschlagfoto: © Copyright by kesipun – Fotolia

Verlag: Antonia Heinrich
c/o AutorenServices.de
König-Konrad-Straße 22,
36039 Fulda
antonia.heinrich@gmx.net

Druck: epubli ein Service der neopubli GmbH, Berlin

Printed in Germany

Bibliografische Information der Deutschen Nationalbibliothek

Die Deutsche Nationalbibliothek verzeichnet diese Publikation in der Deutschen Nationalbibliografie; detaillierte bibliografische Daten sind im Internet über http://dnb.d-nb.de abrufbar.

1.

Bridget verließ das Produktionsbüro. Schade, das war die vorerst letzte Sitzung bei diesem Projekt gewesen. Sie würde es vermissen. Es war eine ganz neue Erfahrung für sie. Sie, eine promovierte Kunsthistorikerin, half einer Produktionsfirma, bei einem Film die geschichtliche Genauigkeit einzuhalten. Sie hatte ihr Bestes gegeben. Es war nicht immer einfach gewesen, die Produzenten und Autoren auf ihre Fehler aufmerksam zu machen, zumal die Einfälle der Drehbuchautoren bestimmt die besseren Effekte im Film erzielt hätten. Aber sie hatten sie nun einmal engagiert und sie tat ihre Arbeit, und zwar kompromisslos. Sie hatte nur erlaubt, ihren Namen im Abspann zu nennen, wenn sie ihre Verbesserungen auch einarbeiten würden. Es waren zähe Verhandlungen gewesen, zugegeben, aber es hatte sich gelohnt. Zufrieden mit ihrer Arbeit, ging sie, nach ihrer Verabschiedung in der zurückliegenden Sitzung, den hellen Flur der Firma entlang. Ihr Gang war beschwingt. Es war ein gutes Gefühl, das sie hatte. Sie würde erst wieder kurz vor Abschluss der Dreharbeiten gebraucht werden, zur Überprüfung des Ganzen.

„Bridget, einen Augenblick bitte."

Sie hörte die Stimme des Produzenten hinter sich. Und wie jedes Mal, wenn er sie ansprach, was in den letzten Wochen des Öfteren der Fall war, schlich sich ein leises Kribbeln in ihre Ohren, gepaart mit etwas Unbehagen. Ihre erste Reaktion war, einfach weiterzulaufen, aber er war der Juniorchef der Firma und da gehörte es sich, dass man stehenblieb, wenn er einen ansprach. Sie drehte sich um und sah ihn an. Er kam auf sie zu. Wie unglaublich gut dieser Mann aussah, groß, etwas über 1,90, schlank, fast etwas zu schlank für seine Größe, ein ovales, freundliches Gesicht, mit einer geraden Nase, dunklen Augen, Augenbrauen, die nach außen hin etwas hochgezogen waren und mit einer geradezu unanständig ebenmäßigen Haut für einen Mann. Er trug sein dunkles, etwas lockiges Haar etwas zu lang, was ihm einen spitzbübischen Ausdruck verlieh. Er stand nun vor ihr und knetete fast verlegen seine Hände. Es belustigte Bridget ein bisschen, da sie wusste, was er sonst für ein selbstbewusstes und sicheres Auftreten bei der Arbeit an den Tag legte.

„Da Ihre Arbeit hier jetzt erst mal erledigt ist, möchte ich Sie fragen, oder besser gesagt bitten." Er suchte sichtlich nach Worten. „Nun, ich wollte Sie zum Essen einladen, heute Abend. Bevor Sie wieder nach Hause fliegen."

Er sah sie an und sie schaute in seine dunklen Augen. Diese dunklen Augen, die sie von Anfang an verunsichert hatten. Sie hatte das Gefühl, wenn er sie ansah, heftete sich ihr Blick an sie und ließ sie nicht mehr los. Sie hatte sich in den letzten Monaten mehrfach dabei ertappt, wie sie von diesen Augen fasziniert worden war, immer darauf bedacht, dass er sie nicht dabei erwischte. Bridget musste sich eingestehen, dass sie immer ein eigenartiges Prickeln dabei verspürte. Sie hätte sich in diese Augen versenken, sich in ihnen verlieren können, aber das durfte sie nicht.

„Nick", sie nannte ihn beim Vornamen. Eine amerikanische Sitte, die ihr als Engländerin am Anfang nicht leichtgefallen war.

„Sie wissen, dass ich nur wenig Zeit habe." Diese Ausrede war sehr mager und sie wusste es. „Ich würde sehr gerne mitgehen, aber ich fürchte..."

Er ließ sie nicht ausreden. „Nein, nein. Sie haben meine Einladungen schon oft genug ausgeschlagen. Dieses Mal gebe ich mich nicht mit einem Nein zufrieden."

Nun war er wieder der selbstbewusste Mann, den sie kannte und es imponierte ihr sogar. Zugleich war sie erschrocken, heute ließ er sich wohl nicht so leicht abwimmeln, wie in den vergangenen Wochen. Er hatte sie schon oft genug eingeladen. Erst zum Essen, dann wollte er ihr die Gegend zeigen, auch Theater hatte er vorgeschlagen. Sie hatte es immer geschafft, keine der Einladungen anzunehmen, damit sie keine Zeit mit ihm außerhalb der Arbeit verbringen musste. Nur einmal bei einer Party, die die Firma veranstaltet hatte, war sie dabei gewesen. Diese Einladung hatte sie einfach nicht ausschlagen können, denn das hätte ein schlechtes Bild auf sie geworfen. Und, bei aller gebotenen Vorsicht, das wollte sie auf jeden Fall vermeiden. Sie aß aber nur eine Kleinigkeit, hielt etwas small talk mit den Mitarbeitern und verabschiedete sich nach angemessener Frist früh von der Feier.

Sie war Nick Page absichtlich aus dem Weg gegangen, denn er hatte etwas an sich, das ihr hätte gefährlich werden können und das wollte sie auf jeden Fall vermeiden. Dieses Mal allerdings schien es, als könnte sie der Einladung nicht so einfach entkommen.

Sie dachte blitzschnell nach, aber es fiel ihr keine Ausrede mehr ein, ohne dass sie unhöflich gewirkt hätte.

„Gut", sagte sie, „ich überlege es mir."

„Oh nein. Diesmal wird auch nicht überlegt. Ich hole Sie um acht Uhr ab. Wo wohnen Sie eigentlich?"

Sie gab nach, was die Einladung betraf, aber auch nur das: „Also gut, um acht Uhr. Aber Sie brauchen mich nicht abzuholen, ich komme hierher."

„Ich kann Sie doch abholen."

Sie blieb hartnäckig. „Um acht Uhr hier. Bis dann." Sie lächelte ihn freundlich an, drehte sich um und eilte schnell die breite Treppe zur Eingangshalle hinab.

Er wollte ihr nachsetzen, doch es kam ein Assistent und bat ihn zu einem der Drehbuchautoren, der ein Problem hatte. Nick sah ihr noch nach, drehte sich aber dann mit einem leisen Lächeln weg und folgte dem Assistenten. Das wäre geschafft. Diesmal hatte er sie. Das wäre doch gelacht, wenn er, der Produzent des Films, es nicht geschafft hätte, diese eiserne Jungfrau, wie sie mittlerweile genannt wurde, zu knacken. Sie hatte ihn von Anfang an interessiert. Sie machte sich rar und erzählte nichts über sich. Das spornte ihn nur noch mehr an, etwas über sie herauszufinden. Dass sie ausnehmend hübsch war, groß, etwa 172, schlank, brünette halblange Haare, grüne Augen, mit einer kleinen Stupsnase und einen sinnlich geschwungenen Mund hatte, machte die Sache nur umso reizvoller. Und jetzt war die vorerst letzte Gelegenheit.

2.

„Na, wieder mal abgeblitzt?" Marc, Drehbuchautor und Freund von Nick, goss sich gerade einen Drink ein, als Nick von seinem Assistenten in dessen Büro geführt wurde.

„Auch einen?" Er lächelte süffisant und hob das Glas, doch Nick winkte ab.

„Nein, danke, diesmal lasse ich sie nicht so leicht davonkommen." Er ließ sich auf das Sofa fallen, das in Marcs Büro stand.

Marc ging zu seinem Schreibtisch, setzte sich und trank einen kleinen Schluck. Er fuhr sich mit der Zunge über die Lippen, dann wandte er sich zu Nick: „Ich sage Dir, irgendetwas stimmt mit unserer eisernen Jungfrau nicht. Ich habe noch selten jemanden in diesem Geschäft erlebt, der so unnahbar war." Er machte eine kleine Pause, drehte das Glas in seiner Hand und sah auf die bernsteinfarbene Flüssigkeit, die sich darin drehte. Dann sah er Nick an.

„Eigentlich noch gar niemanden. Gut, sie ist Engländerin, aber trotzdem."

„Wir gehen heute Abend essen. Ich werde es Dich dann wissen lassen." Nick erhob sich vom Sofa. „War noch was?"

Marc stellte sein Glas ab und drehte sich zu seiner Tastatur, die auf dem Schreibtisch vor dem Bildschirm lag. Er tippte darauf herum und öffnete einen Ordner in seinem Programm.

„Ja, ich möchte Deine Meinung zu diesem Vorschlag wissen."

3.

Bridget eilte die Treppe hinunter, durch die Eingangshalle auf den Vorplatz. Dort wartete schon eine schwarze Limousine auf sie. Sie grüßte kurz den Fahrer, der ihr die Tür aufhielt, stieg ein und der Wagen fuhr los. Sie saß auf der Rückbank und dachte nach, was jetzt geschehen sollte. Sie hatte eine Verabredung für den Abend. Mit dem Mann, mit dem sie es am Liebsten vermieden hätte: Nick. Das Handy klingelte. Sie nahm es aus ihrer Tasche, sah kurz auf das Display und sah, wer es war. Sie meldete sich mit einem kurzen „Hallo Juliet. Wie geht's?"

Juliet, ihre beste Freundin seit Kindertagen. Es war klar, dass sie jetzt anrief. Sie hatte ein Gespür dafür, wenn es Bridget nicht gut ging.

„Mir geht's gut und Dir?" fragte Juliet.

„Ich weiß es nicht."

„Du weißt es nicht? Wie geht das?"

„Ich kann jetzt nicht sprechen. Ich rufe Dich nachher zurück." Bridget fürchtete, vom Fahrer belauscht zu werden. Sie hatte gelernt, vorsichtig zu sein.

Juliet verstand sogleich. „In Ordnung. Mach das. Ich bin sehr gespannt."

„Bis dann."

Sie legten beide auf. Juliet war nicht nur ihre beste Freundin. Sie war wie eine Schwester, ja mehr noch, falls so etwas möglich war. Ihr konnte sie vertrauen. Sie wussten alles voneinander. Sie würde sie fragen. Juliet würde wissen, was zu tun war. Sie wusste immer Rat, wenn ihre Freundin Probleme hatte. Sie war nicht ganz so behütet aufgewachsen wie Bridget und hatte schon mehr Erfahrung. Etwas beruhigt lehnte sie sich gegen die Rückenlehne und atmete tief durch. Der Wagen beschleunigte und fuhr auf den Highway. Nach ein paar Kilometern verließ er ihn und schwenkte in Richtung Vororte ab. Sie fuhren durch Wohngebiete und dann kam er in Richtung Meer. Die Grundstücke wurden größer, die Villen prächtiger. Dann kamen sie in eine Gegend, in der die Häuser nicht mehr von der Straße aus zu sehen waren. Es waren hohe Zäune oder Mauern um die Anwesen gezogen und dahinter standen hohe Bäume und Hecken. Bei einem dieser Anwesen bog der Wagen von der Straße ab. Das große schmiedeeiserne Tor öffnete sich wie von Geisterhand und der Wagen fuhr langsam hindurch. Das Tor schloss sich ebenso lautlos wieder. Der Wagen rollte die Auffahrt hinauf und hielt vor dem Haus. Der Fahrer stieg aus und hielt Bridget die Autotür auf.

Sie stieg aus, sah den Fahrer kurz an und sagte „Vielen Dank, Gus." Sie ging in Richtung Haustür, die von einem älteren, grauhaarigen Herrn im schwarzen Anzug aufgehalten wurde.

„Guten Tag Miss." Er sah sie ernst an.

„Guten Tag Mr. Simmons. War es nicht leichtsinnig, mich nur von Gus abholen zu lassen?"

Ihm entging der leicht ironische Unterton in der Frage nicht. „Ich hatte gehofft, dass es Ihnen auffallen würde. Aber in Anbetracht dessen, dass dies vorläufig Ihr letzter Tag in der Firma war, konnte ich das Risiko wohl eingehen."

Sie gingen zusammen durch die große Eingangshalle. Mitten in der Halle blieb Bridget stehen und drehte sich zu Mr. Simmons um. Sie nahm allen Mut zusammen und sagte: „Ich brauche den Fahrer nachher. Er muss mich gegen halb acht noch einmal zur Firma fahren."

Sofort wurde Mr. Simmons aufmerksam. Er streckte sich, sein Körper verriet eine Anspannung, die Bridget sofort auffiel.

„Warum?" fragte er. „Ich dachte, die Arbeit ist vorerst getan. Laut Vertrag werden Sie erst wieder zum Filmschnitt gebraucht."

Bridget stand jetzt ebenso unter Spannung. Sollte sie die Wahrheit sagen und riskieren, dass man sie nicht gehen ließ, oder sollte sie sich etwas einfallen lassen? Sie entschied sich für ein bisschen von Beidem. „Eben weil es mein letzter Tag war, hat man mich zu einer kleinen Party eingeladen. Sie findet um acht Uhr statt. Ich habe zugesagt."

Bei Mr. Simmons schwoll eine Ader am Hals zusehends an. „Warum haben Sie das getan, ohne es vorher mit mir abzustimmen? Sie wissen ganz genau, dass so etwas geplant werden muss."

Bridget sah Hilfe suchend zur Decke, dann sah sie ihr gegenüber wieder an und sagte: „Mr. Simmons, was hätte ich sagen sollen, als ich eingeladen wurde? Moment bitte, ich muss erst meinen Sicherheitschef fragen, ob ich kommen darf? Wie hätte das ausgesehen? Hätte das nicht erst recht Verdacht erregt? Und das wollen wir doch gerade nicht. Ich werde also hingehen, ein bisschen bleiben und dann wieder gehen. Gus kann mich dann wieder abholen."

Simmons behagte das Ganze nicht. Man sah es ihm an. Seine Kiefer arbeiteten und die Ader am Hals trat immer mehr hervor.

„Sie wissen, was ich meine. Wie sollen wir für Ihre Sicherheit sorgen, wenn Sie mich vor vollendete Tatsachen stellen? Wie soll ich so schnell Sicherheitspersonal in die Firma bringen?"

Bridget wurde es mulmig. Personal in die Firma? Sie musste schon den Gedanken im Keim ersticken. Sie musste versuchen ihn zu beruhigen. „Das wird nicht nötig sein. Die Veranstaltung ist spontan. Keiner wusste vorher davon, also gibt es auch kein Sicherheitsrisiko. Bitte, Mr. Simmons, lassen Sie mich gehen. Ich verspreche auch, sehr vorsichtig zu sein."

Sie redete jetzt sehr beruhigend auf ihn ein, obwohl es ihre ganze Beherrschung kostete: „Ich kann mich doch nicht immer vor den Veranstaltungen drücken. Das habe ich seit ich hier bin schon die ganze Zeit über getan. Wissen Sie, wie man mich hinter vorgehaltener Hand nennt? Die eiserne Jungfrau. Und das, weil ich jeder Einladung aus dem Weg gegangen bin. Es ist nicht nett zu wissen, dass so über einen geredet wird. Außerdem hat es hier wirklich sehr interessante Leute gegeben." Sie senkte den Kopf und sagte leiser: „Es wäre sehr schön gewesen, den einen oder anderen näher kennenzulernen."

Mr. Simmons sog hörbar die Luft durch die Nase ein und ließ sie ebenso wieder entweichen. „Also gut, aber wir werden auf dem Parkplatz bleiben und auf Sie warten."

Bridget wollte schon aufatmen, aber das mit dem Parkplatz gefiel ihr nicht. Man würde sehen, wie sie mit Nick wegfahren würde. Sie musste versuchen, das zu verhindern.

„Was soll das heißen? Sie wollen mich hinbringen und dann auf dem Parkplatz warten? Was, wenn das jemand sieht? Man wird glauben, ich habe einen Babysitter."

„So ähnlich ist es ja auch. Es heißt nur anders: Sicherheit."

„Das ist nicht witzig, Mr. Simmons. Und das wissen Sie."

„Es soll auch nicht witzig sein. Ich bin für Ihre Sicherheit verantwortlich, Miss. Und das nehme ich, wie Sie wissen, sehr ernst."

Bridget schnaubte: „Ja, das weiß ich und ich bin Ihnen auch sehr dankbar dafür. Aber manchmal nehmen Sie das zu ernst. Was soll denn schon passieren?"

Simmons sah sie an, hob die Arme und ließ sie fallen: „Also gut, Vorschlag: Gus bringt Sie hin und wartet auf einem benachbarten Parkplatz. Wenn Sie nach Hause wollen, melden Sie sich und er ist schneller bei Ihnen. Ist das akzeptabel?"

Bridget glaubte ihren Ohren nicht zu trauen. Das war ja traumhaft. Fast zu schön, um wahr zu sein. War das auch wirklich wahr? In ihr regte sich ein leises Misstrauen. Es war immer verdächtig, wenn Simmons so freundlich war. Egal. Jetzt hieß es, sich vorzubereiten. Sie lächelte Simmons an: „Einverstanden. Danke Mr. Simmons. Ich gehe nach oben und mache mich fertig."

Sie warf ihm eine Kusshand zu und eilte beschwingt die große geschwungene Treppe nach oben zu ihrem Zimmer.

4.

Simmons drehte sich um und ging den Flur entlang, an der Küche vorbei, in ein geräumiges Büro. Dort saßen vier Sicherheitsbeamte, alle in schwarzen Anzügen, weißen Hemden und Krawatten, ebenso Gus, der Fahrer. Sie hatten Kaffeetassen vor sich und unterhielten sich. Als Simmons das Büro betrat, verstummten sie und richteten ihre Blicke auf ihn. Er ging um den Schreibtisch herum und setzte sich.

„Meine Herren, Planänderung. Sie ist heute Abend eingeladen. Man gibt wohl ihr zu Ehren eine kleine Abschiedsparty. Ich habe mit ihr abgesprochen, dass Sie sie hinbringen." Er blickte auf Gus, der kurz nickte. „Und dann warten Sie auf einem benachbarten Parkplatz."

„Ist das Ihr Ernst? Sie lassen sie alleine hingehen?" fragte Gus. Er konnte sich nicht vorstellen, dass es Mr. Simmons zuließ, keine Kontrolle über seinen Schützling zu haben. Schon, dass er sie heute alleine abholen konnte, hatte ihn erstaunt. Sonst waren immer mindestens ein, meistens zwei Sicherheitsleute dabei. Manchmal sogar ein zweites Fahrzeug.

„Natürlich nicht."

Mr. Simmons zeigte auf die zwei Männer, die neben ihm saßen.

"Sie beide nehmen den weißen Rover und fahren vorher zum Parkplatz der Firma. Sie verhalten sich erstmal unauffällig und halten Augen und Ohren offen. Wir werden die ganze Zeit Kontakt halten." Die beiden Männer nickten.

„Sie sagte, es fängt um acht Uhr an. Sie fahren etwa eine halbe Stunde vorher los." Er sah Gus an und der nickte. Bis dahin waren es noch zwei Stunden.

5.

Bridget trat in ihr Zimmer, legte ihre Tasche auf die Kommode neben der Tür und ging ins Bad. In dem großen Badezimmer, das fast wie ein Wohnzimmer möbliert war, gab es eine riesige Palme. Bridget griff unter eines der Blätter und machte ein Handy weg, das dort mit einem Klebestreifen festgeklebt war. Es war ebenso grün, wie das Blatt unter dem es hing, so dass es fast unsichtbar war. Für Gespräche mit Juliet benutzte sie dieses einfache prepaid Handy, dessen SIM-Karte sie alle paar Wochen durch eine neue ersetzte. Alles nur, damit sie ein vertrautes Gespräch führen konnte, ohne dabei abgehört zu werden.

Sie ließ Wasser in die Wanne laufen, um etwaige Mikrofone im Badezimmer zu stören und ging durch eine Tür auf einen kleinen Balkon. Sie wählte Juliets Nummer. Es klingelte zwei Mal und Juliet war dran.

„Kannst Du sprechen?" fragte Bridget nach einer kurzen Begrüßung.

Juliet antwortete: „Ja, alles klar. Raus mit der Sprache. Was gibt es?"

Bridget lächelte „Er hat mich eingeladen."

„Und?"

„Und ich habe zugesagt. Er hat diesmal nicht locker gelassen."

„Weiß Dein Wachhund davon?"

„Wo denkst du hin? Natürlich nicht. Ich habe ihm gesagt, es gäbe eine kleine Feier wegen meines letzten Tages. Nach einer kurzen Diskussion hat er versprochen mich hinfahren zu lassen und erst wieder abzuholen, wenn ich es will."

Juliet war nicht überzeugt. „Und Du glaubst das? Hört sich gar nicht nach Simmons an. Pass auf Dich auf, Bridget."

„Keine Angst, das mache ich schon. Ich bin sowieso hin- und hergerissen."

„Warum? Das ist doch schön, dass sich Dein Traumprinz doch noch mal durchgerungen hat, Dich einzuladen."

Bridget seufzte. „Ja, schon, aber ich weiß nicht, ob es richtig war, anzunehmen. Ob es richtig ist, mit ihm essen zu gehen."

„Warum?" fragte Juliet unbefangen.

„Warum, warum? Du kannst fragen. Warum wohl?" Bridget blickte auf den Boden und erkannte ihre Lage, mal wieder.

Juliet holte tief Luft: „Jetzt hör mir mal gut zu. Seit Du da drüben bist, schwärmst Du mir mehr oder weniger von diesem Nick vor. Er lädt Dich ein, aber Du sagst nie zu. Gehst ihm, wenn möglich, sogar aus dem Weg. Und mir schmachtest Du von ihm vor. Jetzt fasse Dir ein Herz und gehe frohen Mutes zu dieser Verabredung. Genieße sie, aber pass auf, was um

Dich herum vorgeht. Das Wohlwollen von Simmons gefällt mir nicht."

„Bei Dir hört sich das alles so einfach an."

„Das ist es auch."

Bridget wurde ärgerlich: „Nein, Juliet, das ist es nicht." Der letzte Satz klang resigniert: „Nicht bei mir."

Juliet konnte Bridget förmlich vor sich sehen. Sie hätte sie jetzt am liebsten in die Arme genommen. In solchen Momenten tat sie ihr leid. „Also gut. Du bist ein braves Mädchen, immer gewesen und hast immer gemacht, was man von Dir verlangt hat."

Bridget schnaubte, doch Juliet fuhr fort: „Gut, bis auf ein paar Ausnahmen, aber doch im Großen und Ganzen. Nun lebe. Nimm Dir etwas Spaß und wenn es nur für heute ist. Du bist jung und hast auch ein Recht darauf. Die Zeit vergeht schnell genug. Wie gesagt: genieße es. Vielleicht hast Du ja Glück und er ist ein Langweiler."

„Glück?" Bridget musste lachen. „Wie meinst Du das?"

„Na dann besteht ja keine Gefahr, dass Du Dich in ihn verliebst. Ergo: alles bleibt beim Alten."

„Und wenn er kein Langweiler ist?" Bridget fragte es ängstlich.

Juliets Stimme wurde höher. „Na umso besser." Ihre Stimme wurde wieder tiefer: "Darum kümmern wir uns dann. Jetzt mach Dich erst mal schön. Was ziehst Du an?"

Darüber hatte Bridget ja noch gar nicht nachgedacht. Sie unterdrückte ein leises Gefühl der Panik. „Ich, ich weiß es nicht. Ich weiß nicht, wo es hin geht. Ich hätte vielleicht nach dem Dresscode fragen sollen."

Juliet lachte: „Du bist wirklich von Deinen vielen offiziellen Anlässen verdorben. Wird höchste Zeit, dass Du mal wieder unter normale Menschen kommst. Wie wäre es mit einem kleinen Schwarzen? Damit kann man eigentlich nichts falsch machen."

Bridget lächelte erleichtert: „Ja, das stimmt. Müsste ich dabei haben. Mach's gut, Süße. Ich muss mich umziehen."

Juliet lächelte: „Mach Du es auch gut." Sie legten beide auf. Juliet steckte das Handy ein und sagte vor sich hin: „Und lebe endlich. Bevor es zu spät ist."

6.

Bridget ging zurück ins Bad. Die Wanne war fast voll und drohte überzulaufen.

„Ach herrje. Dich habe ich ja ganz vergessen." Schnell machte sie den Wasserhahn zu. „Wenn jetzt schon mal Wasser drin ist."

Sie begann, sich die Jeans auszuziehen, die weiße Hemdbluse und ihre Unterwäsche, ließ etwas Wasser ablaufen und stieg hinein. Das warme Wasser entspannte sie. Sie genoss die Wärme und das weiche Plätschern um sie herum. Sie wusch sich die Haare, seifte ihren Körper und duschte alles ab. Sie schwankte zwischen den Gefühlen der Vorfreude, der Unsicherheit, Glück und, wie immer ein bisschen dabei, Resignation. Das Gefühl war immer da, auch die Angst, vor der Freude.

Sie ärgerte sich, auch wie immer, dass das so war. Sie konnte nichts genießen oder einfach geschehen lassen und annehmen, ohne daran zu denken, was es für Konsequenzen haben könnte. Aber diesmal wollte sie auf Juliet hören und keine schlechten Gedanken zulassen.

Sie hätte ihr von ihm vorgeschwärmt, hatte Juliet gesagt. Bridget musste bei dem Gedanken lächeln. Davon wusste sie ja gar nichts. Hatte ihr Unterbewusstsein ihr einen Streich gespielt? Hatte sie doch über Nick geredet, ohne es selbst zu merken. Muss wohl so gewesen sein. Sonst hätte es Juliet ja nicht sagen können.

Oje, das würde wohl doch kein einfaches Essen heute werden. Aber, wie hatte sie gesagt, vielleicht ist er ja ein Langweiler? Dann würde es sich wirklich bald erledigt haben. Was sie bis jetzt von ihm kennengelernt hatte, war aber alles andere als langweilig. Was, wenn sie ihn mögen würde, oder sogar mehr? Sie schalt sich selbst eine Närrin und befahl sich, jetzt damit aufzuhören.

„Jetzt warte es doch erst mal ab." sagte sie zu sich selbst, stieg aus der Wanne und begann sich abzutrocknen. Sie schminkte sich sorgfältig, föhnte ihre braunen Haare, wobei sie ihre wenigen Naturlocken ermunterte, sich zu kringeln, steckte sie lässig hoch und zog sich sorgfältig an. Tatsächlich fand sich ein schwarzes Etuikleid unter ihrer Garderobe. Sie wählte schwarze, mit Spitzen besetzte Unterwäsche, schwarze halterlose Strümpfe und dazu schwarze Samtpumps. Abgerundet wurde das ganze durch ein vierreihiges Perlenhalsband. Sie schaute in den Spiegel und war sehr zufrieden mit dem, was sie da sah. Jetzt noch ein leichtes Jäckchen, oder ein Cape, dann war die Garderobe perfekt. Die Nächte empfand sie immer als kühl, auch im Sommer. Das war eine ihrer Besonderheiten. Sie brauchte immer etwas um die Schultern. Das gab ihr Geborgenheit. Sie fand ein Cape und warf es sich über.

Sie nahm ihr Handy und ein paar andere Utensilien aus ihrer Tasche, gab sie in eine kleine, schwarze Abendhandtasche und ging aus dem Zimmer. Unten wartete schon Gus mit dem Wagen. Sie lächelte ihn freundlich an, als er ihr die Tür aufhielt: „Danke, Gus."

„Miss." Antwortete er knapp, stieg in den Wagen und fuhr los.

Bridget war die ganze Fahrt über freudig aufgeregt. Sie würde heute einen schönen Abend erleben und sie würde ihn sich nicht verderben lassen. Sie war fest entschlossen.

7.

Der Wagen fuhr vor den Eingang der Firma. Bridget stieg aus, dankte dem Fahrer und sah aus dem Augenwinkel, wie sich die große Limousine langsam wieder in Bewegung setzte. Sie betrat die Eingangshalle durch die große Glastür und sah, dass Nick noch nicht da war. Das war schon mal gut. So hatte Gus ihn nicht sehen können.

Sie ging auf die Rezeption zu, an der nur ein verdutzter Nachtportier saß, der sie fragend anschaute. Er kannte sie, da er schon öfters Dienst hatte, wenn die Sitzungen, an denen Bridget teilgenommen hatte, erst spät in der Nacht zu Ende waren.

„Guten Abend, Miss. Haben Sie was vergessen?" Der Portier war wie immer gut informiert.

„Nein, danke. Ich warte nur auf jemanden. Könnte ich kurz die Toilette benutzen?" Bridget wollte aus der Eingangshalle kommen. Sie wollte sehen, ob Gus tatsächlich weggefahren war und wenn nicht, sollte er sehen, dass sie im Inneren des Gebäudes verschwand.

„Aber natürlich." sagte der Portier. „Sie wissen ja, wo es hingeht."

Sie lächelte ihn an und ging auf die große Treppe zu, stieg sie hoch und bog in den Flur ab, in dem sich die Toiletten befanden. Vom Waschraum der Toilette aus konnte sie den Parkplatz überblicken. Es standen ein paar Wagen da, aber nicht die große schwarze Limousine. Simmons hatte Wort gehalten. Sie war angenehm überrascht. Ganz hatte sie noch nicht daran geglaubt. Sie sah kurz in den Spiegel und verließ den Waschraum in Richtung Rezeption. Als sie die Treppe herunterkam, sah sie Nick. Er sah unverschämt gut aus. Er trug einen dunklen Anzug, ein weißes Hemd und eine silbergraue Krawatte. Eine Strähne seiner dunklen Locken hing ihm in die Stirn. Er lehnte mit einem Arm auf der Theke der Rezeption, unterhielt sich mit dem Portier und lachte.

Als er Bridget die Treppe herunterkommen sah, fuhr er sich mit einer Hand durch die Haare. Es verschlug ihm fast die Sprache, Hallo, Hallo, Hallo, dachte er, stellte sich gerade hin und sagte zum Portier: „Da kommt meine Verabredung. Danke, Marv."

Der Portier hob eine Hand zum Gruß und sagte: „Guten Abend, Mr. Page, Miss".

Nick ging auf Bridget zu und er konnte nur eines denken: Wie schön sie war. Das also verbarg sich hinter Jeans und weißer Hemdbluse, die sie immer trug, wenn sie in der Firma war.

„Guten Abend, Bridget. Sie sehen wunderschön aus. Nicht, dass Ihnen Jeans nicht stehen würden." Begrüßte er sie mit einem Zwinkern seines rechten Auges. Er bot ihr seinen Arm und sie hakte sich bei ihm unter. Die Berührung mit ihm blieb nicht ohne Folgen für sie. Bridgets Gefühl in der Magengrube vibrierte.

„Danke", sagte sie. „Das Kompliment kann ich nur zurückgeben. Ich wusste ja nicht, dass Abendgarderobe angesagt war. Sie hatten bei Ihrer Einladung keinen Dresscode mitgegeben. Hätte ich das gewusst, hätte ich was Langes angezogen."

Sie gingen zusammen zur Tür, vor der sein Wagen stand. Ein schwarzer Porsche Cayenne. Er öffnete ihr die Beifahrertür und meinte lächelnd: „Es ist perfekt."

Bridget stieg ein und gab sich diesem seltsamen Gefühl hin, das sich ihrer bemächtigte. Sie konnte es noch nicht einordnen. Es war beflügelnd, aber auch beängstigend. Es saß mitten in ihrem Magen. So etwas hatte sie noch nie gespürt. Ein Gefühl der Geborgenheit und gleichzeitig der Unsicherheit. Noch nie hatte jemand so etwas in ihr wachgerufen. Sie wusste nicht, ob sie sich dem wirklich hingeben sollte. Da fielen ihr wieder Juliets Worte ein: Genieße es. Sie war sich wieder mal nicht sicher, ob sie das einfach so konnte. Aber heute wollte sie es probieren. Also gut, dachte sie. Lassen wir es beginnen.

Nick nahm auf dem Fahrersitz Platz und fuhr los. Er lenkte den Wagen die Straße entlang und bog dann auf den Zubringer zum Highway ein.

Dass sich ein weißer Rover vom Parkplatz gelöst hatte und ihnen in weitem Abstand folgte, war ihr nicht aufgefallen. Im Wagen saßen zwei Männer.

Der Beifahrer sprach in sein Mikrofon: „Sie ist in einen Wagen gestiegen, schwarzer Porsche Cayenne. Kennzeichen kann ich noch nicht sehen. Fahren in Richtung Westen. Sind dran."

In der Villa sprang Simmons vom Stuhl: „Ich hab's gewusst. Sie hat uns angelogen."

Bridget war neugierig: „Wohin geht es?"

Nick lächelte. „Möchten Sie sich nicht überraschen lassen?" Er sah sie kurz von der Seite an. „Ich glaube, es wird Ihnen gefallen."

Eine Ampel vor ihnen schaltete auf Rot und er musste bremsen. Bridget genoss die Fahrt und schaute aus dem Fenster.

„Mögen Sie Musik?" fragte Nick und drückte ein paar Knöpfe am Lenkrad.

„Ja, sehr. Ich finde, schöne Musik macht aus einem Augenblick eine perfekte Zeit." Oje, dachte sie, philosophische Betrachtungen am Anfang sind nicht gerade ein guter Start. Sie schaute zu Nick, aber der blickte weiter auf die Straße. Ein kleines Lächeln spielte um seinen Mund.

„Ich höre gerne klassische Musik." sagte sie ein wenig leiser.

Sogleich drückte er nochmals die Knöpfe und aus den Lautsprechern erklangen leise Geigentöne. „Ich liebe auch klassische Musik." Er sah sie kurz an und lächelte etwas mehr. „Da hätten wir ja schon mal was gemeinsam. Ich glaube, der Ort, den ich gewählt habe, gefällt Ihnen wirklich."

Bridget ließ den Blick aus dem Fenster schweifen, dabei fiel er auf ihren Rückspiegel. Dort sah sie einen weißen Rover ein Stück hinter ihnen. Sie erschrak. Simmons! Oh, nein! Schoß es ihr durch den Kopf. Sofort arbeitete ihr Hirn auf Hochtouren. Deshalb war er so freundlich gewesen. Er hatte nicht vor, sie alleine zu lassen. Also wusste er mittlerweile auch von ihrer kleinen Lüge. Jetzt gab es zwei Möglichkeiten. Sie entschied sich für den Kampf.

„Sind Sie ein guter Autofahrer?"

Überrascht blickte Nick sie an. Das Lächeln war verschwunden. „Wie meinen Sie das?"

„Naja, fahren Sie gerne schnell? Übertreten Sie manchmal die Regeln? Zu schnell fahren oder so was in der Richtung?"

Er wirkte etwas verunsichert: „Naja, ich fahre schon gerne zügig, aber das wird hier nicht so gerne gesehen."

Sie fuhren wieder auf eine Ampel zu. Sie schaltete gerade von grün auf gelb.

Jetzt, dachte sie. „Geben Sie Gas."

„Was?" Er zögerte.

Sie wurde lauter: „Los, geben sie Gas."

Er gab Gas und der Wagen schoss über die Kreuzung. Sie sah im Rückspiegel, wie der weiße Rover stehen bleiben musste, weil es schon Querverkehr gab. Sie entspannte sich und lehnte sich wieder in den Sitz.

„Das haben Sie gut gemacht." Lobte sie ihn.

Er war jetzt hoch konzentriert: „Sie wirken nicht gerade wie ein Verkehrsrowdy. Was sollte das?"

Es war ihm nicht entgangen, dass sie plötzlich erschrocken und angespannt gewesen war. Ebenso war ihm ihre anschließende Erleichterung aufgefallen. Ob es etwas mit dem weißen Rover im Rückspiegel zu tun hatte? Das versprach ein interessanter Abend zu werden.

Jetzt bloß nichts Falsches sagen, dachte sie. „Ich wollte nur mal sehen, was für eine Beschleunigung dieser Wagen hat. Ganz beachtlich, muss ich sagen."

Er lächelte wieder: „So so, Sie wollten nur mal sehen. Ich hoffe, Sie waren zufrieden?"

Sie lächelte jetzt ebenso und sah ihn dabei an. Aber jetzt war sie auf der Hut. So schnell würde Simmons nicht aufgeben. Sie fuhren auf den Highway und jetzt gab Nick richtig Gas. Sie unterhielten sich nur wenig und wenn, dann über Belangloses.

Wie ihr die Arbeit gefallen hatte, dass es etwas gänzlich Neues für sie war und sie es sich am Anfang nicht vorstellen konnte. Sie schaute ab und zu in den Rückspiegel und tatsächlich, nach ein paar Minuten war der weiße Rover wieder im Rückspiegel zu sehen.

Ihr Lächeln erstarrte und sie setzte sich wieder gerade hin. Ihm entging ihre aufkommende Nervosität nicht. Er sah in den Rückspiegel und sah ebenfalls den weißen Rover. „Ein Freund von Ihnen?"

Bridget erstarrte. „Sie haben ihn bemerkt?"

„Ja, vorhin an der Ampel schon. Sollen wir ihn abschütteln?"

„Können Sie das denn?" fragte sie hoffnungsvoll.

„Mal sehen."

Nick schaute in den Rückspiegel. Vor ihnen kam eine Abfahrt. Auf dem Highway war ziemlich viel los. Es war schon spät und die Menschen wollten nach Hause. Er lenkte den Wagen auf die linke Spur und es sah aus, als wollte er überholen. Der Rover folgte ein paar Fahrzeuge hinter ihnen auf ihrer Spur. Kurz bevor die Abfahrt abging, lenkte Nick den Wagen ruckartig nach rechts und sie schossen immer schneller werdend zwischen zwei anderen Fahrzeugen auf die Ausfahrt zu. Der Rover konnte wegen des Verkehrs nicht folgen und musste weiterfahren. Sie rasten die Abfahrt hinaus und fuhren erst einmal die Straße geradeaus. Nick ließ den Wagen etwas ausrollen und verringerte so die Geschwindigkeit.

„So", sagte er und atmete hörbar aus. „Zwei Verkehrsverstöße in der ersten halben Stunde unserer Verabredung. Wenn das so weitergeht, begehen wir dann am Ende des Abends einen Banküberfall?"

Bridget senkte den Kopf und lächelte: „Ich hoffe nicht."

„Jetzt müssen wir einen kleinen Umweg machen. Ich nehme an, Sie legen Wert drauf, dass uns die Herren im Rover nicht mehr finden?"

Bridget sah in an: „Das wäre schön."

„Sagen Sie mir, wer das ist? Oder muss ich unwissend all diese Straftaten begehen?"

„Könnten wir das auf nachher beim Essen verschieben? Dann haben wir vielleicht Ruhe dazu."

„Okay, aber Sie sind mir eine Erklärung schuldig."

Aus seinem Ton war die Freundlichkeit gewichen. Er erinnerte sie jetzt an den Geschäftsmann, den sie kennengelernt hatte.

Na, das konnte ja heiter werden. Bridget überlegte fieberhaft, was sie ihm erzählen könnte. Sollte sie die Wahrheit sagen oder etwas erfinden? Wahrheit ging nicht. Diesen Gedanken verwarf sie gleich wieder. Jetzt mussten sie erst mal sehen, dass sie die Verfolger nicht mehr fanden. So wie es aussah, schaffte er es.

Nick fuhr in Richtung einer kleinen Ortschaft, die direkt am Highway lag. Er lenkte den Wagen in die kleine Stadt hinein und bog die erste Straße rechts ab. An einer Parkbucht hielt er an und schaltete den Motor aus. Von wegen beim Essen, er wollte gleich wissen, mit wem er es zu tun hatte.

Er drehte sich zu ihr und sah sie ernst an: „Also raus mit der Sprache, wer verfolgt Sie in dem weißen Rover? Ihr Ehemann, Ihr eifersüchtiger Freund oder schulden Sie jemandem Geld?"

Bridget hatte eine Idee. Sie würde etwas erzählen. Nicht alles, aber zumindest nicht lügen. Sie erwiderte seinen Blick.

„Nichts von alledem. Es sind Sicherheitsleute, die auf mich aufpassen sollen. Mein Vater hat sie engagiert, damit mir hier nichts passiert. Sie haben ja schon bemerkt, dass ich nicht viele Kontakte außerhalb Ihrer Firma geknüpft habe. Gar keine eigentlich. Ich habe mir mit einer kleinen, sagen wir improvisierten, Unwahrheit für heute Abend frei genommen."

„Das war also der Grund, warum Sie jede Einladung ausgeschlagen haben?" Nick war fast etwas erleichtert. Er hatte mit Schlimmerem gerechnet.

„Ja. Meine Eltern sind sehr wohlhabend und haben immer Angst um mich. Dass ich ein normales Studium absolvieren und vor allem diesen Auftrag hier annehmen durfte, hat für mich schon an ein Wunder gegrenzt."

„Deshalb auch die Geheimnistuerei um Ihren Wohnsitz?"

Sie sah ihn an und es zerbrach ihr fast das Herz. Sie konnte ihm nicht die ganze Wahrheit sagen. „Ja, auch das. Niemand sollte wissen, wo ich während meines Aufenthaltes hier wohne." Bridget rang verzweifelt die Hände. „Nick, wenn Sie jetzt von der Einladung zurücktreten wollen, würde ich das verstehen. Ich habe Ihnen schon genug Scherereien bereitet." Sie sah ihn an. Insgeheim wünschte sie, er würde es nicht tun.

Er sah ihr in die Augen, grün, wie ein Fluss im Herbst und mit einem Hauch Traurigkeit im Blick. Jetzt, da schon die Dämmerung kam, erschienen sie etwas dunkler.

„Nein, ganz im Gegenteil. Der Abend wird doch jetzt erst interessant."

Er startete den Wagen, lenkte ihn aus dem Parkplatz und fuhr los.

8.

Der weiße Rover fuhr auf dem Highway rechts ran. Der Beifahrer sprach in sein Mikrofon, das er am Revers trug: „Sie haben uns abgehängt. Haben sie verloren."

Aus den Ohrhörern kam die zornige Stimme von Simmons: „Was! Wie kann denn sowas... Na egal. Wir orten sie über ihr Handy. Ich ahnte gleich, dass das mit der Abschiedsparty nicht stimmte. Fahren Sie weiter in die Richtung. Wenn sie diesen Highway benutzt haben, tauchen sie vielleicht wieder auf. O'Neal, was hat der Portier gesagt?"

Vor der Firma stand ein grauer Van, in den O'Neal gerade auf den Beifahrersitz stieg. Der Fahrer startete den Wagen und fuhr los.

O'Neal sagte: „Nicht viel. Hat zwar bestätigt, dass sie hier war, hat aber angeblich nicht gesehen, mit wem sie weggefahren ist. Sie war auf der Toilette, kam wieder herunter und verließ dann das Gebäude. Er hat nichts weiter gesehen. Lügt offensichtlich, aber ich kann nichts tun."

Simmons saß in der Villa am Schreibtisch und hatte versucht, Bridget über ihr Handy zu orten. Er schloss den Laptop, klemmte ihn sich unter den Arm und lief zur Hintertür. Dort wartete schon ein Wagen mit angelassenem Motor. Simmons sprang auf den Beifahrersitz und bellte den Fahrer an: „Los."

Der Wagen verließ mit quietschenden Reifen das Anwesen.

Simmons öffnete den Laptop und tippte darauf herum. Nach wenigen Sekunden sprach er in sein Headset: „Ich habe sie. Sie befinden sich in einem kleinen Nest namens Daytona, First Road. Alle fahren sofort dahin." Simmons programmierte das Navigationsgerät und der Fahrer beschleunigte den Wagen.

9.

Nick lenkte den Wagen über die Brücke, die über den Highway führte und blieb auf der Landstraße. Sie sah ihn fragend an.

Er sah weiter auf die Straße und meinte: „Ich glaube, den Highway meiden wir jetzt. Dauert zwar etwas länger, ist aber sicherer. Ihre Freunde suchen vielleicht noch nach Ihnen."

Sie senkte den Blick und meinte leise: „Ganz bestimmt sogar."

Nick fuhr den Wagen jetzt ruhig durch die Landschaft. Sie sprachen nicht mehr. Das Schweigen war nicht sehr angenehm. Bridget fühlte sich nicht besonders wohl. Der Abend hatte schon ganz anders begonnen, als sie es sich vorgestellt hatte. Dieser verflixte Simmons. Konnte er ihr nicht ein paar Stunden unbewacht gönnen?

Nach einiger Zeit bog Nick vor einem Schild rechts ab und es öffnete sich wie von Geisterhand ein Tor. Bridget konnte nur kurz einen Blick auf das Schild am Eingang werfen und erkannte die Worte Mirror Beach Country Club. Ihr wurde mulmig. Sie hatte jetzt nicht gerade Lust auf einen Club.

„Glauben Sie, das ist eine gute Idee? Hier zu sein, meine ich?" fragte sie vorsichtig.

„Warum nicht?" Er sah sie kurz an. Sie fuhren durch einen Park eine langgezogene Auffahrt hinauf und hielten vor dem Eingang eines imposanten Gebäudes. Sogleich war ein junger Mann parat, der Nick mit den Worten „Guten Abend Mr. Page. Ich parke Ihren Wagen." begrüßte.

Nick stieg aus und sagte: „Danke Oliver."

Er ging um den Wagen herum, hielt Bridget die Tür auf und reichte ihr die Hand, um ihr beim Aussteigen zu helfen.

Sie blieb sitzen und sah ihn an: „Bitte, Nick, es ist mir alles sehr unangenehm. Es wäre besser, ich rufe mir ein Taxi, fahre nach Hause und wir vergessen das Alles."

„Oh nein."

Nick hatte zu seiner guten Laune zurückgefunden. Er hatte es endlich geschafft, dass diese Frau seine Einladung angenommen hatte. Das würde er sich jetzt nicht verderben lassen. „Dieser Club hier ist ein Muster an Diskretion. Ich würde hier sogar nach Verübung eines Verbrechens Zuflucht suchen. Also genaugenommen passt er heute gerade richtig." Er grinste sie an, wurde dann aber gleich wieder ernst. „Wir vergessen jetzt mal die Schwierigkeiten, die wir hatten, und tun so, als würde unsere Verabredung jetzt erst beginnen. Einverstanden?"

Bridget dachte kurz nach. Sie wollte nicht wirklich nach Hause. Sie wollte den Abend mit ihm verbringen und sei es nur diesen einen Abend. Den wollte sie sich nicht nehmen lassen. Sie lächelte ihn an: „Gut. Einverstanden."

Sie nahm seine Hand und stieg aus dem Wagen. Sie standen vor einem schlossähnlichen Gebäude in Fachwerkbauweise. Es war ein rechteckiger Bau, der rechts und links jeweils von einem runden Turm eingerahmt wurde. Bridget warf einen Blick auf die geschmackvoll arrangierten Blumenbeete gegenüber dem Gebäude. Es waren mehrere Beete mit verschiedenen pinkfarbenen Rosen darin, die alle recht üppig blühten. Die Beete waren rund und von kleinen Buchshecken eingerahmt. Das Ganze befand sich auf einer riesigen Rasenfläche. Es wirkte, als wären die Rosenbeete kleine Teppiche auf einer großen, grünen Wiese. An den Türmen rankten sich Kletterrosen empor, die ebenfalls blühten. Das Ganze machte einen sehr gepflegten Eindruck. An diesem Ort konnte man sich wirklich wohl fühlen.

Nick geleitete sie zur gläsernen Eingangstür, die sich geräuschlos öffnete. Sie betraten eine sehr geschmackvoll eingerichtete Eingangshalle, in der sich edle hölzerne Wandvertäfelungen mit klassischen Möbeln ergänzten. Die Möbel waren alle aus Holz, die Sessel und Sofas mit dicken gestreiften Polstern belegt. Auf der Seite des Eingangs waren bodenticfc Fenster, vor denen kleine Tische standen. Auf jedem Tisch standen Vasen mit Rosensträußen oder kleine Blumengestecke. Von der hohen Decke aus verströmte ein riesiger Kristallleuchter ein angenehmes, warmes Licht. Es machte alles einen sehr beruhigenden Eindruck. Nirgends war etwas von Hektik zu spüren. Hinter der Rezeption war die Theke hell angestrahlt. Das Licht fiel auf die Angestellten, die in ihren taupefarbenen Uniformen und den weißen Hemden die Optik der Behaglichkeit fortsetzten.

Noch vor der Rezeption kam ein Herr im dunklen Anzug auf sie zu und begrüßte Nick mit Handschlag: „Guten Abend, Mr. Page. Ich freue mich, Sie wieder einmal bei uns begrüßen zu dürfen." Er wandte sich Bridget zu: „Und, wie ich sehe, in überaus charmanter Begleitung."

Er streckte Bridget die Hand hin: „Willkommen im Mirror Beach Country Club, Madame. Ich bin Armand."

Bridget erwiderte mit einem freundlichen Lächeln seinen Händedruck. Er deutete einen formvollendeten Handkuss an. Ihr war aufgefallen, dass er nicht nach ihrem Namen gefragt hatte und dass Nick sie auch nicht vorgestellt hatte. Diskretion schien man hier wirklich groß zu schreiben. Sie fühlte sich gleich ein bisschen wohler.

Nick erwiderte die freundliche Begrüßung: „Guten Abend, Armand. Die Arbeit. Man kommt zu nichts. Aber heute Abend wollen wir Ihre Annehmlichkeiten genießen."

„Wir werden unser Bestes tun. Darf ich Sie zu Ihrem Tisch begleiten?"

Er ging voran und geleitete sie einen Gang entlang.

Bridget fiel auf, dass an den Wänden Bilder klassischer Maler in schweren goldenen Rahmen hingen. Die Wände selbst waren in einem angenehmen grünen Farbton gehalten, die den Landschaftsbildern noch mehr Leuchtkraft gaben. Jedes einzelne Bild wurde von einer über ihm verdeckt angebrachten Lichtleiste beleuchtet. Der Fußboden bestand aus alten, blankpolierten Holzdielen, über die zum Teil wertvolle Teppiche gelegt worden waren. Diese schluckten die Schritte, so dass eine eigentümliche Ruhe in diesem Bereich vorherrschte. Ab und zu ging ein Durchgang zu einzelnen Räumen vom Gang ab, die farblich alle unterschiedlich gestaltet waren. Rote Wände, blaue Wände, dazu passende schwere Vorhänge vor den deckenhohen Holzfenstern, in der Mitte riesige Kristalllüster, deren Licht gedimmt schien. Leise Musik war zu hören. Es standen Tische darin, die mit weißen Decken, wertvollem Porzellan und Kristallgläsern gedeckt waren. Überall darauf befanden sich silberne Kerzenleuchter mit brennenden weißen Kerzen. Auf den Stühlen saßen gut gelaunte Menschen, einzelne Paare, aber auch Gruppen, die miteinander aßen, redeten und scherzten.

Bridget fing an, sich wohl zu fühlen. Dies war eine ähnliche Atmosphäre, wie die, die sie von zuhause gewohnt war. Es erstaunte und erschreckte sie zugleich. Sie fragte sich, wie viele Gefühle man gleichzeitig empfinden konnte. In Gegenwart von Nick waren es ziemlich viele.

Armand führte sie in einen Raum, dessen Wände flaschengrün gehalten waren und zeigte ihnen einen gedeckten Tisch an einem der großen Holzfenster. Er hob einen Stuhl für sie an und sagte: „Ich hoffe, der Tisch ist zu Ihrer Zufriedenheit, Mr. Page."

Er beugte sich verschwörerisch zu Bridget herunter: „Es ist fast Vollmond und gegen später können Sie vielleicht sehen, was diesem Club seinen Namen gegeben hat." Er wies zur Bekräftigung seiner Aussage aus dem Fenster.

„Der Tisch ist ganz wunderbar, Armand. Danke." Sagte Nick.

Armand nickte kurz mit dem Kopf, rückte Bridget den Stuhl zurecht und sie setzten sich. Dann verschwand er. Nick setzte sich ihr schräg gegenüber, so dass sie beide sich ansehen und ebenso, mit kurzem Kopfdrehen, aus dem Fenster blicken konnten. So saßen sie mit dem Rücken zu den anderen Gästen, was Bridget sehr gut fand. Es beruhigte sie, niemand Fremden ins Gesicht sehen zu müssen. Ein Kellner kam lautlos an den Tisch, gab jedem eine riesengroße Karte, die dunkelgrün eingeschlagen war, legte die Weinkarte auf den Tisch, goss etwas Wasser in die bereitstehenden Gläser und entfernte sich nach einem kurzen freundlichen Kopfnicken von Nick ebenso wieder.

„So, nun wollen wir mal sehen, was man uns heute anbietet. Sie haben hoffentlich Hunger. Ich jedenfalls, wenn ich das so sagen darf, fühle mich nach all der Aufregung mit Ihnen schon ziemlich hungrig."

Er lächelte sie spitzbübisch an und sie konnte nicht anders, als zurück zu lächeln. Wenn er lächelte, bildeten sich um seine Mundwinkel zwei hübsche Grübchen. Sie fand, das machte sein Lächeln umso liebenswerter. Dieses Lächeln, das sie von Anfang an fasziniert hatte, ebenso wie seine Augen. Jedes Mal, wenn er lächelte, spürte sie einen Stich im Magen. Es war einfach unwiderstehlich.

„Ich muss zugeben, etwas Hunger habe ich auch. Ich habe heute nur gefrühstückt. Da Ihr Autor bei der Besprechung die Mittagspause hat ausfallen lassen, ist das schon ein Weilchen her."

„Dann werden Sie sich freuen zu hören, dass die Küche hier vorzüglich ist. Sie werden schon sehen."

Sie sahen beide in die Speisekarte.

Nach ein paar Minuten kam Armand an den Tisch: „Darf ich fragen, ob die Herrschaften schon etwas gewählt haben?"

Nick schaute sie über den Rand der Speisekarte an: „Und, etwas gefunden?"

Bridget hatte schnell gewählt. Sie bestellte einen leichten Salat als Entree und als Hauptgang ein Fischgericht. Nick nahm zuerst ebenfalls einen Salat und als Hauptgang ein Steak. Das Dessert ließen sie erstmal offen.

Armand bedankte sich für die Bestellung, drehte sich um und ging.

„In Amerika muss wohl ein Steak sein, oder?" fragte Bridget schmunzelnd. „Für einen so noblen Club hat man hier eine recht deftige Speisekarte. Ich hätte etwas Feineres erwartet."

„Enttäuscht?" fragte Nick.

„Oh nein. Es ist wirklich wunderbar hier. Nur das hat mich etwas gewundert."

Der Ober kam an den Tisch und gab Nick die Weinkarte: „Bitte sehr, Sir. Wünschen die Herrschaften eine Empfehlung?"

Nick nahm die Karte, warf einen kurzen Blick darauf, dann sah er Bridget fragend an: „Ich glaube, wir nehmen als Aperitif Champagner, einverstanden?"

Bridget lächelte ihn an und nickte: „Oh ja, sehr gerne." Sie hatte nicht gewagt, den Vorschlag zu machen. Champagner beruhigte sie immer etwas. Sie fühlte sich in diesem Club erstaunlich wohl, was zu einem Großteil auch an seiner Gegenwart lag.

Nick sah den jungen Mann an, gab ihm die Weinkarte zurück und sagte: „Dann also Champagner, bitte."

Der junge Mann nahm die Karte, sagte „Sehr gerne, Sir." Und entfernte sich.

10.

In Daytona bogen indessen ein schwarzer Van, ein weißer Rover und eine schwarze Limousine fast gleichzeitig aus verschiedenen Richtungen in die First Road ein. Sie hielten ruckartig vor der Hausnummer 31. Aus jedem Wagen sprangen zwei Männer und sie trafen sich alle auf dem Bürgersteig vor einem Laden. Sie sahen sich suchend um. Keine Spur von Bridget oder einem verdächtigen Wagen, mit dem sie hierher gekommen sein könnte. So wie es aussah, nur Einheimische auf dem Weg nach Hause und ein paar Touristen. Nr. 31 war ein Biokostladen, der gerade von einem jungen schlaksig wirkenden Burschen zugeschlossen wurde.

Simmons hielt auf ihn zu: „Eine Frage, junger Mann. Haben Sie hier heute Abend eine Frau in einem schwarzen Kleid gesehen? Ziemlich hübsch, braune Haare, womöglich in Begleitung."

Der Junge roch ein Geschäft und fragte: „Wer will das denn wissen?"

Simmons wusste gleich, woher der Wind wehte, griff in die Tasche und gab dem Jungen den ersten Schein, 10 Dollar, den er zu fassen bekam.

Der Junge, grinste, steckte den Schein ein und sagte: „Ich sehe hier viele Frauen." Da sah er eine Falte auf der Stirn seines Gegenübers. Der Typ verstand wohl doch keinen Spaß. Er beeilte sich zu sagen: „Nein, eine Hübsche im schwarzen Kleid wäre mir sicher aufgefallen."

Er bückte sich, um seine Tragetaschen aufzuheben, da fiel ihm ein Handy aus der Hosentasche. Simmons sah es fallen und erkannte es sofort.

„Wo haben Sie das her?" bellte er ihn an. Der Junge erschrak, wollte es aufheben, aber Simmons war schneller.

Der Junge stammelte: „Das gehört mir. Geben Sie es her."

Simmons ging noch einen Schritt auf ihn zu. Seine Stimme war jetzt ganz leise, aber dafür umso bedrohlicher: „Woher Sie das haben, will ich wissen." Dabei hielt er dem Jungen das Handy direkt vor das Gesicht.

Dieser wich zurück und sagte: "Komische Geschichte. Da kam vorhin ein Wagen, der hielt kurz an, die Scheibe ging runter und jemand warf es da vorne in den Mülleimer." Er zeigte mit der rechten Hand auf einen Mülleimer an einer Straßenkreuzung.

Simmons kochte vor Wut: „Wann war das? Können Sie sich erinnern, was das für ein Wagen war? Vielleicht sogar das Nummernschild?"

Der Junge traute sich jetzt nicht mehr, nochmals Geld für die Informationen zu verlangen. Die Kerle hatten anscheinend wirklich keinen Humor. „Es war ein schwarzer Porsche Cayenne. Tolle Karre. Sieht man hier nicht oft. Gefällt mir gut. Das Nummernschild habe ich nur kurz gesehen, war irgendwas mit PA. Hab's mir nicht gemerkt. Hatte grad viel Kundschaft. Habe nur gesehen, dass da was rausflog. In meiner Pause bin ich dann gleich zum Mülleimer um nachzusehen, was jemand aus so einem Wagen wegwirft. Ehrlich Mann. Ich sage die Wahrheit. Sie können es behalten."

Simmons tippte auf dem Handy herum: „Sie hat alles gelöscht. Es ist leer." Er steckte es ein. Grußlos ging er mit seinen Leuten zurück zu den Wagen.

Dort angekommen sagte er zu seinen Männern: „Der Junge hatte ihr Handy. Sie waren also hier. Sie hat es aus dem Wagen geworfen. Schwarzer Porsche Cayenne, Nummernschild irgendwas mit PA. Ich nehme an, das ist der Wagen dieses Produzenten Page. Sie ist also mit ihm unterwegs."

Er wandte sich an einen der Männer. „Alfred, Sie werden seine Handy-Nummer feststellen. Ich rufe ihn dann an." Der Angesprochene schob die Tür des Vans auf und stieg sofort ein.

Einer der Männer sagte: „Damit kompromittieren Sie sie aber. Ist das klug? Sie soll doch unerkannt bleiben."

Simmons dachte nach. Das stimmte. Aber er war stinksauer. Sie hatte ihn angelogen. Er hatte nachgegeben und sie hatte ihn angelogen. Dass er auch nicht Wort gehalten hatte, verdrängte er dabei kurzerhand. Er war immerhin für sie verantwortlich. Da heiligte der Zweck die Mittel. Simmons schnaubte. Das gefiel ihm alles nicht.

„Das ist mir jetzt egal. Wir finden sie und bringen sie so schnell wie möglich nach Hause."

Er beugte sich in den Van: „Wie weit sind Sie?"

Alfred hatte gerade sein Handy am Ohr, er hielt die Hand darauf und antwortete: „Ich versuche gerade, Pages Assistentin ans Telefon zu bekommen." Er nahm die Hand weg und sprach in sein Handy: „Hallo, Mrs. Bishop, mein Name ist Alfred Buck. Ein Mitarbeiter Ihrer Firma sagte mir, dass Sie die Assistentin von Mr. Page sind. Ich muss ihn dringend sprechen. Könnten Sie mir freundlicherweise seine Nummer geben?"

11.

Agatha Bishop war seit drei Jahren die Assistentin, Privatsekretärin und Mädchen für alles für Nick Page. Wer zu ihm wollte, musste an ihr vorbei, und das war nicht so einfach. Sie hatte ein gutes Gespür für Menschen und war ein Organisationsgenie. Nick hatte damals eine Sekretärin für seine Produktionsfirma gesucht. Sie war die erste, die zum Vorstellungsgespräch kam. Als er ihre Zeugnisse sah, war er erstaunt. Sie war eigentlich Anwaltsgehilfin. Nach ihrer erfolgreich absolvierten Ausbildung hatte ihr ein halbes Jahr Praxis bei einer Anwaltsfirma gezeigt, dass sie diese Arbeit nicht ausfüllte. Sie wollte sich verändern, da kam ihr das Stellenangebot einer Filmproduktionsfirma gerade recht. Eine Freundin hatte sie darauf aufmerksam gemacht.

Nick mochte die große, attraktive Rothaarige auf Anhieb und auch ihr war der neue Chef gleich sympathisch. Die Chemie stimmte vom ersten Augenblick an zwischen ihnen. Und doch war es nie mehr als Sympathie und große Achtung, die beide füreinander empfanden.

Das Arbeitsverhältnis war von Offenheit und einem hohen Maß an Vertrauen geprägt. Sie hatten sich in diesen drei Jahren so gut kennengelernt, dass manchmal keine Worte zwischen ihnen nötig waren, um zu wissen, was der Andere dachte. Obwohl ihr Umgang miteinander mehr an Freunde denken ließ, blieb ihr Verhältnis geschäftlich.

Agatha war natürlich über die Verabredung vom heutigen Abend informiert, hatte sie doch selbst den Tisch im Club reserviert. Dass sie das Ganze diskret behandelte, war selbstverständlich. Sie hatte von Anfang an bemerkt, dass ihr Chef die Engländerin anders ansah als andere Frauen. Auch war zu spüren, dass er die ganze Zeit, seit Bridget hier war, unter einer seltsamen Spannung zu stehen schien. Die Verabredung heute würde vielleicht Neues bringen. Agatha war sehr gespannt auf den Ausgang des Abends. Obwohl ihr die Frau doch manchmal recht seltsam vorkam. Aber Nick mochte sie offensichtlich und nur das zählte. Als nun dieser Alfred Buck anrief und Nicks Nummer haben wollte, schrillten bei ihr die Alarmglocken.

12.

Agatha antwortete in besonders geschäftsmäßigem Ton: „Es ist Freitagabend. Mr. Page ist im Wochenende. Um was geht es bitte?"

„Das möchte ich ihm lieber selbst sagen. Geben Sie mir bitte seine Nummer."

„Tut mir leid, das ist ausgeschlossen. Wenn Sie mit Mr. Page reden wollen, müssen Sie sich bis Montag gedulden. Sie dürfen mich gerne noch einmal anrufen. Wir machen dann einen Termin aus. Natürlich nachdem Sie mir den Grund ihres Anrufs genannt haben."

Mr. Buck versuchte es noch einmal: „Es wäre aber von großer Wichtigkeit, dass ich ihn gleich sprechen könnte."

Agatha blieb unbeeindruckt: „Wenn Sie mir sagen würden, um was es geht, könnte ich selbst beurteilen, ob diese Sache wirklich so dringend ist."

„Tut mir leid, das geht nicht."

„Dann tut es mir auch leid." Sie legte auf und wählte sogleich Nicks Nummer. Das Ganze kam ihr doch sehr spanisch vor. Nick hatte sein Handy auf vibrieren gestellt. Sie waren gerade mit der Vorspeise fertig, als er das leichte Gefühl spürte, welches der Vibrationsalarm verursachte.

Er vermutete gleich, dass es Agatha war. Da Agatha wusste, wo er war und dass er nicht gestört werden wollte, musste es wohl wichtig sein. Nick entschuldigte sich bei Bridget für einen Augenblick, stand vom Tisch auf und ging aus dem

Zimmer. Er ging den Gang entlang zu den Herrentoiletten und trat ein.

Nachdem er sich vergewissert hatte, dass er alleine war, nahm er das Handy aus seiner Jackentasche: „Agatha, was ist? Entschuldige, aber Du weißt, dass Du störst?"

Sie lächelte: „Ich weiß und ich hoffe sogar für Dich, dass ich störe, denn dann läuft es gut. Aber eben hat mich ein Alfred Buck angerufen, hat sich wichtig aufgeblasen und nach Deiner Handynummer gefragt. Ich sagte ihm, dass Du im Wochenende wärst. Er solle am Montag wieder anrufen, dann werden wir einen Termin vereinbaren. Er wollte sich erst nicht abwimmeln lassen, hat aber auch auf meine Nachfrage nicht gesagt, was er von Dir will. Ich dachte, da Du mit der geheimnisvollen Engländerin unterwegs bist, wolltest Du das vielleicht wissen."

„Oh ja, da hast Du recht. Das wollte ich wissen. Und danke, dass Du ihn abgewimmelt hast."

„Schönen Abend noch."

„Dir auch."

Sie legten beide auf. Nick dachte kurz nach. Das wurde ja immer interessanter. Er schaltete das Handy jetzt aus, er wollte nicht noch einmal gestört werden, wusch sich schnell die Hände und ging wieder zum Tisch zurück.

13.

„Ich habe mitgehört." Simmons stand an der Tür des Vans und kochte vor Wut. So schnell würde er sich nicht geschlagen geben. „Wir fahren nach Hause. Dort überprüfen wir das Handy dieser Agatha."

Die Sicherheitsbeamten verteilten sich wieder auf die Fahrzeuge und fuhren rasch davon. Sie kamen alle gleichzeitig bei der Villa an und stiegen aus ihren Wagen. Sie liefen alle schnellen Schrittes ums Haus zum Hintereingang und traten ein. Sie versammelten sich im Büro. Simmons trat an den Schreibtisch und winkte Alfred zu sich.

„Sie haben doch eine Möglichkeit, mit der Sie feststellen können, mit welcher Nummer ein Handy telefoniert hat."

Alfred Buck zierte sich: „Ja, schon, aber das ist nicht ganz legal."

Simmons lief rot an, die Halsschlagader zeichnete sich gefährlich unter seiner Haut ab. Er herrschte Alfred an: „Egal, los, machen Sie schon."

Alfred atmete hörbar aus und setzte sich an den Schreibtisch. Er öffnete das Programm. Wohl war ihm nicht dabei, aber Chef war nun mal Chef. Es dauerte etwa zehn Minuten, da verlor Simmons die Geduld: „Dauert das noch lange?"

Alfred sah nicht hoch: „Ich hab's gleich."

Er zeigte mit dem Finger auf den Bildschirm. „Da, 22.35 Uhr, das war kurz nachdem ich mit ihr gesprochen hatte. Sie hat diese Nummer gewählt."

„Gut und jetzt das Handy mit der Nummer orten."

„Mr. Simmons", Alfred versuchte ihm das Illegale seines Tuns zu verdeutlichen, aber Simmons schnitt ihm das Wort ab. „Los, nun machen Sie schon."

Alfred schnaubte nochmals, gehorchte dann aber. Nach etwa 15 Minuten, Simmons hatte die lange Wartezeit nur ausgehalten, weil einer der Männer Kaffee für alle geholt hatte, musste er schließlich mitteilen: „Das Handy lässt sich nicht orten. Es ist wahrscheinlich ausgeschaltet."

„Verdammt!" bellte Simmons und versetzte dem Papierkorb einen Tritt, so dass dieser umfiel. „Wenn jemand noch eine Idee hat, soll er es sagen."

Simmons beruhigte sich wieder etwas, lief aber im Zimmer auf und ab. Die Männer sahen sich an. Keinem wollte etwas einfallen.

Schließlich sagte Alfred: „Wir werden wohl warten müssen, bis sie von alleine wieder auftaucht. Bis dahin können wir nichts tun."

Simmons sah ihn böse an. Alfred hatte ausgesprochen, was er selbst gedacht hatte, aber nicht wahr haben wollte. Dieses Mal hatte sie gewonnen. Sie hatte ihn reingelegt.

14.

Der Hauptgang war gerade abgeräumt worden. Sie blieben auch nach dem Aperitif beim Champagner. Bridget, leicht beschwingt durch den Genuss des Getränks, fühlte sich wohl wie schon lange nicht mehr.

Von wegen Langweiler. Nick war ein unterhaltsamer Gesprächspartner. Nachdem ihr Gespräch anfangs etwas steif war, kam es doch im Laufe des Essens richtig in die Gänge.

Er unterhielt sie mit Geschichten über seine Familie, er war der Älteste von vier Geschwistern, drei Jungen und ein Mädchen. Seine zwei Brüder, Logan und Michael, waren Anwälte, Teresa, die Jüngste studierte noch und zwar Medizin. Sie schlug aus der Art, wie er meinte, und wollte Ärztin werden.

Er selbst hatte Betriebswirtschaft und Jura studiert und stieg dann in die Produktionsfirma seines Vaters Tom ein. Seine Mutter Kirstie war früher Schauspielerin gewesen, hatte sich dann aber der Familie gewidmet. Nur ab und zu arbeitete sie in der Firma mit.

Sie waren eine „normale" Familie, die sich regelmäßig zu Hause traf, zusammen feierten und auch mal heftig stritten.

Bridget hörte begeistert zu. Für sie hörte sich das an wie der Himmel auf Erden. Ihre Kindheit und Jugend war da gänzlich grauer und einsamer, geprägt von Internaten und Hauslehrern. Um nicht von sich erzählen zu müssen, stellte sie ihm auch häufig Fragen, die er gerne und ausschweifend beantwortete. Sie sprachen auch über den Film, an dem sie zusammen gearbeitet hatten, Filme, die die Firma schon gemacht hatte, erfolgreiche und weniger erfolgreiche. Dann kamen sie auf die Kunstgeschichte.

Jetzt war sie in ihrem Element. Sie berichtete von ihren Studienjahren in Rom, Florenz, Paris und London. Und passte aber immer auf, nicht zu viel Persönliches von sich preiszugeben. Mittlerweile war es schon nach Mitternacht. Bridget fühlte sich in Nicks Gegenwart immer besser. Hatte sie sich jemals in Gesellschaft eines Mannes so gut gefühlt?

Nick hörte ihr aufmerksam zu. Er war schon mehrfach in Europa gewesen und kannte die Städte, in denen sie zeitweise gelebt hatte, ebenfalls, zumindest mehr oder weniger.

Als sie gerade über London sprachen, fragte er plötzlich unvermittelt: „Und was ist mit Ihrer Familie? Sie haben noch gar nichts über sie erzählt."

Bridget verdarb es schlagartig die Laune. Ihr Gesicht bekam einen neutralen, fast abweisenden Ausdruck.

Er erschrak: „Verzeihen Sie bitte. Ich wollte nicht neugierig sein. Aber Sie haben mir vorhin im Wagen eine Erklärung versprochen. Die hätte ich jetzt gerne." Als sie nicht gleich antwortete, fügte er hinzu: „Und ein kleines bisschen habe ich den Verdacht, des könnte mit ihrer Familie zusammenhängen." Dabei sah er sie erwartungsvoll an.

Bridget blickte auf das Tischtuch, dann straffte sie sich. „Sie haben Recht, aber wie ich Ihnen schon sagte, meine Eltern sind sehr wohlhabend und haben Angst um ihre Kinder. Deshalb besorgen sie uns, egal, wohin wir uns bewegen, immer Bodyguards, die auf uns aufpassen. Das kann manchmal sehr lästig sein. Wie Sie sich vorstellen können, hätte man ja auch gerne mal was vor, von dem Mama und Papa nicht gleich Bescheid wissen sollen. Mit Sicherheit im Nacken geht das leider nicht. Heute habe ich es mal geschafft. Dank Ihnen. Mehr gibt es dazu nicht zu sagen." Sie betupfte mit der weißen, gestärkten Serviette ihre Mundwinkel, legte sie dann auf den Tisch und blickte ihn ernst an.

Nick entging nicht, wie unangenehm ihr das Thema war. Ok, wenn sie nicht darüber reden wollte. Auch gut. Man muss auch nicht gleich bei der ersten Verabredung alles wissen. Vorerst begnügte er sich mit dieser, wenn auch vagen Auskunft. Er legte seine Serviette ebenfalls auf den Tisch.

„Hätten Sie Lust, zu tanzen?"

„Wie bitte?" sie reagierte erstaunt. Damit hatte sie jetzt überhaupt nicht gerechnet.

„Tanzen? Ob Sie gerne tanzen würden?" Er stand auf, ging zu ihrem Stuhl und rückte ihn weg, als sie aufstand.

„Ja, gerne, wenn Sie möchten." stammelte sie.

Er führte sie aus dem Raum hinaus auf den Flur, wo man von Ferne leise Tanzmusik hörte. Sie gingen einige Schritte geradeaus, ein paar Treppenstufen hinab und standen dann in einer Bar, in der sich auf einer Tanzfläche einige Paare zu angenehmer Musik drehten. Eine Kapelle von vier Männern spielte in einer Ecke. Überall standen kleine Tische mit Sesseln, in denen Leute saßen, etwas tranken, den tanzenden Paaren zusahen oder sich unterhielten.

Er zog sie auf die Tanzfläche, legte den Arm um sie und sie fingen an zu tanzen. Doch das Stück war zu Ende. Die Kapelle ließ es langsam ausklingen. Die Paare hörten kurz auf sich zu drehen. Einige Paare verließen die Tanzfläche. Da setzte die Musik wieder ein. Andere Paare kamen hinzu. Bridget blieb fast das Herz stehen. Sie spielten „Falling in Love with you" von Elvis Presley.

Nick zog sie an sich, nicht dass sie sich gewehrt hätte. Sie tanzten eng zusammen, langsam zur Musik. Bridget bewegte sich automatisch dazu. Sie konnte ihr Glück nicht fassen. Es fühlte sich so wunderbar an. Nichts anderes hatte in ihrem Kopf Platz. Nur seine Nähe, sein Geruch, seine Berührung. Die Musik hörte sie nur noch von weitem. Das Fühlen stand im Vordergrund. Es war wie ein Rausch und das bei klarem Verstand. Sie gab sich allen Eindrücken hin und genoss.

Nick hielt sie fest. Er wollte sie nie wieder loslassen. Sie roch so gut. Sie bewegte sich so gleichmäßig und schmiegte sich an ihn. Alles war perfekt. Konnte eine Frau so perfekt sein? Der Abend war bisher, abgesehen von den Anfangsturbulenzen, wunderschön gewesen. Nick hatte so etwas ebenfalls noch nicht erlebt. Die Frauen, mit denen er bisher ausgegangen war, hatten ihn irgendwie immer zum Nachdenken gebracht. Mit ihr musste man nicht denken. Er hatte das Gefühl, es wurde ihm abgenommen, oder es war überflüssig. Er fragte sich, mit was für Frauen er bisher ausgegangen war. Bei keiner hatte er sich so gefühlt. Bridget war anders, ganz anders.

Jetzt bloß keinen Fehler machen und sie erschrecken. Er hatte vorhin bemerkt, wie schnell das ging. Das Stück war vorüber. Sie standen noch einen Moment so da und genossen den Augenblick, sich zu berühren und bedauerten beide, als es vorbei war. Die Musiker spielten jetzt etwas Schnelleres.

Sie lösten sich voneinander und sahen sich in die Augen. Da kam Nick eine Idee. „Kommen Sie mit. Ich will Ihnen was zeigen."

Er nahm ihre Hand und zog sie hinter sich her.

An der einen Seite der Bar waren die deckenhohen Balkontüren geöffnet. Er führte sie hinaus. Das Gebäude war umgeben von einer breiten Terrasse, die mit Tischen und Stühlen möbliert war.

Es war eine laue Nacht. Die Stühle waren mit dicken Polstern belegt, auf einigen saßen ein paar Leute. Auf den Tischen brannten kleine Kerzen in gläsernen Windlichtern. Ein breiter Weg führte durch den Garten zum Strand. Entlang des Weges waren kleine Lichter in den Boden eingelassen. Bridget sah selbst im Mondschein, dass der Garten wunderschön war. Sie erkannte Bäume, Hecken und Gras. Einige Blumenbeete konnte sie auch ausmachen.

Sie gingen schweigend Hand in Hand nebeneinander her. Als sie auf den Sandstrand trafen, bot sich ihnen ein wunderschönes Bild. Der Mond stand über dem Meer und spiegelte sich im glatten Wasser. Ein paar sehr helle Sterne taten es ihm gleich.

Bridget stand da und staunte.

Nick lächelte und sie sahen sich kurz von der Seite an: „Das wollte ich Dir zeigen."

Bridget sah auf die Szenerie, die sich ihnen bot: „Nick, es ist wunderschön." Sie machte eine kleine Pause. „Deshalb Mirror Beach."

„Wollen wir ein paar Schritte entlanggehen?"

„Gerne, aber ich fürchte, das machen meine Pumps nicht mit." Es kam ihr ein Gedanke. „Moment."

Sie bückte sich und zog sie rasch aus. Sie nahm sie in die eine Hand und mit der anderen griff sie wieder nach Nicks Hand. Dann spazierten sie Hand in Hand den Strand entlang.

Etwa 100 Meter entfernt hatten ein paar Jugendliche ein Feuer aus Treibholz angefacht, um das sie im Kreis saßen. Sie hatten zwei Gitarren dabei, auf denen sie spielten und dazu sangen.

Sie gingen an der Gruppe vorbei, immer weiter am Meer entlang. Als sie in einiger Entfernung von den jungen Leuten waren, blieb Nick plötzlich stehen und drehte sich zu ihr.

Sie standen sich nun gegenüber. Sie schaute aber nicht zu ihm hoch. Sie traute es sich nicht. Da griff er mit der einen Hand unter ihr Kinn und wollte ihr Gesicht zu sich heben. Sie hob den Kopf aber nicht. „Bridget?" flüsterte er.

Sie antwortete ebenso leise: „Bitte Nick, tu das nicht."

„Was nicht?"

„Bitte nicht." Sie flehte ihn regelrecht an.

„Was denn?"

Sie hob den Kopf und sagte: „Das."

Er küsste sie kurz zärtlich auf den Mund. „Das?"

„Ja, das."

Er küsste sie nochmals: „Und warum nicht?"

Sie sah ihm in die Augen. In diese wunderschönen dunklen Augen. „Weil es dann kein Zurück mehr für mich gibt."

Eine Träne löste sich von ihrem rechten Auge und rann über ihre Wange. Er wischte sie mit einem Finger weg und lächelte dabei: „Das hat es für mich nicht mehr gegeben, seit Du das erste Mal durch die Tür der Halle gekommen bist."

Er umarmte sie fest und doch zärtlich, sie schlang ihre Arme um ihn, spürte seinen Körper, den er an ihr drückte und sie versanken in einem Kuss. Einem langen und innigen, nicht enden wollenden Kuss. Er war voller Zärtlichkeit und doch fordernd. Er versprach alles und sie wusste, dass sie nichts davon halten konnte. Aber sie gab sich dem Kuss einfach hin. Nick spielte sanft mit ihrer Zungenspitze, zog sich wieder zurück, spielte wieder mit ihr.

Es war der schönste Kuss, den Bridget je erlebt hatte. Nicht, dass sie viel Erfahrung in diesen Dingen hatte. Sie war zwar 25 Jahre alt, aber immer noch Jungfrau. Und jetzt loderte in ihr eine Flamme, die alles andere aufzehrte.

Sie fühlte ein seltsames Ziehen in der Magengegend. Ihr Herz musste wohl ein paar Schläge ausgesetzt haben. So fühlte es sich jedenfalls an. Es gab nur noch sie beide. Die Zeit stand still, das Meer traute sich nicht zu rauschen und selbst der Mond schien zu lächeln. Sie presste sich an Nick und zog ihn gleichzeitig an sich. Er spürte ihre Unsicherheit und wollte sie ihr nehmen. Wie gut es tat, sie zu küssen, sie zu halten. Er wollte sie nie wieder loslassen. Keiner wusste, wie lange der Kuss gedauert hatte. Sie lösten ihre Lippen voneinander und sahen sich in die Augen.

Plötzlich hörten sie Beifall und Gejohle. Die Jugendlichen hatten sie beobachtet und gaben nun ihren Kommentar dazu ab. Sie sangen „Bring back that loving feeling".

Nick sah zu ihnen hin und meinte: „Die finden es offensichtlich gut."

Bridget lächelte und es überlief sie ein Schauer. Sie war ohne Cape hier herunter gekommen und nun fröstelte sie etwas. Was aber weniger an der Temperatur lag, als an der Reaktion ihres Körpers auf diese wunderbare Situation.

Nick hatte es bemerkt. „Du frierst ja."

Er zog sein Jackett aus und legte es um sie. Dann liefen sie eng umschlungen wieder in Richtung Country Club. Vor dem Weg zum Gebäude küssten sie sich noch einmal. Es war wie beim ersten Mal. Alles um sie herum verschwand. Der Kuss dauerte fast noch länger als der erste. Bridget wünschte, er würde nie enden. Konnte es so viel Glück geben? Konnte man so etwas empfinden? Sie konnte wirklich nicht mehr zurück. Sie hatte sich hoffnungslos in diesen wunderbaren Mann verliebt. Na warte, Juliet, ihr zu so etwas zu raten. Von wegen darum kümmern wir uns, wenn es passiert. Jetzt war es passiert. Was sollte sie nun tun? Es durfte doch nicht sein. Wie sollte sie ihm das beibringen? Und wie sollte sie selbst damit leben? Sie lösten sich voneinander und gingen Hand in Hand den Weg zum Gebäude hoch.

15.

Sie saß tiefer im Schlamassel als je zuvor. Nicht, dass sie Probleme mit ihrem Sicherheitschef bekommen würde, nein, sie hatte auch noch Probleme mit sich selbst.

Nach diesen unglaublichen Küssen vermischte sich nun dieses wunderbare Glücksgefühl mit einem schlechtem Gewissen und das Ganze getragen von ihrem anerzogenem Pflichtbewusstsein.

Auf der Terrasse angekommen fragte Nick: „Wollen wir uns noch etwas setzen?"

Es saßen nur noch wenige Gäste auf den Stühlen, die sich leise unterhielten. Bridget setzte sich auf einen Stuhl, schüttelte den Sand von ihren Füßen und zog ihre Pumps wieder an. „Es ist schon spät. Ich glaube, es ist jetzt besser, ich fahre nach Hause."

Aus seinem Gesicht wich alle Farbe: „Das kann doch unmöglich Dein Ernst sein." Er setzte sich auf den benachbarten Stuhl. „Du kannst doch jetzt nicht nach Hause wollen?"

Sie sah ihn jedoch ernst an, stand auf und strich ihr Kleid glatt: „Glaub mir, es ist besser so."

Er stand ebenfalls auf, nahm ihre Hand und sagte laut: „Bridget!"

Die wenigen Gäste drehten die Köpfe zu ihnen.

Nick erschrak und fuhr leiser fort: „Was soll denn das? Wir haben uns soeben geküsst und jetzt willst Du nach Hause?"

Sie nahm ihre Hand zurück und mit einer schwungvollen Umdrehung seines Jacketts zog sie es sich von den Schultern. Das zu tun tat ihr fast körperlich weh. Es zu tragen hatte sich angefühlt wie eine Umarmung von ihm. Es hatte sie nicht nur warm gehalten, es hatte sie auch eine Geborgenheit fühlen lassen, die sie bis dahin noch nicht gekannt hatte. Sie atmete schnell noch den Rest seines After Shaves ein, das von seinem Revers ausging, und gab es ihm dann zurück.

„Wie gesagt, es ist besser so." Sie lief so schnell sie in den Pumps elegant laufen konnte in Richtung Eingangstür. Die Tränen schossen ihr in die Augen und liefen ihr über die Wangen. Sie konnte kaum sehen, wohin sie ging.

Er holte sie kurz vor der Tür ein und hielt sie am Arm fest: „Bitte geh nicht."

Sie blieb ruckartig stehen, wischte die Tränen mit dem Handrücken fort und drehte sich dann zu ihm um: „Bitte, Nick, Du verstehst das nicht, aber ich kann nicht bleiben. Was da eben passiert ist, war das Schönste, was ich je erlebt habe. Bitte lass es eine schöne Erinnerung bleiben und lass mich gehen."

Jetzt war sein Kampfgeist geweckt. Er zog sie etwas abseits auf die Terrasse, wo niemand mehr saß und hielt sie an beiden Armen fest. „Was soll denn das jetzt? Eine Erinnerung, sagst Du? Ich dachte, das wäre ein Anfang."

Sie schluchzte: „Es kann kein Anfang sein. Versteh das bitte."

„Wie soll ich das denn verstehen? Willst Du es mir nicht wenigstens erklären?"

„Ich kann es Dir nicht erklären. Aber glaube mir, Du wirst mir dafür dankbar sein."

Jetzt wurde er ärgerlich. „Wofür dankbar? Dass Du jetzt gehst? Ich werde Dir alles andere als dankbar dafür sein."

Sie sah zur Seite und holte tief Luft.

Er fragte: „Du bist doch verheiratet?" Er ließ sie los. „Wenn es das ist, fahre ich Dich sofort nach Hause. Wenn nicht, dann nenn mir den Grund. Wir schaffen ihn aus der Welt. Zusammen können wir das."

Es aus der Welt schaffen. Wenn er das sagte, könnte man es fast glauben. Sie schluckte, dann sagte sie mit belegter Stimme: „Ich bin nicht verheiratet." Sie senkte den Kopf und fuhr leiser fort: „Aber so gut wie." Sie holte tief Luft und sagte lauter: „Es ist kompliziert."

Nick erstarrte: „Was soll das heißen?"

Sie sah ihn flehentlich an. Er sah die Tränen in ihren Augen, aber jetzt würde er nicht locker lassen. „Ich kann Dir nicht mehr darüber sagen. Bitte begreif das doch endlich. Es ist das Beste, wenn wir uns hier trennen, und zwar für uns beide."

„Sag mir nicht, was das Beste für mich ist. Jedenfalls nicht, dass Du jetzt gehst, und das ohne Erklärung. Ich will wissen, was der Grund für Dein Handeln ist."

Sie wurde jetzt böse. Warum konnte er sich nicht zufrieden geben? Er konnte doch jede Frau haben. Was wollte er ausgerechnet von ihr? Sie kannten sich doch kaum. Doch sie wusste, warum. Ihr ging es genauso. Sie wollte ihn und doch konnte sie nicht nachgeben. Er spürte ihren Zwiespalt, wie sie mit sich kämpfte. Die Tränen in ihren Augen straften ihre Worte Lügen. Sie hatte sich genauso in ihn verliebt, wie er sich in sie. Warum nur, hatte sie das zugelassen? Er jedenfalls würde nicht so schnell aufgeben. Sie lief einige Schritte auf der Terrasse hin und her und rieb sich dabei die Hände.

Nick entschied sich für Angriff: „Liebst Du ihn?"

„Wen?"

„Na denjenigen, mit dem Du fast verheiratet bist."

Sie blieb stehen und sah ihn an: „Warum willst Du das wissen?"

Er zuckte mit den Schultern. „Neugier."

Was sollte das jetzt? Wollte er Zeit gewinnen? Es war schon in den frühen Morgenstunden. Simmons war sicher in Alarmbereitschaft. Er würde bestimmt nach ihr suchen. Vielleicht hatte er auch schon Meldung nach Hause gemacht. Nein, es durfte nicht sein. Ihre Gedanken rasten in ihrem Kopf. „Das geht Dich nichts an."

Er trat auf sie zu, nahm ihre rechte Hand in seine beiden Hände, sah darauf und sagte sehr sanft: „Doch, ich glaube, das geht mich etwas an. Ich liebe Dich nämlich." Und nach einer kurzen Pause „Und Du mich."

Er sah ihr in die Augen. Sie hielt seinem Blick nur kurz stand. Ihr liefen die Tränen über die Wangen. Sie drehte den Kopf zur Seite. „Du kennst mich doch gar nicht."

„Wenn man den Menschen gefunden hat, der für einen die Welt bedeutet, muss man ihn dann kennen?" Nick holte ein

Taschentuch aus seiner Hosentasche und wischte ihr die Tränen weg. „Oder habe ich nicht Recht?"

Er zog sie an sich und senkte langsam seinen Lippen auf ihre. Zuerst legte er sie nur sanft darauf, dann wurde es ein richtiger Kuss. Sie ließ ihn gewähren. Sie hatte kaum noch Kraft, Widerstand zu leisten. Es wurde ein leidenschaftlicher Kuss, dann fast zornig. Sie war froh, dass er das tat, und gleichzeitig nahm sie es ihm übel. Wie konnte er sie nur so quälen? Sie umarmte ihn, presste ihren Körper an seinen, als wolle sie mit ihm verschmelzen. Er hielt sie fest, als wollte er sie nie wieder los lassen. Dann, als sie den Kuss beendet hatten, hielten sie sich noch einen Moment umschlungen. Sie nahm den letzten Rest von Selbstbeherrschung zusammen.

„Ja, Du hast Recht." sagte sie, riss sich von ihm los und rannte in das Gebäude.

„Bridget!" Er rief ihr nach, aber sie war schon im Haus verschwunden.

Er zögerte kurz, dann nahm er seine Jacke vom Stuhl und ging ihr nach. So wie es aussah, liebte sie ihn, wollte ihnen aber trotzdem keine Chance geben. Warum nur? Was sollte er jetzt tun?

16.

Bridget lief einfach den Flur entlang. Sie kannte sich hier nicht aus. Wo waren ihr Cape und ihre Tasche? Nach ihrer Erinnerung hatte sie beides am Tisch, an dem sie gegessen hatten, liegen lassen. Sie versuchte sich zu orientieren. Die Bar war links von ihr. Sie bog nach rechts und plötzlich stand sie vor dem Raum. Sie sah ihre Sachen noch auf dem Stuhl liegen. Bridget ging hinein, legte sich das Cape um, nahm ihre Tasche und kehrte zurück auf den Flur. Sie schlug die Richtung ein, von der sie annahm, dass sie zur Rezeption führte. Auf dem Weg kam sie an einer Damentoilette vorbei. Sie betrat den elegant eingerichteten Waschraum und stellte sich vor das Waschbecken. Sie stützte sich mit beiden Händen auf den Holztisch, auf dem das Waschbecken stand, sah sich im Spiegel an und heulte drauflos. Wie hatte sie es nur soweit kommen lassen können? Hätte sie die Einladung doch wieder ausgeschlagen. Sie hätte sich und ihm viel Schmerz erspart. Na warte, Juliet, du kannst was erleben. Von wegen lebe, bevor es zu spät ist. Wenn sich leben so anfühlte, konnte sie gerne darauf verzichten.

Die Tür ging auf und eine Dame kam herein. Sie lächelte Bridget kurz an und ging dann weiter in den Raum mit den Kabinen. Bridget riss sich zusammen, nahm eines der zusammengerollten Tücher aus dem bereitgestellten Korb und trocknete ihre Tränen. Sie richtete ihre Haare etwas und frischte das Make-up auf. Es war nicht einfach. Sie hatte zu viel geweint. Das konnte sie nicht ganz verdecken, doch sie tat, was sie konnte. Als sie mit dem Ergebnis einigermaßen zufrieden war, verließ sie den Waschraum und ging in die Richtung, in der sie die Rezeption vermutete.

Dort wartete Nick bereits. Als sie ihn sah, bog sie vor ihm ab. Sie wollte nicht mehr mit ihm sprechen. Konnte es nicht. Sie konnte schon seinen Anblick kaum ertragen.

Er schnitt ihr den Weg ab: „Komm, ich fahre Dich nach Hause." Er nahm sie beim Arm und führte sie nach draußen. Sie ließ es willenlos geschehen. Da stand schon sein Wagen. Er ließ sie einsteigen, schloss die Tür, dann nahm er selbst auf dem Fahrersitz Platz.

17.

Er startete den Wagen und fragte: „Sagst Du mir die Adresse?"

Sie nannte sie ihm. Was spielte es jetzt noch für eine Rolle, geheim zu halten, wo sie wohnte. Sie hatte das Gefühl, nichts spielte mehr eine Rolle. Er gab sie in das Navigationsgerät ein und fuhr los. Sie fuhren schweigend durch die Nacht. Das Schweigen war fast greifbar. Es waberte im Wagen wie dicker Nebel. Es wurde nur kurz von der Stimme des Navigators unterbrochen, um sich dann dicker und unangenehmer wieder auf sie zu senken.

Bridget sah ab und zu verstohlen zu ihm hin. Seine Miene war ausdruckslos. Er kämpfte mit sich. Er wusste nicht, was das zu bedeuten hatte. Als der Navigator meldete, dass sie nach 50 Metern das Ziel erreicht haben würden, fuhr Nick den Wagen rechts ran. Er hatte die Hände auf dem Lenkrad liegen lassen und sah nach vorne: „Und was jetzt? War es das wirklich?"

Bridget sah auch nach vorne. In ihrer Welt stimmte nichts mehr. Nichts war mehr gewiss. Diese Nacht hatte alles verändert. Sie nahm allen Mut zusammen: „Ich weiß es nicht."

Jetzt wurde er ärgerlich: „Was heißt denn das jetzt schon wieder?"

„Dass ich mir nicht mehr sicher bin. Gestern noch war alles klar, vorherbestimmt und geordnet und jetzt fühle ich nur" Sie suchte nach dem richtigen Wort „Durcheinander, Chaos und Unsicherheit. Ja, Angst." Sie wusste nicht, ob sie es gefunden hatte.

„Vorherbestimmt?" fragte er und sah sie an.

Sie schaute weiter nach vorne. „Ja, vorherbestimmt. Das ist das, was Du nicht verstehst. Mein Leben ist geplant, schon seit meiner Kindheit. Ich habe nur in wenigen Dingen die Freiheit selbst zu entscheiden, was ich tue und was nicht. Dieser Film war eine dieser wenigen Entscheidungen und es hat weiß Gott viel gebraucht, dass ich es realisieren durfte." Sie sah ihn jetzt an. „Und ich habe jede Sekunde genossen."

Er konnte nicht glauben, was er da gehört hatte. „Vorherbestimmt? Wer bestimmt denn Dein Leben? So etwas gibt es heute noch? Das kann ich wirklich kaum glauben."

Bridget lachte unfroh: „Ja, das kann niemand glauben. Niemand glaubt, dass es so etwas noch gibt, aber so ist es nun mal. Leider."

Sie sahen sich an. So langsam löste sich bei Nick der Knoten, den er die ganze Zeit in der Brust hatte. Das war also der Grund für ihre Zurückhaltung. Ihre Absagen der ganzen Einladungen. Und für das Verhalten von heute Abend. Es lag nicht bei ihm, es lag bei ihr. Einerseits war er erleichtert. Er nahm ihre Hand.

„Und es gibt keine Möglichkeit, dem zu entkommen?"

Sie lächelte ihn wehmütig an.

„Ich weiß es nicht. Ich bin mit keiner anderen Option aufgewachsen. Ich wurde so erzogen. Ich habe erst seit heute Abend einen Grund, das Ganze in Frage zu stellen."

Sie beugten sich zueinander und küssten sich. Es war nur ein kurzer, aber sehr liebevoller und zärtlicher Kuss.

„Und wie geht es jetzt weiter?" fragte er. Fast fürchtete er die Antwort.

„Ich nehme an, dass das Sicherheitsteam um Mr. Simmons mich jetzt so schnell wie möglich nach Hause bringen wird. Mein Rückflug war erst für übermorgen geplant. Wie ich ihn kenne, wird er mich heute schon in das nächste Flugzeug setzen, das nach London fliegt."

„Und wie geht es mit uns weiter?"

„Willst Du denn nach alldem, dass es noch weiter geht?"

Er fasste sie mit einer Hand um den Nacken, zog sie zu sich und küsste sie. Dieses Mal dauerte es länger.

„Genügt das als Antwort?"

In diesem Moment ging die Autotür auf. Sie schraken auseinander. Mr. Simmons stand davor, hatte die Tür in der Hand und sagte in einem Ton, der keinen Widerspruch duldete: „Miss Bridget, würden Sie sich bitte verabschieden und dann aussteigen! Und das ist nicht als Bitte gedacht."

Sie nahm allen Mut zusammen: „Dann haben Sie bitte die Güte und machen die Tür zu, damit ich mich in Ruhe verabschieden kann."

Als sie das gesagt hatte, sah sie den Ausdruck in Simmons' Gesicht. Er würde mitnichten die Tür schließen und dabei riskieren, dass sie losfuhren.

„Ich verspreche dann mitzukommen."

Simmons schaute noch grimmiger.

„Ehrenwort." sagte Bridget.

Simmons knallte die Tür zu und stellte sich vor den Wagen. Wenn sie losfuhren, mussten sie ihn schon überfahren.

Bridget und Nick sahen sich an und küssten sich leidenschaftlich. Sie wollten die Zeit nutzen, um sich zu spüren. Keiner dachte daran, Vorkehrungen für ein Wiedersehen zu treffen. Die Zeit war zu kostbar. Sie schmiegten sich, so gut es ging, aneinander und versanken in ihrem Kuss, in diesem Meer von Seligkeit. Nach einigen Minuten klopfte Simmons auf die Motorhaube.

Sie lösten sich voneinander und sahen sich in die Augen.

„Ich werde Dich finden." sagte Nick und Bridget antwortete: „Und ich werde auf Dich warten."

Sie waren so selig, dass sie glaubten, sie könnten es mit der ganzen Welt aufnehmen. Nichts würde sie mehr trennen können.

Simmons öffnete die Tür und Bridget löste sich von ihm. Sie stieg aus und sah ihn noch einmal lächelnd an, dann warf Simmons die Tür hinter ihr zu und Nick sah sie mit ihm auf das Tor zu gehen. Das Tor öffnete sich, sie drehte sich noch einmal um und winkte ihm zu, dann verschwand sie darin.

18.

Nick wartete, bis das Tor wieder ganz geschlossen war, dann startete er den Wagen. Er fuhr los, aktivierte das Telefon und rief Agatha an. Es klingelte ein paar Mal, bis sie sich etwas verschlafen meldete:

„Ein Anruf um diese Zeit? Wie darf ich das verstehen?"

Nick war nicht gerade zum Plaudern aufgelegt.

„Tut mir leid. Du musst mir sofort einen Flug auf der ersten Maschine, die heute nach London geht, buchen. Und dort brauche ich einen Mietwagen. Kriegst Du das hin?"

Sofort war Agatha hell wach.

„Geht klar. Ich schicke Dir die Daten auf Dein Handy. Gute Reise."

„Danke."

Nick jagte den Wagen über den Highway. Er wollte so schnell wie möglich nach Hause. Er musste aus diesem Anzug raus und ein paar Sachen holen.

Das Page-Anwesen war ähnlich der Villa, in der Bridget wohnte, nur noch um einiges größer. Das Haus bestand aus einem Hauptbau und zwei Flügeln, Armen, wie sie von der Familie genannt wurden, da sie so an das Haus angebaut waren, als würde das Haupthaus die Arme ausbreiten. Nick bewohnte den Nordflügel, seine Eltern den Südflügel, im Haupthaus waren die Wohnzimmer, Arbeitszimmer, die Küche und Esszimmer. Seine Geschwister wohnten auch im Nordflügel, wenn sie zu Besuch waren.

Früher war es schon so, dass die Kinder den einen, die Eltern den anderen Flügel bewohnten und so hatte man es beibehalten.

Das Haus selbst lag in einem großen Park, der von einem Heer von Gärtnern gepflegt wurde. Ein Pool mit Badehaus und ein Tennisplatz waren sehr harmonisch in das Gelände integriert. Nach Westen endete das Grundstück am Strand direkt am Meer.

Das Anwesen war sehr schön, außerdem für Nick sehr bequem, so dass es ihn nicht dauerhaft aus dem Haus zog. In der Nähe der Firma hatte er noch eine Wohnung, die er benutzte, wenn es mal später wurde, oder er eine Verabredung hatte, die er seinen Eltern nicht zumuten wollte.

Er bog von der Straße in das Anwesen ein, und parkte den Wagen vor dem Haupteingang. Seine Mutter hasste es, wenn die Autos nicht in die Garage gefahren wurden. Aber er brauchte den Wagen sowieso gleich wieder.

Mittlerweile war es früher Morgen. Er lief durch die Eingangstür, durchquerte die Halle und nahm immer zwei Stufen auf einmal die breite Treppe hinauf. In seinem Zimmer angekommen, fing er an, sich im Gehen auszuziehen. Die Krawatte hatte er schon im Wagen abgenommen. Er riss an den Hemdknöpfen. Als die nicht schnell genug aufgingen, streifte er sich ungeduldig das Hemd über den Kopf, gleichzeitig schlüpfte er aus den Schuhen, zog sich schnell die Hose aus und eilte ins Bad. Dort stieg er in die Dusche und stellte sie auf ziemlich heiß.

Er bemerkte nicht, wie jemand an die Tür klopfte.

„Nick, bist Du da?" Seine Mutter steckte den Kopf zur Tür herein.

Sie war eine große, etwas dralle, gutaussehende Frau. Ihre üppigen glatten braunen Haare hatte sie lässig hochgesteckt, so dass ihr ein paar Strähnen ins Gesicht und auf die Schultern fielen. Sie trug ein langes, mit bunten Blumen bedrucktes Kleid, denn sie liebte Blumen über alles.

Sie ging zur Badezimmertür und klopfte. Sie hörte Wasser rauschen und nickte mit dem Kopf.

„Er ist da." sagte sie zu sich und sah die verstreuten Kleider im Zimmer liegen. Sie schüttelte seufzend den Kopf und setzte sich auf das Bett.

„Da hatte es wohl jemand eilig."

Auf der Kommode neben der Badezimmertür lag sein Handy, das jetzt ein leises Vibrieren von sich gab. Kirstie stand auf und warf einen Blick auf das Handy. Es zeigte eine Nachricht von Agatha an. Sie wunderte sich, dass die Assistentin ihres Sohnes am Samstag so früh morgens eine Nachricht schickte.

Sie hob das Hemd vom Boden auf, stellte die Schuhe zusammen unter die Kommode und hängte Hemd und Hosen über einen Stuhl.

In diesem Augenblick ging die Badezimmertür auf. Nick kam heraus, nur mit einem Handtuch um die Hüften bekleidet. Mit einem anderen Handtuch rubbelte er sich die Haare trocken.

„Hallo, Mom."

„Hallo, mein Schatz. Ich habe geklopft, aber Du hast mich nicht gehört."

„Wie Du siehst, ich war unter der Dusche."

Sie lächelte verschwörerisch: „Oh ja, das sehe ich und wie ich noch weiter sehe, warst Du heute Nacht nicht zuhause. Wie war dein Date mit dieser Engländerin?"

Nick hatte weder Zeit noch Nerven, seiner Mutter jetzt alles zu erzählen. Da im Hause Page aber Ehrlichkeit über alles ging, entschied er sich für eine Kurzfassung.

„Mom, hör zu, diese Engländerin, wie Du sie nennst, ist die wundervollste Frau, die ich je getroffen habe. Es war der schönste Abend, den ich bisher mit einer Frau verbracht habe und, wenn ich es recht überlege, auch der interessanteste."

„Aber Nick, das ist ja wundervoll." Kirstie freute sich herzlich für ihren Sohn. „Und weiter?"

„Nichts weiter. Das ist es ja. So wie es aussieht, muss sie heute nach London zurückfliegen."

„Was? Wieso denn das?" fragte sie verdutzt.

„Komplizierte Geschichte. Ich mach es kurz: Sie hat ein Leben dort und ich will, dass sie das aufgibt."

Kirsties Gesicht verlor das Lachen. „Nick, das tust Du nicht. Du kannst sie nicht zwingen, ihr Leben aufzugeben."

„Nur, wenn, sie das auch will. Und ich glaube, das tut sie bereits."

Kirstie schaute ihren Sohn besorgt an: „Junge, ich hoffe, Du weißt, was du tust."

Nick hatte sich während des Gesprächs angezogen, eine blaue Jeans, ein weißes Hemd, und einen dazu passenden schwarzen Blazer.

Er streifte sich gerade den Gürtel in die Jeans, als er zu seiner Mutter sagte: „Ja, das hoffe ich auch. Vertrau mir Mom. Ich kann Dir jetzt nicht alles erzählen. Nur so viel: Ich fliege heute ebenfalls nach London. Ich gebe sie nicht kampflos auf."

Kirstie war insgeheim stolz auf ihren Sohn. Er war ein Mann der Tat. Wie sein Vater. Er wollte etwas, ging drauf los und holte es sich. Dafür liebte sie ihn nach über 35 Jahren Ehe unter anderem immer noch.

„Ist Dad da?" fragte Nick aus dem Badezimmer.

Kirstie überlegte kurz und sagte dann: „Ja, er war vorhin noch in seinem Arbeitszimmer."

In diesem Moment klopfte es an der Tür. Kirstie sagte: „Herein" und schon streckte Nicks Vater Tom den Kopf zur Tür herein: „Hey, was machst Du denn hier? Ist Nick da?"

Der kam gerade aus dem Badezimmer, nahm sein Handy von der Kommode und sagte: „Hey Dad, ich muss mit Dir reden."

Sein Vater betrat das Zimmer und sagte in ernstem Ton: „Hey Sohn, trifft sich gut. Ich mit Dir auch. Ich erwarte Dich in meinem Büro." Tom drehte sich um und ging aus dem Zimmer.

Nick und Kirstie waren beide über den kühlen Ton von Tom überrascht. Sie sahen sich an. Nick zuckte mit den Schultern und fing an, einige Sachen aus den Kommoden und Schränken zu holen und legte sie aufs Bett.

„Bitte sag Rosa, sie soll mir einen Rucksack mit diesen Sachen und sonst allem Notwendigen packen. Ich gehe zu Dad."

Er nahm sein Handy und las Agathas Nachricht, der Flug ging um zwei Uhr am Nachmittag, jetzt war es 9.30 Uhr, es war also noch etwas Zeit. Er machte hinter einem Bild einen Tresor auf, holte seinen Reisepass und etwas Bargeld heraus und steckte es in eine Innentasche seines Blazers. Nick hielt seiner Mutter die Tür auf und sie verließen beide das Zimmer.

Kirstie ging schnell dem Zimmermädchen Bescheid sagen, Nick ging in die Küche, um sich einen Kaffee zu holen. Sie trafen beide gleichzeitig im Büro von Vater Page ein. Die Tür war offen.

Tom saß auf der ledernen Couch und stand auf, als Nick und Kirstie hereinkamen. „So, Sohn, ich muss Dir leider etwas sagen, das mir nicht gefällt."

Kirstie setzte sich auf die Couch, Nick nahm in einem Sessel Platz. Er nippte an seinem Kaffee und stellte die Tasse dann auf den davorstehenden Couchtisch.

Nick schwante nichts Gutes. Diese Anrede hatte sein Vater immer benutzt, wenn er als Kind etwas angestellt hatte. Nick bekam damals, wie auch heute noch, heiße Ohren, wenn er sie hörte. Es bedeutete selten etwas Gute. Tom stand vor der Couch, holte tief Luft und fing an: „Ich habe Deine englische Kunsthistorikerin überprüfen lassen."

Nicks Miene verdüsterte sich: „Warum?" „

„Sie kam mir von Anfang an merkwürdig vor."

„Dad, sie ist Engländerin." warf Nick ein.

„Das entschuldigt nicht alles." brummte Tom. Er holte hörbar Luft: „Außerdem, kam es Dir nicht auch komisch vor, dass sie von Sicherheitsleuten zur Firma gefahren und abgeholt wurde?"

Tom ging zum Schreibtisch, nahm eine Mappe, die dort lag und brachte sie zu Nick. Er hielt sie ihm hin.

„Was ist das?" fragte Nick. Er nahm sie nicht.

„Das ist das Ergebnis einer Recherche, die ich bei einem europäischen Privatdetektiv in Auftrag gegeben habe."

Nick wurde ärgerlich und stand auf: „Du hast was?"

Tom fuhr fort: „Wie gesagt, sie kam mir von Anfang an merkwürdig vor. Und wie sich gezeigt hat, hatte ich Recht damit. Es gibt keine Bridget Malloy, die in Rom, Paris oder London Kunstgeschichte studiert hat."

Nick hatte das Gefühl, man zog ihm den Boden unter den Füßen weg.

Er wurde aschfahl und schaute von seinem Vater zu seiner Mutter und wieder zurück. Das durfte doch nicht wahr sein. Was stimmte jetzt wieder nicht? Er nahm die Mappe, die ihm sein Vater immer noch hinhielt, öffnete sie und sah hinein. In der Mappe lag das Schreiben einer Privatdetektei. Nick überflog es nur kurz. Dort stand es tatsächlich. Schwarz auf weiß. Er setzte sich wieder, schloss die Mappe und warf sie mit Schwung auf den Tisch.

Kirstie sah, wie sehr ihn diese Mitteilung mitnahm. Es hatte ihn anscheinend ziemlich schwer erwischt. Sie fragte: „Und wer ist diese Frau dann?"

Tom sah sie an. „Das weiß ich nicht. Ich habe den Detektiv nur beauftragt, die Vita, die uns von dieser Frau vorgelegt wurde zu überprüfen. Er hat keine einzige Übereinstimmung gefunden. Es ist alles erfunden. Bridget Malloy gibt es nicht."

Nick erhob sich, steckte die Hände in die Hosentaschen, ging zum Fenster und schaute hinaus. Der Blick in den Park, der das Haus umgab, hatte ihn bisher immer beruhigt. Diesmal sah er ihn gar nicht. Er murmelte: „Bridget, Bridget, was stimmt eigentlich bei dir?"

Tom wandte sich ihm zu. „Was tun wir jetzt? Ich meine im Hinblick auf den Film. Wie sind wir eigentlich zu ihr gekommen?"

Daran hatte Nick ja noch gar nicht gedacht. Sie hatten sie engagiert, damit sie die geschichtliche Genauigkeit bei der Produktion des Filmes wie bei der Ausstattung im Auge behielt. Was, wenn sie gar keine Expertin war? Wenn sie einer Betrügerin aufgesessen waren?

Das konnte er nicht glauben. Sie war sehr professionell bei der Arbeit gewesen. Sie hatte viele wertvolle Hinweise gegeben und sie meistens auch noch nachgewiesen. Nick wurde schnell zum Geschäftsmann.

Er drehte sich um und sah seinen Vater an: „Beim Projekt bleibt alles, wie es ist. Ich glaube nicht, dass sie in dieser Hinsicht eine Betrügerin war. Ihre Arbeit war absolut professionell. Wir hatten an der Universität Florenz angefragt, ob sie uns eine Expertin für Da Vinci nennen könnten. Daraufhin hatte sich Bridget Malloy gemeldet. Hast Du noch jemandem von Deinem Verdacht erzählt, oder das Ergebnis dieses Detektivs gezeigt?"

Tom schüttelte den Kopf: „Nein, bis jetzt nicht. Ich wollte es erst Dir zeigen. Ich weiß nicht, ob es klug ist, es dabei zu belassen."

„Doch, wir belassen es dabei. Wir haben bis jetzt zu viel Geld in das Projekt gesteckt, als dass wir es jetzt noch ohne großen Aufwand ändern könnten. Wenn Du das nicht gemerkt hättest, hätten wir fertig gedreht, sie wäre zum Grobschnitt nochmals dazu gekommen. Keiner hätte was bemerkt."

„Ja, aber jetzt wissen wir es." wandte Tom ein.

„Was wissen wir? Dass ihr Name nicht Bridget Malloy ist. Und den Rest finde ich raus."

„Wie willst Du das machen?" So gefiel Tom sein Sohn. Obwohl er nicht ganz damit einverstanden war, was nun geschehen sollte.

„Wie Ihr wisst, war ich gestern mit ihr essen. Es war ein wundervoller Abend." Nick meinte, die Karten jetzt auf den Tisch legen zu müssen. Die Lage war zu ernst. „Wenn er auch etwas holprig angefangen hatte."

„Was meinst Du mit holprig?" fragte Kirstie neugierig. Sie wollte es jetzt genau wissen.

Nick sah auf die Uhr. Etwas Zeit hatte er noch. Er und Tom setzten sich wieder und Nick fing an zu erzählen. Er erzählte den Ablauf des Abends in groben Zügen und schloss mit den Worten: „Um zwei Uhr heute Nachmittag geht mein Flug nach London. Ich hoffe, sie ist ebenfalls im Flugzeug. Dort werde ich dann weitersehen. Wenn nicht, muss ich mir etwas anderes einfallen lassen."

„Hältst Du das wirklich für richtig? Mir kommt das alles sehr mysteriös vor und ich weiß nicht, ob ich des Rätsels Lösung kennen möchte." Tom sah Nick eindringlich an. Er sah das Projekt in Gefahr und das gefiel ihm absolut nicht.

Nick war umso entschlossener: „Und ob ich das für richtig halte. Jetzt möchte ich erst recht wissen, wer sie ist."

„Na schön. Ich fahre Dich zum Flughafen." sagte Tom.

Sie standen alle auf. Kirstie umarmte ihren Sohn und gab ihm einen Kuss auf die Wange. „Mach's gut, mein Schatz."

Er umarmte sie und küsste sie ebenfalls auf die Wange „Danke Mom. Ich bin bald wieder da."

In der Eingangshalle stand schon sein fertig gepackter Rucksack. Er schlüpfte mit einem Arm durch die Riemen und hievte ihn sich auf die Schulter, verließ das Haus und stieg zu seinem Vater ins Auto.

19.

Als sich das Tor hinter Bridget und Simmons schloss, überkam Bridget plötzlich ein ungutes Gefühl. Wie sollte Nick sie denn finden? Er kannte doch noch nicht einmal ihren richtigen Namen. Und sie glaubte auch nicht, dass sie nach der heutigen Nacht noch einmal herkommen und ihre Arbeit am Film beenden durfte. Leise Panik stieg in ihr auf. Ihre Ohren begannen zu rauschen. Sie hatte nicht mal mehr seine Handynummer. Ihr Handy hatte sie ja aus dem Fenster geworfen. Obwohl, sie konnte ihn vielleicht über Agatha erreichen. Wenn es ihr jemals wieder gelingen sollte, ungestört zu telefonieren.

Sie gingen durch die Eingangstür in die Halle. Bridget wollte abbiegen auf die Treppe nach oben, doch Simmons hielt sie am Arm fest und zog sie in eines der großen Wohnzimmer.

Er war sichtlich mieser Laune. „Bitte sehr, Mylady. Wir haben zuerst zu reden."

Sie betraten den großen Raum, der auf der Gartenseite von einer riesigen Fensterfront begrenzt war. Die deckenhohen Fenstertüren waren eingerahmt von hellen Vorhängen. An der Stirnseite beherrschte ein großer weißer Kamin aus Marmor die Wand. Über ihm hing ein riesiger Spiegel. Davor standen etliche Sofas mit dicken blau-weiß-gold gestreiften Polstern. Simmons führte Bridget zu einem der Sofas. „So, bitte Platz zu nehmen." Bridget setzte sich. „Und nun höre ich."

„Was wollen Sie denn hören?" Bridget gab sich selbstsicherer, als sie war, aber sie hatte nicht die geringste Lust auf dieses Verhör. Sie kannte das Prozedere von früher schon. Man zwang sie zu „beichten" und dann wurde alles schnell wieder gerade gebogen. Beweise verschwanden und Zeugen wussten plötzlich von nichts mehr, als hätte es die Begebenheit nie gegeben. Dazu war sie diesmal aber nicht bereit.

Simmons konnte sich nur mit Mühe beherrschen nicht zu schreien: „Was passiert ist, will ich wissen."

Bridget erhob sich: „Verzeihen Sie, aber das geht Sie nichts an."

Simmons trat zu ihr: „Und ob mich das was angeht. Also gut, dann anders. Wo waren Sie? Wohin sind Sie gefahren, nachdem Sie uns abgehängt haben?" Es kostete ihn sichtlich Überwindung das zuzugeben.

Bridget setzte sich wieder und schlug einen ruhigen neutralen Ton an: „Es tut mir leid, Mr. Simmons. Ich werde Ihnen, was den gestrigen Abend angeht, keine Auskunft geben." Sie blickte ihn herausfordernd an.

Simmons beherrschte sich mühsam: „Nun denn, auch gut." Er gab Alfred, der die ganze Zeit an der Tür gestanden hatte, einen Wink. Der nickte und ging aus dem Zimmer. „Ich habe London über Ihr Verschwinden informieren müssen. Dort war man nicht sehr amüsiert."

Bridget musste trotz allem lächeln. „Das kann ich mir vorstellen. Dann wird's wohl nichts mit der nächsten Gehaltserhöhung."

Simmons überging die Bemerkung. „Wir fliegen noch heute nach Hause. Ihr Vertrag mit der Firma wird gekündigt. Die Arbeit dort wird wohl jemand anders erledigen müssen."

Bridget hörte es und sah ihre Befürchtungen bestätigt. Genauso hatte sie es sich vorgestellt. Aber ein Gutes hatte es. Wenn man schon weiß was kommt, ist man nicht mehr überrascht.

„Ihr Gepäck wird schon gepackt. Bitte gehen Sie jetzt nach oben und machen sich reisefertig. Wir fahren gegen elf Uhr zum Flughafen. Das Flugzeug geht um zwei Uhr nachmittags." Bridget stand auf und ging nach oben. Sie war insgeheim etwas stolz auf sich. Diesmal hatte sie nichts erzählt. Sie ging in ihr Zimmer und sah sich um. Ein Mädchen stand am Schrank, legte ihre Kleider zusammen und in einen Koffer. „Guten Tag Miss." sagte das Mädchen. „Was möchten Sie für die Reise anziehen?"

Bridget konnte gerade keinen Gedanken dahingehend fassen, was sie anziehen wollte. Sie sagte: „Bitte legen Sie mir eine Hose und eine Bluse heraus. Egal welche. Und eine passende Jacke. Ich gehe ins Bad."

„Jawohl, Miss."

Bridget ging ins Badezimmer und gleich zur Palme. Natürlich, das Handy war weg. Man hatte wohl gestern Abend ihre Zimmer auf den Kopf gestellt und kein Fleckchen ausgelassen. Sie warf ihre Kleider von sich und stieg unter die Dusche. Als sie wieder in ihr Zimmer kam, war das Mädchen verschwunden und die frischen Sachen lagen auf einem Stuhl. Bridget hatte sich ein Handtuch umgewickelt, legte sich auf das Bett und drehte sich auf die Seite. Sie wusste nicht, ob sie heulen oder lachen, sich freuen oder ärgern sollte. Sie fühlte in ihrem Inneren eine Seligkeit, wenn sie an Nick dachte. Ob es ihm genauso ging? Sie wusste es nicht, hoffte es jedoch. Vielleicht war es ihm doch zu viel, was er gestern mit ihr erlebt hatte? Nein, bestimmt nicht. Sie war nicht sicher, was passieren würde. Nur eines war sicher. Sie musste zurück nach London. Man brachte sie weg von hier, weg von Nick. Dem Liebsten, was sie auf der Welt gefunden hatte. Sie hoffte, dass er Wort halten und sie finden würde. Sie erkannte, was die Liebe ausmachte: Hoffnung.

20.

Bridget und Simmons betraten den Bereich der ersten Klasse des Flugzeuges als Letzte. Die anderen Passagiere saßen schon alle auf ihren Sitzen. Dies war aus Sicherheitsgründen immer so. Die Flugzeugtüren schlossen sich unmittelbar hinter ihnen. Die Sitzplätze der ersten Klasse waren nur etwa knapp zur Hälfte besetzt. Ein gutaussehender Steward führte sie zu ihren Plätzen. Simmons saß schräg hinter Bridget. So konnte er sie besser im Auge behalten. Er freute sich auf den Flug. Im Flugzeug konnte ja nichts passieren. Sie konnte schlecht unterwegs aussteigen.

Er flog diesmal allein mit ihr. Die amerikanischen Sicherheitsleute waren nur für den Aufenthalt in den Staaten angeheuert worden. In London würde man sie dann von den eigenen Leuten abholen lassen.

Jetzt freute er sich erst mal auf eine Mütze voll Schlaf. Die konnte er gut gebrauchen. Er machte es sich bequem und noch bevor das Flugzeug abhob, war er eingeschlafen.

Bridget setzte sich bequem hin und betrachtete die Kabine. Das war es also. Ihr Abenteuer war zu Ende. Ihr stiegen beinahe die Tränen in die Augen, aber sie kämpfte sie nieder. Sie wollte nicht in der Öffentlichkeit weinen.

Sie sah nach hinten, Simmons hatte die Augen geschlossen. Schlief er, oder wollte er nur, dass sie das dachte? Aber was hätte sie hier tun können? Sie hatte kein Handy und abhauen konnte sie auch nicht. Gefangen im Käfig, dachte sie. Das Motto meines Lebens. Sie sah sich in der Kabine um und betrachtete die anderen Passagiere, beziehungsweise, was man von ihnen sah. Kaum halbe Köpfe, die über die Rückenlehnen ragten. Als das Flugzeug seine Reisehöhe erreichte, kamen die Stewardessen und fragten, ob sie etwas anbieten durften. Bridget bestellte sich nur ein Wasser und schaltete lustlos den Bordcomputer vor sich an. Was sollte sie sonst die nächsten Stunden tun? Grübeln? Nachdenken, wie es weitergehen würde? Sie hätte doch nur schlechte Gedanken gehabt und dadurch auch noch miese Laune bekommen. Ihre Stimmung und das selige Gefühl in der Magengegend wollte sie sich aber um keinen Preis verderben lassen. Da ließ sie sich lieber von einem Film ablenken. Sie wählte einen Film über Robin Hood. Als er anfing, sah sie, dass er von Nicks Produktionsfirma hergestellt worden war. War das jetzt ein gutes oder ein schlechtes Omen? Egal, sie schaute ihn sich an.

Während der Film lief, ging plötzlich ein Mann an ihr vorbei. Sie sah es nur aus den Augenwinkeln. In diesem Moment fiel ihr ein Stück Papier in den Schoß. Sie wollte schon protestieren, bewarf sie da etwa jemand mit Müll? Aber der Mann war schon wieder zu seinem Sitz zurückgegangen.

Sie betrachtete das Papier und stellte fest, dass es ein zusammengefalteter Zettel war. Sie entfaltete ihn und las: in zehn Minuten WC vorne links. Bridgets Herz klopfte bis zum Hals: Nick! Durfte das wahr sein? Er war hier im Flugzeug. Das Glück schwappte über sie.

Sie drehte sich zu Simmons um. Der schlief selig und hatte nichts mitbekommen. Die Stewardess hatte ihn mit einer Decke zugedeckt. Sie sah auf die Uhr. Die Zeiger bewegten sich viel zu langsam. Die zehn Minuten dauerten ewig. Das konnte auch Robin Hood nicht ändern. Kurz bevor die Zeit um war, erhob sich ein Mann weiter vorne von seinem Platz und ging zum WC.

Bridget sah auf die Uhr. Endlich, es war soweit. Sie erhob sich und ging den Gang entlang, öffnete die Tür der Toilette und ihr Herz hüpfte vor Freude. Schnell zog sie die Tür zu und fiel geradewegs in Nicks Arme. Er saß auf der geschlossenen Toilette und zog sie auf sich. Sie küssten sich, lachten, hielten sich eng umschlungen und küssten sich wieder.

Als sie wieder zu Atem kamen keuchte Bridget: „Du bist verrückt."

„Ja, mein Schatz, nach Dir."

„Und was jetzt?"

Nick streckte sich: „Ich habe einen Plan, aber Du musst mir dabei helfen."

Bridget war selig, das zu hören. Sie hatte Recht behalten: Mit ihm war alles möglich, vielleicht sogar das Unmögliche. „Lass hören."

„Wie geht das Aussteigen bei Dir vonstatten?"

„Normalerweise fährt eine Limousine auf das Rollfeld und wir steigen als Erste aus."

Nick dachte nach; „Das ist schlecht. Zu wenig Zeit."

„Ich könnte etwas Zeit herausschlagen, indem ich sage, sie müssten nochmals anhalten, mir ist schlecht und ich müsste dringend zur Toilette."

„Kriegst Du das hin?"

Bridget nickte: „Ja, ich glaube schon. Und dann?"

„Agatha hat mir einen Mietwagen besorgt. Mit dem könnten wir dann das Flughafengelände verlassen. Glaubst Du, Du schaffst es bis zum Mietwagenschalter?"

„Welchen?"

Nick zog sein Handy aus der Jackentasche und tippte ein paar Mal darauf herum.

„Car rent. Ist am westlichen Ausgang."

Bridget lächelte ihn an: „Ich werde es jedenfalls probieren."

„Ok, ich warte dort auf Dich. Ich kenne mich aber in diesem Teil der Welt nicht aus. Weißt Du, wohin wir fahren können? Wir bräuchten zuerst einmal einen sicheren Unterschlupf."

Bridget dachte kurz nach, dann fiel ihr etwas ein. Sie hatte den perfekten Ort dafür. Etwas weit entfernt, aber machbar.

„Da weiß ich was. Ist ein Stück zu fahren, aber ich glaube, sicher."

Sie küssten sich lange und zärtlich. Bridget ließ sich fallen und genoss das warme Gefühl, das sich in ihr breit machte. Wie wunderbar er sich anfühlte. Heute Morgen noch hatte sie befürchtet, dass sie sich niemals wiedersehen würden. Und jetzt war er hier. Sie wollte nicht weiterdenken. Ließ es einfach geschehen. Als sie sich voneinander lösten, sahen sie sich in die Augen.

Sie flüsterte: „Wir brauchen aber noch einen Plan B. Was, wenn es nicht klappt?"

Nick dachte kurz nach. Dann sah er sie fast schelmisch lächelnd an: „Ganz einfach, dann warte ich in den nächsten Tagen um zehn Uhr morgens am westlichen Beichtstuhl in der Westminster Abbey."

Bridget lachte: „Oh, Nick. Mit Dir hört sich das alles so einfach an. Ich muss jetzt wohl zurück? Simmons hat zwar den Anschein erweckt zu schlafen, aber ich traue ihm nicht."

Sie küssten sich immer wieder.

„Ja, musst Du wohl."

Bridget stand auf. Er hielt sie an der Hand: „Noch eins."

Sie machte wieder einen Schritt zurück: „Ja?"

„Wie heißt Du?" Ihr wurde abwechselnd heiß und kalt.

Das versuchte Lächeln misslang ihr: „Du weißt es?"

Nick wurde ernst: „Ich weiß nur, dass Du nicht Bridget Malloy bist. Es gibt keine Bridget Malloy mit dem Lebenslauf, den Du uns vorgelegt hast."

Was jetzt? Sie war drauf und dran mit diesem wunderbaren Mann durchzubrennen. Jetzt musste Ehrlichkeit sein, zumindest ein kleines bisschen: „Bridget stimmt. Malloy ist ein abgewandelter Name. Er musste herhalten, damit ich dieses Projekt machen konnte. Bitte, Nick, das ist alles kompliziert. Ich werde es Dir erklären, wenn wir in Sicherheit sind. Ich verspreche es."

„Ein abgewandelter Name?" fragte er ungläubig.

„Ja, bitte, ich erkläre es Dir später. Vertrau mir einfach."

Nick schüttelte den Kopf: „Ich muss total verrückt sein. Aber gut. Ich vertraue Dir."

„Danke. Ich liebe Dich." Sie küssten sich noch einmal, dann schlüpfte Bridget aus der Tür.

Nick sah in den Spiegel und sagte zu sich selbst: „Ich muss wirklich total verrückt sein."

21.

Das Flugzeug setzte nach ruhigem Flug pünktlich in London-Heathrow auf. An der parking position fuhr eine schwarze Limousine vor. Bridget und Simmons, der gut geschlafen hatte, deshalb aber nicht besserer Laune war, wurden als erstes von Bord gebeten. Sie stiegen die Gangway hinab und schon sprang ein Sicherheitsbeamter aus dem Wagen, der die Wagentür aufriss. Bridget und Simmons nahmen auf der Rückbank Platz. Sogleich setzte sich der Wagen in Bewegung. Sie stöhnte leise.

Simmons sah sie an: „Geht es Ihnen nicht gut?"

Bridget hielt sich den Bauch und verzog das Gesicht: „Nein, ich habe Bauchschmerzen."

Vor Aufregung stand ihr der Schweiß auf der Stirn. Sie war es nicht gewohnt, so dreist zu lügen. Der Schweiß konnte aber auch hilfreich sein. Sie tat etwas, das sie niemals für möglich gehalten hätte. Sie hatte sich verliebt, in einen Amerikaner. Das war in ihrem geplanten Leben nicht vorgesehen. Sie wusste nicht so recht, wie sie damit umgehen sollte. Nick würde es schon wissen. Sie verließ sich einfach auf ihn.

Simmons sah sie an: „Sie schwitzen ja."

„Mir ist wirklich nicht gut." Es war nicht ganz gelogen. Sie fühlte ein flaues Gefühl im Magen und ihr war tatsächlich der kalte Schweiß ausgebrochen. Sie wartete, bis der Wagen im Bereich des Flughafengebäudes war.

„Könnte ich bitte nochmals eine Toilette aufsuchen?" fragte sie.

Er klopfte an die Scheibe zum Fahrer. Der ließ die Scheibe herunter.

Simmons sagte: „Bitte fahren Sie zum Gebäude. Wir brauchen eine Toilette und zwar schnell."

Der Fahrer nickte und die Scheibe schloss sich wieder. Bridget stöhnte erneut. Es kam ihr vor wie eine Ewigkeit, als der Wagen am westlichen Flughafengebäude hielt. Sie beobachtete unauffällig die Umgebung und versuchte sich zu orientieren. Der Fahrer hielt ihr die Wagentür auf und sie stieg aus. Als sie das Gebäude betrat, folgte Simmons dicht hinter ihr. Im Inneren des Gebäudes suchte sie die Schilder zur Toilette. Es dauerte nicht lange und sie fand eine. Als sie die Örtlichkeit betreten wollte, hielt Simmons sie zurück: „Moment bitte."

Er wollte hineingehen, doch sie sah ihn ungläubig an: „Das wollen Sie doch nicht wirklich tun?"

Simmons schnaubte, öffnete dann aber die Tür und ließ sie eintreten. Sie lief durch den Vorraum, an dem rechts und links Waschbecken angebracht waren, suchte sich eine Kabine aus, betrat diese und schloss ab. Jetzt musste sie etwas auf Zeit spielen.

Nick musste erst die Wagenschlüssel holen. Das konnte ein bisschen dauern. Dann musste sie sehen, wie sie Simmons abschüttelte. Das würde weniger einfach werden.

Nach etwa zehn Minuten kam Simmons herein und rief nach ihr: „Mrs. Malloy?" Er benutzte ihren Decknamen. „Wo sind Sie? Wie geht es Ihnen? Kann ich etwas für Sie tun?"

Er hatte es tatsächlich gewagt, die Damentoilette zu betreten. Der Kerl hatte wirklich keine Skrupel.

Bridget stöhnte: „Mir geht es noch nicht gut. Ich brauche noch ein paar Minuten."

„Ich warte wieder draußen. Soll ich einen Arzt rufen?"

Bridget erschrak: „Nein, nein. Ich glaube es geht gleich wieder. Geben Sie mir nur noch ein bisschen Zeit."

Da hörte Bridget eine Dame ungehalten sagen: „Sie wissen schon, dass dies hier die Damentoilette ist? Was fällt Ihnen ein, sie zu betreten?"

Simmons knurrte nur ein „Verzeihung." und die Tür fiel wieder zu.

Die Dame regte sich noch etwas auf, als Bridget eine Idee kam. Sie ging vorsichtig nachsehend, ob Simmons auch wirklich die Toilette verlassen hatte, aus der Kabine und sah eine sehr vornehme Dame in einem dunkelblauen Kostüm, die an einem Waschbecken stand und sich gerade ihre Frisur richtete. Bridget ging zum Waschbecken und fing an sich die Hände zu waschen. Sie sah die Dame von der Seite an und begann: „Habe ich das eben richtig bemerkt? War ein Mann hier drin?"

Die Dame hielt in ihrer Bewegung inne und sah Bridget an: „Ja, man stelle sich das vor. Nicht mal mehr vor der Gelegenheit machen die Kerle halt. Unerhört."

Sie fuhr fort mit ihrer Frisur.

Jetzt oder nie, dachte Bridget: „Ich glaube, der Mann ist auf der Suche nach mir. Er hat mich schon die ganze Zeit, seit ich auf dem Flughafen bin, verfolgt. Ich wollte nur meine Eltern abholen, aber die haben Verspätung und deshalb warte ich hier schon seit zwei Stunden. Ich habe schon länger bemerkt, dass mich jemand beobachtet. Hatte er einen dunklen Anzug an, graues Haar, etwas älter schon und einen Handychip am Ohr?"

Die Augen der Dame wurden immer größer: „Ja, genau, so sah er aus. Sie müssen zur Polizei gehen."

„Ich fürchte, die werden nichts tun. Nur weil ich etwas vermute, wird niemand etwas unternehmen."

Die Dame empörte sich immer mehr: „Wirklich unerhört. Was man sich bieten lassen muss."

Und jetzt legte Bridget nach: „Würden Sie mir helfen, ihn zu überlisten?"

Die Dame, froh helfen zu können, ereiferte sich: „Aber ja. Was kann ich tun?"

„Ich werde mich jetzt hinter der Eingangstür verstecken. Wenn er tatsächlich wieder hereinkommt, lassen Sie ihn in den Raum mit den Kabinen gehen. Wenn er darin ist, verwickeln sie ihn, so lange es geht, in ein Gespräch. Ich werde derweil versuchen, mich aus dem Staub zu machen."

„Guter Plan. Verstecken Sie sich."

Bridget quetschte sich hinter die Tür, die Dame ging in den Kabinenraum und schon ging die Tür auf. Simmons kam herein und ging, als er Bridget nicht im Raum bei den Waschbecken sah, weiter in Richtung Kabinen. Bridget schlüpfte durch die Tür und lief ruhig nach rechts. Sie wusste nicht, wohin sie gehen sollte, musste zuerst sehen, welche Richtung die richtige war, aber sie durfte jetzt keine Aufmerksamkeit erregen. Sie ging ruhig weiter, einfach gerade aus. Anhand der Schilder versuchte sie zu bestimmen, wo sie war und wohin sie musste. Sie musste nur schnell so weit wie möglich von der Toilette weg. In diesem Bereich des Flughafens war sie noch nie gewesen. Plötzlich sah sie ein Schild, das die ankommenden Passagiere auf Autovermietungen hinwies. Sie folgte schnellen Schrittes der Richtung, in die das Schild wies und hoffte inständig, dass es der richtige Ausgang war.

Simmons hatte indessen ein kurzes Gespräch mit der hilfsbereiten Dame. Sie beschimpfte ihn noch einmal und er untersuchte derweil die Kabinen.

Als er merkte, dass Bridget nicht mehr hier war, herrschte er die Dame an: „Was hat sie Ihnen erzählt?"

Plötzlich war es ihr nicht mehr so wohl in ihrer Haut. Sie antwortete: „Dass Sie sie verfolgen würden."

Simmons wusste alles. Sie hatte ihn schon wieder reingelegt. Er wurde wohl alt. Er lief aus der Toilette und sah sich um. Er sprach in das Mikrofon, das unter seinem Revers versteckt war: „Achtung, an alle: Lady Bridget ist weg. Sofort das ganze westliche Ankunftsgebäude absuchen. Aber unauffällig. Weit kann sie noch nicht sein. Treffen uns am Meeting Point."

Vor dem Gebäude stand die Limousine, mit der sie abgeholt worden waren. Dahinter stand ein schwarzer Jeep. Aus beiden Wagen stiegen Männer mit schwarzen Anzügen und Ohrsteckern aus, die das Gebäude betraten und sofort in alle Richtungen ausschwärmten.

22.

Nick stieg aus dem Flugzeug aus. Er betrat mit den anderen Passagieren das Ankunftsgebäude und erledigte die Zollformalitäten. Obwohl alles ziemlich flott voranging, dauerte es ihm zu lange. Alle paar Minuten sah er auf die Uhr und wunderte sich, dass immer nur so wenig Zeit vergangen war. Das Gelingen ihres Plans hing viel vom Timing ab. Und würde Bridget es schaffen, den Mietwagenschalter zu erreichen? Sie hatte sich noch nie auf einem Flughafen zurechtfinden müssen, geschweige denn einen Schalter finden. Und Heathrow war riesig. Endlich stand er vor dem Tresen der Autovermietung und nahm seinen Schlüssel in Empfang.

Er war so konzentriert mit der schnellen Abwicklung der Formalitäten beschäftigt, dass ihm nicht auffiel, was um ihn herum vorging. „Ich hätte noch ein attraktives Upgrade für Sie, Mr. Page. Darf ich es Ihnen mal zeigen?"

Der freundliche Herr von der Autovermietung tat nur seinen Job. Er musste das jeden Kunden fragen, der vorgebucht hatte.

Nick hatte dafür aber im Moment gar kein Verständnis. Er beherrschte sich jedoch, lächelte und sagte: „Nein danke, geben Sie mir einfach, was gebucht ist."

Der Angestellte lächelte nicht mehr so freundlich, gab Nick die Schlüssel, zeigte ihm, wo er unterschreiben musste und erklärte, wo der Wagen stand.

Endlich war alles erledigt und er konnte sich nun umsehen, wo Bridget blieb. Neben der Autovermietung war ein Starbucks. Er holte sich, um nicht aufzufallen, einen Espresso und blieb vor dem Eingang des Starbucks an einem Tisch stehen.

Bridget sah ihn schon von Weitem. Ihr Herz machte einen Sprung vor Freude, als sie ihn da stehen sah. Er hatte sie noch nicht bemerkt, entspannte sich kurz und gab sich in diesem Moment ganz seinem Espresso hin.

Er wollte nicht daran denken, ob es richtig ist, was er tat, sich auf ein Abenteuer einzulassen, mit einer Frau, die er nicht kannte. Ein Abenteuer, das einer Flucht glich und er wusste noch nicht mal, wovor sie flüchteten. Auf die Erklärung war er gespannt. Diese Gedanken waren ihm während des Fluges dauernd in irgendeiner Form durch den Kopf gegangen.

Wenn er sich doch nur nicht so schrecklich in sie verliebt hätte. Wenn er an sie dachte, sah er ihre wunderschönen grünen Augen, die so einen traurigen Schimmer hatten, ihr seidiges braunes Haar, in das er seine Nase beim Tanzen versenkt hatte, hörte ihr Lachen, als er ihr von seiner Familie erzählte, spürte ihre schlanke Figur, die sie immer unter Jeans und weiter Bluse versteckt hatte und ihren ersten Kuss. Ein Kuss, den er sich nicht erträumt hatte. Er hatte so etwas noch nicht erlebt und er hatte schon einige Freundinnen gehabt. Aber keine war auch nur annähernd wie sie. Bei keiner hatte er je so etwas gefühlt, wie bei ihr. Trotz aller Widrigkeiten hatte es sich richtig angeführt. Ja, er glaubte schon, dass sie alle Aufregung wert war.

23.

Bridget lief so schnell es die vielen Leute, die hier unterwegs waren, zuließen, in seine Richtung. Plötzlich erstarrte sie und blieb stehen. Sie sah zwei Männer in Uniform, Flughafenpolizei, auf Nick zugehen.

Sie sprachen in ihre Mikrofone und gingen dann direkt zu ihm. Nick hatte gerade auf die Uhr gesehen und sah die beiden Beamten erst, als sie direkt vor ihm standen.

Einer der Beamten, nach dem Aufdruck auf seinem Hemd ein Mr. Hubbard, sagte zu ihm: „Mr. Nick Page?"

Er sah hoch und antwortete: „Ja."

„Wir müssen Sie bitten mit uns zu kommen. Bitte folgen Sie uns widerstandslos und vermeiden Sie Aufsehen. Das ist in unser aller Interesse."

Nick war überrascht, fing sich aber gleich: „Was liegt denn gegen mich vor?"

Die beiden Polizisten sahen sich an, dann fuhr Mr. Hubbard fort: „Das klären wir in unserem Büro. Bitte kommen Sie jetzt einfach mit."

Nick war nicht bereit, der Aufforderung zu folgen. Polizei, das ging dann doch zu weit.

„Ich komme auf keinen Fall mit, bevor Sie mir nicht gesagt haben, was Sie von mir wollen."

Mr. Hubbard versuchte es noch einmal: „Wir haben nur den Befehl, Sie umgehend in unser Büro zu bringen. Alles Weitere wird unser Chef Ihnen sagen."

Nick sah ein, dass er die beiden Polizisten nicht so ohne weiteres loswurde. Er würde wohl mitgehen müssen.

„Also gut."

Die beiden Polizisten sahen sich an und atmeten merklich auf. Sie fühlten sich nicht ganz wohl in ihrer Haut. Sie hatten den Auftrag erhalten, diesen Amerikaner auf ihre Dienststelle zu bringen, man hatte ihnen aber nicht gesagt, warum. Nick schulterte seinen Rucksack, die beiden Beamten nahmen ihn in ihre Mitte und sie gingen los.

Einige Umstehende, die die Szene beobachtet hatten, lächelten bedauernd, andere grinsten schadenfroh. War wohl wieder einer, der anscheinend etwas Verbotenes mit sich führte. Geschah ihm recht. Selbst schuld, wenn er sich erwischen ließ.

24.

Bridget sah die Szene aus einiger Entfernung. Sie blieb mitten zwischen den vielen Menschen, die hier unterwegs waren, stehen. Ihre Gedanken rasten. Simmons! Wieder mal. Wahrscheinlich hatte er die Flughafenpolizei alarmiert und die hatten die Passagierliste gecheckt.

Sie hatten bestimmt auch schon die Autovermietungen überprüft und wussten, dass Nick einen Wagen gebucht hatte. Jetzt hatten sie ihn.

Sie musste sich etwas einfallen lassen und zwar schnell. Sie folgte den Dreien in einiger Entfernung. Gleichzeitig musste sie aufpassen, dass sie nicht ihren eigenen Verfolgern in die Arme lief. Simmons hatte bestimmt schon Himmel und Hölle in Bewegung gesetzt, um sie zu finden.

Die Wanderung ging durch die ganze Ankunftshalle, vorbei an den vielen Geschäften, Getränkeständen und sonstigen Läden. Vor einer unscheinbaren Tür, neben der ein kleiner Magnetscanner mit Zahlentastatur hing, stoppten sie. Einer der Polizisten tippte einen Code in das Gerät, die Tür ging mit einem lauten Klicken auf und die Beamten verschwanden mit Nick hinter der Tür. Die Tür ging automatisch wieder hinter ihnen zu. Bridget rutschte das Herz in die Kniekehle. Sie hatte ihn verloren. Was sollte sie jetzt tun?

25.

Die Beamten brachten Nick hinter der Tür, die ins Freie führte, zu einem Wagen.

„Bitte steigen Sie ein." Sagte Mr. Hubbard und hielt ihm die Tür auf.

Nick nahm im Wagen auf der Rückbank Platz, Mr. Hubbard setzte sich zu ihm, der andere Polizist setzte sich auf den Fahrersitz, startete den Wagen und sie fuhren los.

Der Wagen fuhr unter Gebäuden, zwischen Flugzeugen, auf aufgemalten Straßen und an viel Personal des Flughafens vorbei. An einem Gebäude, Nick hatte mittlerweile die Orientierung verloren, hielt der Wagen an und sie stiegen aus. Vor ihnen war wieder eine unscheinbare Tür mit Zahlenschloss. Mr. Hubbard gab wieder einen Code ein, die Tür schwang auf und sie traten ein. Durch ein Labyrinth von Gängen und Treppen ging es ins Innere des Gebäudes.

Nick dachte schon, es würde kein Ende nehmen, da öffnete sich eine Tür und sie betraten ein modern eingerichtetes Büro. Hinter dem Schreibtisch saß ein hagerer älterer Mann, mit freundlichem Gesicht, weißen Haaren und im grauen Anzug. Er erhob sich, als die Beamten mit Nick eintraten und ging mit einem freundlichen Lächeln und ausgestreckter Rechten auf Nick zu.

„Ah, da sind Sie ja. Mr. Page, nehme ich an." Und an die Beamten gewandt: „Danke meine Herren, Sie können gehen."

Er schüttelte Nick die Hand: „Mein Name ist Reefs, bitte setzen Sie sich." Er zeigt auf die lederne Sitzgruppe, die neben dem Schreibtisch stand.

Nick hatte keine Lust auf Höflichkeiten. Er blieb stehen: „Warum bin ich hier? Hier bei Ihnen, meine ich?"

Reefs ging zu einem kleinen Beistelltisch und fragte: „Darf ich Ihnen etwas anbieten? Tee, Kaffee, Wasser oder etwas Stärkeres?"

Nick riss sich sichtlich zusammen: „Nein, danke. Ich wiederhole: Warum bin ich hier?"

Reefs kam wieder auf ihn zu und sagte: „Sie wissen es nicht?"

„Nein, sonst würde ich nicht fragen."

„Das ist jetzt erstaunlich. Ich dachte, das wäre offensichtlich." Erwiderte Reefs, drehte sich um, ging um seinen Schreibtisch und setzte sich wieder.

„Ist es nicht, also?"

Er stütze die Ellenbogen auf und faltete die Hände: „Mr. Page, Sie pflegen, sagen wir mal, eine Bekanntschaft zu einer Dame." Er machte eine Pause.

„Und?" fragte Nick.

„Es gibt hier bei uns in England Personen, die stehen unter besonderem, nun, Schutz." sagte Reefs und lehnte sich wieder in seinem Stuhl zurück. „Ich denke, Sie haben mittlerweile schon bemerkt, dass die Bekanntschaft mit dieser Dame, nicht ganz unkompliziert ist?"

Nick sagte nichts, sah ihn nur an.

Reefs stand auf. Seine Freundlichkeit war einer fast unwirschen Ernsthaftigkeit gewichen: „Mr. Page, leider muss ich Ihnen mitteilen, dass Sie in diesem Land nicht willkommen sind. Ich muss Sie bitten, den nächsten Flug nach Hause zu nehmen."

Nick traute seinen Ohren nicht: „Wie bitte?"

Sein Ton wurde noch schärfer: „Sie haben mich verstanden. Der nächste Flug nach Los Angeles geht morgen früh um acht Uhr. Ich darf Sie bitten, solange Gast in unserem Flughafenhotel zu sein. Es wird alles für Sie vorbereitet."

Er drückte auf einen Knopf. Sofort ging die Tür auf und die beiden Polizisten traten ein. Reefs wandte sich an sie: „Mr. Page wird uns morgen früh wieder verlassen. Bitte begleiten

Sie ihn zum Hotel und leisten Sie ihm bis dahin, wie besprochen, Gesellschaft."

Die beiden Polizisten nickten und sahen dann zu Nick. Er stand wie versteinert. Man warf ihn aus England hinaus und das unter Polizeischutz. Das wurde ja immer schöner. Die Polizisten setzten sich in Bewegung. Nick ging automatisch mit. Erst mal tun, was sie sagen, entschied er. Dadurch gewinne ich etwas Zeit.

Sein Gehirn arbeitete auf Hochtouren. Wer war Bridget wirklich? Eine Person, die unter besonderem Schutz steht, hatte dieser Mr. Reefs gesagt. Aber jetzt musste er erst einmal weg, die beiden Polizisten loswerden und sich dann auf die Suche nach ihr machen. Ob es ihr gelungen war, Simmons abzuhängen? Die Polizisten gingen erneut endlose Gänge mit ihm entlang und Treppen hinunter. Nick versuchte gar nicht erst, sich zu orientieren. Er folgte den Polizisten einfach. Nach einiger Zeit standen sie wieder vor der kleinen Tür, durch die sie gekommen waren.

Mr. Hubbard gab den Code ein, die Tür öffnete sich und davor stand der Wagen. Sie stiegen wieder alle wie vorhin in den Wagen und fuhren los. Nach ein paar Minuten Fahrt durch das Labyrinth des Flughafens fuhren sie am Eingang des Hotels vor. Der Fahrer stieg aus und hielt Nick die Tür auf, während dessen stieg Hubbard ebenfalls aus und sie betraten zusammen das Hotel durch eine große Glastür, die sich mit einem leisen Zischen öffnete. Mr. Hubbard ging zum Rezeptionisten und holte den Schlüssel, während Nick von dem anderen Polizisten zum Lift begleitet wurde.

Da kam Nick eine Idee. Jetzt musste er genau aufpassen. Es könnte klappen. Es waren zwei Lifte nebeneinander.

Der Polizist drückte den Liftknopf und sie warteten.

Nick sah nach oben und sah, dass der Lift, vor dem sie standen, hier seine Endstation hatte. Beim anderen Lift brannte der Pfeil nach unten. Er fuhr also weiter. Dieser war zuerst in der Halle. Die Tür öffnete sich und ein paar Leute stiegen aus. Jetzt musste er die richtige Zeit abwarten.

Hubbard stand noch an der Rezeption und sprach mit dem Angestellten dort. Der andere Polizist stand etwa einen Meter entfernt von Nick. Nick täuschte ein Niesen vor und der Polizist drehte sich weg. In diesem Moment gingen die Lifttüren wieder zu. Nick schlüpfte gerade noch hinein. Der Polizist wollte noch hinterher springen, aber es war zu spät. Die Türen reagierten nicht mehr, sie schlossen sich.

Nick lächelte dem Pärchen, das in Bademänteln im Lift stand freundlich zu. Im Keller war anscheinend der Wellnessbereich und die Beiden waren auf dem Weg zum Schwimmbad.

In der Halle waren die Polizisten in heller Aufregung. Hubbard hatte gesehen, was geschehen war und rief dem anderen Polizisten zu, der wie wild auf den Liftknopf drückte: „Das hat keinen Sinn. Los, die Treppe, er fährt nach unten."

Sie rannten beide zur Treppe und eilten sie, immer zwei Stufen auf einmal nehmend, hinunter.

Mit dem Lift unten angekommen, stieg das Pärchen aus. Nick nahm nun allen Mut zusammen und drückte den Knopf für das Erdgeschoss. Wenn er Glück hatte, waren die Polizisten auf dem Weg über die Treppe nach unten.

Im Erdgeschoss angekommen öffneten sich die Türen des Lifts. Er wartete einen Augenblick, dann wagte er einen Blick nach draußen. An der Rezeption standen viele Leute, es war wohl gerade ein Reisebus mit Japanern angekommen. Niemand beachtete ihn. Er durchquerte beherrscht, jedoch so schnell er unauffällig konnte, die Halle, ging durch die Glastür nach draußen und kam dann auf dem Vorplatz. Er musste in irgendeine Richtung gehen, um nicht aufzufallen. Da war rechts so gut wie links. Er wandte sich nach rechts und ging schnellen Schrittes, aber immer darauf bedacht, keine unnötige Aufmerksamkeit zu erregen. Er drehte sich ein paar Mal um, aber von den Polizisten war nichts mehr zu sehen. In einiger Entfernung sah er eine Reihe von Taxis stehen. Wie sollte es jetzt weiter gehen? Wo war Bridget? Hatte er eine Chance, eine Nadel in diesem riesigen Heuhaufen zu finden? Zumal er jetzt bestimmt auch noch die Flughafenpolizei auf den Fersen hatte. Er ging zu einem der Taxis und stieg ein.

26.

Bridget blieb nur kurz stehen. Sie hatte Nick fast gehabt und nun doch verloren. Was sollte sie jetzt tun? Sie drehte sich um und ging langsam zu den Läden zurück. Da kam ihr eine Idee. Sie machte erneut kehrt und steuerte auf die Autovermietung zu. Ein Versuch war es wert.

Sie ging zu der Theke und sogleich war ein Angestellter bei ihr. Der Angestellte war noch sehr jung, etwas dicklich, mit strähnigem, etwas zu langem Haar und einem Bart. Er lehnte sich über die Theke: „Guten Tag. Kann ich Ihnen helfen?"

Sie legte einen verzweifelten Ton in ihre Stimme: „Oh ja, das können Sie sicher. Mein Mann hat einen Mietwagen bei Ihnen gebucht und vorhin den Schlüssel abgeholt. Er hat ihn mir gegeben und ist noch Zigaretten einkaufen gegangen. Ich musste dringend zur Toilette und da ist mir der Schlüssel in die Schüssel gefallen. Leider hatte ich schon die Spülung betätigt. Der Schlüssel ist weg. Jetzt wollte ich Sie fragen, ob Sie nicht einen Ersatzschlüssel für den Wagen haben. Ich bezahle Ihnen jeden Preis. Wenn mein Mann das erfährt, oh je, Sie können sich nicht vorstellen, was er mit mir machen wird. Er hält mich so schon für einen Tollpatsch. Können Sie mir helfen?"

Sie sah den Angestellten von unter her verzweifelt an und schob ein bisschen die Unterlippe vor. Der stellte sich gerade hin und holte theatralisch Luft: „Sie wissen, dass das nicht billig wird. Die Schlüssel müssen extra angefertigt werden."

Bridget dachte, nun mach dich nicht wichtig. Das ist mir egal. Rück einfach den Ersatzschlüssel raus.

Sie sprach mit verzweifelter Stimme weiter: „Gibt es denn keine Möglichkeit mir zu helfen? Ich dachte, so ein kompetenter und gutaussehender junger Mann wie Sie, wäre mit gewissen Schwierigkeiten vertraut und könnte jedes Problem lösen. So dachte ich jedenfalls, als ich Sie von weitem sah." Oh Nein, dachte sie. Jetzt muss ich dem Kerl auch noch den Bart kraulen. Aber es half. „Wie ist denn Ihr Name?"

„Page."

Sichtlich geschmeichelt durch das Kompliment, errötete der junge Mann leicht. Er drehte sich um, ging zu einem Schlüsselkasten, kramte darin herum, holte einen Schlüssel heraus, las das Etikett und kam zurück. „Da haben wir ja den Ersatzschlüssel. Ich muss Ihnen den aber auf die Rechnung setzen."

„Oh, das ist schon in Ordnung. Nach diesem Urlaub hier, wird mein Mann gerne die Rechnung bezahlen. Dafür werde ich schon sorgen, wenn sie wissen, was ich meine." Sie sah den jungen Mann an und lächelte verschwörerisch. Sie schlug innerlich die Hände über dem Kopf zusammen. Zu was ließ sie sich herab? Aber egal. Es musste sein.

Der junge Mann errötete jetzt bis unter die Haarspitzen.

„Könnten Sie mir jetzt noch verraten, wo der Wagen steht?" fragte Bridget, „Mein Mann hat es mir erklärt, aber in der Aufregung habe ich es vergessen."

„Äh ja, natürlich." Erwiderte er und erklärte ihr den Weg.

Sie nahm seine Hand und bedankte sich herzlich: „Ich danke Ihnen vielmals. Das war wirklich sehr lieb von ihnen."

Er behielt die rosa Farbe im Gesicht bei und lächelte ihr verlegen nach.

Bridget dachte, wenn sie Nick hätten, würde es keinen Sinn machen, das Auto zu beobachten. Sie könnte also in Ruhe damit wegfahren.

Sie ging an den Läden vorbei, die Sonnenbrillen, Schals und Tücher anboten. Sie kaufte sich ein Kopftuch und eine Sonnenbrille, zog ihren Blazer aus und knotete ihn sich um die

Hüften. So würde man sie auf den Überwachungskameras vielleicht nicht gleich erkennen. Sie bezahlte alles mit dem wenigen Bargeld, das sie in der Tasche hatte. Bargeld brauchte Bridget sonst nur sehr wenig und hatte deshalb auch kaum etwas dabei.

Sie beeilte sich, um zum Ausgang zu kommen. Ihr Herz klopfte ihr bis zum Hals. Ihr wurde bewusst, dass dies kein Streich war, so wie früher an der Schule, sondern ernst. Und es war auch keine Juliet da, mit der man sich am Ende des Tages totlachen konnte. Aber bis jetzt ging es gut. Der Angestellte hatte ihr den Weg gut erklärt, so dass Bridget sich zurechtfand. Ein leises Gefühl der Erleichterung stieg in ihr hoch.

Kurz vor dem Parkplatz der Autovermietung nahm ihre Aufregung wieder zu. Sie war hochkonzentriert, spähte unauffällig nach allen Seiten und dann entdeckte sie sie: Zwei Sicherheitsbeamte standen gleich neben dem Mietwagen und hielten Ausschau. Bridget fluchte innerlich. Sie drehte ab und wechselte auf den Gehweg auf der anderen Straßenseite. Die Beamten schauten kurz zu ihr hin. Sie gab sich wie eine normale Passantin und winkte jemandem Imaginären in der Ferne zu. Wenn sie Aufmerksamkeit auf sich lenkte, drehten sich die Beamten vielleicht weg und tatsächlich, es funktionierte. Sie verloren das Interesse an ihr.

Bridget lief einfach weiter. Sie wusste nicht, was sie jetzt tun sollte. Irgendwann würde der Weg schon enden. Dann würde sie schon weitersehen. Plötzlich hakte sie von hinten jemand unter. Sie erschrak und schaute zur Seite.

Simmons! „Ich muss sagen, kein schlechter Trick mit dem Ersatzschlüssel. Leider hat es doch nicht so ganz geklappt.

Wie man hört, haben Sie dem Kerl ja ganz schön eingeheizt. Zum Glück für mich hat es sein Kollege mitbekommen. Dem kam das Ganze nicht geheuer vor und er hatte Angst um den Wagen. Er hat die Flughafenpolizei alarmiert. Den Rest können sie sich ja denken."

Bridgets Mund war trocken. Sie brachte fast kein Wort heraus. „Und warum erzählen Sie mir das?"

„Um Ihnen zu zeigen, dass auch der perfekteste Plan danebengehen kann."

Sie liefen einfach immer weiter. Plötzlich blieb sie stehen. Simmons fasste sie fester am Arm.

„Ich hoffe, Sie sind zufrieden." sagte sie mit eiskalter Stimme.

Simmons erwiderte: „Ich werde nicht fürs Zufriedensein bezahlt."

Im selben Augenblick kam die schwarze Limousine angerollt. Der Fahrer stieg aus und hielt ihr die Tür auf. Sie zögerte und blickte Simmons böse an. Der wies mit dem Kopf auf die Rückbank und sagte, zu ihrer Überraschung, sehr sanft: „Bitte steigen Sie ein."

27.

Nick hatte dem Fahrer gesagt, dass er in die Stadt fahren solle. Unterwegs fragte er ihn, ob er eine preiswerte Unterkunft wisse, in der man einige Nächte bleiben könnte. Der Taxifahrer, ein junger Mann mit Dreitagebart, brummte etwas von: „Geht klar Mann. Kenn da was. Is wahrscheinlich genau das Richtige. Gehört ner Freundin von mir. Geht barzahlen?"

Nick überlegte kurz: „Nimmt sie auch Dollar?"

„Klar, Mann, Hauptsache Scheine. Sind wohl Amerikaner?"

Nick wollte nicht mehr sagen, als er schon hatte, machte nur: „Mmmh." und der junge Mann verstand sogleich.

Der Fahrer betätigte seine Freisprechanlage. Nick hörte, wie er mit einer Frau am anderen Ende sprach. Nach Beendigung des Gesprächs, sagte er zu Nick über seine Schulter: „Geht in Ordnung, Mann. Sie hat Platz."

Die Fahrt dauerte ziemlich lange. Sie fuhren über die Autobahn zur Stadt. Nick konnte von weitem die Skyline von London sehen. Sie rückte immer näher und der Verkehr wurde zusehends mehr. Die Häuser standen dichter beisammen. Der Fahrer lenkte das Taxi zügig und sicher durch die Straßen. Zum Schluss fuhren sie durch eine Mischung aus Wohn- und Geschäftshäusern, eine vierspurige Hauptstraße entlang. Der Wagen bog in eine Seitenstraße, in der sich georgianische Häuser aneinanderreihten. Rechts und links der Straße standen Bäume. Es sah aus wie im Reiseführer.

Vor einem der Häuser hielt das Taxi, der Fahrer drehte sich um und sagte: „Da wären wir. Wär mir recht, Sie bezahlen mich erst, dann melde ich Sie an."

Für Nick war das in Ordnung. Er bezahlte den nicht unerheblichen Betrag mit der Kreditkarte und gab ihm zusätzlich einen 50 Dollar Schein. „Hier ein bisschen Trinkgeld. Dafür haben Sie mich nie gesehen, klar?"

Der Fahrer nahm den Schein und sagte: „Wer soll denn schon nach Ihnen fragen?" Er sah Nick an, der darauf aber keine Antwort geben wollte. Der junge Mann verstand und drehte sich wieder zurück. „Klar, Kumpel. Weiß gar nicht, wen Sie meinen." Obwohl Nick den Fahrer nicht kannte, hatte er ein gewisses Vertrauen zu ihm, wollte aber trotzdem nicht alles preisgeben.

Was blieb ihm auch anderes übrig? Er war allein, mitten in London und auf Hilfe angewiesen. Sie stiegen aus dem Taxi aus und der Fahrer bedeutete Nick, ihm die Treppe hinauf zu folgen. An der Haustür klingelte er und nach kurzer Zeit kam eine junge Frau und öffnete die Tür. Als sie sah, wer da stand, fiel sie dem jungen Mann um den Hals und sagte: „Nigel, da bist Du ja und Du bringst Deinen Gast gleich mit."

„Ja, muss aber gleich wieder los. Will ihn nur abliefern. Mach's gut und sei lieb zu ihm."

Er ging die Treppe hinunter, winkte Nick kurz zu, stieg in sein Taxi und fuhr los.

„Hallo, ich bin Dana." Die junge Frau streckte Nick die Hand hin. „Kommen Sie doch herein."

Nick nahm kurz ihre Hand, dann gingen sie zusammen in den Flur. Es roch eigentümlich in dem Haus. Der Holzboden glänzte, als wäre er gerade frisch poliert worden. Der schmale Flur setzte sich im Hausinnern fort. Auf der linken Seite öffnete sich ein Durchgang zu einem Esszimmer. Die Wände waren hellblau gestrichen, die Fenster zur Straße hin mit beigen Vorhängen behängt. Der Tisch und die Stühle waren aus dunklem Holz und schienen, wie die Vitrine an der Seitenwand, schon sehr alt zu sein. Sie waren jedoch tadellos gepflegt.

Dana bemerkte, dass ihr Gast sich umsah: „Überrascht, was?"

Nick lächelte nur. Auf der rechten Seite war der gleiche Durchgang und es gab ein spiegelgleiches Zimmer. In der Mitte der gegenüberliegenden Wand war ein Kamin, vor dem standen drei gelbe Sofas in U-Form, davor ein niedriger Tisch. Ein gemütliches Wohnzimmer. Im Flur führte an der linken Wand eine Treppe in das obere Stockwerk.

„Ich habe das Haus von meinen Großeltern geerbt und will es so erhalten, wie es war, als sie noch lebten. Dazu muss ich leider Geld verdienen. Ich studiere noch. Ich kann es mir aber nicht leisten, ein offizielles Bed and Breakfast zu eröffnen. Also bringt mir Nigel manchmal Gäste. Ist das ok für Sie?"

Nick atmete innerlich auf. Ein inoffizielles Quartier war genau richtig. „Das ist mir sogar sehr recht."

„Ich zeige Ihnen erst mal Ihr Zimmer, dann kommen Sie in die Küche und ich mache Ihnen einen Tee."

Sie stieg die Treppe hinauf und Nick folgte ihr. Es ging zwei Stockwerke nach oben. Oben angekommen öffnete sie gleich neben der Treppe eine Tür. Das Zimmer war ordentlich groß, in der Mitte stand ein schönes altes Doppelbett, dazu kamen ein Schrank, ein kleines Sofa, ein Schreibtisch mit Stuhl und ein Nachttisch als Möblierung. Dana öffnete noch eine kleine Tür an der Seitenwand des Bettes: „Hier ist ein kleines Bad. Ich hoffe, es gefällt Ihnen."

Nick hatte im Moment keinen Blick mehr für die Ausstattung. Er wollte nicht noch mehr Zeit verlieren. Er trat ein und meinte sogleich: „Es ist perfekt."

„Ok, dann lasse ich Sie jetzt allein. Wenn Sie soweit sind, wie gesagt, Tee gibt's in der Küche, Erdgeschoss, hinter der Treppe. Ist nicht zu verfehlen." Sie ging hinaus und schloss die Tür hinter sich.

Nick hatte etwas vergessen. Er rief ihr hinterher: „Moment noch." Die Tür öffnete sich wieder und Dana streckte den Kopf herein. „Wo bin ich hier eigentlich? Ich meine, die Adresse?"

„Notting Hill, Pembridge Road 13." Sie schloss die Tür wieder.

Na Bravo, dachte Nick, 13.

28.

Bridget saß wie versteinert im Wagen. Nichts hatte geklappt. Der ganze schöne Plan war danebengegangen. Hatte sie Nick jetzt verloren? Sie durfte nicht daran denken. Das durfte einfach nicht sein. Sie hatte die Liebe gefunden und noch bevor sie sie richtig kennenlernen durfte, schien es vorbei zu sein. Wo er jetzt wohl war?

„Wo ist er?" fragte sie tonlos.

Simmons gab keine Antwort.

Sie sahen beide starr geradeaus.

Sie fragte noch einmal: „Wo ist er?"

Simmons räusperte sich: „Ich weiß nicht, ob es gut wäre, Ihnen das zu sagen."

„Warum? Haben Sie Angst, ich könnte mich zu ihm durchschlagen?"

Simmons machte ein sonderbares Geräusch mit den Zähnen. „Wer weiß. Nachdem, was Sie in den letzten Tagen so alles gebracht haben, traue ich Ihnen mittlerweile alles zu. Sie sind aufsässig geworden."

„Aufsässig nennen Sie das? Ich habe doch nur jemanden kennengelernt und mich verliebt. Das passiert jeden Tag auf der Welt."

„Ja, aber es wäre besser gewesen, Ihnen wäre es nicht passiert und schon gar nicht mit dieser Konsequenz. Das wissen Sie selbst." Er sah sie jetzt an. „Hören Sie, Mylady." Er benutzte jetzt die offizielle Anrede. „Glauben Sie nicht, mir macht es Spaß, Sie so zu jagen und Ihnen den Spaß zu verderben. Bisher war das nicht nötig gewesen. Die Versteckspielchen, die wir in den letzten Jahren manchmal miteinander gespielt haben, waren recht erfrischend. Es ist mein Job, Sie zu beschützen, aber es war nicht vorgesehen, dass Sie sich in den Staaten ernsthaft verlieben. Und schon gar nicht, dass der junge Mann mit hierher nach Hause kommt. Der Kronrat ist außer sich und will Sie umgehend sehen. Er tritt in diesen Minuten zu einer Sondersitzung zusammen. Man erwartet Sie. Ich fürchte, Sie müssen sich auf eine gehörige Abreibung gefasst machen."

Jetzt war die Katze aus dem Sack. Bridgets Kloß im Magen verdichtete sich zu Beton. Sie hatte damit gerechnet, vor den Kronrat zitiert zu werden, aber doch nicht gleich heute. Insgeheim hatte sie gehofft, ihre Eltern könnten sie davor bewahren, aber die hatten in dieser Hinsicht noch nie etwas ausrichten können. Warum also jetzt? Ausgerechnet jetzt? Sie wussten ja nicht mal, was mit Bridget passiert war. Sie schluckte schwer und ihre Gedanken waren genauso schwer.

„Sagen Sie mir wenigstens, wo Nick ist. Bitte." Sie flehte ihn regelrecht an.

Er wirkte jetzt sichtlich gequält. „Mylady, bitte hören Sie auf zu fragen und bringen mich nicht in Gewissensnot. Man hat mir verboten, es Ihnen zu sagen."

Bridget gab auf. Sie hatte Simmons in den letzten Tagen genug Schwierigkeiten gemacht und trotz seines undankbaren Jobs mochte sie den kauzigen Sicherheitschef. Er hatte ein etwas brummiges Wesen, war aber im Grunde seines Herzens ein guter Mensch, der seine Aufgabe, die Sicherheit seines Schützlings, sehr ernst nahm.

Bridget fiel ein, dass Nick und sie im Flugzeug von Plan B gesprochen hatten. Sie hatte das eigentlich für einen Scherz gehalten, da sie überzeugt war, dass Plan A gelingen würde. Aber nun rückte Westminster Abbey in die Nähe. Im wahrsten Sinne des Wortes.

Die Limousine bog in den Hof des Parlaments ein. Der Kronrat tagte in diesem Gebäude. Das konnten sie doch nicht wirklich machen. Sie hatte gerade einen langen Flug hinter sich, von ihrer seelischen Anspannung ganz zu schweigen.

Sie sah bestimmt nicht gut aus und jetzt auch noch das. Ihr blieb wirklich nichts erspart. Sie schwankte zwischen Mutlosigkeit und Trotz, Resignation und Kampfeswille. Was würde die Oberhand behalten? War ihre Liebe zu Nick so stark, dass sie sich gegen alles, was bisher in ihrem Leben Bestand hatte, stellen konnte? Sie wusste es selbst nicht. Sie entschied sich erstmal dafür, zu sehen, was kommt und die Augen offen zu halten. Nein, kampflos wollte sie sich nicht ergeben. Nicks Gesicht erschien vor ihr, sein Lächeln bei ihrer Unterhaltung, seine Verzweiflung, als sie gehen wollte, sein zärtlicher Ausdruck, als sie sich von ihm verabschiedet hatte. Und dann erinnerte sie sich an ihren ersten Kuss. An dieses wunderbare Gefühl, das er in ihr hervorgerufen hatte. Nein, nein und nochmals nein. Sie wollte es wenigstens versuchen. Ihr Kampfeswille behielt die Oberhand.

29.

Der Wagen hielt vor einem Seiteneingang. Bridget fragte Simmons: „Kann ich mich wenigstens irgendwo vorher frisch machen? Wie Sie wissen, bin ich schon lange auf den Beinen und im Flugzeug habe ich auch nicht viel geschlafen."

„Es ist schon alles für Sie vorbereitet." Simmons war wirklich gut im Organisieren.

Die Wagentüren gingen auf, sie stiegen aus und wurden von wartenden Sicherheitsbeamten durch den Seiteneingang auf eine Treppe zugeleitet. Sie gingen die Treppe ein Stockwerk hoch und einen Gang entlang. Vor einer Tür blieb Simmons stehen, zog eine Magnetkarte durch den dortigen Scanner und die Tür öffnete sich mit einem Klick. Er ließ Bridget eintreten.

Sie betrat ein Zimmer, das wie ein kleines Appartement eingerichtet war. Es befand sich ein Schrankbett darin, das im Moment eingeklappt war, eine kleine Couch, ein Couchtisch, eine kleine Küchenzeile mit einem Tisch, zwei Stühlen und ein kleiner Schrank. Auf der rechten Seite ging eine Tür ab, die in ein kleines Duschbad führte. Man hatte Bridgets Kosmetikkoffer hineingestellt. Im Schrank, der offen war, sah Bridget frische Kleider für sich hängen. Sie drehte sich zu Simmons um: „Könnte ich was zu trinken haben?"

„Ich lasse Ihnen etwas bringen." Simmons drehte sich um und verließ das Appartement.

Als sich die Tür hinter ihm schloss, ging Bridget zum Fenster und sah hinaus. Es ging hinüber zur Westminster Abbey. Da war die Kirche. So nah und doch so fern. Gedankenverloren zog sie sich aus. Sie ging ins Bad, stieg in die Dusche und ließ warmes Wasser über sich laufen. Das tat gut und Bridget fühlte sich ein bisschen besser. Das wärmende Gefühl des Wassers hatte etwas Tröstliches Sie stieg aus und trocknete sich mit einem riesigen Handtuch ab. Plötzlich klopfte es an der Badezimmertür. Ganz leise nur. In Bridget stieg die Wut hoch. Konnte man sie nicht wenigstens in Ruhe duschen lassen?

„Ja, was gibt es denn?" Fragte sie ärgerlich.

Die Tür ging langsam einen Spalt auf und Juliet streckte den Kopf zur Tür herein. „Na, Mylady, brauchen Sie vielleicht Hilfe?"

„Juliet!" rief Bridget, rannte auf sie zu und die Freundinnen umarmten sich. Sie drückten sich kurz und Bridget fühlte sich gleich besser. Jetzt bestand vielleicht wieder Hoffnung. Juliet trug die Uniform eines Zimmermädchens. Bridget hielt sie auf Armeslänge von sich und sah sie an. „Neuer Job?"

Juliet lachte: „Ja, beinahe. Jetzt beeil Dich."

Sie fing an, sich auszuziehen. In diesem Moment verstand Bridget. Sie lief zum Schrank und holte ein paar Sachen heraus. Sie würden die Kleider tauschen.

Bridget fragte atemlos: „Wie hast Du davon erfahren?"

Juliet antwortete: „Durch einen Zufall. Ich wollte Dich in den Staaten anrufen, dort hat man mir aber gesagt, dass Du bereits abgereist bist. Auf Deinem Handy warst Du auch nicht zu erreichen. Da schwante mir gleich, dass etwas nicht stimmen konnte. Mein Dienstmädchen hat eine Freundin hier in der Küche. Die hat ihr erzählt, dass der Kronrat heute tagt. Da muss immer etwas Besonderes serviert werden. Der Duke of Hampstead besteht auf die sauren Nierchen. Das Mädchen in der Küche hat mir den Zutritt ermöglicht. Ich muss nur aufpassen, dass Simmons nicht herausbekommt, wer das war."

„Aber Du wirst Ärger bekommen, wenn das rauskommt. Und diesmal so richtig."

„Das ist mir egal. Was können sie mir schon tun?" Juliet zuckte mit den Schultern und wirkte so resolut.

Mit gespielter Ernsthaftigkeit sagte Bridget: „Eigentlich habe ich ein Hühnchen mit Dir zu rupfen."

Juliet tat ahnungslos. „Warum das?"

Bridget lächelte zaghaft. „Dein Rat, mich auf dieses Abendessen einzulassen, hat ganz schön was durcheinandergebracht."

Juliet sah sie erwartungsvoll an. „Ach wirklich?" fragte sie.

Bridget machte ein ernstes Gesicht und sagte beinahe resigniert. „Juliet, Nick ist ein wunderbarer Mann. Ich habe mich Hals über Kopf in ihn verliebt. Und wahrscheinlich auch hoffnungslos. Er ist mir hierher gefolgt und wir haben uns auf dem Flughafen verpasst. Jetzt weiß ich nicht, wo er ist."

Juliet machte den Reißverschluss an Bridgets Kleid zu. Dabei sagte sie: „OK. Dann werden wir Dich jetzt erst mal wie geplant aus der Schusslinie nehmen. Nick suchen kannst Du später." Sie drehte sich wieder zu ihr und sagte: „Du weißt ja immerhin, wo er wohnt." Sie grinste sie an.

Das machte Bridget wieder Mut.

„Nun beeil Dich."

Sie schlossen letzte Knöpfe und Verschlüsse. Bridget machte sich plötzlich Sorgen um Juliet. Juliet war die Tochter eines Earls aus Yorkshire. Sie hatte das Glück, dass ihre Eltern eine standesgemäße und vom Kronrat gewünschte Verbindung eingegangen waren. Ihre Mutter war eine Landadelige aus Devon. Juliet durfte sich schon immer freier bewegen als Bridget. Dieser Umstand führte für Bridget schon des Öfteren zu Schwierigkeiten. Da sie unzertrennlich waren, hatten sie schon mehrfach die Security überlisten müssen. Zu zweit war das etwas leichter, zumal Juliet in dieser Hinsicht sehr erfindungsreich war.

Juliet gab Bridget eine kleine schwarze Tasche. „Hier drin ist alles, was du brauchst. Verliere sie nicht. Ich habe an der Sanctuary bei der Westminster Abbey auf einem Parkplatz einen Wagen geparkt. Kleiner schwarzer Mini Morris. Der

Schlüssel ist in der Tasche. Außerdem weiß Daisy Bescheid. Du fährst am Besten erstmal nach Mon Repos. Ebenfalls befinden sich eine Kreditkarte darin, etwas Bargeld und ein neues Handy. Du weißt demnach also nicht, wo Nick ist?"

Bridget konnte ihr Glück kaum fassen. Sie nahm die Tasche und sah hinein. „Du bist die Beste, Juliet. Nein, Simmons hat mir nichts gesagt. Ich hoffe nur, dass man Dir die Hölle nicht allzu heiß machen wird."

„Keine Angst. Bin feuerfest. Ich konnte auch nichts über ihn in Erfahrung bringen. Da hielten sie alle dicht." Sie umarmten sich kurz und Juliet drängte zum Aufbruch. „Steht dir gut, das Häubchen. Okay, Du läufst den Gang nach rechts. Hinter der dritten Tür ist eine Treppe, sie führt zur Küche hinab. Die durchquerst Du und nimmst den Ausgang auf der rechten Seite. So kommst Du aus dem Gebäude. Jetzt kommt der schwierigere Teil. Am Tor stehen Wachen. Denen zeigst Du diesen Ausweis." Juliet nahm ihren Ausweis, den sie um den Hals trug, ab und gab ihn Bridget. Diese hängte ihn sich um. „Dürfte nicht allzu schwer werden. Sie kontrollieren strenger beim Betreten des Gebäudes als beim Verlassen." Sie drehte Bridget um und gab ihr einen Klaps. „Jetzt geh."

Bridget sah Juliet an: „Danke!" Sie gab ihr einen Kuss auf die Wange.

Juliet gab Bridget einen Schubs: „Los jetzt. Und lass Dich nicht erwischen, sonst kriegst Du es mit mir zu tun."

Bridget öffnete die Tür. Auf dem Gang rutschte ihr das Herz in die Hose, da standen zwei Sicherheitsleute. Als die Männer sahen, dass das Zimmermädchen aus der Tür trat, machte einer die Tür zu und sie beachteten sie nicht weiter.

Rechts den Gang entlang, hatte Juliet gesagt. Dritte Tür. Sie fand die Treppe, ging hinunter, durch die Küche, in der reger Betrieb herrschte. Aber niemand beachtete sie. Sie ging durch den Ausgang und jetzt wurde es schwierig. Sie ging gemessenen Schrittes an den Wachen vorbei, hielt denen den Ausweis unter die Nase, einer nickte kurz und sie ließen sie passieren. Das klappte ja fast zu einfach.

Bridgets Herz klopfte bis zum Hals. Sollte es diesmal gelingen? Sie war jetzt auf dem Bürgersteig außerhalb des Parlamentsbereichs. Sie riss sich das Häubchen vom Kopf, schüttelte ihr Haar und lief immer weiter, wurde dabei immer schneller.

In diesem Moment schlug Big Ben. Sie erschrak. Oje, ihre Nerven lagen wirklich blank. Immer weiter laufen, dachte sie. Über die Straße und weiter zum Haupteingang der Westminster Abbey. Sollte sie nachsehen? War Nick hier? Was konnte es schaden? Sie würde in der Menge verschwinden und dort würde man sie nicht so schnell finden. Wenn Juliet mittlerweile entdeckt worden war, würde man sie gewiss nicht in der Abbey vermuten.

Sie ging zum Ticketschalter stellte sich in die Schlange, kaufte eine Eintrittskarte und betrat das Kircheninnere. Einen Führer brauchte sie nicht, sie hatte den Grundriss im Kopf.

Wie riesig und schön dieses Gebäude war. Sie hatte sie schon des Öfteren besucht und war immer sehr gerne dort gewesen. Kirchen hatten schon immer eine beruhigende Wirkung auf sie. Um zehn Uhr vormittags am westlichen Beichtstuhl, hatte Nick gesagt. Jetzt war es nach ein Uhr nachmittags und es gab hier keine Beichtstühle! Ihr war das von vornherein klar gewesen, aber was war mit Nick? Sie hatte es nicht für nötig befunden, ihn im Flugzeug darauf hinzuweisen. Hatte sie doch nicht gedacht, dass sie auf diesen Plan zurückgreifen mussten. Bridget sank der Mut. Wie sollte sie ihn finden? Saß er vielleicht sogar noch bei der Flughafenpolizei? Sie wanderte durch die Kirche, immer auf der Ausschau nach ihm. Es bewegten sich unglaublich viele Menschen hindurch. Alles Touristen, die die wunderschöne Architektur und die vielen Grabmäler berühmter Personen bewunderten.

30.

Nick saß in der gemütlichen Küche in der Pembridge Road, eine Tasse Tee vor sich. Seine Gastgeberin plauderte in munterem Ton.

„Was hat Sie nach London geführt?" fragte sie schließlich.

Als Nick nicht gleich antwortete, wurde sie leicht rosa im Gesicht und sagte schnell: „Verzeihen Sie, ich wollte Sie nicht ausfragen."

Nick wollte sie nicht verletzen, sie war wirklich ein entzückendes Ding und so sagte er: „Das ist etwas kompliziert. Ich suche jemanden."

„Tun wir das nicht alle?" sagte sie und lachte laut über ihren eigenen Witz.

Nick, lächelte kurz, sah durch das Fenster auf den kleinen Garten hinter dem Haus und sagte dann: „Ja, das tut wohl jeder. Nur, dass ich weiß, wen ich suche." Er nahm einen Schluck Tee.

„Na, jetzt bin ich aber neugierig."

Es war Nick nicht danach, dieser fremden Frau seine Situation zu erklären, aber er freute sich über ihre nette Gesellschaft. Also entschied er sich, ein bisschen zu erzählen: „Sie war als Zeitarbeiterin in meiner Heimatstadt und wir verliebten uns. Leider gab es in ihrer Familie einen Notfall und sie musste zurück, bevor wir nähere Adressen austauschen konnten. Und dann hat sie auch noch ihr Handy verloren. Jetzt versuche ich, sie mit den wenigen Anhaltspunkten, die ich von ihrem Leben habe, zu finden."

Dana faltete die Hände und hielt sie vor die Brust. „Mein Gott, ist das romantisch. Wenn Sie glauben, ich könnte helfen, sagen Sie es bitte. Ich würde es gerne tun."

„Danke, das ist sehr lieb. Ich komme vielleicht darauf zurück."

Nick trank seine Tasse aus und stand auf. Er musste irgendetwas tun, sonst würde er noch verrückt werden. Er wusste nicht, wo sich Bridget jetzt aufhielt. Das letzte Mal, dass er sie gesehen hatte, war im Flugzeug. Hatte sie es geschafft, ihre Sicherheitsleute abzuschütteln? Wo war sie? Nun musste er sich doch an Plan B halten. Eigentlich war es mehr als Scherz gemeint gewesen. Er hätte nie gedacht, dass es soweit kommen würde. Wie kam er zur Westminster Abbey?

Er fragte Dana: „Können Sie mir sagen, wie ich zur Westminster Abbey komme?"

„Klar, ist ganz einfach. Sie gehen gerade die paar Meter zur Hauptstraße, dann steigen Sie an der Haltestelle Notting Hill Gate in die Circle Line ein. Das ist die Gelbe Linie. Sehen Sie, wenn Sie zur U-Bahn kommen. Dann steigen Sie an der Haltestelle Westminster aus. Sind, glaube ich, fünf oder sechs Haltestellen bis dorthin. Ein kurzes Stück noch laufen, dann sind Sie schon da. Einfach immer den Touristen hinterher."

Nick bedankte sich und ging aus der Küche. Er sah auf die Uhr. Es war fast zwei Uhr am Nachmittag. Das war zwar nicht die vereinbarte Zeit, aber er musste hier raus und etwas tun. Und sei es noch so sinnlos. Er lief zu U-Bahn-Station und kaufte sich ein Tagesticket. Dann fuhr er, wie Dana gesagt hatte, und stieg an der Haltestelle Westminster aus. Er lief die Treppen zum Ausgang hoch und orientierte sich auf der Straße. Da stand Big Ben. Majestätisch und, wie er fand, etwas erhaben auf ihn herabblickend. Der Anblick des alten, ehrwürdigen Gebäudes machte ihm nicht gerade Mut. Für Nick verkörperte dieses Bauwerk seltsamerweise einen Feind, gegen den er gerade im Begriff war, sich zu stellen. Er sah demonstrativ weg und lief weiter in Richtung Westminster Abbey, immer darauf bedacht, nicht allzu lange im Blickfeld der Überwachungskameras zu sein.

Am Eingang zur Kirche kaufte er sich ein Ticket, nahm einen der kleinen Führer, die dort auslagen und trat ein. Wie viele Leute hier waren. Nick sank der Mut. Angenommen, Bridget wäre hier, wie sollte er sie finden? Er faltete den Führer auf, der im Inneren einen Plan der Kirche zeigte.

So, nun wollte er die Beichtstühle suchen und gleichzeitig sich nach den Himmelsrichtungen ausrichten. Nachdem Nick den Plan kurz studiert hatte, stellte er fest, dass es in dieser Kirche gar keine Beichtstühle gab. Er wurde immer mutloser. Dennoch begann er mit dem vorgeschlagenen Rundweg durch die Kirche. Dies würde er, wenn es sein musste, die ganze Woche lang machen. Vielleicht hatte er ja Glück.

Er lief vom Haupteingang aus am Grab von Elizabeth I. und Mary I. vorbei, warf aber nur einen kurzen Blick darauf. Dann begab er sich nach links, zur Chapel of St. John the Baptist. Er betrachtete die Menschen und hoffte immer, in jedem Gesicht Bridget zu erkennen, dann ging er weiter zur Lady Chapel und sprach sich selbst Mut zu. Nick schenkte der wunderschönen Architektur und der kunstvollen Ausstattung der riesigen Kirche kaum Beachtung. Er benutzte sie nur zur Orientierung. Ab und zu nahm er Wortfetzen von Führungen auf, die geschichtliche Daten oder Erläuterungen der Architektur beinhalteten.

Dann kam er zur Lady Chapel mit den fünf Altarnischen. Nick blieb am Eingang der ersten Nische stehen und versuchte, sich einen Überblick zu verschaffen. Er versuchte sich in Bridgets Kopf zu versetzen. Sollte sie hier sein, würde sie sich bestimmt nicht an so einem Ort aufhalten, der als Versteck dienen könnte. Oder doch? Vielleicht musste sie sich vor Simmons und seinen Leuten in Acht nehmen? Es war alles möglich.

Er ging wieder zurück in Richtung Mittelschiff, wo die Übersicht besser war. Dort waren einige Reihen Stühle aufgestellt. Nick setzte sich auf einen und ruhte sich ein wenig aus. Es strengte sehr an, alle Menschen anzusehen, keinen zu übersehen und dabei zu hoffen, dass die eine Frau dabei war, nach der er sich so sehr sehnte. War sie überhaupt hier? Würde er sie je wiedersehen oder würde man ihn wieder verhaften und dann schneller versuchen ihn in ein Flugzeug zu setzen? Einen

Fehler würde man sich jetzt nicht mehr leisten. Halt, halt! Nick rief seine Gedanken selbst zurück. So durfte er nicht weiterdenken. Das würde ihn verrückt machen.

Konzentriere dich, Nick. Los. Sieh hin. Er sprach im Kopf mit sich selbst. Er rollte jetzt den Rundgang von hinten auf, ging aus dem Mittelschiff in Richtung Poet's Corner und blieb kurz vor dem Grab von William Shakespeare stehen. Na, Dick, aus uns hättest du wahrscheinlich ein Drama gemacht, dachte er, und lief weiter. Er bog nach rechts in Richtung Lady Chapel. Es wurde wieder enger, die Menschen kamen ihm entgegen.

31.

Bridget schwankte zwischen Hoffnung, Mut und Resignation. Sie kam jetzt schon das vierte Mal am Grab von Georg Friedrich Händel vorbei. Sie sah es an und dachte, es ist weder die vereinbarte Zeit, noch der exakte Ort, doch die Hoffnung, dass sie Nick hier antreffen würde, ließ sie einfach weitergehen.

Plötzlich fiel ihr etwas ein. Nick hatte Beichtstühle gesagt, das gab es nur in katholischen Kirchen, oder solchen, die es einmal waren und später umgewidmet wurden. Sollte er etwa Westminster Cathedral gemeint haben? Das war eine katholische Kirche und da gab es Beichtstühle. Aber hätte er wirklich so differenziert? Hätte er es überhaupt gewusst? Nein, wohl eher nicht.

Bridget ging zurück zum Mittelschiff. Sie setzte sich auf einen Stuhl und da plötzlich sah sie ihn. Er lief gerade in Richtung Lady Chapel, entgegen des empfohlenen Rundwegs. Bridget traute ihren Augen nicht. War er es wirklich oder spielte ihr ihr Verstand einen Streich und es war nur ein Tourist, der ihm ähnlich sah?

Sie erhob sich schnell, der Stuhl kippte mit lautem Poltern um. Bridget wollte schon loslaufen, aber ein Ordner der Abbey, der an der Wand stand, sah sie streng hinter seiner Brille an. Sie hielt inne, hob den Stuhl auf und stellte ihn wieder an seinen Platz. Bei all den Menschenmassen durfte sie Nick nicht verlieren, aber als sie sich umdrehte, war er verschwunden. Sie eilte, so schnell es die vielen Menschen in der Kirche zuließen, in die Richtung, in die sie ihn hatte gehen sehen. Hoffentlich bog er nicht nach rechts in Richtung Pyx Chamber ab. Sie stand an der Gabelung und überlegte, was sie tun sollte. Geradeaus weiter zur Lady Chapel oder rechts abbiegen? Sie entschied sich fürs Weitergehen. Sie versuchte herauszufinden, wie er denken würde. Würde er eher die kleinen Seitenkapellen vorziehen oder mehr auf den breiteren Hauptwegen bleiben? Eher die Hauptwege, würde ich sagen, dachte sie. Also ging sie weiter in Richtung Lady Chapel. Vor dem Grabmal von Shakespeare blieb sie kurz stehen. Da sah er sie. Er stand gegenüber an der Wand und sah sie durch die zwei Säulen, die da standen. Er konnte es nicht fassen. Er hatte sie gefunden. Er trat von hinten auf sie zu und hakte sich bei ihrem Arm unter.

„Hallo." meinte er unbefangen. Man wollte ja kein Aufsehen erregen. Es sollte aussehen, als wären sie ein ganz normales Pärchen, das sich hier verabredet hatte.

Die Frau drehte sich um und Nick sah in das Gesicht einer gänzlich Fremden. Ihm blieb das Lächeln stehen. Er zog sofort seinen Arm zurück und murmelte: „Entschuldigen Sie bitte, ich habe Sie verwechselt."

Die Dame lächelte: „Kein Problem. Das war nicht unangenehm."

Er ging einige Schritte rückwärts und stieß gegen jemanden. Jetzt sah er Bridget schon in anderen Frauen. Es wurde Zeit, dass er hier rauskam. Die Person, gegen die er stieß, machte einen Schritt zur Seite. Nick drehte sich um und sie schauten sich ins Gesicht. Es war Bridget. Er wollte es jetzt nicht glauben, traute sich nicht mehr, sich auf seine Augen zu verlassen. Sie sahen sich nur an, keiner konnte etwas sagen. Im nächsten Moment lagen sie sich in den Armen.

Die Frau von vorhin lief an ihnen vorbei und sie hörten wie sie sagte: „Jetzt hat er wohl die Richtige gefunden."

Bridget sah Nick an und fragte: „Hat sie Dich gemeint?"

Nick antwortete: „Wahrscheinlich eine Verwechslung."

Sie standen nur da und hielten sich fest. Sie wussten nicht, wie lange es dauerte, eine Ewigkeit oder nur Minuten? Egal. Es war jetzt. Dann besannen sie sich, wo sie waren. Nick nahm sie bei der Hand und sagte: „Komm. Wir gehen hinaus. Hier drin gibt es bestimmt Kameras."

Sie gingen langsam, ohne aufzufallen, vor die Abbey. Ein Pärchen, Hand in Hand, wie hundert andere auch. Bridgets Herz schlug ihr bis zum Hals. Sie hatte ihn gefunden. Jetzt würde alles gut werden. Vor der Kirche zog Nick sie an sich und sie standen eng umschlungen wieder einfach nur da und hielten sich fest. Dann küssten sie sich. Ein langer und zärtlicher Kuss. Sie genossen den Augenblick, auf den sie beide so sehnsüchtig gewartet hatten, denn keiner hatte ernsthaft damit gerechnet, dass es gleich beim ersten Versuch klappen, dass sie sich finden würden. Bridget sah sich vorsichtig um, bereit, die kleinste Unstimmigkeit zu bemerken, und dabei genoss sie die Berührung, die sie so sehr herbeigesehnt hatte, spürte seinen Körper, roch seinen Duft.

Juliet hatte man bestimmt schon beim Schlafittchen gepackt und einem strengen Verhör unterzogen. Doch auf sie war Verlass. Das wussten die zuständigen Damen und Herren auch bereits. Aus ihr würden sie nicht viel herausbekommen. Sie löste sich von Nick, nahm ihn bei der Hand und sagte: „Komm mit."

Sie gingen die Straße entlang, um den Parkplatz zu suchen, auf dem Juliet den Mini Morris geparkt hatte.

„Wo gehen wir hin?" Nick folgte ihr, hätte aber gerne gewusst, was jetzt geschehen sollte.

Sie zog ihn mit sich. „Ich habe einen Wagen hier. Nur noch einen kleinen Moment."

„Einen Wagen? Wie kommst Du zu dem?"

„Hat mir eine Freundin besorgt."

Da sah sie ihn stehen. Wie Juliet gesagt hatte, ein kleiner schwarzer Wagen. Bridget holte den Key aus der Tasche und der Mini Morris meldete sich mit offenen Türen. Sie stiegen ein und fuhren los.

„Wo fahren wir hin?" fragte Nick.

Bridget achtete auf den Verkehr und sagte: „Wir fahren in Richtung Schottland. Ich habe da einen Ort, den wir aufsuchen können und wo wir sicher sind."

„Können wir zuerst meine Sachen in Notting Hill abholen? Ich habe da ein Zimmer. Der Taxifahrer, der mich in die Stadt gefahren hat, hat mich dort untergebracht."

„Ok. Ich weiß, wo das ist. Fahren wir also zuerst dahin."

Bridget lenkte den Wagen durch den dichten Londoner Verkehr. Sie sprachen nicht viel miteinander. Bridget musste sich auf den Verkehr konzentrieren. Sie fuhr sonst nur selten selbst, und Nicks Gedanken überschlugen sich sowieso. Was passierte jetzt? Wohin sollten sie gehen? Was war das für ein sicherer Ort? Hätte er nur seine Sachen gleich mitgenommen. Aber er hatte ja nicht so schnell damit gerechnet, sie zu finden.

Als sie in Notting Hill auf der Hauptstraße fuhren, fragte Bridget: „Kannst Du Dich erinnern, wo es ist?"

„Die Adresse ist Pembridge Road 13. Es ist eine dieser Seitenstraßen." Nick zeigte auf die Straßen, die rechts und links von der Hauptstraße abgingen. Die vierte Seitenstraße war es dann tatsächlich. Bridget bog ein und blieb vor dem Haus in zweiter Reihe stehen. Nick sprang aus dem Auto und klingelte. Nach kurzer Zeit kam er zurück, warf seinen Rucksack auf die Rückbank und stieg ein. „So, jetzt kann es losgehen."

Bridget fuhr los. Sie lenkte den Wagen zurück auf die Hauptstraße und reihte sich stadtauswärts in den Verkehr ein. „Glaubst Du, Du kannst das Navi programmieren?"

Nick sah auf das eingebaute Navigationsgerät in der Mitte des Armaturenbrettes. „Ich glaube schon." Sie nannte ihm die

Adresse und er gab sie ein. Das Gerät rechnete und schon fing die Stimme an, sie zu leiten.

32.

Als Nick das Haus in der Pembridge Road betreten hatte, kam ihm Dana entgegen. „Na, schon Fortschritte gemacht?"

„Ja, kann man sagen. Ich ziehe aus. Was bin ich Ihnen schuldig?" fragte Nick.

„Ach, lassen Sie mal." Dana schien enttäuscht. Der smarte Amerikaner hatte ihr ganz gut gefallen. Sie hätte ihn gern ein paar Tage bewirtet. „Sie waren ja gar nicht richtig hier. Zum Tee waren Sie eingeladen."

„Vielen Dank. Auf Wiedersehen." Er raste die Treppen hoch, holte seinen Rucksack, und wieder runter. In dieser Zeit, sah Dana durch das Esszimmerfenster auf die Straße. Sie sah den Mini Morris und hatte eine gute Sicht auf die Fahrerin. Sie hatte das Gefühl, dass sie das Gesicht irgendwoher kannte. Nun, war wahrscheinlich ein Déjà-vu.

33.

Als Bridget im Parlament das Appartement verließ, zog sich Juliet die Schuhe an, nahm sich das Tütchen Erdnüsse, das sie mit dem Getränk gebracht hatte, riss es auf, warf sich ein paar in den Mund und trat ans Fenster. In diesem Moment sah sie, wie Bridget in ihrer Zimmermädchenuniform durch das Tor in Richtung Abbey ging. Sie hielt den Wachen ihren

Ausweis entgegen. Einer sah gar nicht hin, ein anderer nur halbherzig. Dieser nickte nur kurz und ließ sie passieren. Gott sei Dank, sie hatte es geschafft. Zumindest bis dahin. Jetzt hieß es Zeit schinden. Sie machte den Fernseher an, setzte sich auf einen Stuhl, zog einen zweiten zu sich und legte die Füße hoch. Juliets Blick fiel auf das Getränk, das sie Bridget bringen sollte. Sie stand wieder auf, schenkte sich etwas ein, nahm einen Schluck und ging wieder zu ihren Stühlen. Sie setzte sich wieder und knabberte weiter Erdnüsse. Nach ein paar Minuten klopfte es an die Tür.

„Sind Sie soweit?" Es war Simmons.

Juliet sagte mit vollem Mund „Moment noch." und kaute seelenruhig weiter.

Nach weiteren Minuten klopfte es wieder und er sagte: „Ich komme jetzt rein." Die Tür ging auf. Simmons trat ins Zimmer und es verschlug ihm die Sprache.

„Hey Simmi", sagte Juliet gut gelaunt. „Wie geht's? Lange nicht gesehen?"

Simmons erfasste die Situation in Sekundenbruchteilen, drehte sich um, bellte die beiden Wachen vor der Tür an: „Mitkommen!" rannte den Flur entlang, die Treppe runter und vor den Eingang. Er sprach im Laufen in sein Reversmikrofon: „Sofort alle vor den östlichen Eingang! Schnell!"

Vor der Tür sammelten sich nacheinander ein Dutzend Sicherheitsbeamte. Simmons stellte sich in ihre Mitte und sagte: „Sie ist abgehauen. Sie trägt wahrscheinlich die Uniform eines Zimmermädchens des Parlaments und wird so schnell wie möglich versuchen, Zeit zu gewinnen. Sie wird ein Verkehrsmittel brauchen, also auch U-Bahn-Stationen absuchen. Sie gehen immer zu zweit. Schwärmen Sie in alle Richtungen. Radius eine Viertel Meile. Dann kommen Sie zurück. Ich gehe inzwischen berichten." Darum beneidete ihn niemand.

Die Sicherheitsbeamten teilten sich auf und verließen rasch das Gelände. Simmons ging zurück in das Gebäude. Vorher wollte er sich aber noch jemanden vornehmen. Als er die Treppe betrat, kam ihm Juliet gerade entgegen. Sie lächelte ihn freundlich an. Er packte sie etwas grob am Arm: „Moment noch. Ich möchte Sie etwas fragen."

„Aua, nicht so grob, Simmi. Ich komme ja mit."

Er brachte sie nach oben in das Appartement und schloss die Tür. Dort ließ er sie erst vor einem Stuhl los und sagte: „So und jetzt raus mit der Sprache: Wo ist sie hin?"

„Erstens weiß ich es nicht und zweitens, wenn ich es wüsste, würde ich es ihnen nicht sagen. Das wissen sie doch, oder?" Juliet setzte sich, griff seelenruhig nach einer Erdnuss, die auf dem Tisch lag und steckte sie sich in den Mund.

Simmons blieb vor ihr stehen. „Lady Juliet, das glaube ich Ihnen nicht. Sie wissen ja gar nicht, in was sie sich diesmal reingeritten haben. Bridget zieht sich ihre Schlinge um den Hals selbst immer fester zu. Ich muss sie endlich erwischen und sie darf nicht mehr abhauen. Man nimmt es ihr von Mal zu Mal mehr übel. Der Kronrat ist jetzt schon nicht gut auf sie zu sprechen, um es mal vorsichtig auszudrücken. Sie werden zu härteren Maßnahmen greifen, wenn sie sich nicht besinnt."

Juliet stand auf und ging ans Fenster: „Dann wäre es wohl besser, wenn sie sie überhaupt nicht mehr in die Finger bekämen."

„Das ist utopisch und das wissen Sie ebenso gut, wie ich. Sie wird nie frei sein."

„Wer weiß." Sagte Juliet und drehte sich wieder zu Simmons um.

„Ich muss jetzt Bericht erstatten gehen. Die Sitzung hat schon begonnen und eigentlich wartet man auf sie. Wer weiß, wie das heute ausgeht." Er sah sie ernst an und fügte noch hinzu: „Warten sie hier, ich komme sofort wieder." Simmons verließ das Zimmer und ließ Juliet mit besorgtem Gesichtsausdruck zurück.

„Wie das ausgeht, das weiß niemand", sagte sie und setzte sich wieder auf den Stuhl um weiter fern zu sehen.

34.

Bridget und Nick fuhren in Richtung Birmingham aus der Stadt. Es hatte leicht zu nieseln begonnen. Bridget liebte dieses Wetter. Es umschloss einen, wie eine wärmende Decke, und sie hatte das Gefühl, beschützt zu sein. Gleichzeitig ließ es die Welt draußen. Sie hatten das Radio an und hörten leise Musik. Als sie aus dem Stadtverkehr waren und die Gegend etwas ländlicher wurde, begann Bridget: „Und, wie hast Du es geschafft, der Flughafenpolizei zu entkommen? Was wollten die überhaupt von Dir?"

Nick wurde aus seinen Gedanken gerissen: „Ist eine etwas längere Geschichte. Ich glaube, darüber sprechen wir in Ruhe, wenn wir angekommen sind. Wann wird das eigentlich sein?"

Bridget warf einen Blick auf das Navi: „Nach dem Navi werden wir ein paar Stunden unterwegs sein. Wir fahren zum Lake District. Ich habe da ein Haus, Mon Repos, von dem kaum jemand etwas weiß. Dort sind wir erstmal in Sicherheit. Könntest Du mich beim Fahren ablösen? Ich habe das letzte Mal in Los Angeles richtig geschlafen und ich fürchte, ich halte nicht mehr lange durch."

„Soll ich gleich?"

„Nein, danke, im Moment geht's noch. Schlaf Du erst mal, Dir ging es ja auch nicht anders."

Nick stellte den Sitz auf seine Größe ein, was nicht einfach war in diesem Mini. Bridget und er lächelten sich an. Nick machte es sich, so gut es ging, auf dem Sitz bequem und schloss die Augen. Eigentlich dachte er, dass er nicht einschlafen könnte. Er war viel zu aufgeregt. Doch sein Körper war müde. Es dauerte nicht lange und er war eingeschlafen.

Bridget überkam ein Gefühl der Seligkeit. Sie wagte kaum sich dem hinzugeben. Wie lange würde man ihr erlauben, es zu genießen? Sie waren ein Paar, unterwegs zu einem Ferienhaus. Was für ein herrlich schönes, normales Gefühl. Doch sogleich wurde es wieder abgelöst von Furcht. Sie waren kein normales Paar auf dem Weg in den Urlaub. Genaugenommen waren sie auf der Flucht und jede Flucht endete irgendwann und irgendwie. Vielleicht wurde man von der Sache eingeholt, vor der man floh. In ihrem Fall, war das durchaus möglich. Bridget war es nicht gewohnt, selbst schwerwiegende Entscheidungen zu treffen. Man hatte sie ihr ihr Leben lang abgenommen. Aber jetzt hieß es erwachsen werden. Selbst zu entscheiden. Das Schicksal hatte sie ins kalte Wasser geworfen. Sie ertrank zwar nicht, aber sie fror. Das merkte sie jetzt deutlich. Sie sah zu Nick. Er schlief und wusste nichts von ihren Gedanken. Aber mit ihm würde sie es schaffen. Sein Anblick gab ihr Kraft und die Gewissheit, das Richtige zu tun.

35.

Es war mitten in der Nacht, als sie vor dem Haus ankamen.

Nick, der Bridget mittlerweile abgelöst hatte, fuhr die Auffahrt hinauf, an einem Häuschen vorbei, in dem noch Licht brannte. Die Auffahrt endete vor einem zwei Stockwerke hohen Haus aus Natursteinen.

Wie Nick erkennen konnte, stand es inmitten eines parkähnlichen Grundstücks, umgeben von Bäumen. Er hielt vor dem Haus und weckte Bridget sanft.

„Ich glaube, wir sind da."

Bridget setzte sich auf und rieb sich die Augen. „Du hast es ganz allein gefunden?"

„Ich hatte doch Hilfe." Er zeigte auf das Navigationsgerät. Sie stiegen aus. Nick holte seinen Rucksack aus dem Wagen und sie betraten zusammen das Haus.

„Ist hier nicht abgeschlossen?" fragte er verwundert.

„Daisy hat offen gelassen. Sie wusste, dass wir kommen."

Als sie im Haus waren, machte Bridget die Tür zu und drehte den Schlüssel, der im Schloss steckte, zwei Mal herum.

„Na bitte, jetzt ist abgeschlossen", sagte sie.

„Daisy?" fragte Nick.

„Die Verwalterin. Ich erkläre es Dir morgen, in Ordnung? Jetzt bin ich zu erledigt. Möchtest Du noch etwas essen?"

Nick überlegte kurz: „Schlafen wäre mir jetzt lieber."

„Die Schlafzimmer sind oben. Komm mit." Sie durchquerten den Eingangsbereich und gingen auf die gegenüberliegende Treppe zu. Bridget machte im oberen Stockwerk Licht und sie gingen hintereinander hoch. Die Treppe endete an einer kleinen Galerie, die in einen langen Flur mündete. Entlang der Galerie und des Flurs gingen Türen ab. Bridget öffnete die zweite Tür, machte Licht und ging hinein. „Hier, das ist mein Schlafzimmer." sagte sie.

Doch Nick verstand den Hinweis nicht. Er war einfach nur zu müde.

Das Zimmer wurde von einem riesigen Himmelbett beherrscht, das in der Mitte des Raumes stand. Es hatte geblümte Vorhänge, dazu passende Bettwäsche und es war aufgedeckt. Er legte seinen Rucksack auf das Sofa, das gegenüber dem Bett stand. „Ich will mir nur die Zähne putzen und dann ins Bett."

„Bad ist da." Bridget zeigte auf eine weiße Tür an der gegenüberliegenden Wand. Sie drehte sich um und wollte das Zimmer verlassen. Er hatte gerade die Tür zum Badezimmer aufgemacht und blieb stehen.

„Wo willst Du hin?"

Bridget verstand die Frage nicht. „Ich gehe nach nebenan, in das andere Schlafzimmer."

Nick sah sie verwirrt an. „Warum?" In diesem Moment verstand er. „Ich Idiot. Entschuldige." Er nahm seinen Rucksack und kam auf sie zu. „Du sagtest, dass das Dein Schlafzimmer ist. Jetzt habe ich es verstanden. Muss am Schlafmangel liegen. Nochmals Entschuldige."

Bridget war solche Situationen nicht gewohnt und sie überforderten sie. Sie starrte ihre Schuhe an. Ihre Erziehung hatte sie auf solche Situationen nicht vorbereitet.

Er trat auf sie zu und hob mit einer Hand, die er unter ihr Kinn hielt, ihr Gesicht zu sich.

„Ich gehe in das andere Schlafzimmer. Du bleibst hier." Er küsste sie kurz auf den Mund „Gute Nacht."

Sie brachte fast kein Wort heraus. Ihr Mund war trocken und so krächzte sie nur: „Gute Nacht."

Er lächelte, ging hinaus und schloss die Tür hinter sich. Als sie hörte, wie er nebenan die Tür aufmachte, löste sich ihre Anspannung. „Ich Riesennärrin," schalt sie sich und warf die Arme in die Höhe. „Ich benehme mich wirklich wie eine Jungfrau." Sie schnaubte und ging ins Bad.

36.

Nick wachte auf. Er hatte fantastisch geschlafen und brauchte einen Moment, um sich zu orientieren. Es musste wohl später Morgen sein. Er fühlte, wie seine Lebensgeister zurückkehrten. In der Nacht, als er das Zimmer betreten hatte, war er sich nicht mehr so sicher gewesen, dass er das Richtige tat. Es war mittlerweile drauf und dran gewesen aufzugeben. Schon dass sie getrennt geschlafen hatten, konnte er einerseits nicht fassen. Was war los mit ihm? Normalerweise hätte er sich nicht in ein anderes Schlafzimmer verzogen, wenn die Frau, die er begehrte nebenan war. Bei jeder anderen hätte er der Versuchung, die Nacht mit ihr zu verbringen nicht widerstehen können. Bei Bridget war alles anders. Er würde warten, bis sie dazu bereit war, diesen Schritt zu gehen. Nun war er gespannt, wie es weitergehen würde. Auf alle Fälle würde er auf eine Erklärung bestehen.

Er ging ins Bad, duschte, zog sich die wenigen frischen Sachen, die er noch im Rucksack hatte, an, und ging nach unten. An der Treppe roch er schon den frischen Kaffee und dass irgendetwas gebraten wurde. Jetzt merkte er erst, wieviel Hunger er hatte. Er ging dem Geschirrgeklapper und dem Geruch nach und trat in eine gemütliche Küche.

Bridget hatte in der Küche gedeckt. Auf einem runden Tisch, der sich mitten in der Küche befand, waren das Frühstücksgeschirr, Tassen und Teller mit rosafarbenen Rosen und Goldrand, Silberbestecke, Orangensaftgläsern und ein Toastständer aufgebaut.

Das Radio war an, es lief klassische Musik, wie immer, und sie stand vor dem Herd. Bridget hatte hellblaue Jeans und ein schwarzes T-Shirt an, was dem Ganzen einen wunderbar normalen Anstrich gab. So könnte es sein, dachte Nick. Ein normales Paar, das zusammen frühstückt. Aber er hatte mittlerweile das Gefühl, bei ihnen war nichts normal. Er ging auf sie zu und stellte sich neben sie. „Oh hey, guten Morgen", sagte sie. „Gut geschlafen? Ich dachte, ich mache uns Frühstück, obwohl es dafür schon fast etwas spät ist." Sie wendete den Speck in der Pfanne.

„Guten Morgen", antwortete er.

„Wie möchtest Du die Eier?"

„Kannst Du das mal bitte weglegen?" fragte er, nahm ihr den Pfannenwender aus der Hand und legte ihn neben den Herd. Er drehte sie zu sich herum und nahm sie in die Arme. Sie schlangen die Arme umeinander, als müssten sie sich aneinander festhalten. Sie versanken zusammen in einem Meer voller Liebe. Wie sehr hatten sie einen solchen Moment herbeigesehnt? In Sicherheit zusammen zu sein. Der Kuss war kurz, aber heftig. Sie schauten sich in die Augen, dann löste sie sich von ihm, nahm den Pfannenwender wieder zur Hand und begann den Speck zu bearbeiten.

„Vorsicht, der Speck verbrennt sonst. Außerdem hast Du doch bestimmt auch Hunger."

Nick lächelte. „Das kann man wohl sagen."

„Du kannst schon mal den Kaffee mitnehmen." sagte sie und zeigte auf die Kaffeekanne. Sie machte noch ein paar Rühreier, stellte alles auf den Tisch und dann konnte das Frühstück beginnen. Sie küssten sich noch einmal, dann gewannen der Speck und der Kaffee.

„Nun erzähl mal. Wie ist es Dir gelungen, der Flughafenpolizei zu entkommen?" fragte Bridget und biss in einen gebutterten Toast mit Marmelade.

„Du weißt das mit der Polizei?" Nick schnitt ein Stück Speck ab und steckte es sich in den Mund.

„Ich habe nur gesehen, wie Sie Dich vor dem Starbucks mitgenommen haben. Ich war nur drei Geschäfte von Dir entfernt."

Jetzt hatten sie den Faden gefunden. Sie erzählten sich alles, was jedem passiert war und konnten kaum glauben, was sie beide erlebt hatten. Nachdem das Frühstück aufgegessen war, hatte jeder seine Geschichte erzählt. Bridget überlegte kurz. Sie versuchte eine Schwachstelle in Nicks Erzählung zu finden. Ein kleines Detail, das sie verraten und Simmons auf ihre Spur locken könnte.

„Was ist mit dem Taxifahrer?"

„Dem habe ich ein ordentliches Trinkgeld gegeben, damit er sich nicht mehr an mich erinnert. Und er machte mir den Eindruck eines Typen, auf den man sich verlassen kann. Von daher droht keine Gefahr."

Sie räumten den Tisch ab, stellten alles in die Spülmaschine und machten die Küche.

„Und wer ist jetzt Daisy?"

„Ich habe das Haus hier zu meinem 25. Geburtstag von meinem Vater geschenkt bekommen. Außer Juliet weiß niemand sonst davon. Ich glaube, er hat es nicht mal meiner Mutter erzählt. Es ist unser Geheimnis, hat er gemeint. Daisy war im Paket dabei. Sie ist die Verwalterin dieses Hauses. Sie sieht nach dem Rechten, hält es in Stand. Sorgt für Lebensmittel, wenn ich anrufe und ist sehr diskret. Dafür wohnt sie mietfrei im Kutscherhäuschen und bezieht ein Gehalt. Wir müssten eigentlich heute Nacht daran vorbeigekommen sein."

Nick erinnerte sich. „Ja, da war ein Haus, es brannte auch noch Licht."

„Ok, dann weiß sie auch, dass wir da sind. Sehr gut. Komm, ich zeig Dir mal den Rest des Hauses."

Sie nahm seine Hand und wollte ihn mit sich ziehen. Er ergriff ihre Hand, blieb aber stehen. Er zog sie zu sich heran: „Ich bin eigentlich auf ganz etwas anderes neugierig."

Ihr wurde heiß und kalt. Er begann sie zärtlich auf den Mund zu küssen.

„Ja, was denn?" fragte sie dazwischen.

Er machte weiter damit: „Kannst Du Dir das nicht denken?" Immer weiter gingen die Küsse.

Sie bekam weiche Knie: „Nein."

„Dann will ich es Dir sagen." Er hörte auf sie zu küssen, hielt sie aber fest: „Wer bist Du? Und was soll das alles? Ich habe in den letzten zwei Tagen Dinge erlebt, die ich nicht für möglich gehalten hätte. Außerdem bin ich verhaftet worden, auch eine neue Erfahrung für mich. Man wollte mich aus dem Land werfen und jetzt wüsste ich wenigstens gerne, warum das alles?"

Bridget bekam weiche Knie. Jetzt war also der Moment der Wahrheit gekommen. Sie löste sich von ihm. „Lass uns wenigstens ins Wohnzimmer gehen. Dort können wir es uns bequem machen."

Sie ging voraus, er folgte ihr. Sie gingen durch den Flur und erreichten eine große Holztür. Bridget machte sie auf und sie traten in ein großes holzgetäfeltes Zimmer. An der Stirnseite war ein großer Kamin, über dem ein großes Landschaftsgemälde hing. Die Längsseite des Raumes wurde von hohen Fenstertüren gesäumt, die von deckenhohen dunkelroten Vorhängen flankiert wurden. Ein Flügel stand an der Gartenseite. Vor dem Kamin standen zwei Sofas, mit rotem Cordsamt bezogen. Gegenüber dem Flügel standen mehrere Sessel. Locker im Raum verteilt standen kleine Tische. Die hintere Wand beherrschte ein Bücherregal, das von oben bis unten mit Büchern belegt war. Auf einigen Tischen standen Vasen mit frischen Blumen. Bridget ging zum Kamin und setzte sich auf eines der Sofas.

„Bitte" sagte sie zu Nick und zeigte auf das gegenüberliegende Sofa. Er setzte sich und fühlte sich plötzlich nicht mehr so wohl. Eine dunkle Ahnung stieg in ihm auf.

„Gut", Sagte sie. „Ich habe Dir versprochen, Dir eine Erklärung zu geben und das werde ich jetzt tun. Ich muss Dich nur um eines bitten: bitte missbrauche nicht mein Vertrauen. Behalte diese Dinge für Dich. Egal, wie Du Dich danach entscheidest. Ich muss mich darauf verlassen können, dass Du niemandem etwas davon erzählen wirst."

Nick fühlte sich immer unwohler und seine Miene wurde immer düsterer. Bridget bemerkte das. „Willst Du jetzt immer noch alles wissen?"

Nick überlegte. Gestern noch hätte er sofort Ja gesagt. Heute dachte er schon etwas anders über die Sache. Er hatte festgestellt, zu was die Sicherheitsbeamten fähig waren, um ihr

Geheimnis zu wahren. Was taten sie, wenn sie feststellten, dass sie ihm alles erzählt hatte? Wäre er dann nicht ein Risiko? Und Risiken wurden normalerweise beseitigt. Die Fantasie ging mit ihm durch. Bridget wartete. Aber er liebte sie. Er hatte noch nie so sehr für eine Frau empfunden wie für sie. Noch nicht mal für Alicia und mit ihr war er immerhin über ein Jahr zusammen. Obwohl er Bridget noch nicht richtig kannte, wusste er, dass aus ihnen etwas werden könnte. Also gut. Er wollte es wissen.

„Ja. Ich will es wissen und du kannst Dich auf mich verlassen." versprach er. Er gab sich selbstsicherer, als er sich tatsächlich fühlte.

Bridget fiel ein Stein vom Herzen. Sie hätte nicht gedacht, dass er so lange überlegen würde. Sie hatte geglaubt, er würde sofort Ja sagen. Mit einer Bedenkzeit hatte sie nicht gerechnet.

„Also gut. Dann fange ich jetzt an."

37.

Sie setzte sich gerade hin: „Mein Name ist Brigitte Madeleine de Chennoncay-Eltham". Sie wählte bewusst die französische Sprechweise ihrer Namen. „Ich bin die unehelich geborene Tochter des Comte Alain Maurice de Chennoncay aus Frankreich und der Duchesse Iris Sophie Victoria of Eltham-Hatfield aus England. Meine Mutter ist eine Kusine der jetzigen Königin, also sozusagen eine enge Verwandte des Königshauses. Meine Eltern begannen eine Liaison und ich war das Produkt daraus. Sie heirateten nach meiner Geburt und ich wurde legitimiert. Ich habe noch vier Geschwister, Anthony, ein Halbbruder aus meines Vaters erster Ehe, eine Schwester, Valerie, und zwei Brüder, ein Zwillingspaar, Pierre und George. Meine Eltern leben die Hälfte des Jahres in Frankreich, im Schloss Chennoncay und die andere Hälfte hier in England. Die Verbindung meiner Eltern wurde von beiden Familien torpediert. Sie durfte nicht sein. Meine Mutter war für einen englischen Adligen bestimmt, der in Indien lebte, den Bruder des derzeitigen Königs. Die Familie meines Vaters wollte keine Engländerin in der Familie. Aber die Beiden setzten sich durch. Der Kronrat hatte nur unter einer Bedingung der Verbindung meiner Eltern zugestimmt: sie wollten mich. Ich war sozusagen das Corpus delicti. Durch mich sollte die Linie meiner Mutter wieder nach England gelangen. Es geht dabei auch um Politik, Geld und Macht. So wurde vor der Heirat meiner Eltern beschlossen, dass ich den zukünftigen Thronfolger, der damals gerade mal vier Jahre alt war, heiraten sollte."

Bridget war mittlerweile aufgestanden und ging im Zimmer auf und ab. Sie knetete ihre Hände und gestikulierte heftig. Dieses Geständnis fiel ihr nicht leicht und ihre Aufregung war ihr anzumerken. Nick war mittlerweile blass geworden und folgte ihr mit seinen Blicken.

„Man gewährte mir jedoch eine Frist. Da man mich ungefragt verheiraten wollte und den Prinzen ja immerhin auch, sollten wir bis zu meinem 27. Lebensjahr getrennte Wege gehen. Das ist in zwei Jahren. Dann sollen wir uns, so das Protokoll, kennen und lieben lernen. Ob wir das tun, ist allerdings egal. An meinem 29. Geburtstag wird geheiratet."

Nick traute sich zu fragen: „Das steht also schon fest?"

„Ja, das wurde damals so geplant. Um mir das Ganze etwas leichter zu machen, wurde ich schon früh für das Amt, das ich einmal bekleiden soll, vorbereitet. Ich hatte ausländische Kindermädchen, damit ich von klein auf mehrere Sprachen lernen konnte. Jetzt spreche ich fünf Sprachen fließend, in weiteren drei kann ich mich verständlich machen. Ich habe verschiedene Internate besucht, in England und der Schweiz. Man hat mir im Laufe der Zeit zu meinen drei ererbten Adelstiteln noch weitere verliehen. Die jetzt alle aufzuzählen würde jedoch zu weit führen."

„Wie viele sind es denn?"

„Vierzehn."

Nick fielen fast die Augen aus den Höhlen: „Vierzehn?"

„Ja, vierzehn. Zusätzlich zu meinem Kunsthistorik-Studium, das ich übrigens tatsächlich abgeschlossen habe, nur unter meinem richtigen Namen und nicht unter Bridget Malloy, habe ich noch Jura studiert. Für mich eine grauenhafte Materie, aber ich sollte das Rechtssystem unseres Landes kennen. Meine Sicherheitsleute müssen dafür sorgen, dass mir nichts passiert. Es darf mir nichts körperlich schaden. Das heißt, kein Attentat, Entführung oder dergleichen. Aber nicht nur die üblichen Sicherheitsaufgaben müssen gelöst werden. Nein, sie müssen auch dafür sorgen, dass mein Ruf untadelig bleibt. Meine Weste muss weiß bleiben und kein Fleck darf sie beschmutzen. Du verstehst? Wenn jemand wüsste, dass ich hier mit Dir alleine sitze, wäre das schon ein Grund, Dich des Landes zu verweisen und die eventuellen Spuren zu beseitigen."

Sie setzte sich jetzt wieder. „Man hat im Laufe meines Lebens immer schon darauf geachtet, dass mein Ruf keinen Schaden nimmt. Es gab eine Zeit, da hatte Simmons schon mal ähnlich viel zu tun." Sie lachte unfroh. „Nur, dass es damals keine Spuren hinterher gab."

Nick erschrak: „Was meinst Du damit?"

„Nun, die Spuren meiner Teilnahme an etwaigen unschicklichen Dingen werden vertuscht. Keine Angst. Es wurden keine Zeugen beiseitegeschafft, wenn Du das meinst. Die Security ist diskret, nicht kriminell, aber in solchen Dingen sind sie äußerst kreativ. Auch ist hier und da schon mal Geld geflossen. Dass ich den Job bei deiner Firma annehmen durfte, daran ist eigentlich mein Großvater väterlicherseits schuld. Er hatte früher im europäischen Filmgeschäft zu tun. Deine Firma hatte die Anfrage an die Universität Florenz geschickt. Denen bin ich als Da-Vinci-Expertin hinlänglich bekannt. Der Dekan, ein guter Bekannter meines Großvaters, hatte ihn angerufen und gefragt, ob ich das machen wollte. Ich musste erst den Kronrat fragen, ob ich durfte. Ich hatte eigentlich wenig Hoffnung, aber man hat es mir erlaubt. So kam es dann, dass ich in Eure Firma kam." Bridget sah aus dem Fenster. „So, nun weißt Du das Wichtigste. Kurz gesagt: Ich bin die Braut des Prinzen und sitze schon Zeit meines Lebens in einem goldenen Käfig."

38.

Nick saß regungslos auf dem Sofa. Er konnte nicht glauben, was er da gehört hatte. So etwas gab es doch heute nicht mehr. In was war er da nur geraten? Vierzehn Titel? Konnte ein Mensch so viele Titel haben? Ihm schwirrte der Kopf.

Er stand auf, sagte: „Ich brauche ein Glas Wasser." ging in die Küche, nahm ein Glas aus dem Schrank, öffnete den Wasserhahn und füllte es. Er trank es leer, ohne abzusetzen. Als er sich umdrehte, stand Bridget in der Tür. Sie sah ihn besorgt an: „Es ist wie immer. Du bist schockiert."

„Wundert Dich das?"

„Wundern nicht. Aber ich habe gehofft, Du hättest bessere Nerven. Hast Du in den letzten Tagen ja schon gezeigt."

Nick füllte das Glas nochmals. „Ich glaube, das würde jedem, egal, wie gut seine Nerven sind, zu schaffen machen." Er trank jetzt in kleinen Schlucken.

Sie blickte aus dem Fenster, doch ihr Blick ging ins Leere.

„Wahrscheinlich hast Du Recht."

Sie drehte sich um und ging hinaus. Sie lief zur Haustür, öffnete sie und trat ins Freie. Es hatte in der Nacht geregnet. Jetzt war alles noch nass und das Grün war satt und saftig. Vor dem Haus war ein Stück gekiest. Dann kam eine Reihe Bäume und dahinter erstreckte sich eine riesige grüne Wiese, auf der ebenfalls vereinzelt Bäume standen. Friedlich grasende Kühe standen herum. Nick kam hinter ihr aus dem Haus.

„Wollen wir einen Spaziergang machen?" fragte sie zaghaft. „Ich zeige Dir die Gegend." Nick sah auf die Wiese. „Und es macht einen freien Kopf." fügte sie hinzu.

„Sei nicht böse, aber ich glaube, ich muss einen Moment allein sein." sagte er und ging, die Hände in die Taschen seiner

Jeans gesteckt, über den Kiesweg und dann die Auffahrt entlang. Sie sah ihm nach. Ihre Augen füllten sich mit Tränen. Jetzt war alles wieder offen. Würde er die Wahrheit ertragen? Konnte er mit ihr umgehen? Für ein Leben mit ihr? Oder würde er sofort das Handtuch werfen und allein nach Hause fahren? Was würde dann aus ihr? Konnte sie wieder zurück? Zurück zu ihrer Bestimmung, die Braut des Prinzen zu sein?

39.

Simmons war schon eine ganze Weile weg. Juliet wurde es langsam langweilig. Sie stand auf und ging zur Tür. Die ließ sich nicht öffnen. Klemmte sie? Sie probierte es erneut. Nein, sie war abgeschlossen. Simmons hatte sie eingeschlossen. Sie konnte es nicht glauben. Was sollte das denn? Sie klopft an die Tür und rief: „Hallo, ist da draußen jemand?"

Da machte sich jemand an der Tür zu schaffen und einer der Sicherheitsbeamten, die sie beim Hereinkommen vor der Tür hatte stehen sehen, steckte den Kopf herein.

„Ja, bitte?" fragte er.

Juliet ging auf ihn zu. „Man hat mich aus Versehen eingeschlossen. Ich möchte bitte gehen."

Der Beamte trat in die Tür, die er fast ganz ausfüllte, und sagte: „Es tut mir leid, das war kein Versehen. Es ist eine Anordnung von Mr. Simmons."

Er drehte sich um, schloss die Tür und Juliet hörte wieder das Schloss einrasten. Juliet stand wie vom Blitz getroffen. Das meinte Bridget also mit: diesmal gibt es so richtig Ärger. Es blieb ihr nichts Anderes übrig, als zu warten. Sie setzte sich wieder auf den Stuhl, nahm die Erdnüsse zur Hand und machte den Fernseher wieder an. Sie musste sich eingestehen, dass ein mulmiges Gefühl immer mehr von ihr Besitz ergriff. Aber was konnte ihr schon passieren? Nach zwei Stunden, Juliet lag inzwischen auf der Couch und war eingeschlafen, ging die Tür auf und Simmons kam herein.

„Na, gut geschlafen?" fragte er und setzte sich auf einen Stuhl.

Juliet setzte sich auf, erfasste wieder ihre Situation und sagte: „Was soll das? Warum bin ich eingesperrt? Ich will sofort nach Hause."

„Oh, kein Problem." Sagte Simmons jovial. „Das dürfen Sie. Sie werden sogar nach Hause gebracht. Ich meine, je nachdem wie unser Gespräch jetzt verläuft."

„Wie sollte es denn verlaufen?"

„Das liegt ganz bei Ihnen." Simmons sah sie jetzt eindringlich an: „Lady Juliet, ich frage Sie jetzt im Auftrag des Kronrates: Wo ist Lady Bridget? Und kommen Sie mir nicht mit: Sie wissen es nicht."

Juliet wurde ärgerlich. „Warum können Sie sie nicht einfach mal in Ruhe lassen? Wenigstens ein paar Tage. Sie wissen doch, dass sie dann zurückkommt und brav ist. Das hat sie doch schon immer so gemacht."

Simmons sah aus dem Fenster. „Da bin ich mir diesmal nicht so sicher."

Juliet sprang auf: „Glauben Sie wirklich?" Sie jauchzte. „Meine Süße ist verliebt. Ist das nicht toll?"

Jetzt wurde Simmons stinksauer: „Finden Sie das wirklich gut? Ich dachte, Sie wären ihre Freundin."

Juliet drehte sich zu ihm um und wurde ernst: „Das bin ich auch und ja, das finde ich wirklich toll. Wenigstens einmal im Leben sollte sie erfahren, was es heißt zu lieben, bevor sie in ein Leben gezwängt wird, das sie nicht gewählt hat und der Prinz auch nicht. Man macht mit dieser Heiratspolitik jetzt nicht nur zwei Menschen unglücklich, sondern vielleicht auch noch einen Dritten."

„Sie ist verliebt, ja. Haben Sie überlegt, was das heißt? Wenn Sie wieder zurück muss, wird sie leiden, weil sie jemanden zurücklassen muss. Dann wird sie wissen, was es heißt, zu lieben, aber zu welchem Preis." Er machte eine kurze Pause. „Aber was soll's? Mein Job ist es für ihre Sicherheit zu sorgen. Und da ist mir die Heiratspolitik eigentlich egal. Ich will wissen, wo sie ist, damit ich sie wieder in Sicherheit bringen kann."

Juliet war erstaunt über Simmons Sicht auf die Dinge. Eine solche Meinung hatte sie von ihm nicht erwartet. Und trotzdem sagte sie: „Sicherheit heißt in ihrem Fall aber: Käfig."

Simmons verlor allmählich die Geduld: „Sagen Sie mir jetzt, wo sie ist?"

Juliet sah ihn nur an.

Er stand auf: „Nun gut, ich habe verstanden." Er ging zur Tür, öffnete sie und winkte die beiden Wachleute heran. „Bitte fahren Sie die Mistress nach Hause und bleiben Sie bei ihr, wie besprochen."

Juliet traute ihren Ohren nicht. „Was soll das?"

Simmons ließ sie auf den Flur treten. „War nicht meine Idee. Sie stehen bis auf weiteres unter dem Schutz dieser beiden Herren."

Juliet war fassungslos. Sie wollte Bridget nicht verraten, dafür bewachte man jetzt sie. Diesmal schien es wirklich ernst zu werden. Sie ging mit den beiden Herren die Treppen hinunter. Am Eingang wartete schon ein Wagen. Man ließ sie einsteigen, die Beamten stiegen ebenfalls ein und man fuhr los.

Juliet wohnte, wenn sie in London war, in einer kleinen Villa in der Nähe von Kew Garden. Dort brachte man sie hin. Der Wagen fuhr durch das kleine Tor und hielt vor der Eingangstür. Juliet sah schon weitere Sicherheitsbeamte auf dem Gelände patrouillieren. Man hatte ganze Arbeit geleistet. Die Beamten stiegen aus. Einer der Männer hielt ihr die Wagentür auf, brachte sie zur Eingangstür und sagte: „Lady Juliet, ich muss sie bitten, im Haus, beziehungsweise auf dem Gelände zu bleiben. Sobald Sie es verlassen, werden zwei unserer Männer mitgehen. Bitte informieren Sie uns rechtzeitig über Ihre Pläne."

Juliet schnappte nach Luft: „Ich stehe unter Hausarrest?"

„Nein, nein." beeilte er sich zu sagen. „Sie dürfen das Haus verlassen, wann Sie wollen, nur werden wir mitgehen." Er lächelte kalt: „Zu ihrer Sicherheit natürlich."

Juliet kochte vor Wut, ging ins Haus und schlug die Tür hinter sich zu. Im Eingangsbereich kam ihr die Haushälterin aufgeregt entgegen.

„Mylady, was ist denn passiert? Warum ist das Haus voll von diesen Männern?" Sie wedelte mit den Händen herum.

Juliet versuchte sie zu beruhigen. „Keine Angst, Genevieve, es ist alles in Ordnung. Sie sind nur zur Vorsorge hier. Bitte regen Sie sich nicht auf. Es ist nicht passiert."

Juliet lief an der Angestellten vorbei und eilte den Weg zur Treppe nach oben in ihr Schlafzimmer. In ihrem Zimmer lief sie geradewegs zu einem zierlichen Damenschreibtisch, der vor dem Fenster stand. Sie bewegte den Öffner des Geheimfaches und schon sprang eine Schublade aus der Seite. Sie war leer.

„Das darf doch nicht wahr sein."

Eiligst rannte sie aus dem Zimmer, die Treppe hinunter und aus der Eingangstür direkt auf den Beamten zu, der eben mit ihr gesprochen hatte. „Wer hat mein Haus durchsucht?" fragte sie aufgeregt.

„Reine Vorsichtsmaßnahme. Nur zu Ihrer Sicherheit. Wir haben nach Wanzen gesucht. Aber ich kann Sie beruhigen, Mylady. Alles in Ordnung." Er lächelte wieder kalt.

Juliet rollte mit den Augen und ging zurück ins Haus. Sie ging die kleine Eingangshalle entlang und machte die Tür zum Wohnzimmer auf. Sie trat ein und versuchte sich zu konzentrieren. Das Wohnzimmer war sehr freundlich und hell. Es war ein Eckzimmer und hatte an beiden Außenmauern große Fenster. Von der Tür aus gesehen links stand ein riesiges Sofa in L-Form aus rotem Leder. Auf der anderen Seite stand eine alte Mahagoni-Anrichte. Auf ihr standen Flaschen mit Whisky, Sherry und Portweinen. Juliet goss sich ein kleines Glas Sherry ein und nippte daran. Sie hatte das Gefühl, das jetzt zu brauchen. Sie nahm das Glas mit zur Couch, stellte es auf den Tisch davor und setzte sich. Denk nach, sagte sie zu sich selbst. Was soll ich jetzt tun? Gar nichts werde ich tun. Was können sie mir schon? Ich sage einfach nichts. Aber sie wissen, dass ich ihr geholfen habe. Ich scheine diesmal wirklich in Teufels Küche zu kommen. Egal! Bridget hatte es verdient, einmal im Leben glücklich zu sein. Sie suchten bestimmt schon im ganzen Land nach ihr. Und wenn Simmons Recht behielt? Wenn sie noch mehr leiden würde? Ihre Gedanken überschlugen sich.

Das Telefon klingelte. Sie hob ab und meldete sich. Es war Simmons: „Lady Juliet, Sie werden morgen früh noch einmal zum Parlament gebracht. Der Kronrat will Sie sehen."

Juliet erschrak: „Der Kronrat? Was will man denn von mir?"

„Also, morgen früh, neun Uhr werden Sie abgeholt. Guten Abend." sagte Simmons knapp und beendete das Gespräch.

Juliet legte auf. Das konnte ja heiter werden.

Am nächsten Morgen holte man sie pünktlich ab. Der Wagen brachte sie zum Parlament und dort begleitete man sie in den dritten Stock, in einen Seitengang. Man bat sie, vor einer großen alten Eichentür zu warten.

Simmons kam zu ihr: „Guten Morgen, Lady Juliet."

„Morgen, Mr. Simmons." Sie war sichtlich schlechter Laune.

„Haben Sie es sich jetzt überlegt und sagen mir, wo sich Lady Bridget aufhält?"

Bei Juliet siegte jetzt der Trotz. Sie blickte ihn nur an.

„Nun gut." Meinte er. „Wie Sie wollen. Dann gehen wir hinein."

Er öffnete die riesige Tür und schob sie in den Raum, der sich dahinter auftat. Es war ein gänzlich holzvertäfelter Saal. Er war möbliert wie ein Gerichtssaal. So kam es Juliet jedenfalls vor. An der Stirnseite war eine Art Richterbank, hinter der 13 Männer saßen. Das war der Kronrat. Er bestand aus 13 Mitgliedern des vornehmsten Adels des Königreichs. Sie waren bestellt, um unter anderem über die Moral, das Ansehen und Gedeihen der Krone zu wachen. Juliet schluckte. Sie war noch nie vor den Kronrat zitiert worden. Sie kannte die Situationen nur aus Bridgets Erzählungen.

Simmons geleitete sie zu einem Stuhl, der vor den Lords stand. „Bitte setzen Sie sich."

Sie setzte sich und er blieb bei ihr stehen. Der Mann, der in der Mitte saß, sagte: „Guten Morgen, Lady Juliet. Sie wissen, wer wir sind und Sie wissen, warum Sie hier sind. Also machen wir es kurz. Wo ist Lady Bridget?"

Juliet sagte mit allem Respekt, den sie aufbieten konnte: „Guten Morgen, Mylords, Sie werden verstehen, wenn ich meine Freundin nicht verraten möchte?"

Der Vorsitzende zeigte ein verständnisvolles Lächeln: „Natürlich verstehe ich das. Aber Sie müssen auch uns verstehen. Wir machen uns Sorgen um Lady Bridget. Wir befürchten, ihr könnte etwas zugestoßen sein. Wir können alle erst wieder ruhig schlafen, wenn wir wissen, dass sie in Sicherheit ist. Also sagen sie uns bitte, wie sie ihr geholfen haben und, wenn sie es wissen, wo sie sich aufhält."

Jetzt regte sich wieder der Trotz und der Ärger, darüber wie Bridget Zeit ihres Lebens vom Kronrat gegängelt wurde. „Nein, das werde ich nicht tun. Ich finde, sie hat eine Auszeit verdient."

„Lady Juliet, wir bewundern Sie dafür, dass Sie so treu zu ihrer Freundin stehen, aber wir haben jetzt genug davon." Er blickte die anderen Herren an und sie nickten mehr oder weniger merklich. „Wir müssen Ihnen nun leider sagen, dass wir, wenn Sie uns weiterhin nicht helfen wollen, unsere Aufgabe bezüglich Lady Bridget zu erfüllen, uns nun auch um Ihr Wohlergehen sorgen müssen. Sie sind ja auch schon 25 Jahre alt und unseres Wissens haben Sie noch keine Pläne für Ihre Zukunft. Wir werden prüfen, ob sich da nicht etwas Passendes für Sie arrangieren lässt."

Juliet blieb der Mund offenstehen. Weil sie Bridget geholfen hatte, versuchte man jetzt auch sie in einen Käfig zu sperren. Es wird mir wie ihr gehen, dachte sie.

Sie versuchte sich zu wehren: „Das können Sie aber nicht machen."

„Und ob wir das können. Wir haben uns gestern Nachmittag die Legitimation dafür vom Parlament geben lassen. Nun, sind Sie jetzt bereit, uns zu sagen, wo sich Lady Bridget aufhält?"

Juliet dachte fieberhaft nach. Bridget, dachte sie, was soll ich tun? Hilf mir. Doch Bridget konnte sie nicht hören.

„Das nennt man Erpressung, was Sie da tun." Juliet war sich der Respektlosigkeit bewusst, konnte sich aber nicht beherrschen. In Anbetracht der Lage, in der sie sich befand, man wollte etwas von ihr, glaubte sie, sich das erlauben zu können.

„Wir sorgen uns nur um unsere jungen Leute. Das ist unsere Aufgabe. Nun, wir hören."

Juliet holte tief Luft. Sie entschied sich, ihnen ein bisschen was zu sagen. Sonst würde man keine Ruhe geben.

„Wohin sie genau ist, weiß ich nicht. Ich habe ihr nur ermöglicht, mit meiner Zimmermädchenuniform aus dem Gebäude zu kommen und das Gelände zu verlassen."

„Und?"

„Nichts und."

„Lady Juliet", der Herr machte jetzt einen sichtlich genervten Eindruck: „wollen Sie uns für dumm verkaufen? Ich frage jetzt nur noch einmal. Dann ist unsere Geduld erschöpft. Wir werden dann die entsprechenden Konsequenzen ziehen. Wo ist Lady Bridget?"

Juliet wurde blass. Die machten ernst. Bridget, verzeih mir, dachte sie. Dann machte sie die Augen kurz zu und fing an zu erzählen: „Ich habe ihr einen Wagen besorgt, über die Mietwagenfirma Car hire. Wohin sie damit gefahren ist, weiß ich aber wirklich nicht. Ich habe ihr nur noch etwas Bargeld ins Handschuhfach gelegt."

Sie schluckte und schaute zu Boden. Die Kreditkarte und das Handy vergaß sie einfach zu erwähnen. Der Lord blickte Simmons an, der nickte kurz und verließ den Saal.

„Danke, Lady Juliet. Wir werden sehen, ob es stimmt, was Sie uns erzählt haben. Die Herren werden Sie jetzt nach Hause fahren. Bitte halten Sie Sich dort noch zu unserer Verfügung."

Wie auf ein Stichwort ging die Tür auf und zwei Sicherheitsbeamte kamen herein. Sie begleiteten Juliet nach Hause. Auf der Fahrt arbeitete Juliets Verstand auf Hochtouren. Sie musste Bridget warnen und sie wusste auch schon wie. Zu Hause angekommen suchte sie die Telefonnummer von Anthony, Bridgets Halbbruder, aus Ihrem Adressbuch heraus. Dann ging sie in die Küche. Dort war ihre Haushälterin gerade dabei, einige Blumen in einer Vase zu arrangieren.

„Genevieve, dürfte ich bitte mal kurz Ihr Handy benutzen?"

Die Haushälterin, die schon ziemlich lange bei der Familie von Lady Juliet war, hatte sich mittlerweile beruhigt und zu ihrer gewohnten Ruhe zurückgefunden.

„Aber sicher, Mylady."

Sie griff in ihre Schürzentasche und gab es ihr.

„Ich danke Ihnen. Ich bringe es sofort zurück." Sie ging aus der Küche auf den Flur und wählte. Es klingelte ein paar Mal, dann hob Anthony ab und sie meldete sich.

Er war sichtlich erstaunt über ihren Anruf: „Hey Juliet, was ist denn bei Euch auf der Insel los? Schwesterherz hat anscheinend was am Laufen. Unser Père ist schwer angesäuert und Iris erst. Sie fahren heute noch nach London. Was ist denn los?"

„Ich muss es kurz machen. Bridget ist unterwegs."

„Ja, ich weiß, sie ist in den Staaten und arbeitet an einem Film."

„Nein, das ist vorbei. Anthony, ich kann jetzt nicht ins Detail gehen. Du musst Bridget anrufen und sie warnen. Man hat mich gezwungen auszuplaudern, dass sie ein Auto hat. Sie ist in England und vielleicht mit einem Mann unterwegs."

„Mit einem Mann, meine Schwester?" Anthony war hörbar erstaunt.

„Anthony, bitte, Du musst sie anrufen. Ich kann es nicht. Man hat mich im Auge und ich habe wenig Zeit."

„Geht klar. Wie ist die Nummer?"

„Ich schicke sie Dir. Du musst sie aber gleich wieder löschen. Versprochen?"

„Geht klar. Ich kümmere mich darum."

„Danke." Juliet legte auf. Sie war nicht beruhigt, aber etwas Hoffnung keimte in ihr.

40.

Nick lief die Auffahrt hinunter. Er ließ Revue passieren, was er gehört hatte. In seinem Kopf ging es drunter und drüber. Er dachte, er träume, müsse doch jeden Moment aufwachen und es blieb nur ein schaler Geschmack im Mund, wie immer nach einem unangenehmen Traum. Aber diesmal nicht. Es war kein Traum. Der schale Geschmack aber blieb. Er versuchte, es kühl und besonnen anzugehen. Es ging nicht. Er bekam einfach keine Ordnung in seinen Kopf. Er ging hier in England spazieren, wurde offensichtlich von den Behörden gesucht und das alles wegen einer Frau, die, wie hatte es der Flughafenpolizist genannt: unter besonderem Schutz stand. Und was für einer Frau! Diesmal hatte er es wirklich geschafft, sich in Schwierigkeiten zu bringen. Aber wer hätte auch so etwas ahnen können? Es half nichts, er musste zurück und sie mussten reden. Außerdem wäre es höchste Zeit, sich zuhause zu melden. Dort machte man sich bestimmt schon Sorgen. Er drehte sich um und ging den Weg zurück.

41.

Bridget schaute Nick nach, wie er die Auffahrt entlangging. Er wollte es wissen, tröstete sie sich. Aber es war kein Trost. Sie wusste, dass es keiner war. Egal, was zwischen ihnen war oder hätte sein können, Bridgets Geschichte würde zwischen ihnen stehen. Sie kannte das schon. Sie wurde mutlos. Eigentlich sollte sie sich fügen, den Prinzen heiraten, Kinder kriegen, repräsentieren, lächeln und nicht weiter fragen. Das war das Leben, das für sie vorgesehen war. Man würde sie nicht mehr verletzen und sie würde niemanden mehr verletzen. Sie erinnerte sich daran, was sie nach ihrem Geständnis in Nicks Augen gesehen hatte. Mit so einer Geschichte hatte er nicht gerechnet. Wahrscheinlich hatte sie selbst ihrer Liebe den Todesstoß versetzt. Warum musste sie auch so ehrlich sein. Sie hätte doch auch das eine oder andere Detail weglassen können. Aber welches? Welches Detail hätte man weglassen können, ohne dass die Wahrheit verfälscht worden wäre? Und irgendwann wäre doch alles aufgeflogen. Es war also nur eine Frage der Zeit.

Sie hatte sich auf die Steinbank vor dem Haus gesetzt. Der Himmel war trüb und es wehte ein leichter Wind. Genau das Wetter, das sie liebte.

Ihr Vortrag hatte länger gedauert, als erwartet. Es fröstelte sie ein wenig. Hoffentlich lief er nicht zu weit weg. Er kannte sich doch hier in der Gegend nicht aus. Vielleicht verirrte er sich? Aber hinter ihm her gehen wollte sie auch nicht. Er sollte in Ruhe nachdenken können.

Bridget ging ins Haus. Im Wohnzimmer setzte sie sich an den Flügel und klappte den Tastenschoner auf. Sie prüfte zuerst die Stimmung. Nur ein klein wenig verstimmt, dachte sie und fing an zu spielen. Nach ein paar Minuten spürte sie, wie die Musik ihre Stimmung hob. Der Knoten, den sie seit ihrem „Geständnis" in der Brust hatte, löste sich ein wenig auf und wich einem warmen und angstfreien Gefühl, das ihr nur die Musik verschaffen konnte. Sie spielte nur für sich und war ganz davon gefangen.

Als sie geendet hatte, schaute sie hoch und erblickte Nick, der sich an den Türrahmen gelehnt hatte und die Arme vor dem Körper verschränkt hielt.

„Wie lange stehst Du schon da?" fragte sie.

„Schon eine ganze Weile. Du hast sehr schön gespielt. Ich wollte Dich nicht stören. Gehört das auch zur Deiner Ausbildung?"

Sie lächelte: „Aber ja. Genauso wie malen und Ballett."

Er löste sich aus seiner Haltung und kam auf sie zu. „Ballett?"

Sie lächelte ein wenig. „Ja, stärkt den Körper, erhält die Figur und man lernt Disziplin."

„Lässt Du mich auch mal?"

„Du kannst spielen?" fragte sie erstaunt und stand auf.

„Ja, ich hatte als Kind Stunden und ich darf sagen, dass ich nicht schlecht war. Später hat mich dann mehr der 20er Jahre Jazz interessiert." Er setzte sich auf die Bank und fing an, erst mal die Stimmung zu prüfen. „Bisschen kratzig, aber geht."

Jetzt begann er Jazz zu spielen. Bridget war sprachlos. Er war immer wieder für Überraschungen gut. Er wurde immer sicherer und sein Spiel immer flüssiger. Sie war hingerissen. Mittlerweile war es draußen schon dunkel und es regnete heftig. Nach einer Weile hörte er auf, machte den Flügel zu und sah sie ernst an.

„Und was passiert jetzt?" fragte er.

„Sag Du es mir." Sie traute sich fast nicht zu fragen. Sie hatte Angst vor der Antwort. Dann fasste sie sich aber doch ein Herz: „Zu welchem Schluss bist Du bei Deinem Spaziergang gekommen?" Die Wahrheit war, dass er zu keinem echten Schluss gekommen war.

42.

Bridget ging zu einem Sofa vor dem Kamin, setzte sich und zog die Füße hoch. Er stand auf, folgte ihr zum Sofa, setzte sich neben sie und sie lehnte sich an ihn. Er schlang den Arm um sie. Es war, als hätten sie schon immer so auf dem Sofa gesessen, eine vertraute Geste und doch war es etwas ganz Neues. In Bridget keimte wieder Hoffnung. Es war ein wunderbares Gefühl, so nah bei ihm zu sitzen und sich geborgen zu fühlen.

Sie drehte ihren Kopf zu ihm und er schaute zu ihr. Bridget nahm allen Mut zusammen, setzte sich andersherum, sodass sie ihm ins Gesicht sehen konnte, und sie küssten sich. Sie küssten sich, als wäre es das letzte Mal. Beide legten alles in diesen Kuss. Jeder wollte dem anderen zeigen, was er für ihn empfand. Dass es mehr war als nur verliebt sein, dass es Liebe war, dass es lohnte füreinander zu kämpfen. Sie klammerten sich aneinander wie Ertrinkende.

Nicks Hände wanderten über Bridgets Körper. Er wusste selbst nicht, was sie machten. Es kam ihm vor, als hätten sie ein Eigenleben entwickelt und war gespannt, was sie entdecken würden. Er streichelte über ihren Busen, die sanften Spitzen, die sich ihm sogleich fest entgegenreckten. Es machte Spaß, sie zu necken. Bridget stöhnte leise. Eine solche Berührung hatte sie noch nie erfahren. Seine Hände fühlten sich unglaublich gut an. Sie wusste gar nicht, dass man so etwas fühlen konnte. Sie gab sich dem Gefühl einfach hin. Es war wunderschön. Könnte es doch nur ewig dauern. Er streichelte ihren Rücken, ihren Nacken und wieder hinab. Sie fühlte ein seltsames Verlangen, das sie nicht zuordnen konnte. Ihr Kopf war leer von Gedanken und voll von Gefühlen. Jetzt musste sie nur noch diesen winzigen Teil schlechtes Gewissen abschalten, der sich sonst immer meldete. Aber sie konnte ihn dieses Mal nicht finden. Es war richtig, was sie tat. Es fühlte sich wunderbar an. Es war das erste Mal in ihrem Leben, dass sie so empfand, und das in einer Situation, die eigentlich für sie verboten war. Seine Hände waren auf Entdeckungsreise gegangen und sie ließ es zu. Es war so unbeschreiblich schön, sie zu spüren. Doch es war zu viel Stoff dazwischen. Sie hielt kurz inne und sah ihm in die Augen.

Er sah sie fragend an. Sie stand auf und zog ihn mit sich. „Komm mit."

Sie gingen Hand in Hand aus dem Zimmer, hoch in ihr Schlafzimmer. Dort setzte sie sich auf das Bett. Er stand vor ihr und sah auf sie herunter: „Willst Du das wirklich?"

Sie schluckte: „Ja."

„Du weißt, was das für Dich bedeutet?"

Sie lachte kurz auf: „Ja, ich glaube mehr als Du denkst, weiß ich das."

„Es gibt dann kein Zurück mehr für Dich." Sie stand auf und küsste ihn. Küsste ihn, so leidenschaftlich, dass er sich nicht mehr zurückhalten konnte und auch nicht wollte.

„Ja, kein Zurück mehr."

Sie stiegen auf das Bett und zogen sich gegenseitig aus. Seine Hände prickelten auf ihrer Haut. Sie gab sich ihm hin, mit Leib und Seele.

43.

Bridget lag im Dunkeln wach. Sie hörte Nicks ruhigen Atem neben sich. Sie konnte jetzt noch nicht schlafen. Sie war zu aufgewühlt. Sie hatte gerade den Himmel auf Erden erlebt. Nick war ein fantastischer Liebhaber. Er war am Anfang sehr leidenschaftlich gewesen. Aber sie war noch Jungfrau und dieser Zustand musste erst beseitigt werden. Nachdem er sich darüber sehr überrascht gezeigt hatte, war er so überaus vorsichtig gewesen, wollte ihr nicht wehtun. Aber leider ging das nicht. Als er sich nicht traute, hatte sie es getan. Ein kurzer schmerzhafter Ruck und es war vorbei. Sie war, zu ihrem Erstaunen, überaus erleichtert, als es getan war. Es war eine Befreiung für sie. Und, wie sich gezeigt hatte, für ihn auch. Jetzt entfaltete er seine Leidenschaft zusammen mit seiner Zärtlichkeit. Sie liebten sich und ihr Tun verdiente das Wort. Es war reine Liebe, die sie umgab und erfüllte. Was sie taten, war Liebe für den Anderen und auch für sich selbst. Sie fanden instinktiv die empfindsamsten Stellen und verweilten dort. Als sie beide sich in einem rauschhaften zeitgleichen Höhepunkt entluden, konnten sie es nicht glauben, was für Gefühle sie sich gegenseitig freigesetzt hatten.

Selbst Nick war schwer beeindruckt, von dem, was er erlebt hatte. Da er ja schon über ein gewisses Maß an Erfahrung verfügte, war er umso überraschter. Bridget war wirklich eine umwerfende Frau. Dass sie tatsächlich noch Jungfrau gewesen war, erstaunte ihn noch mehr. Danach lagen sie eng beisammen. Nick lag auf der Seite, hatte einen Arm ausgestreckt, sie lag auf dem Rücken und hatte seinen Arm als Kissen unter ihrem Nacken. So lagen sie da und sprachen leise miteinander.

Er war neugierig: „Und, hast Du es Dir so vorgestellt?"

Er spielte mit einer Locke ihres Haares.

„Oh je, frag nicht, wie ich es mir vorgestellt habe. Ich hatte Dutzende Vorstellungen davon. Dieses Fach fehlt in der Erziehung. So wird es wohl jedem gehen." Sie umfasste seinen Kopf, zog ihn zu sich heran und gab ihm einen Kuss: „Aber keine Fantasie war je so wundervoll wie die Wirklichkeit."

Er lächelte. Sie unterhielten sich noch ein Weilchen, kicherten verschwörerisch, dann überkam sie Müdigkeit. Die Ereignisse der letzten Tage steckten noch in ihren Knochen. Nick schlief alsbald ein und Bridget überdachte das Ganze noch einmal. Diese Nacht würde alles verändern. Ihre Gedanken machten sich selbständig. Im Magen begann sich ein Kloß breit zu machen, der das wunderbare Gefühl, das sie hatte verdrängte. Das wollte sie nicht zulassen. Nicht heute Nacht! Sie schloss die Augen und der Schlaf schlang sich gnädig um sie.

44.

Nick erwachte am nächsten Morgen als Erster. Er wusste nicht gleich, wo er war. Dann erinnerte er sich. Er lag im Bett von Bridget. Und sie hatten es getan. Es war eine wundervolle Erfahrung gewesen. Er musste lächeln. Dann sah er sie neben sich. Da lag sie und schlief. Wie friedlich sie aussah. So stellte man sich eine Prinzessin oder gar Königin nicht vor. Da überkam ihn die Ernüchterung. Es traf ihn wie ein Schlag. Was hatte er getan? Die ganze Bandbreite seines, beziehungsweise ihres gemeinsamen Handelns schob sich in sein Bewusstsein.

Er erschrak. Was sollte er jetzt tun? Es war nicht mehr rückgängig zu machen. Was passiert war, war passiert. Und wie er gestern gesagt hatte, es gab kein Zurück mehr. Oder doch? Er hatte es in der Hand. Er stand auf und sammelte, so leise er konnte, seine Kleider auf.

Er ging aus dem Zimmer und schloss die Tür, bedacht darauf, kein Geräusch zu machen. Er ging in sein Zimmer und zog sich an. Er versuchte nachzudenken. Was sollte er jetzt tun? Es war verantwortungslos, was er getan hatte, was sie getan hatten. Wie konnte er ihr das nur antun? Wie würde denn sein Leben aussehen, gesetzt den Fall, sie konnten zusammenbleiben? Er, Nick Page, sollte das Leben an der Seite einer englisch-französischen Adligen leben? Was hieß das überhaupt? Er war Amerikaner. Seine Freiheit ging ihm über alles. Bisher wenigstens. Nick hatte noch nie einer Beziehung oder einem Menschen gestattet, ihn einzuschränken, ganz egal, auf welche Weise. Würde dieser Kronrat sich dann auch in sein Leben einmischen? Was für eine Frage, das hatte er doch schon längst getan.

Bei diesen Überlegungen war ihm auf einmal klar, dass nur er jetzt noch etwas retten konnte. Und es musste sein, solange sie noch schlief. Er wusste nicht, ob er sonst die Kraft dazu aufbringen würde.

45.

Nick packte seine Sachen in den Rucksack, schulterte ihn, nahm seine Schuhe und ging leise die Treppe hinunter. Unten schlug er dann den Weg zur Küche ein. Dort fand sich bestimmt irgendwo ein Stück Papier, auf dem er es ihr erklären konnte. Auch ein Schluck Kaffee wäre nicht schlecht. In der Küche schloss er die Tür leise hinter sich und ging zur Spüle. Er füllte den Wasserkocher mit Wasser und schaltete ihn an. Dann füllte er Kaffeepulver in die Kanne.

Er drehte sich um und ging zum kleinen Buffet neben der Tür, dort öffnete er eine Schublade. Tatsächlich lagen dort ein Papierblock und ein paar Kugelschreiber. Wahrscheinlich, um Daisy Anweisungen zu geben. Er nahm den Block und einen Stift heraus und legte die Sachen auf den runden Tisch.

Er holte die Milch aus dem Kühlschrank, eine Tasse aus der Vitrine und stellte alles auf den Tisch. Das Wasser kochte, er goss es in die Kaffeekanne und drückte das Sieb herunter. Er nahm sie mit zum Tisch und setzte sich.

Er nahm den Stift und das Papier. Wie erklärte man jemandem, den man von ganzem Herzen liebte, dass man ihn verlassen wollte. Wie viele Worte würde es brauchen? Fand man die richtigen Worte? Gab es dafür überhaupt richtige Worte?

Nick sah aus dem Fenster. Was sollte er bloß schreiben? Er wollte sich beeilen und doch hielt ihn etwas zurück. Er goss sich Milch in die Tasse, dann Kaffee dazu und nahm einen Schluck. Der Kaffee den er in kleinen Schlucken trank, tat gut. Dann schrieb er nur einen Satz auf den Block, riss das Blatt ab und legte es zur Kaffeekanne. Er stand auf, nahm seinen Rucksack, ging zur Tür, öffnete sie leise und ging weiter den Flur entlang zur Haustür. Auch die öffnete er leise. Er trat hinaus, schloss die Tür aber nicht ganz. Er ging zum Wagen und wollte ihn öffnen. Aber die Tür war abgeschlossen. Nick dachte, dass sie ihn offengelassen hätten und der Schlüssel stecken würde. Er wollte nicht mehr zurück ins Haus, denn er hatte schon genug Zeit verloren. Aber ohne Schlüssel ging es nicht. Er legte seinen Rucksack ab und ging schnell zurück. Er öffnete die Haustür und ging in die Küche. Wo hatte sie den Wagenschlüssel gelassen?

46.

Bridget wachte auf. Sie hatte so gut, wie schon lange nicht mehr geschlafen. Sie beherbergte ein seliges Gefühl in der Magengegend. Woher kam das? Ach ja, jetzt fiel es ihr wieder ein. Sie lächelte und streckte sich. Sie sah neben sich, aber sie war allein im Bett. War Nick schon aufgestanden? Sie schlüpfte aus dem Bett und zog sich schnell Unterwäsche, Jeans und T-Shirt an.

Sie bemerkte, dass sich nur ihre Kleider im Zimmer befanden. Nick war wohl schon länger wach und hatte sich angezogen. Sie lief aus dem Zimmer.

Mal sehen, ob er in seinem Zimmer war. Sie klopfte leise an seine Zimmertür und spähte vorsichtig hinein.

Zärtlich fragte sie: „Nick, bist Du da drin?"

Da sah sie, dass nichts mehr von ihm da war. Es beschlich sie eine ungute Ahnung. Das konnte doch nicht sein. Es gab bestimmt eine einfache Erklärung.

Sie raste die Treppe hinunter, in die Küche, aber hier war er auch nicht. Sie sah die Milch und die Kaffeekanne auf dem

Tisch. Daneben lag ein Stück Papier. Sie ging zum Tisch und nahm das Blatt. Darauf standen nur zwei Worte: Verzeih mir.

Sie erschrak. Das selige Gefühl, das sie noch vor Sekunden hatte, verwandelte sich in einen Klumpen Kälte. In diesem Moment kam Nick in die Küche. Er blieb in der Tür stehen. Das war es, was er hatte vermeiden wollen.

Sie sah ihn an, wandte sich aber dann von ihm ab: „Du willst fort?" Sie blickte auf das Papier in ihrer Hand.

„Bridget bitte, ich weiß nicht, wie ich es Dir erklären soll." Er machte eine kleine Pause. „Es war ein Fehler."

Sie wurde wütend: „Ein Fehler? Was meinst Du? Das, was letzte Nacht passiert ist, war ein Fehler?"

Nick wusste nicht, was er sagen sollte. Er machte einen Schritt auf sie zu. Sie drehte sich um und hielt ihm das Blatt hin.

Sanft sagte sie: „Ich soll Dir verzeihen? Was denn? Dass Du mich zur glücklichsten Frau auf der Welt gemacht hast? Oder dass Du mir gezeigt hast, dass es für uns zu kämpfen lohnt?" Sie ließ die Hand, die das Blatt hielt, sinken und fuhr jetzt mit einer eisigen Kälte in der Stimme fort: „Oder dass Du mich jetzt sang- und klanglos verlassen willst?"

Nick wand sich. „Bridget, bitte, ich kann das nicht. Mir ist heute Morgen klargeworden, was es heißt, mit Dir zusammen zu sein, aber ich bin nicht dafür gemacht."

Sie sah ihn an: „Glaubst du, ich bin dafür gemacht? Irgendjemand ist dafür gemacht?"

„Ich weiß es auch nicht, aber was ich in den letzten paar Tagen erlebt habe, ist neu für mich." Er zuckte mit den Schultern. „Ich habe es zuhause vermeiden können, mit der Polizei zu tun zu haben, obwohl wir als Jungens manchmal ganz schön über die Stränge schlugen. Aber hier bin ich kaum im Land, werde ich verhaftet und des Landes verwiesen. Ich werde verfolgt und muss mich verstecken. Sowas bin ich nicht gewohnt. Mein Leben verlief bisher ziemlich ruhig. Wenn das schon so ist, wenn ich Dich nur kenne, was wird dann passieren, wenn bekannt wird, dass wir zusammen sind?"

„Du hast Recht, das ist nicht einfach. Aber zuerst hattest Du keine Ruhe, bis ich Dich geküsst habe. Ich habe Dir gleich gesagt, dass es besser wäre, wenn Du mich nach Hause gefahren hättest, und wir hätten das Ganze vergessen."

„Wer konnte denn ahnen, dass ich mit einer zukünftigen Königin ausgegangen bin?"

Sie wurde so langsam zornig: „Und jetzt willst Du zurück nach Hause und mich hier lassen?"

„Jetzt ist vielleicht der letzte Moment, in dem das noch geht."

„Der letzte Moment?" Sie wurde laut. „Wie stellst du Dir das vor? Du gehst nach Amerika zurück, ich gehe wieder nach London und alles geht weiter wie vorher? Wir tun so, als wäre nichts gewesen?"

Er wich erschrocken zurück: „Das wäre wohl das Beste."

Sie schrie jetzt: „Ich habe es satt, dass alle anderen wissen, was das Beste für mich ist. Als ich Dir im Club sagte, dass es das Beste wäre, dass ich jetzt gehen würde, wolltest Du es auch nicht glauben. Und jetzt ist es auf einmal das Beste, wenn Du gehst?"

Für Nick war es nicht einfach, diese Worte zu sagen. Er kämpfte während des Gesprächs mit sich. Er hatte gehofft, sie würde Verständnis dafür haben, dass er es beenden wollte. Aber gleichzeitig gewusst, dass es nicht so war. Sein Verständnis selbst war nur hauchdünn. Und jetzt lief das Gespräch so richtig aus dem Ruder. Er hatte sich wohl getäuscht. Aber konnte er es ihr verdenken, nach allem, was passiert war?

Es zerriss ihm beinahe das Herz, sie so zu sehen. Kurz war er versucht, zu bleiben. Nein, er konnte es nicht tun. Sie kannte dieses Leben, kannte nichts anderes. Aber das war kein Leben für ihn, auch wenn er sie noch so sehr liebte. Seine Entscheidung war richtig. Er musste gehen und wenn er es jetzt nicht gleich tat, wusste er nicht, ob er noch einmal die Kraft dazu aufbringen würde.

Er sagte tonlos: „Ich werde den Wagen nehmen. Ich stelle ihn am Flughafen ab." Er holte den Autoschlüssel, der auf dem Fensterbrett lag, drehte sich um und wollte gehen.

Sie ließ sich auf einen Stuhl fallen. Sie wischte die Tränen, die ihr mittlerweile über die Wangen liefen, mit dem Handrücken weg.

Sie ließ den Kopf hängen und sagte, mehr zu sich selbst: „Ich verzeihe Dir."

Er blieb stehen, denn er hatte sie nicht verstanden: „Wie bitte?"

„Ich sagte, ich verzeihe Dir." Sagte sie nun lauter und hob den Kopf, sah ihn jedoch nicht an. „Und jetzt geh, wenn Du fort willst." Bridget fing an zu weinen.

Nick ging zur Tür, hielt kurz inne, sagte: „Leb wohl." und verließ das Haus.

Ihre Tränen flossen nun unentwegt. Das konnte es doch nicht gewesen sein? Der ganze Aufwand umsonst? Sie konnte, sie wollte es nicht glauben. Sie schluchzte, suchte in ihren Taschen nach einem Taschentuch, konnte keines finden, stand auf und holte sich ein Küchentuch. Sie musste versuchen, ihn zurückzuhalten. Er war ihre einzige Chance, ihrem vorbestimmten Leben zu entkommen. Nur mit ihm konnte sie es wagen, ihrer Welt die Stirn zu bieten. Er war stark und sie liebte ihn doch und er sie. Nein, kampflos gab sie ihn nicht auf. Sie lief schnell aus dem Haus, sah aber nur noch, wie der Mini die Auffahrt hinab fuhr. Er hatte es tatsächlich wahr gemacht. Er war gegangen.

47.

Sie stand da und sah ihm nach. „Nick." flüsterte sie. „Bitte, tu das nicht." Doch er konnte sie nicht mehr hören.

Er saß im Wagen und ihm lief eine Träne über das Gesicht. „Reiß dich zusammen, Junge." Schalt er sich selbst und wischte die Träne energisch weg. Er lenkte den Wagen von der Einfahrt auf die Straße und gab Gas.

Sie sah ihm nach. Es hatte geendet, bevor es richtig begonnen hatte. Hatte sie etwas falsch gemacht? Sie wusste es nicht.

Sie kannte sich ja nicht mit Beziehungen aus. Das war ihre erste richtige.

Hatte sie früher eine Bekanntschaft gemacht, beendete sie Simmons, bevor etwas Ernstes hatte passieren können.

Die Tränen waren versiegt. Sie hatte keine mehr. Sie fühlte einen Schmerz in ihrer Brust, der sie fast zerreißen wollte. War das die Liebe? Wenn das die Liebe war, dann konnte sie gut auf sie verzichten. Sie hatte ihr bisher nur Schmerz und Unbill gebracht. Nein, so stimmte das nicht. Sie hatte etwas Wunderbares erlebt, von dem sie vorher noch nicht einmal zu träumen gewagt hatte. Die seligsten Gefühle hatte sie erlebt, die es zu erleben gab. Diese Erinnerungen hatten zur Folge, dass der Schmerz nur noch mehr zunahm.

Sie ging zurück ins Haus, betrat das Wohnzimmer und setzte sich auf eine Couch. Bridget konnte nicht mehr richtig sehen, die Tränen hatten ihre Augen überschwemmt. Jetzt waren sie leer. Sie saß einfach nur da.

Irgendwo klingelte ein Handy. Egal. Warum sollte sie abnehmen. Sollte man sie doch jetzt finden. Ihr war auch das egal. Jetzt war ihr alles gleichgültig, was passieren würde. Nick war weg. Es spielte alles keine Rolle mehr. Sie ließ sich seitwärts auf das Sofa fallen und zog die Beine an. Wie lange sie so dalag, wusste sie nicht. Auch das war egal.

Am Himmel waren mittlerweile wieder Wolken aufgezogen. Es regnete. Ihr Schmerz ließ nicht nach. Im Gegenteil. Er hatte zuerst ihr Herz in Besitz genommen. Jetzt war er über ihre Brust in den Bauch gekrochen. Sie hatte das Gefühl, dass ihr alles wehtat.

Sie sah Nicks Gesicht vor sich, sein Lächeln und es tat weh. Überall. Warum nur hatte er das getan? Warum hatte er sie erst dazu gebracht, dass sie sich in ihn verliebt hatte und nun ließ er sie allein. Wieso nur? Warum ließ er sie so leiden? Sie verstand es einfach nicht. Er hatte doch gesagt, er würde sie lieben. Plötzlich regte sich auch Wut in ihr. Wie konnte er ihr das antun? Eines wusste sie: das war ihr eine Lehre. Sie würde es jedenfalls nie mehr so weit kommen lassen. Aber jetzt half das nichts. Sie trauerte ihm nach, um ihre erste große und wahrscheinlich einzige Liebe. Sie war erschöpft. Der Schmerz hatte sie müde gemacht und sie schlief ein. Sie merkte nicht, wie die Wohnzimmertür geöffnet wurde und jemand eintrat.

48.

Das Licht wurde angemacht und jemand fasste sie an der Schulter.

„Brigitte, schläfst Du?"

Sie erschrak und fuhr hoch: „Mon Père! Du bist hier." Sie warf sich in die Arme ihres Vaters und alle Dämme brachen. Er hielt sie fest und sie ließ sich halten. Sie schluchzte und weinte sich den Kummer von der Seele.

„Ist ja gut, ma petite chérie. Ich bin ja da."

Er wiegte sie wie ein kleines Kind und streichelte ihr über den Rücken.

„Ist ja gut." Wiederholte er. Sie beruhigte sich nur langsam. Nachdem sie sich etwas gefangen hatte, hielt er sie auf Armeslänge von sich entfernt und sagte: „Da hast Du Dir diesmal aber was Schönes eingebrockt. In jeder Hinsicht. Komm in die Küche, wir machen Tee."

Er legte einen Arm um sie und sie gingen zusammen in die Küche. Dort setzte er sie auf einen Stuhl und machte sich am Wasserkocher zu schaffen. Bridget holte sich ein Küchentuch und schnäuzte sich.

„Ich sehe bestimmt verboten aus." meinte sie und wischte sich über das Gesicht.

Alain lächelte sie an und fragte: „Teekanne?"

„Dort drin, bei den Tassen." Sie zeigte auf das kleine Buffet.

Alain holte alles heraus und stellte Tassen auf den Tisch. Während er den Tee zubereitete meinte er: „Du siehst aus, als hättest Du in den letzten zwei Tagen viel erlebt."

Bridget lachte unfroh: „Das kann man wohl sagen. Woher wusstest Du, dass ich hier bin und wie bist Du hergekommen?"

„Man hat uns informiert, dass es Schwierigkeiten mit Dir geben würde und dass es besser wäre, wenn Deine Mutter und ich nach England kommen würden. In London hat man uns dann erzählt, was in Amerika passiert war. Der Kronrat ist ganz schön in Aufruhr. Als wir dann erfuhren, dass Du, oder besser gesagt Ihr, verschwunden wart, dachte ich mir, dass Ihr nur hier sein könntet. Ich habe mich dann ins Auto gesetzt und nun bin ich hier."

Als der Tee fertig war, goss er ihn in die Tassen und setzte sich. „So, nun erzähl mal, aber von Anfang an."

„Du weißt doch schon alles."

„Ich will es aber aus Deinem Mund hören."

Bridget schnäuzte sich noch einmal, wischte sich die Augen, nahm einen Schluck Tee und begann zu erzählen. Sie begann am Morgen in Los Angeles, als ihre Arbeit erledigt war und endete mit Nicks Weggang. Sie erzählte alles, auch wie es Nick bei der Polizei ergangen war.

Als sie geendet hatte, machte ihr Vater ein nachdenkliches Gesicht. „Es ist also schlimmer noch, als ich dachte. Du bist diesmal ernsthaft verliebt, oder?"

„Ich fürchte auch. Aber keine Angst, ich habe es im Griff. Immerhin hat mich der Mistkerl gerade verlassen."

„Nana, Schimpfwörter. Der Herr scheint ja wirklich wichtig zu sein." Nach einer kurzen Pause sah er sie an und meinte: „Das ist ernst, oder?"

Bridget schossen wieder die Tränen in die Augen und sie konnte nur mit dem Kopf nicken.

„So wie Du von ihm erzählst, erscheint er mir als ein ziemlich taffer Bursche. Hätte eigentlich gedacht, ein Amerikaner hält was aus."

„Das dachte ich auch. Sonst hätte ich mich doch niemals mit ihm eingelassen."

Alain wurde hellhörig: „Eingelassen?"

Bridget wurde rot.

„Du willst mir doch nicht sagen, dass Ihr…" Sie wurde noch roter. „Oh, nein, Brigitte, was hast Du getan?"

Es entstand eine kurze Pause. Alain, stand auf: „Nun gut. Wie auch immer. Ich muss Deine Mutter anrufen."

„Wirst Du ihr alles erzählen?" Bridget hatte schon immer ein besseres Verhältnis zu ihrem Vater als zu ihrer Mutter gehabt. Ihm konnte sie alles erzählen. Ihre Mutter war schon immer königstreuer und hatte sich auch immer so verhalten.

Ihr Vater dagegen, hielt mehr zu ihr. „Das muss ich wohl. Aber nicht jetzt. Kurzfassung genügt. Bin gleich wieder da."

Er ging ins Wohnzimmer und Bridget blieb in der Küche. Nach ein paar Minuten kehrte er zurück. „So, das wäre erledigt."

„Und?" fragte sie ängstlich.

„Nichts und. Sie ist stinksauer."

Bridget atmete genervt aus: „Das war ja klar."

Ihr Vater sah sie an: „Du irrst Dich. Sie ist nicht stinksauer auf Dich, sondern auf den Kronrat."

Bridget schaute ihn verdutzt an: „Was?"

„Ja, Du tust deiner Mutter Unrecht, wenn Du glaubst, dass sie gutheißt, was mit Dir geschieht. Sie kämpft schon jahrelang dafür, dass Du aus dieser unseligen Vereinbarung kommst."

„Aber das hat sie mir nie gesagt."

„Nein, und mir hat sie verboten, es Dir zu sagen. Sie wollte keine falschen Hoffnungen in Dir wecken. Sie hat mittlerweile drei Anwälte und zwei Notare verschlissen. Aber darüber können wir später reden."

Bridget konnte es nicht fassen. Die ganzen Jahre hatte ihre Mutter sie in dem Glauben gelassen, dass sie einverstanden war mir dem, was man mit ihr geschehen sollte, und jetzt erfuhr sie, dass das gar nicht stimmte.

Sie schaute ihren Vater fassungslos an, der fuhr fort: „Trotzdem, Du hast ganz schön Unruhe ins Land gebracht. Und Du weißt, das mag sie nicht. Der Kronrat ist aufgescheucht und Juliet hängt auch am Haken."

Bridget erschrak. Das hatte sie ganz vergessen: „Was ist mit Juliet?"

„Sie haben sie gezwungen, ihnen zu verraten, wie sie Dir geholfen hat, unerkannt aus dem Parlament zu kommen. Sie haben ihr gedroht auch sie zu verheiraten. Da hat sie zugegeben, Dir ein Auto besorgt zu haben. Wo Du bist, hat sie jedoch nicht gesagt. Mal sehen, wie sie aus dem Schlamassel wieder rauskommt." Er nahm einen Schluck Tee. „Ich nehme mal an, sie weiß über Mon Repos Bescheid."

Bridget nickte: „Ja, arme Juliet, sie wollte mir doch nur helfen. Das Auto hat jetzt Nick. Er wollte damit zum Flughafen und es dort stehen lassen. Sie werden ihn bestimmt finden, bevor er den Flughafen erreicht."

Bridget sank in sich zusammen. Das Auftauchen ihres Vaters hatte ihr gut getan und sie neuen Mut schöpfen lassen, aber jetzt war Juliet in Mitleidenschaft gezogen worden und was würde aus Nick werden, wenn sie ihn erwischten?

„Glaubst Du, sie werden Nick aufhalten? Er will doch nach Hause. Das kann ihnen doch nur recht sein."

„Ja, schon, aber man weiß, dass Ihr alleine zusammen wart und man wird zwei und zwei zusammenzählen. Das Vertuschen dieser Eskapade wird diesmal nicht so einfach sein. Und dazu brauchen sie ihn."

Bridget wurde jetzt das ganze Ausmaß ihres Handelns bewusst. Sie war keine Jungfrau mehr. Das war nicht mehr rückgängig zu machen. Es stimmte, sie würden Nick brauchen, um das zu vertuschen. Alain erhob sich: „Ich mache nochmals Tee."

49.

Nick fuhr durch den Regen. Er hatte zwischendurch öfters angehalten. Seine Gedanken rasten in seinem Kopf. Sollte er weiterfahren oder umkehren? Im Moment war er im Begriff, sie zu verlassen. Er hatte getan, was er nie für möglich gehalten hätte: er ließ die Frau zurück, mit der er sein Leben hatte verbringen wollen. Die Frau, die er von ganzem Herzen liebte. Warum war sie auch, was sie war? Hätte sie nicht einfach eine kleine englische Kunsthistorikerin sein können, mit Spezialgebiet Da Vinci? Nein, es musste eine Adlige sein, versprochen dem Thronfolger von England. Aber, wer hatte das ahnen können?

Nick, dein Geschmack war schon immer etwas extravagant, aber das geht dann doch zu weit, sagte er zu sich selbst.

Gab es denn keine Lösung für dieses Problem? Doch, die gab es natürlich. Er führte sie gerade herbei. Er fuhr nach Hause. Das war das einzig Richtige, was er tun konnte. Für sie und für ihn. Oder war er nicht doch zu egoistisch? Es war die Lösung für sein Problem. Er war frei und blieb es. Sie war es nicht und würde es nicht werden. Mit ihm zusammen hätte sie vielleicht eine Chance gehabt. Er fühlte sich immer schlechter, je weiter weg er von ihr fuhr. Jetzt musste er nochmals anhalten. Er musste an die frische Luft und der Sprit war beinahe aufgebraucht. Er hielt Ausschau nach der nächsten Tankstelle.

Er sah die Schilder einer Tank- und Raststätte und fuhr von der Straße ab. Als er aus dem Wagen stieg, traf ihn die Luft wie ein Flügelschlag. Er tankte den Wagen voll, nahm sich noch etwas zu essen und einen Kaffee mit, zahlte mit seiner Kreditkarte, sollten sie ihn doch jetzt finden, und fuhr den Wagen auf einen Parkplatz. Gedankenverloren verzehrte Nick seinen Proviant, ging ein paar Schritte, atmete ein paar Mal tief ein und dann wusste er, was er zu tun hatte.

Er konnte nicht mehr ohne Bridget leben. Er würde zurückfahren. Zusammen würden sie vor diesen lächerlichen Kronrat treten und den Kerlen sagen, wohin sie sich ihre Pläne stecken konnten. Immerhin liebte er sie und er nahm sich, was er haben wollte. Aber wollte sie ihn noch haben? Er würde es ihr sagen. Wie er es bereits schon einmal getan hatte. Jetzt fühlte er sich wieder wie der alte Nick, der Nick, den er kannte. Er lief zum Wagen zurück, wendete und fuhr los. Plötzlich fühlte er sich unglaublich wohl.

50.

An der Tankstelle stand ein ziviles Polizeifahrzeug. Die beiden Polizisten waren gerade wieder eingestiegen. Bis jetzt war es eine ruhige Schicht gewesen. Peter, der Fahrer, trank seinen Kaffee aus und gab seinem Kollegen den Becher. „Hier, ist leer. Nimmst Du ihn mit?"

Sein Kollege brummte: „Das nächste Mal bist Du dran mit Müll entsorgen." stieg wieder aus dem Wagen aus und warf seinen und den Becher des Kollegen in den Mülleimer, der gleich neben ihrem Wagen stand.

Da fuhr ein dunkler Mini vor ihnen auf den Parkplatz. Peter erinnerte sich, da hatte doch vorhin eine Fahndungsmeldung auf seinem Schreibtisch gelegen. Dunkler Mini Morris, eine Frau und ein Mann. Naja, nachfragen schadete ja nicht. Er meldete sich am Funkgerät. „Wagen 224 mit einer Anfrage."

Aus dem Lautsprecher meldete sich die Stimme einer Frau. „Was gibt's, 224?"

„Es wird doch ein dunkler Mini Morris gesucht. Kannst Du mal das Kennzeichen prüfen?" Er gab es durch. Mittlerweile war sein Kollege auch wieder eingestiegen. „Was gibt's?"

Peter zeigte auf den Parkplatz. „Da vorne war ein dunkler Mini Morris und es wird doch einer gesucht."

„Ja stimmt, hab ich auch gelesen."

„Wagen 224 das ist der Wagen. Bitte folgen Sie ihm unauffällig und geben Sie spätestens alle halbe Stunde Ihre Position durch."

Peter und sein Kollege sahen sich an und machten sich daran, den Wagen zu verfolgen.

51.

Es war mittlerweile schon Nacht, als Nick die Auffahrt zum Haus hochfuhr. Er fühlte sich jetzt nicht mehr ganz so wohl, im Gegenteil, es war ihm ziemlich mulmig. Was würde Bridget sagen? Würde sie ihn überhaupt zurücknehmen? Das Haus war dunkel. War sie überhaupt noch hier? Es stand ein dunkelgrauer Jaguar davor. Hatte sie Besuch? Oder hatte man sie gefunden und schon weggebracht? Leichte Wut stieg in ihm auf. Na wartet, wenn ihr jemand auch nur ein Haar gekrümmt hat, werdet ihr mich kennen lernen, dachte er.

Er hielt an, stieg aus und ging schnell zur Haustür, sie war nicht verschlossen. Schon mal was. Als er eintrat, sah er, dass aus der Küche ein Lichtschein fiel, und er hörte Stimmen. Er ging schnell darauf zu, stieß die Tür auf und trat ein.

In der Küche saßen Bridget und ein Mann am Tisch. Beide hatten Teetassen vor sich. Als er eintrat, erschrak Bridget und sprang auf. Ein Reflex, da die Angst erwischt zu werden immer noch in ihr saß. Alain blieb seelenruhig sitzen. Er konnte sich denken, wer der späte Besucher war.

Bridget fing sich. Sie wurde eiskalt. „Hast Du noch was vergessen?"

Alain sagte: „Willst Du uns nicht vorstellen?"

Bridget sah Nick an: „Ma Père das ist Nick. Nick das ist mein Vater, der Comte de Chennoncay."

Nick sah den Mann nur kurz an und sagte: „Hallo."

Alain antwortete nur mit einem Kopfnicken. Er verzieh dem jungen Mann diese Formlosigkeit, immerhin war er Amerikaner und im Moment stand ihm wohl auch nicht der Sinn nach Höflichkeiten.

Nick wandte sich an Bridget: „Ja, ich habe tatsächlich etwas vergessen. Nämlich mich. Aber ich habe mich unterwegs, Gott sei Dank, wiedergefunden. Bridget, Du musst mir verzeihen. Dass ich Dich verlassen wollte, das war die größte Dummheit, die ich je begangen habe, und glaube mir, ich habe schon andere begangen. Aber damit ist jetzt Schluss. Ich liebe Dich und will, dass wir zusammenbleiben. Egal, was irgendein Rat dazu sagt." Er machte eine kleine Pause. „Vorausgesetzt, Du willst mich noch."

Bridgets Herz hüpfte in ihrer Brust vor Freude. Aber so leicht würde sie es ihm nicht machen. Zu sehr hatte sein Weggehen sie verletzt. „Und Du glaubst, damit ist alles wieder gut?"

„Ich weiß, dass ich Dir sehr wehgetan habe und ich weiß nicht, wie ich es wieder gut machen kann. Aber jetzt bin ich wieder hier und ich bin bereit dafür."

„Bereit für was?"

Er wirkte jetzt sichtlich gequält und er tat ihr fast leid. Aber nur fast. Sie hatte zu viele Tränen seinetwegen vergossen.

„Bereit für all die Schwierigkeiten, die vor uns liegen. Und ich fürchte, das sind einige. Wahrscheinlich kann ich gar nicht beurteilen was für welche, aber trotzdem." Er wandte sich an den Comte: „Comte de Chennoncay, ich bitte Sie um die

Hand Ihrer Tochter." Na sieh mal an, hatte man doch noch Manieren in der neuen Welt. Er sprach den Namen sogar fast richtig aus.

Der Comte sah Bridget an und sagte ernst: „Bridget, möchtest Du das denn?"

Sie stand unbeweglich da. Sie hatte ihm zugehört und in ihr tobte ein Gefühlssturm. Oh ja, sie liebte ihn. Mehr als alles andere auf der Welt. Und doch hatte er ihr wehgetan. Aber er ist zurückgekommen und jetzt könnte alles gut werden. Nick war da, ihr Père war da, jetzt könnte es gelingen. Sie nickte nur leicht.

Der Comte stand auf, ging auf Nick zu, sah ihn durchdringend an und sagte: „Wissen Sie eigentlich, was in den letzten Stunden Ihretwegen hier los war?"

Nick schluckte, sah kurz zu Boden und antwortete: „Ich kann's mir denken."

„Wenn Sie ihr noch einmal so weh tun", der Comte hob die rechte Hand und tippte energisch mit dem Zeigefinger auf Nicks Brust, der hielt die Luft an, „werde ich Sie finden. Und dann reden wir beide miteinander."

Alain nahm jeweils die rechte Hand von Nick und Bridget und legte sie zusammen. „Also schön. Wenn ihr beide das wirklich wollt. Meinen Segen habt Ihr."

Nick atmete erleichtert aus, umarmte Bridget und sie ließ es geschehen. Sie umarmte ihn ebenfalls und sie küssten sich. Lange und innig.

Der Comte hatte mittlerweile eine weitere Tasse geholt und schenkte Tee ein. Nach einer kleinen Weile sagte er: „Nun ist aber gut. Wir müssen einen Plan entwerfen. Das wird nicht einfach werden."

Nick und Bridget lösten sich aus ihrer Umarmung und setzten sich.

„Nick, Bridget, ich hoffe, Ihr habt Euch das jetzt gut überlegt. Ihr werdet mit mehr Widerständen als einem zornigen Schwiegervater zu kämpfen haben, wenn Ihr wirklich zusammenbleiben wollt."

„Ich weiß und Bridget weiß, dass ich mir die Entscheidung wirklich nicht leichtgemacht habe. Aber diese Fahrt heute hat mich erkennen lassen, dass ich nicht ohne sie leben kann." Er sah sie an und ergriff ihre Hand, die auf dem Tisch lag. „Und will."

Sie blickte ihn an. In ihrem Gesicht waren noch die Spuren der Tränen der vergangenen Stunden zu sehen. Sie wurde sich dessen jetzt erst bewusst.

Bridget stand auf: „Ich gehe mich nur mal schnell frisch machen." Sagte sie und verließ die Küche mit einem Lächeln auf dem Gesicht.

52.

Als Bridget die Tür hinter sich geschlossen hatte, wartete der Comte noch einen Augenblick, dann sagte er todernst: „Ich hoffe, Sie sind sich wirklich darüber im Klaren, was Ihr Handeln bedeutet. Sie haben es zugelassen, dass sich Bridget in Sie verliebt. Und Sie hat mir gesagt, dass sie Ihnen alles über ihr Leben, wie es war und auch, was auf sie wartet, auf was sie vorbereitet wurde, erzählt hat."

Nick wurde ebenso ernst: „Ja, das hat sie. Und ob ich mir im Klaren bin, nein, das bin ich mir nicht wirklich. Ich würde lügen, wenn ich sagen würde, ich bin es. Ich habe in den letzten Tagen Dinge erlebt, die ich nicht für möglich gehalten hätte und das nur, weil ich Bridget kenne. Also kann ich nur gespannt sein auf das, was noch auf uns zukommt. Aber über eins bin ich mir im Klaren: Ich liebe sie und sie liebt mich. Und was man sich auch noch einfallen lassen wird, um uns zu trennen: Ich kann ebenfalls sehr kreativ sein und dann werde ich eine Lösung für uns finden."

Alain sah ihn ernst an. „Schöne Rede, junger Mann, aber stellen Sie es sich nicht zu einfach vor. Sie haben die Pläne einer uralten Institution durchkreuzt, die es nicht gewohnt ist, dass man sie in Frage stellt, geschweige denn, dass man ihr zuwiderhandelt."

Jetzt ging Nick zum Angriff über: „Aber das haben Sie doch auch getan und es hat funktioniert."

Der Comte zog überrascht die Augenbrauen hoch: „Das hat sie Ihnen also auch erzählt. Ja, es stimmt, ihre Mutter und ich haben es geschafft. Nun, wie sie sehen, haben wir einen hohen Preis dafür bezahlt. Aber gerade deswegen, weil es das schon mal gegeben hat, darf es sich nicht wiederholen. Sie haben also mit erheblichen Widerständen zu kämpfen."

Nick wurde wieder ruhiger: „Ist das denn zwingend? Wir haben doch Ihren Segen."

Der Comte lächelte: „Das genügt leider nicht." und leiser fügte er hinzu: „Aber ich habe vielleicht noch ein Ass im Ärmel."

Nick hatte das gehört, aber in diesem Moment ging die Tür auf und Bridget kam wieder in die Küche. Sie hatte sich das Gesicht gewaschen, Make-up, aufgelegt, ihre Haare gebürstet und sah jetzt wieder deutlich besser aus. Der Comte erhob sich: „Es ist schon sehr spät und heute können wir nichts mehr tun. Ich gehe ins Bett. Morgen früh werden wir weitersehen."

Er küsste Bridget auf die Wange und verließ die Küche. Er kam nochmals zurück und sagte mit erhobenem Zeigefinger: „Getrennte Schlafzimmer, wenn ich bitten darf." lächelte und machte die Tür zu.

Nick und Bridget saßen am Tisch. Nick hatte immer noch das Bedürfnis, sich zu entschuldigen. Es fiel ihm sichtlich schwer, als er ihre Hände nahm und sagte: „Kannst Du mir verzeihen?"

Bridget sah ihn an: „Es ist nicht leicht. Es hat furchtbar wehgetan, als Du gegangen bist. Ich wusste nicht, wie ich darüber hinwegkommen sollte. Aber Du bist zurückgekommen. Das ist die Hauptsache und jetzt bist Du da. Vielleicht wird ja alles gut?" Sie lächelte vorsichtig.

Sie sahen sich in die Augen. Nick hielt mit beiden Händen ihren Kopf fest, küsste sie kurz auf den Mund und sagte ernst: „Es wird bestimmt alles gut. Ich verspreche es Dir."

Bridget antwortete: „Ich könnte es nicht noch einmal ertragen, Dich davonfahren zu sehen."

„Das wird nie wieder geschehen. Auch das verspreche ich Dir." Sagte er und nahm sie in die Arme. Er drückte sie an sich und sie genoss es.

„Komm, dein Vater hatte Recht. Es ist schon spät. Gehen wir auch schlafen."

Sie standen beide auf, löschten das Licht und sie gingen zusammen nach oben. Vor ihrem Schlafzimmer gab er ihr einen Kuss und sagte: „Gute Nacht, mein Herz."

Sie öffnete die Tür und zog ihn mit sich ins Zimmer. „Aber Dein Vater schläft doch nebenan."

Sie legte nur den Finger auf den Mund „Pscht."

53.

Das Polizeiauto wartete schon vier Stunden vor der Auffahrt zu Mon Repos House. Wer hatte diesem Haus wohl diesen Namen gegeben?

Die beiden Polizisten, die die ganze Zeit Wache hielten, unterhielten sich. „Möchte bloß wissen, wer da drin ist, dass es diesen Aufwand lohnt."

„Mir ist das ehrlich gesagt gleich. Ich hoffe nur, dass niemand mehr raus fährt und uns sieht. Sonst müssten wir hinterher und das wäre nicht mehr ganz so unauffällig."

„So lautete der Befehl?"

„Ja, so lautete die Order. Den Mini verfolgen, und wenn er wo parkt, aufpassen, was passiert und Meldung machen, ansonsten abwarten, bis wir wieder was hören."

„Oh Mann, wer das wohl ist?"

Der andere Polizist gähnte jetzt herzhaft. „Wie gesagt, mir egal. Ich hoffe nur, dass das erledigt ist bis zum Feierabend."

In diesem Augenblick fuhren vier dunkle Jeeps heran. Sie hielten an, aus dem ersten stieg ein Mann in dunklem Anzug und kam zum Polizeiwagen. Die beiden Polizisten stiegen ebenfalls aus.

„Sie haben den Morris bis hierher verfolgt?"

„Ja", sagte der Fahrer der Beiden. „Ist vor ungefähr vier Stunden hier hineingefahren und seitdem nicht mehr zurückgekommen."

„Gibt es noch eine andere Abfahrt vom Grundstück?" Die beiden Polizisten sahen sich an und schüttelten beide mit dem Kopf. „Soweit wir wissen, nicht."

„Soso, soweit Sie wissen. Na schön, Sie können gehen. Wir übernehmen jetzt."

Der Mann drehte sich um und ging zu seinem Jeep zurück.

Die Polizisten sahen sich an und stiegen wieder in ihren Wagen.

„Freundlicher Zeitgenosse." Sagte der Fahrer und der andere meinte: „Ein Glück kamen sie vor Schichtende."

Als der Mann am Jeep angekommen war, nahm er sein Handy, wählte eine Nummer. Es meldete sich Simmons: „Und?"

„So wie es aussieht, sind hier."

„Ok. Bleiben Sie dort. Ich bin auf dem Weg."

54.

Bridget erwachte dieses Mal zuerst. Es war noch recht früh am Morgen. Sie sah neben sich und sah Nick, noch schlafend, neben ihr liegen. Er war noch da. Es war kein Traum gewesen. Sie war erleichtert. Es war wunderschön, in einem Bett mit ihm zusammen aufzuwachen.

Sie hatten sich vor dem Einschlafen nur kurz geliebt. Die Heftigkeit, mit der sie einander Freude schenkten, zeugte von ihrer Liebe zueinander und der Erleichterung darüber, wieder zusammen zu sein. Danach waren beide rasch eng umschlungen eingeschlafen.

Nick kam auch zu sich und sah sie lächelnd an: „Guten Morgen."

„Guten Morgen", antwortete sie ebenfalls lächelnd.

„Na, gut geschlafen?" fragte er sie.

„So gut wie noch niemals im Leben. Und erst das Aufwachen."

Sie küssten sich kurz. „Ich geh mal ins Bad." sagte Bridget, schwang die Beine aus dem Bett und setzte sich auf.

„Soll ich in mein Zimmer gehen?" fragte er.

Sie hielt kurz den Kopf schief: „Wäre vielleicht keine schlechte Idee. Damit machen wir mon Père nicht bösgläubig."

„Ok." Er stand auf und zog sich schnell die Jeans an, warf sich das Hemd über, machte die Tür auf und spähte auf den Flur, ob die Luft rein war. Dann drehte er sich um, warf ihr noch einen Kuss zu und verschwand.

Kurze Zeit später trafen sie sich alle unten in der Küche. Der Comte hatte bereits Kaffee gemacht und war gerade dabei, im Kühlschrank nach etwas, das fürs Frühstück taugte, zu suchen.

„Guten Morgen", sagte er gutgelaunt. Bridget vertrieb ihn vom Kühlschrank und holte Butter, Käse, Eier und Speck heraus. Sie deckten zusammen den Tisch, setzten sich und begannen zu frühstücken. Es hatte den Anschein einer ganz normalen Familie. Bridget genoss es sichtlich.

Doch dann sagte der Comte zwischen zwei Bissen: „Ich will Euch nicht den Appetit verderben, aber wir sollten uns überlegen, wie wir weiter vorgehen wollen."

Bridget und Nick sahen sich ernst an. Es musste ja so kommen.

Der Comte fuhr fort: „Ich habe versprochen, Dich", er sah Bridget an, „nach London zurück zu bringen. Nur unter der Bedingung hat man mich alleine fahren lassen."

Nick stellte seine Tasse zurück. „Und was passiert jetzt?"

Der Comte hob die Augenbrauen: „Ehrlich gesagt, ich weiß es nicht. Man wird erst von ihr hören wollen, was passiert ist."

Er sah Bridget und Nick abwechselnd an: „Vor allem, ob „Es" passiert ist."

Nick war empört: „Was? Das wird man sie wirklich fragen?"

„Aber ja. Nick, ich habe es doch gesagt. Bridgets Leben ist bereits verplant und Sie brechen darin ein wie ein Eisberg. Ich kann Ihnen nicht versprechen, wie das ausgeht."

Nick wurde energisch: „Ok, dann werden wir jetzt mal eine Strategie entwerfen. Bridget, Du wirst bei diesen Gesprächen einfach gar nichts sagen. Musst Du denn Auskunft geben? Kann man Dich dazu zwingen?"

Bridget zuckte mit den Schultern: „Ich kann es versuchen. Dann werden wir sehen, was passiert."

In diesem Moment hörte man Motoren brummen. Da die Küche aber auf der anderen Seite, die zur Einfahrt zeigte, lag, konnte man nichts sehen. Erst als sie Männer in schwarzen Anzügen am Fenster vorbeilaufen sahen und die Küchentür aufging, wussten Bridget, Nick und der Comte, was los war. Simmons kam in Begleitung zweier Männer herein. „Guten Morgen, Mylady, Comte, Mr. Page. Da hätten wir ja alle beisammen."

55.

Der Comte fing sich als erster. „Guten Morgen, Mr. Simmons. Ihr Auftritt ist mal wieder sensationell."

„Danke, man tut, was man kann."

„Kann ich Sie mal kurz draußen sprechen?"

Bridget und Nick waren aufgesprungen und hielten sich fest umschlungen.

„Bitte." Der Comte und Simmons gingen auf den Flur, einer der Sicherheitsleute schloss die Tür.

Der Comte fuhr Simmons ärgerlich an: „Was soll diese Wildwestnummer? Ich habe gesagt, ich bringe sie nach London zurück und ich war gerade dabei. Wie haben Sie überhaupt hierher gefunden."

„Gefunden haben wir Sie mit Hilfe der örtlichen Polizei. Tut mir leid, Comte, aber die Pläne haben sich geändert. Der Kronrat wollte nicht mehr länger warten. Es wird ihnen wohl zu gefährlich. Man glaubt wohl, je länger die Sache dauert, umso schwerer wird es, das Ganze zu vertuschen. Man hat jetzt Vorkehrungen getroffen. Wir sollen Sie alle zurück nach London bringen."

Der Comte wurde hellhörig: „Was für Vorkehrungen?"

„Mein Befehl lautet nur, Lady Bridget und Mr. Page nach London zu bringen."

„Simmons, bitte. Da drin sind zwei junge Menschen, die sich verliebt haben und die jetzt gerade eine Riesenangst ausstehen. Verstehen Sie das denn nicht?"

Simmons wurde ärgerlich: „Doch, Comte, das verstehe ich sogar sehr gut. Aber ich habe die Regeln für dieses Spiel nicht gemacht. Das waren Ihre Leute. Ich werde nur dafür bezahlt, dass sie eingehalten werden. Das ist mein Job und den erledige ich jetzt."

Er ließ den Comte stehen und betrat wieder die Küche. Bridget und Nick standen noch immer zusammen. Sie hatten sich jetzt an den Händen gefasst.

Simmons wandte sich an sie: „Ich muss Sie beide, Mylady, Mr. Page, bitten, ihre Sachen zu holen. Wir brechen jetzt gleich nach London auf."

Der Comte betrat ebenfalls wieder die Küche. Bridget und Nick blickten zu ihm.

Er nickte: „Holt eure Sachen."

56.

Bridget und Nick gingen nach oben. Sie ging in ihr Schlafzimmer, nahm ihre Handtasche und zog sich noch eine Jacke an. Nick kam herein, den Rucksack über der Schulter. Er schloss die Tür. Sie gingen aufeinander zu und umarmten sich. Bridget hatte sichtlich Angst.

„Nick, ich weiß nicht, was jetzt passieren wird. Aber es wird nicht leicht werden."

Er hielt sie fest und drückte sie an sich. Er hoffte, sie damit ein bisschen beruhigen zu können.

„Ich weiß, mein Liebes. Aber was auch kommen mag. Uns trennt nichts mehr." Er streichelte ihr über das Haar. Sie lächelte ihn zaghaft an.

Sie küssten sich, ließen sich dann los und gingen hinunter. Vor dem Haus warteten die Wagen. Der Comte stand ebenfalls davor.

Simmons fragte ihn: „Fahren Sie selbst?"

Er antwortete: „Natürlich. Ich habe meinen eigenen Wagen hier."

Bridget und Nick traten aus dem Haus. Simmons ging auf Bridget zu und sagte: „Mylady, bitte in den ersten Wagen. Mr. Page bitte in den zweiten."

Bridget erschrak und blieb stehen: „Was soll das? Wir fahren im selben Wagen."

Simmons antwortete ruhig, aber bestimmt: „Nein, das tun Sie nicht. Wir fahren, wie ich es eben gesagt habe. Also los."

Bridget rührte sich nicht vom Fleck. „Dann fahre ich nicht mit. Entweder wir fahren im selben Wagen oder ich bleibe hier."

Simmons wurde jetzt ärgerlich, beherrschte sich aber sichtlich: „Nein, Mylady, Sie fahren mit, und zwar im ersten Wagen. Wenn Sie nicht freiwillig einsteigen, werde ich eben etwas nachhelfen. Ich habe mittlerweile die Befugnis dazu."

Bridget konnte nicht glauben, was sie da hörte. Man würde sie mit Gewalt in den Wagen verfrachten.

Nick sah sie an, dann meinte er beruhigend: „Komm, lassen wir ihnen ihren Willen. Ich fahre mit."

Er nickte Bridget zu, doch die wollte sich nicht beruhigen. Nick brachte sie zu ihrem Wagen.

Sie blickte ihn verängstigt an: „Nick, das ist ein Trick, dahinter steckt etwas."

Nick redete bewusst beruhigend auf sie ein: „Egal, was sie vorhaben, denke an das, was ich Dir vorhin gesagt habe. Sie trennen uns nicht mehr."

Er gab ihr einen kurzen Kuss auf den Mund und half ihr dann beim Einsteigen.

Simmons schloss die Tür und begleitete Nick zu seinem Wagen. „Danke, Mr. Page."

Er öffnete ihm die Tür. Nick sah ihn feindselig an und sagte: „Das habe ich nicht für Sie getan. Bridget hatte schon genug Aufregung." Er stieg ein.

Als alle in den Wagen saßen, Simmons saß im ersten Wagen neben dem Fahrer, fuhr der Konvoi los. Bridget hatte ein schlechtes Gefühl im Magen. Da stimmte doch irgendwas nicht. Das hatte doch was zu bedeuten. Sie überlegte fieberhaft, was passieren könnte. Das trug nicht gerade zu ihrer Beruhigung bei. Bridget drehte sich in unregelmäßigen Abständen um und sah nach, ob die Fahrzeuge noch alle da waren. Nach zwei Stunden Fahrt beruhigte sie sich etwas. Vielleicht war es ja doch nur eine Sicherheitsmaßnahme. Sie fuhren in Richtung London und Bridget war versucht etwas einzunicken. Sie stellte die Rückenlehne nach hinten, deckte sich mit ihrer Jacke zu und gab der Versuchung nach.

57.

An der Ausfahrt Heathrow Airport, bog das zweite Fahrzeug ab. Nick war mittlerweile auch etwas eingedöst und wachte erst auf, als der Wagen hielt. Sie standen auf dem Flughafengelände neben einem Lear Jet.

Die Wagentür ging auf und einer der Sicherheitsbeamten bat Nick: „Mr. Page, darf ich Sie bitten, aus dem Wagen zu steigen."

Nick nahm seinen Rucksack und stieg aus. Er war noch nicht ganz wach und daher etwas verwirrt. Wo waren die anderen Wagen? Als er ausgestiegen war, bemerkte er den Jet und so langsam dämmerte es ihm, was man mit ihm vorhatte. Vor ihm standen zwei Sicherheitsbeamte und an jedem Wagenende nochmals einer. Diesmal ging man wohl auf Nummer sicher.

Der Beamte, der die Wagentür geöffnet hatte, zeigte auf die Gangway, die vor dem Flugzeug stand und sagte: „Bitte Mr. Page, es ist alles erledigt. Ich darf Sie bitten einzusteigen."

Nick zögerte, was konnte er tun? Ihm fiel nichts ein.

Der Beamte drängelte jetzt etwas: „Bitte Mr. Page."

In Nick stieg Wut hoch. Man hatte sie reingelegt. Bridget fuhr man nach London und ihn brachte man außer Landes. Er sorgte sich um sie. Würde sie das verkraften? Er konnte es nur hoffen. Er schnaubte, ergab sich dann aber und stieg die Gangway hoch. Als er an Bord war, nahm ihn sogleich ein weiterer Sicherheitsbeamter in Empfang und schloss die Tür hinter ihm. Die Gangway wurde weggerollt und das Flugzeug war startbereit. Es rollte los und startete unverzüglich.

Als Nick eingestiegen war, bemerkte er zwei weitere Männer, die in der Kabine Platz genommen hatten. Einer war, dem Anschein nach, ein weiterer Sicherheitsbeamter, der andere sah nicht so aus. Er war von normaler Statur, vielleicht etwas zu dünn, hatte helle Haut, als käme er nicht oft an die Luft, jedoch volles graues Haar und trug einen dunkelgrauen Anzug. Er hatte etwas vorstehende Schneidezähne, eine gerade schmale Nase und dunkle Augen. Die Ohren standen ihm etwas ab, was seinem ganzen Erscheinungsbild etwas leicht Komisches gab.

Als das Flugzeug gestartet war und sie die Reiseflughöhe erreicht hatten, stellte sich der Herr vor. „Mr. Page, mein Name ist Holden. Ich bin Notar und mein Büro verwaltet gelegentlich außergewöhnliche Dinge für, sagen wir, außergewöhnliche Kunden. In dieser Eigenschaft möchte ich Sie bitten, diese Erklärung, die mein Büro aufgesetzt hat, zu unterzeichnen. Lesen Sie sie in Ruhe durch und wenn sie Fragen haben, nun dafür bin ich hier. Fragen sie bitte."

Er gab Nick mehrere Blätter, die am linken oberen Rand zusammengeheftet waren. Nick nahm sie und begann zu lesen. Er traute kaum seinen Augen. Es war eine Verschwiegenheitserklärung. Er sollte über alles, was in den letzten Tagen, es war der Zeitraum von seiner Verabredung mit Bridget in Los Angeles ab, bis das Flugzeug, in dem er saß, dort wieder landen würde, Stillschweigen bewahren. Ebenso sollte er erklären, sich in Zukunft fern von Lady Bridget zu halten und sie nie mehr wieder zu sehen. Sollte er dieser Erklärung zuwider handeln würde er eine sechsstellige Summe als Strafe bezahlen müssen.

Nick las den Text, faltete die Blätter zusammen, gab sie dem Notar zurück und sagte in aller Seelenruhe: „Das unterschreibe ich nicht."

Mr. Holden war nicht überrascht. „Das habe ich erwartet, aber ich muss Sie bitten, ihre Entscheidung noch einmal zu überdenken."

Nick blieb weiter ruhig: „Da gibt es nichts zu überdenken. Ich unterschreibe nicht."

Mr. Holden legte die Papiere noch einmal vor ihn auf den Tisch und sagte eindringlich: „Mr. Page, ich bitte Sie, unterschreiben Sie."

„Nein!" Nick wurde nun bestimmter.

„Nun", Mr. Holdens Ton wurde eine Spur kälter „dann muss ich Ihnen leider mitteilen, dass es, ich hätte es gerne vermieden, Konsequenzen haben wird, wenn Sie nicht kooperieren."

Nick sah aus einem der Fenster: „Machen Sie doch was Sie wollen."

Mr. Holden ließ nicht locker: „Mr. Page, Sie sind ein anerkannter Produzent in den Staaten. Es könnte sein, dass Ihre Geschäfte in der nächsten Zeit vielleicht nicht mehr so gut laufen werden, wie bisher."

Nick drehte seinen Kopf langsam zu Mr. Holden und schaute ihm jetzt in die Augen. Was hatte die Bohnenstange da gerade gesagt? Drohte er etwa, die Firma mit in diese Sache zu ziehen?

Jetzt war der Bogen überspannt und Nick erwiderte wütend: „Wenn Sie es wagen, meine Firma mit in diese Sache zu ziehen, wird es weitreichendere Konsequenzen für Ihren außergewöhnlichen Kunden haben, als Sie oder Ihr Kunde es sich vorstellen können. Sie vergessen, wir sind dann in Amerika, nicht in England. Da bin ich zuhause und wir spielen nach unseren Regeln. Wagen Sie es nicht, mir zu drohen. Und im Übrigen, was glauben Sie, wen Sie vor sich haben? Glauben Sie ernsthaft, ich würde mit den Ereignissen der letzten Tage an die Presse gehen? Das würde ich Bridget und auch mir nicht antun. Ihr wurde schon genug angetan. Und zwar von Leuten Ihres Schlages. Das reicht fürs ganze Leben." Da fiel ihm etwas ein. „Außer vielleicht, Sie würden mich dazu zwingen. Indem Sie vielleicht meine Firma angreifen würden. Aber das würden Sie doch nicht tun, nicht wahr? Ich glaube, Bridget würde mir dann vielleicht sogar Recht geben."

Mr. Holden war noch etwas blasser geworden. Er faltete die Papiere zusammen, steckte sie in seine Aktenmappe und sagte: „Ich glaube, wir sind fertig. Ich werde Ihre Worte weitergeben."

58.

Nach einem nunmehr ruhigen Flug, Mr. Holden hatte sich nach dem Gespräch etwas weiter von Nick weg gesetzt, landete der Jet sicher auf dem Flughafen in Los Angeles. Dort wartete schon eine Limousine mit zwei weiteren Sicherheitsleuten im Hangar. Nick stieg aus dem Flugzeug und man komplementierte ihn in den Wagen. Der fuhr ihn sogleich zum Anwesen seiner Eltern. Dort angekommen, betrat er das Haus. Er ließ seinen Rucksack im Eingang fallen.

Seine Mutter kam die Treppe herunter. „Nick, Gott sei Dank, da bist Du ja wieder."

Nick sah seine Mutter an. Er war sichtlich schlechter Laune. Er konnte nichts sagen. Er war zornig, verbittert, mutlos.

Sie wandte sich an das Hausmädchen, das gerade auf der Galerie erschienen ist. „Rosa, bitte sagen Sie meinem Mann, dass Nick zuhause ist."

Das Mädchen eilte los. Kirstie ging auf Nick zu, umarmte ihn und gab ihm einen Kuss auf die Wange. Er wurde stocksteif und erwiderte die Zärtlichkeit nicht. Sie erschrak, das war nicht seine Art. Es musste etwas passiert sein. Nick ging den Gang entlang zur Küche.

Sie folgte ihm. „Nick, so sag doch was. Geht es Dir nicht gut?"

In der Küche holte er sich ein Glas, ging zum Wasserhahn, füllte es und trank es in einem Zug leer. Er war wie ausgetrocknet. Im Jet gab es zwar etwas zu essen und auch Getränke wurden gereicht, aber er hatte kaum etwas runter bekommen. Jetzt hatte er das Gefühl am Verdursten zu sein.

Er füllte das Glas noch einmal, trank jetzt aber in kleinen Schlucken und drehte sich zu seiner Mutter um. „Nein, Mom, es geht mir nicht gut."

Er nahm das Glas, warf es in die Spüle, wo es zersplitterte und schrie: „Nein, mir geht es gar nicht gut!"

Er stütze die Hände auf die Spüle und ließ den Kopf hängen.

Kirstie erschrak. So hatte sie Ihren Sohn noch nicht erlebt. Es war eins, schlechte Laune zu haben, etwas anderes aber, das Geschirr zu zerschlagen. Sie wollte gerade etwas zu Nick sagen, da kam Tom dazu. Er hatte das Klirren des Glases mitbekommen.

„Nick, was soll denn das?" fragte er barsch.

Nick hatte sich wieder gefangen. Das Geräusch des berstenden Glases hatte ihn zu sich kommen lassen. Es tat ihm leid. Er drehte sich um.

„Entschuldigt bitte." Er suchte nach Worten. Sie fehlten ihm in letzter Zeit öfter, stellte er fest. Seit er Bridget näher kannte. Ob es da einen Zusammenhang gab? Darüber würde er später nachdenken. „Ich weiß auch nicht, was mit mir los ist. Aber ich habe soviel mitgemacht in den letzten paar Tagen, dass meine Nerven etwas angegriffen sind."

Tom verstand ihn. Er hatte sich schon so etwas gedacht. Als er Nick zum Flughafen gefahren hatte, hatte er die Befürchtung gehabt, dass das kein einfaches Unternehmen werden würde. Er hatte, leider Gottes, Recht behalten.

„Komm, wir gehen in mein Arbeitszimmer. Erzähl uns, was vorgefallen ist." Er drehte sich um und Nick folgte ihm.

Kirstie war noch sauer. „Und das Glas?" fragte sie im Hinausgehen. Sie wollte das nicht unerledigt lassen, wollte aber auch nicht die Geschichte verpassen.

Nick sagte: „Ich habe doch gesagt, es tut mir leid."

Sie ließ nicht locker: „So leicht kommst Du mir nicht davon. Erst tagelang nichts von sich hören lassen und dann nach Hause kommen und mit Glas werfen."

Sie waren mittlerweile im Arbeitszimmer angekommen. Tom machte eine beruhigende Geste in Kirsties Richtung: „Kirstie, es reicht. Wir haben noch genug Gläser."

Sie setzten sich, Nick wieder in den von ihm bevorzugten Sessel, Kirstie und Tom gegenüber auf die Couch. Rosa kam ins Zimmer.

Kirstie wandte sich an sie: „Rosa, in der Küche in der Spüle ist ein kleiner Unfall passiert. Bitte räumen Sie es weg und bringen Sie uns Kaffee."

Rosa lächelte kurz und eilte aus dem Zimmer.

„So, wir hören" sagte Tom.

Und Nick fing an zu erzählen. Rosa brachte zwischenzeitlich den Kaffee. Er unterbrach sich nur kurz, um einige Schlucke des heißen Getränkes zu sich zu nehmen. Es tat ihm zunehmend gut. So langsam fand er wieder zu sich selbst. Er berichtete und seine Eltern hörten zu. Ab und zu sahen sich Kirstie und Tom an und einer ließ mehr oder weniger laut die Luft aus den Lungen. Sie enthielten sich aber eines Kommentares, bis er geendet hatte.

„Und jetzt bin ich wieder hier."

„Und wo ist sie?" fragte Tom.

Nick zog die Luft hörbar ein: „Ich nehme an, in London. Ich nehme an, ihr Vater, der Comte de Chennoncay, ist bei ihr."

In diesem Augenblick betrat ein gutaussehender, älterer Herr das Zimmer. Er hatte ein freundliches Gesicht, trug einen gepflegten kurz gehaltenen Vollbart, der die gleiche graue, mit dunklen Strähnen durchzogene Farbe hatte wie sein noch volles Haar. Er war schlank und trug eine blaue Jeans mit einem dunkelblauen Polohemd, dazu Segeltuchschuhe.

Seine Augen blitzten spitzbübisch, als er sagte: „Hallo meine Lieben. Habe ich da eben richtig gehört, Comte de Chennoncay? Den Namen habe ich schon lange nicht mehr gehört."

„Hallo Dad", sagte Tom „Du kennst den Namen?"

James, der Vater von Kirstie, der von Tom ebenfalls Dad genannt wurde, ließ sich in einen Sessel fallen. „Könnte ich was zu trinken bekommen? Aber, wenn es geht, keinen Kaffee. Etwas Richtiges."

„Klar." Tom stand auf, ging zu einem kleinen Beistelltisch, auf dem verschiedene Karaffen mit goldgelben Flüssigkeiten standen und goss aus einer Karaffe Whisky in ein Glas. Er reichte es James und setzte sich wieder.

„Danke mein Junge." Er nippte an dem Getränk und verdrehte genießerisch die Augen.

Nick, dessen Gedanken kurzzeitig gerast waren, nachdem er gehört hatte, dass sein Großvater den Namen kannte, fing sich wieder: „Du kennst den Namen de Chennoncay?"

„Oh ja, so hieß ein verrückter Franzose, Victor. Habe ihn vor langer Zeit in Frankreich kennen gelernt. Als ich angefangen hatte, in Europa Filme zu drehen. War ja nur eine kurze geschäftliche Episode meinerseits. Er war auch in der Branche. Hatten uns richtig gut angefreundet. Jedes Mal, wenn ich in Frankreich oder er in den Staaten war, haben wir uns getroffen. Haben ein paar nette Dinge zusammen erlebt. In den letzten Jahren haben wir uns ein bisschen aus den Augen verloren. Müsste mal wieder nach Europa."

Ein kleines Lächeln umspielte seinen Mund, als ob er sich an etwas Angenehmes erinnern würde.

Nick war erstaunt: „Victor? Ich dachte er heißt Alain?"

„Das ist sein ältester Sohn. Ich glaube, der trägt jetzt den Titel. Der hatte damals was mit einer Engländerin. Hat sie geschwängert. Hähä" Er nippte wieder an seinem Whisky und lachte kurz. „War ein ziemlicher Skandal damals in Europa. Die war irgendwie mit dem Königshaus verwandt und bekam ein uneheliches Kind von ihm. Hat sie, meines Wissens, später aber geheiratet. Mann, Mann. Das waren noch Zeiten. Das hatte Victor ziemlich mitgenommen." Er nippte nochmals an seinem Glas.

Nick sah ihn entgeistert an: „War das vor ungefähr 26 Jahren?"

James dachte angestrengt nach, dann nickte er: „Ja, kann ungefähr hinkommen."

Nick stand auf, ging zu einem der Fenster und sah hinaus. „Das darf doch alles nicht wahr sein."

James sah ihm ratlos zu. Er bemerkte erst jetzt, dass hier irgendetwas nicht stimmte.

„Was ist denn hier überhaupt los? Ich wollte eigentlich fragen, warum die letzten Tage ein Sicherheitsdienst in der Firma war. Und Du Nick, wo warst Du eigentlich? Wie ich gehört habe, jedenfalls nicht im Büro."

James, der auch Anteile an der Firma besaß, sich aber nur noch sporadisch und nur noch um Sachen kümmerte, die ihm Spaß machten, hatte noch ein Büro dort.

Nick drehte sich alarmiert um: „Was für ein Sicherheitsdienst?"

Auch Tom war interessiert. Er war in der Firma und hatte während Nicks Abwesenheit die Produktionen und die geschäftlichen Angelegenheiten alleine gemanagt. Von einer Sicherheitsfirma hatte er nichts bemerkt.

Nick fragte: „Und was wollten die wissen?"

James, der die Aufregung nicht verstand, sagte: „Ich wollte Euch nicht damit belästigen, habe mich deshalb alleine um die gekümmert. Die haben nur Fragen über diese englische Kunsthistorikerin gestellt. Hübsches Ding, aber wenn Ihr mich fragt, sie war mir von Anfang an nicht geheuer."

Nick kam auf James zu und blieb vor ihm stehen: „Was für Fragen?"

„Naja, wie sie so war, mit wem sie Kontakt hatte, wie sie ihre Arbeit gemacht hat und solche Sachen eben. Aber, so wie ich von unseren Leuten gehört habe, hatte sie mit niemandem mehr Kontakt, als für die Arbeit nötig war." Er machte eine kurze Pause und sah dann Nick amüsiert an: „Aber ein Vögelchen hat mir gezwitschert, dass ein gewisser Produktionschef es wohl doch geschafft hat, sie zu einem Abschiedsessen einzuladen."

Nick, der mittlerweile todernst geworden war, wollte noch weiterfragen, aber was sollte das? Holden hatte also Recht behalten. Man würde auch vor seiner Firma nicht Halt machen. Dass man seine Leute befragt hatte, bewies diese Tatsache.

James sah von einem zum anderen. „Könnte mir mal jemand sagen, was hier eigentlich los ist?"

Tom sah Nick an: „Ich glaube, das machst am besten Du, mein Junge."

59.

Bridget wachte auf, als der Wagen auf den Hof von Wydden Hall, dem Wohnhaus ihrer Eltern in London, fuhr. Sie stellte den Rücksitz wieder gerade und die Tür ging auf. Simmons stand draußen und half ihr beim Aussteigen. Bridget bemerkte, dass ein Jeep der Sicherheitsleute fehlte. Sie erschrak, das war der Wagen, in dem Nick gesessen hatte.

Sie sah Simmons durchdringend an: „Wo ist Nick? Wo ist der zweite Wagen?"

Simmons dirigierte sie zum Hauseingang: „Bitte, Mylady. Gehen wir hinein."

Sie blieb stehen: „Ich will wissen, wo Nick ist."

Er nahm sie am Arm, zog sie vorwärts und sagte: „Ich sage es Ihnen, aber im Haus."

Als sie durch die Tür gingen, rollte der Jaguar des Comte auf den Hof. Ein Sicherheitsbeamter hielt die schwere Holztür auf und Simmons ging mit Bridget hindurch. Er führte sie in den Salon im Erdgeschoß, der als Empfangszimmer diente.

Bridget verlor keine Zeit: „Also?"

Simmons ließ sie los und hielt etwas Abstand von ihr. Wer wusste schon, wie sie reagieren würde. „Er ist auf dem Weg nach Hause." Er sah auf die Uhr. „Wird wohl in ein paar Stunden landen."

Aus Bridget Gesicht war alle Farbe gewichen: „Was? Sie haben ihn in ein Flugzeug gesetzt?"

„Ja. Wir hatten den Befehl, ihn nach Heathrow zu bringen. Dort stand ein Jet bereit, der sofort mit ihm gestartet ist. Wie gesagt, er ist bald zuhause."

Bridget war außer sich vor Wut. Sie ging auf Simmons zu: „Ich wusste ja, dass Sie was im Schilde führen, als sie uns in getrennte Wagen gesetzt haben, aber diese Niedertracht hätte ich Ihnen nicht zugetraut."

In diesem Moment kam der Comte ins Zimmer.

Simmons wich zurück: „Sie vergessen, dass das nicht meine Idee war. Ich führe nur Befehle aus."

Alain ging zwischen Simmons und Bridget. Er konnte sie gerade noch davon abhalten, handgreiflich zu werden.

„Mon Père, sie haben Nick nach Hause geschickt." Bridget versagten die Beine. Sie ging zu einem Sessel, ließ sich hineinfallen und schlug die Hände vor das Gesicht.

Alain sah Bridget mitleidig an: „Ich habe es gerade gehört." An Simmons gewandt fragte er: „Und, was passiert jetzt?"

Simmons straffte sich: „Morgen früh um zehn Uhr hat Lady Bridget vor dem Kronrat zu erscheinen. Das Haus ist gesichert. Ich sage das nur, falls jemand was planen sollte. Wir fahren um 9.30 Uhr los."

Er nickte dem Comte zu und ging zur Tür. Als er sie öffnete, kam Bridgets Mutter herein. Während Simmons die Tür von außen schloss, eilte sie auf Alain zu. Sie küssten sich jeweils auf die Wange und sie sagte: „Ihr seid schon da. Ein Glück. Wir müssen reden."

Bridget sah mit verweintem Gesicht zu ihrer Mutter. Der brach es fast das Herz, ihr Tochter so leiden zu sehen. Sie ging zu ihrem Sessel, beugte sich zu ihr herunter und nahm sie in die Arme:

„Meine arme Kleine. Keine Angst, wir sind jetzt bei Dir."

Bridget, die ihre Mutter nach der Erklärung ihres Vaters über ihr Verhalten in anderem Licht sah, genoss die Umarmung. Sie fühlte sich etwas geborgen und freute sich, dass ihre Eltern bei ihr waren. Alleine hätte sie das alles nur schwer ertragen. Nachdem Bridget sich etwas beruhigt hatte, setzte sich ihre Mutter ihr gegenüber auf einen Sessel. Ihr Vater hatte mittlerweile drei Gläser Sherry eingeschenkt. Er gab den Damen jeweils eines.

Bridget wollte ablehnen. „Für mich nicht, danke."

Alain ließ nicht locker: „Trink, das wird Dir guttun."

Sie nahm das Glas und nippte daran. Der Geschmack hatte tatsächlich etwas Tröstliches. Sie nippte noch einmal. Nachdem alle saßen und einige Schlucke genommen hatten, fing Bridgets Mutter an zu erzählen: „Ich war im Palast. Der Kronrat hat mir ausrichten lassen, dass sie Nick in ein Flugzeug nach Amerika gesetzt haben. Sie haben Holden mitgeschickt."

Alain zog die Augenbrauen hoch: „Er soll unterschreiben?"

„Ja."

Bridget war alarmiert: „Was soll er unterschreiben?"

Ihre Mutter erwiderte: „Eine Verschwiegenheitserklärung und eine Erklärung, dass er Dich nie mehr wiedersehen wird."

Bridget sagte bestimmt: „Das wird er niemals tun."

Alain runzelte die Stirn: „Sie haben Mittel und Wege. Aber nun gut, das ist jetzt nicht unser Problem. Unser Problem ist Dein Erscheinen morgen früh im Palast. Man wird Erklärungen von Dir erwarten."

Bridget ließ den Kopf hängen. „Ich werde keine abgeben. Ich sage nichts."

Alain gab zu bedenken: „Das wird sie nur noch wütender machen. Du solltest Dir überlegen, ob und was Du sagst. Wirf ihnen ein paar Knochen hin. Dann werden sie etwas zu nagen haben und wir können überlegen, was wir tun."

„Ich habe nicht die Absicht, auch nur irgendwas von dem, was zwischen Nick und mir vorgefallen ist, dem Kronrat zu erzählen. Und dabei bleibt es. Sollen sie wütend werden. Mir wird in der nächsten Zeit schon was einfallen, was geschehen soll. Vielleicht rede ich ja mal mit dem anderen Teil der Vereinbarung, mit Prinz Benedikt? Wo steckt der überhaupt. Von ihm höre ich überhaupt nichts. Was sagt er denn dazu? Ist ihm etwa egal, was geschieht?" Sie redete sich in Rage.

Ihre Eltern sahen abwechselnd sie, dann sich gegenseitig mit ernsten Gesichtern an.

Als Bridget geendet hatte, sagte Alain: „Ich glaube, Valerie hat ihn letzte Woche beim Ski fahren in Gstaad getroffen."

Sie stand auf und begann hin und her zu laufen. „Na klar, Ski fahren. Etwas anderes fällt diesem vergnügungssüchtigen, verwöhnten und gedankenlosen Kerl ja nicht ein." Bridget war jetzt in Fahrt. „Sollte ich tatsächlich mit ihm verheiratet werden, werde ich diesem leeren Hering so die Hölle heißmachen, dass er sich wünschen würde, er hätte vorher hingeschaut, mit was für einem Drachen man ihn vermählt."

Alain versuchte sie zu besänftigen: „Na na. Du vergisst, dass er in der gleichen Situation steckt, wie Du. Ich glaube nicht, dass er sich darum reißt, mit Dir verheiratet zu werden."

„Und da hat er Recht. Bei ihm regt sich erstaunlicherweise niemand auf, wenn er sich die Hörner vor der Ehe abstößt. Aber mich wird man morgen fragen, ob ich noch Jungfrau bin. Nur, dass ich mir keine Hörner abstoße, sondern wirklich jemanden anderen liebe." Sie ließ sich auf die Couch fallen.

Ihre Eltern wechselten einen raschen, diesmal eher besorgten Blick.

Bridget hatte dies bemerkt. „Was?" fragte sie in barschem Ton.

Ihr Mutter erwiderte sanft: „Liebes, Du sprichst von Liebe. Wie lange kennst Du diesen Nick denn schon? Ihr habt ein paar Monate mehr oder weniger zusammengearbeitet und in einer knappen Woche ein ziemliches Abenteuer erlebt. Glaubst Du wirklich, Du kennst ihn so gut, dass Du sagen kannst, dass Du ihn liebst?"

Bridget konnte es nicht fassen. Wie konnten ihre Eltern ihr nur so in den Rücken fallen? Hatten sie diese Situation nicht selbst erlebt.

Ihr gingen die Nerven durch: „Ich liebe Nick. Egal, wie lange oder kurz ich ihn kenne. Ich habe das Gefühl, ihn schon mein ganzes Leben lang zu kennen. Und jetzt reicht es mir. Nicht genug, dass ich mich morgen früh für ihn rechtfertigen muss. Jetzt fängst Du auch noch an. Ich gehe jetzt auf mein Zimmer. Gute Nacht." Sie stand auf und stürmte aus dem Zimmer.

Ihre Eltern blieben sitzen. Alain sah seine Frau vorwurfsvoll an: „Musste das sein?"

„Ja, das musste sein. Sag mir nicht, dass Du nicht schon dasselbe gedacht hast?"

Alain trank sein Glas aus: „Vielleicht hast Du Recht. Aber was einfallen lassen müssen wir uns. Sie ist wild entschlossen."

Seine Frau trank auch aus: „Erzähl mal, wie ist der junge Mann denn so? Was hast Du für einen Eindruck von ihm?"

Alain erzählte von den Ereignissen des vergangenen Tages und der Nacht. Er endete mit den Worten: „Ich hatte den Eindruck, dass die beiden wirklich viel füreinander empfinden. Das geht über Verliebtsein hinaus. Bridget war am Boden zerstört, als er sie verlassen hatte und Du hättest ihn sehen sollen, als er zurückkam. Sein Blick sagte alles."

„Wie auch immer. Wir müssen sehen, dass wir sie endlich aus dieser Vereinbarung herausbekommen. Sollten sie und Benedikt heiraten müssen, wäre das für beide eine Katastrophe."

Und für noch jemanden anderen den ich kenne, setzte Alain in Gedanken hinzu.

60.

Bridget stürmte, mit Tränen in den Augen, nach oben. Es reichte wirklich. Nicht, dass man die ganze Welt gegen sich hatte, nun mussten auch noch ihre Eltern an ihren Gefühlen zweifeln. Bridget wäre nicht so wütend gewesen, wenn ihre Mutter nicht ausgesprochen hätte, was sie auch schon gedacht hatte. In schwachen Augenblicken zumindest. In anderen, starken Augenblicken, war sie sich ihrer Sache umso sicherer. Sie liebte Nick und daran würde sich nichts ändern. Auch kein Ozean, der zwischen ihnen lag, keine Vereinbarung, die sie trennen wollte, und auch kein Kronrat.

Sie ging die lange Galerie entlang und öffnete die Tür zu ihrem Zimmer. Sie trat ein und sah mit Freude, dass ihr das Mädchen ein Tablett mit Sandwichs und heißem Tee auf den Tisch gestellt hatte. Beim Anblick der Köstlichkeiten spürte sie erst, wieviel Hunger sie hatte. Sie ging ins Bad, wusch sich die Hände und begann zu essen. Sie würde morgen wenigstens gestärkt zu ihrem Termin gehen.

61.

„Dann hat man mich nach Hause gebracht."

Als Nick geendet hatte, zog James die Luft laut durch die Nase ein und atmete hörbar aus. Er sah ihn ernst an und sagte: „Das ist ja eine schöne Geschichte. Und was hast Du jetzt vor?"

Nick war, während er erzählt hatte, im Zimmer auf und ab gegangen. Jetzt stand er wieder vor einem der hohen Fenster, hatte die Hände in die Hosentaschen gesteckt und schaute in den Garten. Es schien ihm, als wären die Ereignisse der letzten Tage weit weg und doch waren sie noch so nah. Es tat ihm fast körperlich weh, wenn er an Bridget dachte. Er musste sie wiedersehen und zwar schnell.

„Ich überlege, wie ich zu ihr kann. Und wie ich sie vor dieser unseligen Vereinbarung rette. Bis jetzt ist mir noch nichts eingefallen."

Er drehte sich um und sah James durchdringend an. Der fühlte sich plötzlich etwas unbehaglich und sah zu Kirstie und Tom. Die sahen ihn ebenfalls streng an. Da verstand er plötzlich.

„Ihr glaubt doch nicht etwa, dass ich..." er ließ den Satz unvollendet. „Oh nein, nein." Er schüttelte den Kopf.

„Doch, Grand, das glaube ich." Nick fing wieder an, auf und ab zu gehen. „Wenn Du ihren Großvater kennst, könntest Du Dich mit ihm in Verbindung setzen und ihn fragen, was man mit ihr vor hat oder wenigstens wo sie sich aufhält. Er wird es wissen. Keiner weiß von Eurer Bekanntschaft. So komme ich an Informationen und kann mir was einfallen lassen."

„Junge, Du weißt anscheinend nicht, mit wem Du Dich da einlässt. Schlag sie Dir aus dem Kopf. Unser Land hat auch schöne Töchter. Du kennst sie doch kaum. Außerdem ist sie dieses Leben gewohnt. Sie hat Dich wahrscheinlich als eine nette Abwechslung gesehen. Salz, das das Leben ein bisschen pikant macht. Aber sie weiß, wozu sie erzogen wurde. So jemand wirft nicht Erziehung und Bildung über Bord, wegen einer Liebelei. In England hat man Sinn für Traditionen. Sie hat Dich vielleicht schon vergessen."

Nick blieb stehen und starrte seinen Großvater an. „Das kannst Du unmöglich ernst meinen." Er schnappte nach Luft. „Wie kannst Du so etwas sagen? Du hast doch gehört, was ich erzählt habe. Was ich alles erlebt habe. Macht man sowas, wegen eines Flirts?"

Tom stand auf, ging zu Nick und klopfte ihm beruhigend auf die Schulter: „Beruhige Dich. James hat es nicht so gemeint."

Er warf James einen bösen Blick zu. Der zuckte nur kurz mit den Schultern. Tom führte Nick zu einem Sessel und drückte ihn hinein.

„James, ich schlage vor, Du rufst diesen Victor einfach mal an. Du kannst ja mal mit ihm darüber sprechen und hören, was er dazu meint. Wäre doch ganz interessant zu wissen, was er von der Geschichte hält, oder?"

Er versuchte James auf diese Weise zu ködern. Die Aussicht, mit seinem alten Freund zu sprechen, sollte doch zu verlockend sein. James, der sich schon längst dazu entschlossen hatte, seinem Enkel zu helfen, der aber auf Nummer sicher gehen wollte, sagte: „Junge, ich wollte nur sehen, ob Du es wirklich ernst meinst. Wir treten da einen Ball los, der sich zu einer Lawine auswachsen kann. Ist sie das wert?"

Nick war jetzt etwas erleichtert. Sein Grand würde ihm helfen. „Ja, Grand, das ist sie."

Rosa kam ins Zimmer und meldete, dass das Diner fertig war. Sie erhoben sich und gingen alle zusammen ins Esszimmer.

62.

Bridget, der Comte und seine Frau verließen pünktlich um 9.30 Uhr das Haus. Sie stiegen in den bereitgestellten Wagen. Simmons stieg vorne beim Fahrer ein, ein Wagen mit Sicherheitsbeamten folgte ihnen. Sie fuhren durch die Stadt und kamen um kurz vor zehn Uhr am Parlamentsgebäude an. Bridget trug einen dunklen Hosenanzug und eine weiße Bluse. Sie hatte sich extra dezent angezogen, um einen unschuldigen Eindruck zu machen. Vielleicht half die Psychologie bei den Mitgliedern des Kronrates.

Als sie durch das Tor fuhren, konnte sie ein Lächeln nicht unterdrücken. Der Comte sah es und fragte: „An was hast Du gerade gedacht?"

Bridget antwortete: „Als ich das letzte Mal hier war, sahen die Sicherheitsbeamten nicht so gut aus. Daran musste ich denken. Und ich muss zugeben, es hat trotz aller Aufregung auch ein bisschen Spaß gemacht."

Der Comte lächelte jetzt auch. „Ich fürchte nur, uns wird das Lachen gleich vergehen."

Bridget wurde wieder ernst: „Ja, das fürchte ich auch."

Der Wagen hielt an und alle stiegen aus. Zwei Sicherheitsbeamte gingen voraus, dann kamen Simmons mit Bridget, der Comte mit seiner Frau und zwei Beamte dahinter. Sie gingen die Treppe hinauf, den Gang entlang und traten in ein Zimmer, das mit schweren alten Eichenmöbeln ausgestattet war. Es war ein Aufenthaltszimmer neben dem eigentlichen Beratungssaal des Kronrates. Simmons ließ alle eintreten, schloss die Tür und klopfte dann an der danebenliegenden Tür. Er wurde aufgefordert einzutreten, öffnete die Tür und verschwand nach nebenan. Nach ein paar Minuten kam er wieder in das Aufenthaltszimmer und sagte: „Der Kronrat ist nun bereit für Sie, Mylady, wenn ich bitten darf."

Simmons ging voraus, sie folgten ihm. Die Tür zu dem Saal, in dem sich der Kronrat befand, öffnete sich und sie traten ein. Es war ein großes holzgetäfeltes Zimmer mit einem riesigen Gemälde an der Decke. Auf der einen Seite war ein riesiger Kamin, der mit Holz eingefasst war. Darüber hing ein Bild, das die Schlacht bei Waterloo zeigte. Quer durch den Raum war eine Tischreihe gestellt, hinter der auf goldenen Stühlen, die mit rotem Samt bezogen waren, die 13 Mitglieder des Kronrates saßen. Alles Männer in mittlerem bis fortgeschrittenem Alter, teilweise mit wenigen, teilweise dunklen und teilweise weißen Haaren und alle machten strenge Gesichter. Sie trugen dunkle Anzüge und Krawatten. Vor der Tischreihe standen etliche Stühle. Dahinter an den beiden Seitenwänden standen weitere Stühle.

Bridget trat vor die Tischreihe, dahinter ihre Eltern. Bei ihrem Eintreten erhob sich der Kronrat und man gewährte sich gegenseitig den Respekt, der jedem zustand, indem man eine Verneigung andeutete. Dann setzten sich alle. Bridget direkt vor die Tafel, ihre Eltern hinter ihr an der Wand. Simmons neben der Tür.

Der Vorsitzende begrüßte sie kurz und fing dann an: „Comtesse, Comte, eigentlich wollten wir mit Ihrer Tochter alleine sprechen. Wir hatten nicht damit gerechnet, dass Sie an dem heutigen Treffen teilnehmen würden."

Der Comte erwiderte betont lässig: „Oh, das geht schon in Ordnung. Wir sind nur dabei, um unserer Tochter beizustehen. Ich glaube, es ist ihr ganz recht, wenn sie Ihnen nicht ganz alleine gegenübertreten muss. Außerdem muss sie uns hinterher nichts berichten. Wir wissen dann ja selbst schon alles. Bitte, lassen Sie sich durch uns nicht stören und fangen Sie an, Duke."

Der angesprochene Vorsitzende, der Duke of Hampstead, zog die Luft ein. Das fing ja gut an. Das hätte man sich ja denken können, dass dieser Franzose mitkommen würde. Nun gut. Fangen wir an. Er sah seine Kollegen an, die alle undurchdringliche Mienen machten. Denen passte es genauso wenig wie ihm, doch sie konnten nichts dagegen tun. Sie konnten den Eltern schlecht verwehren, ihrer Tochter beizustehen.

„Nun gut, dann also zu Sache. Lady Bridget, Sie haben in den Staaten eine Arbeit ihres Faches erledigt und, wie wir gehört haben, gegen die Order verstoßen, sich nicht privat mit Personen zu treffen." Er nahm das oberste Blatt eines Stapels, der vor ihm auf dem Tisch lag, zur Hand und fuhr fort: „Des Weiteren haben Sie sich der Obhut der Sicherheitskräfte entzogen, in mehreren Fällen und langen Zeiträumen. Ich muss Sie nun als erstes fragen, ob sie intime Kontakte mit jemandem unterhielten."

Bridget blieb zu ihrem eigenen Erstaunen ganz ruhig: „Was die ersten beiden Punkte anbelangt, ja das stimmt. Was den dritten Punkt angeht, dazu verweigere ich die Aussage."

Mit einer solchen Antwort hatte man wohl schon gerechnet, denn der Duke, legte das Blatt zur Seite, nahm ein zweites Blatt auf und fuhr fort: „Sie sollen sich mit einem amerikanischen Staatsbürger, dem Chef der Firma, für die Sie gearbeitet haben, einem gewissen Nick Page, getroffen und viel Zeit mit ihm verbracht haben. Ist dies korrekt?"

Bridget blieb weiterhin ruhig: „Ja, auch das stimmt." Sie dachte kurz nach: „Aber viel Zeit war es nicht."

Plötzlich veränderte sich die Stimmung im Raum. Bridget konnte es förmlich spüren. Es war, als würde die Temperatur sinken, es wurde kälter.

Der Duke nahm ein drittes Blatt: „Lady Bridget, Sie wissen, welcher Vereinbarung Sie unterliegen. Sie sollten in etwa zwei Jahren mit dem Kronprinzen, den Sie bereits von Kindesbeinen an kennen, eine nähere Bekanntschaft pflegen, sich nach einem Jahr verloben und an ihrem 29. Geburtstag vermählt werden. In Anbetracht der Geschehnisse der vergangenen Tage, sehen wir uns gezwungen, die Ereignisse etwas zu beschleunigen. Der Kronprinz befand sich bis gestern in der

Schweiz und ist jetzt, auf unser Anraten hin, unterwegs nach London. Wir werden diese Woche noch öffentliche Treffen mit Ihnen und ihm arrangieren. Sie werden sich nun beide zusammen in der Öffentlichkeit zeigen und es werden Gerüchte gestreut, dass Sie schon länger heimlich ein Liebespaar sind. In drei Monaten werden Sie sich verloben und dann zeitnah heiraten." Er legte das Blatt hin und sah sie durch seine Brille hindurch ernst an.

Bridget hatte das Gefühl, der Boden tat sich unter ihr auf und drohte sie zu verschlucken. Sie sah nur noch ein schwarzes Loch. Sie war so geschockt, dass sie nicht einmal antworten konnte. Ihren Eltern ging es ähnlich. Sie drehte sich kurz um und sah ihre Eltern hilflos an.

Der Comte fing sich als erster wieder: „Duke, das können Sie doch nicht machen."

Der Duke richtete seinen Blick auf ihn: „Doch Comte, das können wir. Lesen Sie die Vereinbarung. Sie kann vom Kronrat, wenn dieser es für erforderlich hält, geändert werden."

Bridget nahm allen Mut zusammen: „Es sind Dinge passiert, die es mir unmöglich machen, diese Vereinbarung weiter einzuhalten. Und ich glaube, dass es nicht im Sinne der Krone ist, wenn an dieser Vereinbarung mit aller Macht festgehalten wird."

Der Mann rechts des Dukes räusperte sich, der Duke sah ihn an und sagte: „Bitte, Lord William."

Der so Angesprochene sah Bridget streng an: „Mylady, bei allem nötigen Respekt. Die Dinge, die passiert sind, liegen alleine in Ihrer Verantwortung. Sie haben sie geschehen lassen, obwohl Sie sich der Konsequenzen bewusst waren. Nun müssen Sie sie auch tragen. Und in einem Punkt irren Sie leider. Die Krone beziehungsweise die Majestäten sind weiterhin von der Richtigkeit dieser Vereinbarung überzeugt."

Bridget kämpfte jetzt mit dem Rücken zur Wand: „Und der Kronprinz? Was sagt er dazu?"

Der Duke ergriff wieder das Wort: „Der Kronprinz ist in der gleichen Situation wie Sie, Mylady. Er muss sich der Vereinbarung fügen."

Lord William meldete sich wieder zu Wort: „Mylady, Sie werden verstehen, dass wir bis jetzt viel zu viel in ihre Ausbildung investiert haben. Sie wurden zur perfekten Gemahlin unseres Regenten ausgebildet. Sie haben diese, ich nenne sie mal, Ausbildung mit Bravour gemeistert. Was zu der Hoffnung Veranlassung gibt, dass Sie eine sehr gute Wahl sind. Wir werden nicht zulassen, dass diese Investition in die Zukunft unserer Krone und unseres Landes verloren geht. Wir müssen deshalb auf die Einhaltung der Vereinbarung bestehen."

Bridget fehlten die Worte. Sie war eine Investition.

Der Duke pflichtete Lord William bei: „Danke, Lord William, dem ist nichts hinzuzufügen." Der Duke schob seine Papiere zusammen und stand auf. „Lady Bridget, Sie werden über die Termine mit dem Prinzen rechtzeitig informiert werden."

Die übrigen Mitglieder taten es ihm nach. Der Comte und seine Frau standen auch auf. Alle verbeugten sich kurz und der Kronrat ging aus dem Zimmer. Bridget saß noch immer. Sie ließ den Kopf hängen. Sie fühlte sich wie gelähmt, konnte nicht aufstehen und konnte ebenfalls nicht glauben, was sie da gerade gehört hatte.

Der Comte ging zu ihr, griff sie unter den Arm und sagte: „Komm, Bridget, lass uns gehen."

Sie sah ihn an, leichenblass, wie sie war, hauchte sie: „Hast Du das gehört? Ich bin eine Investition, die man nicht verlieren will."

Der Comte hob sie an und sagte nochmals: „Komm, wir gehen. Lass uns zuhause darüber sprechen."

Bridget ließ sich von ihrem Vater aus dem Saal und zum Wagen führen. Sie stiegen ein und wurden nach Hause gefahren. Sie saß blass und teilnahmslos im Wagen und musste nur daran denken, dass man sie nicht gehen lassen würde. Man würde sie mit dem Prinzen verheiraten und sie würde Nick nie wiedersehen. Zuhause angekommen führten sie der Comte und seine Frau in den Salon und bestellten einen starken Kaffee beim Hausmädchen. Das Sicherheitspersonal nahm wieder seine Posten rund ums Haus ein.

63.

„Hallo Viktor, hier ist James, James Burke aus den Staaten. Erinnerst Du Dich?"

Viktor de Chennoncay, der gerade im Liegestuhl in seinem weitläufigen Garten auf Schloss Châteauroy lag, die warme Frühlingssonne genoss und dabei einen leichten Weißwein trank, freute sich, die Stimme seines alten Freundes James zu hören. Er trug eine lässige, etwas zu weite ausgebeulte Jeans und ein hellblaues Hemd darüber, dessen lange Ärmel halb hochgekrempelt waren. Seine weißen Haare, die er für sein Alter etwas zu lang trug, standen ihm wirr vom Kopf ab.

Er setzte sich auf. „James? Bonjour mon Ami, was für eine wundervolle Überraschung. Sag bloß, Du bist in Europa? Wie geht es Dir, altes Haus. Wir haben ja viel zu lange nichts voneinander gehört."

James, der sich ebenfalls freute, die Stimme von Viktor zu hören, antwortete: „Mir geht's prächtig, aber ich kenne jemanden, der Sorgen hat."

James hielt nichts davon, um den heißen Brei herum zu reden. Ihm war die direkte Art lieber. So ging es auch Viktor. Ein Charakterzug, der die beiden Männer einander sehr ähnlich und sich auch deswegen sympathisch machte.

Viktor fragte interessiert: „Sorgen? Kann ich helfen? Wer ist es?"

„Es geht um Deine Enkelin und meinen Enkel."

Viktor nahm einen Schluck Wein. „Wie bitte?"

„Ja, Du hast richtig gehört. Deine Enkelin und mein Enkel haben ein gemeinsames Problem."

Viktor war verwirrt. Seit er seinen Titel und die damit verbundenen Ehren und Pflichten an seinen Sohn Alain abgegeben hatte, lebte er ein sehr zurückgezogenes Leben. Dies kam ihm jedoch sehr zu pass. Endlich konnte er der sein, der er immer gerne sein wollte. Er kümmerte sich um sein eigenes kleines Weingut in der Dordogne, lebte ein paar Monate im

Jahr in der Bretagne, verbrachte die Winter an der Côte d'Azur und ließ es sich so richtig gut gehen.

Da er nicht immer über alles im Leben seiner vier Kinder und zehn Enkel informiert war, wusste er nicht, von wem James gerade sprach.

„Von welcher Enkelin sprichst Du? Ich habe vier davon."

„Entschuldige, das hatte ich vergessen. Ich meinte Bridget, die Tochter von Alain."

Viktor rollte mit den Augen: „Es war eigentlich nicht nötig zu fragen. Wenn ein Zweig der Familie Ärger oder Sorgen bereitet, dann ist es nämlich dieser. Immer ist irgendwie Alain dabei. Das hat damals schon angefangen."

James musste lächeln: „Ja, ich erinnere mich. Es war richtig was los."

„Aber Moment mal, jetzt versteh ich erst. Du willst mir damit sagen, dass Dein Enkel und Bridget..."

Er ließ den Satz unvollendet.

James ergriff die Gelegenheit: „Ja, genau, das will ich damit sagen."

Viktor wurde ernst. Er kratzte sich sein Kinn. Die fast weißen Bartstoppeln, er rasierte sich in seinen Ferien, wie er es nannte, nicht jeden Tag, stachen von seiner gebräunten Haut ab.

„James, das ist nicht gut. Das ist gar nicht gut."

„Ich weiß, deswegen brauche ich dringend Deine Hilfe."

„Ich weiß nicht, ob ich Dir da helfen kann. Eigentlich ist sie tabu. Wusste das Dein Enkel nicht?"

„Nein, das wusste er wirklich nicht. Er wusste ja nicht mal, wer sie ist. Aber ich erzähle lieber mal von vorne."

James erzählte in kurzen Worten die Geschehnisse. Als er geendet hatte, runzelte Viktor die Stirn und sagte kopfschüttelnd: „Mon Dieu. Was richten die Kinder aber auch immer an? Und was erwartest Du jetzt von mir?"

„Tja, wenn ich das selbst wüsste. Die Kinder haben sich in den Kopf gesetzt zusammen zu bleiben. Und er hat es ihr versprochen. Doch man hat sie dann in England getrennt, ohne dass sie noch einmal miteinander sprechen konnten."

Viktor bekam einen harten Gesichtsausdruck: „Das sieht diesen Kerlen ähnlich. Das arme Ding."

„Viktor, ich frage Dich jetzt einfach mal: Glaubst Du, Du kannst uns in dieser Sache helfen? Wir müssten wissen, wo sie sich aufhält. Nick würde gerne Kontakt mit ihr aufnehmen."

Viktor stand auf und ging jetzt ein paar Schritte barfuß hin und her. Ihm half das beim Denken.

„Klar, helfe ich Euch. Obwohl das nicht leicht sein wird. Sie werden sie unter Verschluss halten. So wie Du das erzählt hast, sind der Security etliche Pannen unterlaufen. Das wird jetzt nicht mehr vorkommen. Die werden jetzt alles doppelt und dreifach sichern. Außerdem könnte ich auch in Teufels Küche kommen. Aber was soll's. Ich werde jetzt erst mal Alain anrufen und scheinheilig fragen wie es denn so geht. Ich glaube, dass Unwissenheit vortäuschen erst einmal eine gute

Taktik ist." Er fuhr sich mit der rechten Hand durch seine Haare.

„Das würdest Du tun?"

„Aber klar. Dir kann ich doch nichts abschlagen, mon Ami. Außerdem muss ich doch meiner kleinen Brigitte helfen."

Sie sprachen noch etwas über die alten Zeiten und legten dann auf. Viktor ging ins Schloss zurück. Er war selbst überrascht darüber, dass es ihn beschwingte, mal wieder an einer Unternehmung mit James teilnehmen zu können. Das konnte interessant werden.

„Und was hat er gesagt?" Nick konnte es kaum erwarten, vom Ergebnis des Telefonats zu hören.

James beruhigte ihn: „Er macht sich kundig und meldet sich dann bei mir."

„Und wann?"

James konnte Nicks Ungeduld zwar verstehen, aber man musste Viktor auch Zeit geben.

„Jetzt lass ihm doch wenigstens etwas Zeit. Er wird sich schon melden."

„Aber Grand, es eilt." Nick flehte ihn regelrecht an.

„Ich glaube, dass Viktor der Ernst der Lage bewusst ist. Er wusste jedenfalls gleich, dass es ein Fehler von Dir war, Dich mit Bridget einzulassen."

Nick schnaubte und seine Miene verdüsterte sich.

„Jetzt sieh mich nicht so böse an. Er tut ja, was er kann. Und Du kümmere Dich jetzt erst Mal wieder um Deine Firma. Immerhin warst Du ein paar Tage unangekündigt weg."

Nick gab sich geschlagen. Grand hatte Recht. Er musste in die Firma und sehen, was in seiner Abwesenheit los gewesen war. Agatha hatte ihm schon etliche E-Mails geschickt und sie hatten auch schon telefoniert. Also schön. Er würde sich in die Arbeit stürzen. Vielleicht lenkte es ja ab.

64.

Bridget war in ihrem Zimmer und zog sich um. Nach dem Termin beim Kronrat hatten sie und ihre Eltern beschlossen, sich erst einmal den Anweisungen zu fügen. Sie wollten Zeit gewinnen. Der Kronrat dagegen hatte keine Zeit verloren. Morgens hatte man ihr gesagt, dass der Zeitplan ihres Lebens geändert werden würde und nachmittags kam dann die Order, dass sie und der Prinz am Abend zusammen in ein Restaurant in der Stadt gehen würden. Sie sollten sich zusammen in der Öffentlichkeit zeigen. Er würde sie um sieben Uhr abholen.

Es war ihr egal, wohin er mit ihr gehen würde. Sie wollte es nicht wissen. Na warte, Ben, wenn ich dich in die Finger bekomme. Sie nannte ihn schon immer so.

An ein Kindheitserlebnis mit ihm konnte sich Bridget noch genau erinnern. Sie war damals zehn, er 14 Jahre alt und sie wussten noch nichts von den Plänen, die man mit ihnen hatte. Es war auf einer Gartenparty, die im Park um den Königspalast gegeben wurde. Sie hatten sich geprügelt. Worum es ging, wusste sie nicht mehr. Bridget wurde hinterher dafür bestraft, weil ein Mädchen sich nicht prügelte und er, weil man Mädchen nicht schlagen durfte. Wie es zu der Prügelei letztendlich gekommen war, wusste keiner mehr. Man war sich an diesem Tag wohl unsympathisch. Also trennte man die Kinder und passte danach aber nicht gut genug auf.

Am Ende der Party musste man sie suchen. Sie saßen zusammen auf einem Baum und hatten einen Heidenspaß dabei zuzusehen, wie man sie fieberhaft auf dem ganzen Gelände aufzuspüren versuchte. Ab diesem Zeitpunkt waren die beiden die dicksten Freunde.

Bis man ihnen zu Bridgets 18. Geburtstag sagte, was man von ihnen erwartete. Damit hatte die Freundschaft einen anderen Charakter bekommen. Man traf sich hier und da noch, aber richtige Vertrautheit stellte sich nur noch selten ein. Sie gingen nicht mehr so unbefangen miteinander um. Es hatte sich alles geändert.

Über zwei Jahre hatten sie sich jetzt schon nicht mehr gesehen. Während ihrer Studienzeit war es zwar zu gelegentlichen Treffen gekommen, aber die verliefen wie unter zwei entfernten Bekannten. Wie würde es jetzt sein, ihn zu sehen? Wie stand er zur Einhaltung der Vereinbarung? Würde er ihr helfen, damit sie beide eine Verbindung wählen könnten, die sie selbst wollten?

Sie wählte ihre Garderobe nicht halb so sorgfältig aus, wie bei der Verabredung mit Nick. Eine Hose, eine Bluse und eine Jacke, ein bisschen Schminke ins Gesicht, die Haare kurz gebürstet und dann war sie schon fertig.

65.

Im Salon klingelte das Telefon. Der Comte stand direkt daneben und hob ab. Er war sehr überrascht, als sich sein Vater meldete.

„Hey Papa, was gibt's? Wie geht es Dir?"

„Mir geht es prächtig, aber mir ist zu Ohren gekommen, dass bei Euch wohl gerade nicht alles rund läuft. Ist das so?"

Alain seufzte: „Mal wieder gleich zur Sache, was? Ja, man hat Dir richtig berichtet." Er stutzte: „Wer eigentlich? Angeblich weiß doch niemand davon?"

Viktor versuchte, den unangenehmen Teil des Gesprächs zu verkürzen. Es sollte ja nicht gleich jeder wissen, woher er das wusste.

„Das ist egal. Jetzt erzähl bitte, was los ist."

Alain versuchte die ganzen Geschehnisse abzukürzen: „Kurz gesagt, Brigitte hat sich in den Staaten verliebt und möchte aus der Vereinbarung herauskommen. Der Kronrat hat jedoch beschlossen, die ganzen Ereignisse vorzuziehen. Man will das Risiko vermeiden, sie zu verlieren. In drei Monaten soll Verlobung sein und nächstes Jahr Hochzeit. Man hat Benedikt aus den Skiferien nach Hause zitiert. Heute Abend sollen sie das erste Mal zusammen öffentlich ein Restaurant besuchen."

„Und was meint Benedikt dazu?"

„Das wissen wir noch nicht. Vielleicht sind wir nach heute Abend schlauer."

„Wie geht es Brigitte?"

„Ich denke, sie läuft am Rande des Nervenzusammenbruchs. Man hat sie von Nick, so heißt der junge Mann, getrennt, ihn in ein Flugzeug gesetzt und nach Hause befördert. Das war vor zwei Tagen. Seitdem hatten sie keinen Kontakt mehr."

„Was denken Du und ihre Mutter darüber?"

„Papa, das weißt Du doch. Wir haben ein wahnsinnig schlechtes Gewissen deswegen und würden ihr gerne helfen. Bis jetzt war ja kein Bedarf, aber jetzt hat sie sich verliebt und leidet. Ich möchte, dass sie ihren Partner selbst aussuchen darf. Wenn es Benedikt gewesen wäre, wäre es mir recht gewesen. Aber jetzt ist alles anders. Sie liebt diesen jungen Mann und, so wie ich gesehen habe, er sie auch."

„Ach, Du kennst ihn?" fragte Viktor erstaunt.

„Ja, ich habe ihn kurz kennengelernt. Er ist ein ziemlich taffer Amerikaner und er machte mir nicht den Eindruck, als würde er es nicht ernst meinen. Man hat ihm in England ziemlich viel zugemutet und er hat trotzdem zu ihr gehalten."

„Gut, pass auf, mein Flug geht morgen früh. Ich bin zum Mittagessen bei Euch."

Alain war verwirrt. „Du kommst her?"

„Ja, ich möchte, dass meine Enkelin glücklich wird und wenn das mit einem Amerikaner ist, dann eben mit ihm."

Alain war auf der einen Seite erleichtert. Noch ein Verbündeter konnte nicht schaden, obwohl sein Vater manchmal etwas undiplomatisch sein konnte und in diesem Fall wusste man nicht, ob das kontraproduktiv war. Zumal er es von vornherein nicht so mit den englischen Traditionen hatte. Aber egal, er sollte kommen. Sie verabschiedeten sich und legten auf. In diesem Moment trat Lady Iris ins Zimmer. Alain berichtete ihr sogleich von dem Gespräch.

„Und er kommt wirklich her?" fragte sie.

„Morgen früh geht sein Flugzeug."

Das kam ihr doch komisch vor. „Er hat sich doch noch nie für Bridgets Vereinbarung interessiert. Er nannte es immer monarchischen Unsinn."

„Tja, anscheinend interessiert es ihn jetzt doch. Wie auch immer. Es ist nicht schlecht, noch einen Verbündeten zu haben. Vielleicht fällt ihm ja noch etwas ein, was wir übersehen haben."

„Ich fürchte eher, er wird eine seiner unorthodoxen Methoden anwenden und damit mehr kaputt machen, als helfen. Du weißt, er kann die Engländer nur bedingt leiden."

„Und das ist noch milde ausgedrückt. Wir müssen ihn jedenfalls im Auge behalten."

Ein grauer Aston Martin fuhr in den Hof. Alain sah aus dem Fenster und sah, wer aus dem Wagen stieg.

Er sah seine Frau an und meinte nach einem Blick auf seine Uhr: „Das ist der Prinz. Eine Stunde zu früh. Das bedeutet nichts Gutes."

66.

Prinz Benedikt, ein schlanker junger Mann mit dunkelblondem Haar, blau-grauen Augen, hohen Wangenknochen und einem schmalen Mund, betrat das Haus. Er trug eine blaue Jeans, ein schwarzes Hemd und einen dunkelgrauen Blazer. Der Comte und seine Frau begrüßten ihn mit einer leichten Verbeugung, die er respektvoll erwiderte. Dann gaben die Männer sich die Hand, Lady Iris küsste er auf die Wange.

„Hallo Benedikt. Du bist recht früh. Wir haben Dich noch nicht erwartet. Ich glaube, Bridget ist noch nicht fertig. Ich werde gleich mal nach ihr sehen." Sagte Lady Iris und ging nach oben.

Der Comte bat den Prinzen in den Salon. „Möchtest Du einen Sherry?" fragte Alain und schenkte sich ein Gläschen ein.

„Ja, vielleicht einen kleinen." Benedikt wirkte sehr nervös.

Alain gab ihm ein Glas. Sie prosteten sich zu und beide tranken einen Schluck.

Benedikt konnte sich jetzt nicht mehr zurückhalten: „Ich weiß, dass ich zu früh bin, aber ich glaube, wir müssen Einiges bereden. Man hat mir zuhause gesagt, dass der Zeitplan vorgezogen wird und dass Bridget daran die Schuld trägt. Ich möchte wissen, warum."

Alain zog erstaunt die Brauen hoch: „Das hat man Dir nicht gesagt?"

„Nichts Konkretes, nur Andeutungen."

„Na, dann werdet Ihr Euch ja allerhand zu erzählen haben."

„Was heißt hier euch?"

„Ich glaube, das weißt Du ganz genau." Sagte der Comte und sah Benedikt ernst an. „Soviel ich weiß..."

Der Satz blieb unvollendet, denn in diesem Augenblick ging die Tür auf und Bridget und ihre Mutter traten ein. Die Männer standen auf. Benedikt und Bridget begrüßten sich mit einer Verbeugung von ihm und einem angedeuteten Knicks von ihr. Dann umarmten sie sich kurz und küssten sich auf die Wange, was herzlich wirken sollte, aber doch eher steif ausfiel.

„Hallo, Bridge."

„Hallo, Ben."

Sie wählten die Namen, mit denen sie sich als Kinder angeredet hatten. Alain hatte den Damen Sherry eingeschenkt und gab jeder ein Glas. Nachdem sich alle gesetzt hatten und jeder einen Schluck genommen hatte, ergriff der Prinz das Wort:

„Könntest Du mir bitte erklären, was das soll? Warum hat man unseren Zeitplan um zwei Jahre vorgezogen? Was ist der Grund?"

Bridget war erstaunt: „Das hat man Dir nicht erzählt? Merkwürdig."

„Man hat mir nur gesagt, dass Du dafür gesorgt hast. Also, ich höre."

Bridget nahm allen Mut zusammen und holte Luft: „Ich war für ein paar Monate in den Staaten und habe dort an einem Filmprojekt mitgearbeitet. Dabei habe ich mich in jemanden verliebt. Nun möchte ich, dass unsere Vereinbarung außer Kraft gesetzt wird. Das ist die Kurzfassung."

„Und wie ist die Langfassung? Ich glaube, dass ich ein Recht darauf habe, sie zu hören."

„Bitte, das wird aber etwas dauern."

Der Prinz lehnte sich zurück und schlug die Beine übereinander: „Ich habe Zeit."

„Nun gut." Bridget erzählte Benedikt, was in den letzten Tagen passiert war. Die intimen Details ließ sie jedoch aus. Während ihres Vortrages musste sie mehrmals die Tränen unterdrücken und kurzzeitig wackelte ihre Stimme. Diese Dinge entgingen dem Prinzen nicht. Er ließ sie einfach erzählen. Als sie geendet hatte, stand sie auf, ging zu einem der Fenster, sah hinaus und atmete tief durch. „So, jetzt weißt Du alles. In jeder Einzelheit."

Die Miene des Prinzen war ausdruckslos. Bridget drehte sich um. Sie konnte nicht sehen, was er dachte. Benedikt wartete noch einen Moment, dann stellte er sein Glas auf den Tisch und sagte:

„Ich muss sagen, Du und Dein" er suchte nach einem Wort „Freund, Ihr wart sehr umtriebig. Aber ist er es wert, alles aufs Spiel zu setzen?"

Bridget blieb einen Moment der Mund offenstehen.

„Was sagst Du da?" fragte sie schließlich.

Der Prinz stand auf: „Bridget, seit wir Kinder waren, ist unser Weg vorgegeben. Ich habe mich, seit man es uns gesagt hat, damit arrangiert und ich dachte, Du hättest das auch getan. Es hatte jedenfalls den Anschein." Bridget spürte die Wut, die in ihm aufstieg. Er wurde immer lauter. „Und jetzt hast Du uns durch Deine Eskapade zwei Jahre unserer Freiheit gekostet. Wie konntest Du das tun? Hättest Du nicht etwas diskreter vorgehen können? Ich habe nicht damit gerechnet, schon heiraten zu müssen. Ich verlange von Dir, dass Du zum Kronrat gehst und Dich entschuldigst. Vielleicht können wir sie dazu bringen, den Zeitplan noch einmal zu überdenken. Und sie geben uns die zwei Jahre noch einmal zurück."

Bridget sah ihn an und sagte kalt: „Das kannst Du vergessen. Ich werde mich für gar nichts entschuldigen."

Der Prinz stand jetzt direkt vor ihr: „Du weißt, dass alle Urkunden und Dokumente vorbereitet sind. Es fehlen nur die Daten. Man wird Dich nicht aus der Vereinbarung lassen. Man hat zu viel in Dich investiert."

Bridget blickte ihn zornig an. „Das habe ich heute schon einmal gehört. Und es gefällt mir jetzt nicht besser."

„Ob Dir das gefällt oder nicht, ist mir letztlich egal. Jedenfalls ist es so. Außerdem hast Du Dich mit deinem Verhalten angreifbar gemacht. Glaubst Du, dass dieser Mann verschwiegen ist? Ich meine über das, was in den Nächten passiert ist."

Jetzt platzte Bridget fast der Kragen: „Sind denn deine Damen verschwiegen?"

Er sah sie zornig an: „Das ist hier nicht die Frage."

Bridget hielt stand: „Oh doch, auch das ist hier die Frage. Du hast dich in den letzten Jahren, wie ich höre, durch halb Europa geschlafen. Und mir machst Du Vorwürfe wegen eines Mannes."

Sie senkte den Kopf. Über Nick sprechen zu müssen, sein und ihr Handeln verteidigen zu müssen, tat ihr furchtbar weh. Die Worte von Benedikt, ließ sie alle Hoffnung schwinden sehen. Sie riss sich zusammen. Nein, das durfte nicht sein. Sie würde weiter für ihn und sich kämpfen. Sie hob ihn wieder und sah Benedikt kampflustig an.

Der Prinz sah auf die Uhr und sagte: „So wie es aussieht, sind wir wohl verschiedener Meinung. Aber egal. Wir sollten jetzt gehen. Ich habe Hunger und der Tisch ist bestellt."

Bridget konnte es nicht fassen: „Wir sind in der Tat verschiedener Meinung. Und ich weiß nicht, ob ich jetzt mit gehe zu diesem Date." Sie sprach es verächtlich aus.

Jetzt zuckte Bridgets Mutter zusammen und ihre Eltern sahen sich an.

Der Prinz ging noch einen Schritt auf sie zu: „Und ob Du mitgehst. Ich lasse nicht zu, dass Du noch mehr Unheil anrichtest. Verstehst Du denn nicht? Du schadest mit deinem Verhalten der Krone."

Sie ging noch ein paar Zentimeter auf ihn zu und jetzt standen sie sich sehr nah gegenüber: „Vor allem schadet die Krone mir. Und das bin ich nicht mehr gewillt hinzunehmen. Ich möchte dieses Leben nicht, wollte es nie. Das habe ich jetzt erkannt. Ich habe mich nur nie getraut, es zu sagen. Habe nie die Kraft gehabt, mich dagegen aufzulehnen. Ich kannte ja nichts anderes. Aber jetzt habe ich etwas, für das es sich zu kämpfen lohnt. Ich habe etwas kennengelernt, das ich nicht mehr missen möchte."

Der Prinz lachte grimmig: „Soso, Du hast also etwas Neues kennen gelernt? Interessant. Und er? Denkt er auch so darüber? Er ist Amerikaner, nicht wahr? Wahrscheinlich hat er Dich schon vergessen und geht heute Abend mit einer anderen hübschen Dame den Mondschein betrachten."

Bridgets Ohren rauschten vor Wut. Sie holte aus und wollte ihm eine Ohrfeige verpassen, aber der Prinz hielt ihre Hand in der Bewegung fest.

„Lass uns jetzt essen gehen." Sagte er jetzt wieder ruhiger, aber bestimmt.

Er drehte sich um, nickte nur kurz zu ihren Eltern hin und zog sie hinter sich her. Sie lief einfach mit. Vor dem Haus setzte er sie in den Wagen, stieg ein und fuhr los. Sofort fuhr ein Wagen der Security hinterher.

67.

Sie fuhren schweigend durch die Straßen. Bridget kochte vor Wut. Ab und zu kam ein Gefühl der Resignation auf. Wenn der Prinz nicht mitmachte, hatte es wohl überhaupt keinen Sinn, Widerstand zu leisten. Sie wollte aber nicht aufgeben. Sie gab sich eher dem Gefühl des Zornes hin. Dem Prinzen ging es nicht viel besser. Warum musste sie alles in Frage stellen?

Plötzlich fuhr er auf einen Parkplatz neben der Straße, hielt an, blickte nach vorne und sagte in ruhigem Ton: „Warum tust Du das? Hättest Du nicht einfach auch noch zwei Jahre Dein Leben genießen können und dann hätten wir geheiratet, hätten das liebende Paar gespielt, ein paar Kinder bekommen und dann hätte jeder sein Leben leben können. In aller Diskretion versteht sich und wir wären lange glücklich gewesen. War denn das zu viel verlangt?"

Sie sah ihn an: „Und das würde Dir genügen? Ein Leben in Diskretion? Ein verlogenes Leben?"

Er richtete seinen Blick zu ihr: „Wir sind nun mal, wer wir sind. Andere Kinder müssen auch die Firmen ihrer Väter übernehmen."

„Dann übernimm mal schön. Mein Vater ist nicht der König." Erwiderte sie bissig.

Er lachte kurz, aber freudlos: „Da hast du allerdings recht. Aber mit Dir zusammen habe ich mich der Aufgabe immer gewachsen gefühlt." Er sah wieder nach vorne: „Du wärst die perfekte Frau für diese Firma. Du bist dafür ausgebildet worden. Jetzt hat sich Dein Berufswunsch wohl verändert." Er sah wieder zu ihr, diesmal mit fast flehendem Blick: „Deswegen will ich nicht, dass Du gehst. Ich hatte immer das Gefühl, mit Dir zusammen schaffe ich das."

Bridget war verblüfft. Mit so einem Geständnis hatte sie nicht gerechnet. Jetzt überkam sie ein schlechtes Gewissen, aber nicht gegenüber der Krone, sondern gegenüber ihrem Freund. Sie ließ Benedikt alleine, ihren Freund seit Kindertagen.

Sie war bestürzt. „Das hast Du mir nie gesagt."

„Es musste ja auch nicht gesagt werden. Bis jetzt lief ja alles nach Plan ab."

„Und jetzt?"

„Tja, gute Frage. Ich möchte nicht, dass sich etwas ändert. Wenn wir früher heiraten sollen, bitte, heiraten wir eben früher."

Bridget wollte nicht hören, dass er so etwas sagte: „Ben, was sagst Du da? Ich will Dich nicht heiraten." Und trotzig setzte sie hinzu: „Und ich werde es auch nicht tun."

Benedikt erschrak: „Soll das heißen, Du würdest dich weigern? Ich meine öffentlich? Wenn alles arrangiert ist?"

Bridget überlegte kurz, dann sagte sie bestimmt: „Ja, das würde ich. Ich würde zu keinem Termin mehr freiwillig erscheinen. Schon das hier ist ein solcher Termin, den man besser nicht stattfinden lassen sollte." Sie schnallte den Gurt ab, machte die Tür auf und stieg aus. Sofort stiegen aus dem Jeep hinter ihnen zwei Männer und kamen auf sie zu. Als Bridget sie sah, beugte sie sich zu Benedikt herunter und sagte: „Bitte pfeif die Kerle zurück."

„Das kann ich nicht und das weißt Du. Komm und steig ein."

Bridget wog die Optionen ab. Mit Benedikt zu fahren, oder sich mit der Security anzulegen. Sie stieg wieder ein und fuhr ihn wütend an:

„Geht das jetzt immer so weiter? Wenn ich nicht brav bin, zwingt man mich?"

Er ließ den Wagen an: „Was weiß ich."

Er fuhr los. Was sollte er noch sagen? Sie war offensichtlich wild entschlossen.

„Vielleicht kannst Du Dich jetzt etwas zusammennehmen. Ich würde gerne skandalfrei durch den Abend kommen."

Sie gab sich geschlagen. Vielleicht könnte man dem Abend ja einen freundschaftlichen Charakter geben. Sie waren früher, in ihrer Studentenzeit, hier und da zusammen essen gegangen. Das waren meistens schöne, wenn auch unverbindliche, Abende gewesen. Sie versuchte sich zu beruhigen. Es würde nichts bringen, ihm die Schuld an allem zu geben. Er hatte ebenfalls nichts zu sagen und musste sich fügen. Und er ging den Weg des geringsten Widerstandes. Sie nahm sich vor, den Abend mit ihm zu genießen, so wie früher. Zumindest so gut es eben ging, auch wie früher.

68.

Nick saß in seinem Büro und arbeitete. Er musste sich ablenken und scheuchte seine Mitarbeiter durch die Gegend. Es war viel liegen geblieben und er wollte alles erledigen, bevor er wieder abreisen musste. Denn dass er das tun würde, davon war er überzeugt. Er würde Bridget nicht kampflos aufgeben. Er war sich sicher, dass sie sich wiedersehen würden. Es musste einfach gelingen. Er konnte den Gedanken nicht ertragen, dass das alles gewesen sein sollte. Wenn Grand nichts ausrichten konnte, würde er eine andere Lösung finden müssen. Sein Verstand arbeitete in jeder freien Minute fieberhaft daran.

Agatha hatte er, soweit es ging, ins Bild gesetzt. Sie hatte sein uneingeschränktes Vertrauen. Auf sie konnte er sich blind verlassen. Als er ins Büro kam, hatte sie ihn über die anstehenden Probleme und Termine informiert. Dann, als das Geschäftliche besprochen war, blieb sie im Sessel vor seinem Schreibtisch sitzen.

„Und, erzählst Du es mir?" fragte sie.

„Ja, Agatha, aber es ist sehr viel komplizierter, als ich es mir je vorgestellt hätte." Er berichtete ihr von den Tagen und sie hörte zu.

Als er geendet hatte, atmete sie hörbar aus: „Puh, und wie geht es jetzt weiter?"

„Ehrlich gesagt, ich weiß es nicht. Grand kennt zufälligerweise ihren Großvater. Er hat mit ihm telefoniert und der will sich wieder melden, wenn er etwas in Erfahrung gebracht hat. Aber ich weiß nicht, ob ich das noch lange aushalte. Ich sitze hier und habe das Gefühl, dass mir die Zeit davonläuft."

„Weißt Du schon, was du unternehmen willst? Ich meine, wie geht man in dieser Situation vor? Rollt man die Dinge sachlich auf, versucht über die rechtliche Schiene zu kommen, oder entführst Du sie einfach? Wie im Märchen."

Nick lachte kurz auf: „Mir wäre die Entführungsszene ganz recht. Aber ich glaube, ihre Security lässt sich nicht so leicht überlisten. Ich muss jetzt einfach abwarten, bis ich was erfahre. Aber dann werde ich handeln."

„Bitte tu nichts Unüberlegtes. Ich fürchte, die Kerle da drüben fackeln nicht lange." Sie stand auf. „Ich gehe wieder an die Arbeit. Aber wenn ich was für Dich tun kann, lass es mich wissen."

69.

Viktors Wagen fuhr auf den Hof von Wydden Hall. Bridget war gerade im Salon und las in einem Fachbuch über die Renaissance. Man hatte ihr nicht mehr gestattet, nach Florenz zu gehen und dort ihre Studien über Leonardo da Vinci aufzunehmen. Bevor sie in die Staaten ging, hatte sie dort ein paar Monate zugebracht, um mehr über ihr Fachgebiet zu studieren. Jetzt war das auch vorbei. Man hatte ihr einen weiteren Aufenthalt in Italien untersagt.

Es wurden mehr und mehr Termine mit Benedikt in England vorbereitet. Sie wusste nicht, wie sie sich diesen entziehen konnte. Sie nahm sich vor, einige dadurch zu sabotieren, dass sie einfach nicht aus dem Haus ging. Passiver Widerstand war ihr Motto. Vielleicht hatte ja Nick eine Idee. Wenn sie nur mit ihm sprechen könnte. Sie konnte im Moment nur warten. Und das machte sie ganz verrückt. Deshalb versuchte sie sich durch Lektüre abzulenken. Das Essen mit Benedikt war doch noch ganz nett geworden. Sie hatten nach ihrem Streit wieder zu einer freundschaftlichen Basis zurückgefunden und konnten es dadurch wenigstens etwas genießen.

Getrübt wurde es nur durch die Fotografen, die Ihnen beim Verlassen des Restaurants auflauerten. Bridget war überzeugt davon, dass man ihnen einen Tipp gegeben hatte, wo der Kronprinz zu Abend essen würde. Der Kronrat arbeitete effizient, das musste man ihm lassen. Der Prinz geleitete sie jedoch schnell, geschützt durch die Sicherheitsbeamten, zum Auto und sie fuhren mit der Security im Schlepptau davon. Ein Blitzlichtgewitter war jedoch trotzdem auf sie niedergegangen.

Trotz allem kreisten ihre Gedanken nur um die Themen: Nick und Flucht. Ihr würde schon noch etwas einfallen. Sie musste nur endlich ihre Panik loswerden. Die behinderte sie doch sehr am sachlichen Denken. Und das brauchte sie jetzt dringend: Sachlichkeit. Mit blindem Aktionismus konnte man nichts gewinnen.

Sie sah das Auto vorfahren und wunderte sich. Besuch? Davon hatte man ihr nichts gesagt. Sie sah ihren Großvater aus dem Auto steigen und freute sich. Aber im selben Moment wurde sie misstrauisch. Was sollte das? Ihr Großvater kam nie freiwillig nach England. Hatte man ihn etwa als Verstärkung angeheuert? Damit auch er sie bearbeiten konnte? Oder war er auf ihrer Seite? Das versprach spannend zu werden.

Sie klappte das Buch zu, stellte es weg und schon kam er mit ihren Eltern in den Salon. Sie gingen aufeinander zu und begrüßten sich herzlich.

„Hallo Viktor. Das ist aber schön, dass Du hier bist."

Er bestand darauf, dass ihn alle Enkel beim Vornamen nannten. Großvater hatte er sich verbeten. Er fühlte sich so alt dabei. Die Enkel taten ihm den Gefallen gerne. Alle liebten ihn.

„Wie ich gehört habe, braucht hier jemand Hilfe." Sagte er nachdem er sie umarmt hatte.

Alain ging zu den Getränken, goss seinem Vater etwas ein und gab ihm das Glas.

Der sah ihn misstrauisch an: „Aber keinen Sherry, wenn ich bitten darf."

„Nein, natürlich nicht." gab Alain zur Antwort. „Sherry ist nur für die Damen."

Er bereitete ein Glas für seine Frau und gab es ihr. Er nahm sich auch eines. Als alle saßen und mit Getränken versorgt waren, sagte Viktor: „Und jetzt raus mit der Sprache. Was ist hier los?"

Bridget antwortete: „Hier ist los, dass ich mich in Amerika in einen fantastischen Mann verliebt habe und man dies hier nicht gerne sieht."

Alain meinte: „Ich glaube, Du solltest die ganze Geschichte erzählen. Sonst versteht es Papa nicht."

Viktor nahm einen Schluck und sagte dann: „Dafür wäre ich dankbar. Wenn ich helfen soll, würde ich gerne alles wissen."

Bridget sah ihn an. Helfen sollte er? Diese Aussage machte sie stutzig. „Schön, dann von Anfang an." Sie erzählte alles und schloss mit den Worten: „Und jetzt soll die Verlobung mit Benedikt in drei Monaten stattfinden und die Hochzeit alsbald danach. Aber da mache ich nicht mit." Es ging ihr wieder wie bei ihrem Vortrag bei Benedikt. Sie kämpfte mit den Tränen und manchmal wollte die Stimme versagen, doch sie hielt durch.

Als sie geendet hatte, sah Viktor ihre Eltern an: „Und, was meint Ihr dazu?"

Alain antwortete: „Wenn ich wüsste, wie wir sie aus dieser unseligen Vereinbarung retten könnten, würden wir es sofort tun. Egal, was es kosten würde."

Viktor sah ihre Mutter an: „Du bist der gleichen Meinung?"

„Oh ja. Ich möchte, dass Bridget glücklich wird. Mit wem, ist mir egal. Wenn sie möchte, auch mit einem Amerikaner."

Bridget sah ihre Eltern dankbar an. Dass ihre Mutter diese Worte sagen würde, hätte sie nie für möglich gehalten.

Viktor stand auf: „Gut, dann werde ich Euch jetzt mal eine Geschichte erzählen. Ich hatte gestern einen Anruf von einem guten alten Freund aus Amerika. Dessen Enkel namens Nick hat sich in eine englische Kunsthistorikerin verliebt und hatte ein paar Probleme mit ihrem Personal. Jetzt sitzt der Arme zuhause, grämt sich und überlegt, wie er seine Liebste zu sich holen kann."

Die Augen von Bridget und ihren Eltern wurden immer größer.

Bridget fand als erste wieder Worte: „Viktor. Das ist ja unglaublich. Du kennst Nicks Großvater?"

Alain konnte es auch kaum glauben: „Papa, das ist doch nicht einer Deiner Scherze, oder?"

Viktor war fast beleidigt: „Würde ich mit dem Glück meiner Enkelin Scherze treiben? Ganz bestimmt nicht. Aber wir müssen vorsichtig sein. Ich habe draußen Simmons gesehen. Der wird jetzt sicher richtig gut aufpassen."

Bridget holte tief Luft: „Das glaube ich auch. Der hat die letzten Ereignisse noch nicht verkraftet und ist bestimmt nicht scharf auf neue Aufregung."

„Also schön. Ich habe Dir hier ein Handy besorgt. Ist ein ganz Einfaches. Gab's am Flughafen. Ich habe es international freischalten lassen. Damit kannst Du ihn anrufen. Aber sei vorsichtig. Das Haus wird bestimmt in jeder Hinsicht überwacht. Die finden wahrscheinlich heraus, wenn Du mit einem Handy telefonierst. Außerdem muss ich erst James Bescheid sagen, damit er Nick auch eines besorgt. Ich könnte mir vorstellen, dass man sein jetziges Handy auch überwacht. Ich sage Dir, wenn es soweit ist, dann könnt Ihr wenigstens miteinander telefonieren."

Er gab Bridget das Handy. Sie wusste nicht, was sie sagen sollte. Sie nahm das Handy und fiel Viktor um den Hals.

„Danke Viktor", flüsterte sie. Ihr blieb vor Glück fast die Stimme weg. Tränen sammelten sich in ihren Augen.

Viktor umarmte sie und meinte: „Ich will hoffen, dass das Freudentränen sind."

„Und ob." Bridget hatte sich wieder gefangen.

Viktor fuhr fort: „Pass gut darauf auf. Am Besten, Du versteckst es irgendwo. Man wird versuchen, es zu finden. Und wie gesagt, erst warten, bis ich sage, dass Du anrufen kannst."

„Mache ich." Bridget steckte es in ihre Hosentasche.

Viktor setzte sich wieder: „Gut, das hätten wir schon mal." Er sah auf die Uhr. „Mal sehen, wie spät es ist. Gleich zwölf Uhr, dann ist da drüben jetzt noch Nacht. Da muss ich noch ein paar Stunden warten, bis ich James Bescheid sagen kann. Nächster Punkt: Wann musst Du Dich wieder öffentlich mit dem Prinzen zeigen?"

Bridget überlegte kurz: „Heute Nachmittag. Wir sollen zusammen zu einer Ausstellungseröffnung in Chelsea."

„Okay, Du gehst mit ihm hin und benimmst Dich ganz normal. Wie ist denn Euer Verhältnis? Wie steht er zu der Sache?"

Bridget wirkte wieder resigniert: „Das ist das weitere große Problem an der Sache: Er findet es gut, dass wir heiraten und kann sich mich gut an seiner Seite vorstellen. Er will, dass wir das Geschäftliche zusammen regeln und privat sehr diskret jeder seiner Wege geht."

Viktor verzog verächtlich das Gesicht: „Typisch. Geht mal wieder den Weg des geringsten Widerstandes. Keinen Mumm in den Knochen. Verweichlichte Kerle."

70.

In diesem Moment kam das Hausmädchen herein. Sie meldete einen Besucher. Es war der Duke of Hampstead. Alle standen auf und begrüßten den Besucher mit dem gebührenden Respekt. Bridget hatte das Gefühl, dass ihr das Herz stehen blieb. Der Duke hier, das ließ nichts Gutes ahnen.

Sie wechselte einen ängstlichen Blick mit ihrem Vater, der, seinem Gesichtsausdruck nach zu schließen, das Gleiche dachte. Sie setzten sich alle wieder.

Der Comte ergriff das Wort: „Welchem Umstand verdanken wir Ihren Besuch, Duke?"

Der Duke, froh, gleich zur Sache kommen zu können, antwortete: „Ich fürchte, dass mein Erscheinen nicht gerne gesehen wird. Ich habe Ihnen eine Mitteilung des Kronrates zu überbringen."

Jetzt hatte Bridget wirklich das Gefühl, ihr Herz würde einen Schlag aussetzen.

Der Duke blickte zu ihr: „Lady Bridget, ich teile Ihnen hiermit mit, dass am Samstagabend, also morgen, ein Bankett im Palast stattfindet. Im Rahmen dessen wird Ihre Verlobung mit Prinz Benedikt bekannt gegeben werden. Die weiteren Einzelheiten stehen hier drinnen." Er nahm eine Mappe aus seiner Aktentasche und reichte sie Bridget hin. Die nahm sie jedoch nicht. Er legte sie daraufhin auf den Tisch. „Bitte lesen Sie sich die Papiere durch. Es ist alles genau erklärt, wie der Ablauf sein wird. Ebenfalls ist eine Agenda enthalten, die Ihre zukünftigen gemeinsamen Termine aufzeigt. Comtesse und Comte", er schaute nun ihre Eltern an, „Ich darf Sie bitten, ebenfalls an der Veranstaltung teilzunehmen. Wenn Sie noch weitere Gäste einzuladen wünschen, teilen Sie uns dies bitte mit."

Der Comte fing sich als erster: „Weshalb die Eile? Es hieß doch, dass es erst in drei Monaten soweit sein sollte. Wie wollen sie diese Hast der Öffentlichkeit erklären?"

Der Duke erhob sich: „Darüber machen Sie sich bitte keine Gedanken. Der Kronrat hat in Absprache mit dem Königshaus beschieden, dass diese Vorgehensweise die beste sein wird. Es sind schon plausible Presseerklärungen vorbereitet worden. Diese werden danach umgehend versandt werden."

Der Duke wollte sich verabschieden, da erwachte Bridget aus ihrer Starre. In ihr stieg blinde Wut hoch. Diese Tour würde sie ihnen verderben.

„Dann richten Sie bitte dem Königshaus, dem Kronrat, der Presse und von mir aus jedem anderen, der es wissen will, aus, dass ich an diesem Termin nicht teilnehmen werde. Und wenn ich es mir überlege, auch an keinem anderen mehr. Der Prinz wird heute alleine das Eröffnungsband durchschneiden müssen. Soll ihm eine andere die Schere halten."

Sie stand auf und wollte das Zimmer verlassen.

Da begann der Duke seelenruhig: „Mylady, ich glaube nicht, dass das eine gute Idee ist."

Sie stutze: „Was sie glauben, interessiert mich nicht. Ich jedenfalls werde nicht erscheinen."

Der Duke ließ nicht locker: „Mylady, wir hofften eigentlich, diese Mittel nicht anwenden zu müssen, aber wie ich sehe, zwingen Sie uns dazu."

Bridget sah ihn grimmig an.

Die Stimme des Duke war jetzt todernst: „Wenn sie tatsächlich nicht zu Ihrer Verlobung erscheinen, oder diese in irgendeiner Weise sabotieren und die Vereinbarung nicht einhalten wollen, werden wir unsere Kontakte in den USA nutzen, um ein wenig, sagen wir, Unruhe in die Filmbranche zu bringen."

Bridget erschien es plötzlich eiskalt im Zimmer. „Was soll das heißen?"

„Ich sage, dass es Konsequenzen für Mr. Page und seine Firma haben wird, wenn Sie sich weigern, das zu tun, wofür Sie vorgesehen und ausgebildet worden sind."

Sie ging auf ihn zu und sagte bedrohlich: „Das wagen Sie nicht."

Der Duke grinste, wie ein Hai: „Oh, Sie glauben gar nicht, was wir alles wagen."

Der Comte erhob sich jetzt und zog Bridget vom Duke weg. Er fürchtete, die Unterhaltung könnte in einer Aggression enden und was Bridget anbelangte, hatte er damit nicht Unrecht.

„Duke, ist diese Vorgehensweise nicht etwas überstürzt? Was sagt denn der Prinz dazu?"

Der Duke drehte sich zum Comte. Sein Grinsen war verschwunden.

„Oh, der Prinz unterstützt diese Verkürzung."

Bridget wandte sich ab: „Das kann ich mir denken." Sie dachte fieberhaft nach. Sie durfte nicht zulassen, dass sie sich für ihr Verhalten an Nick rächten.

Sie sah Viktor an, der machte ein ernstes Gesicht. Er sah entschlossener aus, als vor einer Stunde, als er angekommen war. Hatte er schon eine Idee? Sie schöpfte wieder etwas Hoffnung und dachte daran, was er gesagt hatte, Zeit schinden. Sie wandte sich an den Duke: „Habe ich Ihr Wort, dass, wenn ich erscheine, Sie Mr. Page oder seine Firma nicht behelligen werden?"

Der Duke lächelte jetzt mehr süffisant: „Aber Mylady, dann gibt es doch gar keinen Grund für irgendwelche Aktivitäten."

Bridget musste sich zurückhalten, um dem Kerl nicht eine Ohrfeige zu geben. Aber erst Mal gab sie nach. „Gut, also dann."

Der Duke atmete hörbar auf: „Ich danke Ihnen, Mylady."

Er verabschiedete sich und der Comte begleitete ihn zur Haustür.

Als sie aus dem Zimmer waren, konnte sich Bridget nicht mehr zurückhalten und es platzte aus ihr heraus: „Dieser Duke soll sich lieber nicht wünschen, dass ich eines Tages etwas zu sagen haben werde. Dann werde ich mir nämlich etwas einfallen lassen um diesen Kerlen etwas Feuer unter dem Hintern zu machen."

Ihre Mutter versuchte sie zu beruhigen: „Wenn ich das richtig sehe, machst Du das jetzt schon. Lass ihn in Ruhe, er macht nur seinen Job."

Bridget fuhr sie an: „In Ruhe lassen? Warst Du gerade nicht hier? Sie wollen Nick Schwierigkeiten machen, wenn ich nicht kooperiere." Sie ließ sich wieder aufs Sofa fallen. „Und ich kann ihn nur schützen, wenn ich tue, was sie verlangen. Das heißt Ben heiraten und Nick nie wiedersehen." Ihr lief eine Träne über die Wange. Sie wischte sie mit dem Handrücken weg.

Viktor entging das nicht: „Na na, ich bin ja auch noch da. Jetzt werden wir mal sehen, was uns noch einfällt. Und dass sie Nicks Firma Probleme machen, das glaube ich nicht. Das würde doch etwas zu weit gehen. Immerhin hat er der Presse ja auch etwas zu erzählen, nehme ich an." Er grinste Bridget an. „Dieses Risiko werden sie vielleicht nicht eingehen."

Der Comte kam wieder zurück in den Salon. „Jetzt muss uns schnell etwas einfallen."

Viktor stand auf und ging zum Tisch mit den Getränken: „Bin schon dabei. Geistreiche Getränke helfen dem Geist." meinte er und schenkte sich noch ein Gläschen Whisky ein.

Das Hausmädchen kam und bat zu Tisch. Bridget blieb sitzen und sagte leise: „Ich kann jetzt nichts essen."

Doch Viktor ging zu ihr, zog sie am Arm hoch und sagte: „Kommt gar nicht in Frage. Du musst bei Kräften bleiben. Ich will Dich in gutem Zustand in Amerika abliefern."

Bridget lächelte ihn mit Tränen in den Augen dankbar an. Es tat gut nach diesem Besuch des Dukes etwas Optimismus zu spüren. Auch wenn er ihrer Ansicht nach vielleicht fehl am Platz war. Sie stand auf, und sie gingen alle zusammen in das Esszimmer.

71.

Nick wanderte unruhig in seinem Büro hin und her. Er war jetzt schon seit zwei Tagen ohne Nachricht. Dieser Franzose meldete sich auch nicht. Er musste etwas tun. Aber was? Er war schon versucht, Agatha zu bitten, einige Klatschblätter, die sich mit dem europäischen Adel befassten, zu kaufen, damit er sie nach Hinweisen auf Bridget durchforsten konnte. Aber andererseits hatte er etwas Angst davor. Vielleicht würde etwas darin stehen, was er nicht lesen wollte. Er war hin und her gerissen.

Diese Untätigkeit machte ihn verrückt. Er war es nicht gewohnt, Probleme nicht lösen zu können. Trat irgendwo eine Schwierigkeit auf, wurde sie von ihm analysiert und aus der Welt geschafft. Das war bisher seine Art gewesen, damit umzugehen. Ein Problem schwelen zu lassen, ihm zu gestatten, dass es über ihm hing, wie eine dunkle Wolke, bereit, jederzeit auf ihn herab zu stoßen, das war er nicht gewillt hinzunehmen. Aber er musste vorsichtig sein. Welches Handeln würde ihr und ihm mehr schaden, als nützen?

Agatha kam herein: „Der Termin mit den Autoren steht noch. Kannst Du?"

„Natürlich. Bin für jede Ablenkung dankbar."

„Also, dann los." Sie ging voraus in den Konferenzsaal. Nick folgte ihr. Er war Profi, doch heute war er sich nicht so sicher, mit den Gedanken bei der Sache bleiben zu können. Er riss sich zusammen. Es musste gehen.

72.

Bridget war stocksauer. Sie wollte mit Benedikt nach der Ausstellungseröffnung sprechen, aber er blockte einfach ab.

„Du wusstest, dass die Verlobung bevorsteht." meinte er, als sie ihn darauf ansprach. Er hatte sie nach Hause gefahren und sie saßen noch im Wagen vor dem Haus.

„Ja, aber doch nicht so schnell."

„Was macht das, ob jetzt oder in drei Monaten?"

„Das macht schon was. Wir sollten uns doch erst mal zusammen sehen lassen. Wer glaubt uns denn jetzt das verliebte Paar?"

„Legst Du denn Wert darauf? Ich habe mich sowieso gewundert, dass Du mitgekommen bist. Ich dachte, Du wolltest Dich weigern."

Bridget wurde immer wütender. Jetzt hielt er ihr ihre eigene Inkonsequenz vor und er hatte auch noch recht damit.

„Wenn Du es genau wissen willst, man hat mich erpresst. Entweder ich mache mit, oder sie hängen Nick etwas an oder schaden in irgendeiner Weise seiner Firma."

Ben sah sie erstaunt an: „Alle Achtung. Man meint es wohl wirklich ernst mit Dir."

„Tu doch nicht so. Das hast Du doch bestimmt gewusst." Sie griff ihn jetzt direkt an.

Er verteidigte sich eher halbherzig: „Du glaubst es mir wahrscheinlich nicht, aber ich habe es nicht gewusst. Ich billige solche Machenschaften, ehrlich gesagt, auch nicht."

„Dann kannst Du sie ja ahnden, wenn Du König bist."

Er lachte kurz: „Ja, wenn das so einfach wäre."

Es entstand eine kurze Pause. Es war wohl alles gesagt.

Bridget wollte aussteigen. „Also dann, gute Nacht."

Er hielt sie am Arm zurück: „Warte noch einen Augenblick."

Sie wunderte sich, blieb aber sitzen. „Was ist?"

Der Prinz wand sich sichtlich: „Da jetzt morgen unser Verlobungstag ist, muss ich Dir vorher noch etwas sagen."

Oh nein, sie rollte mit den Augen.

„Jetzt schon Geständnisse? Bitte überlege Dir gut, ob ich es wissen muss. Ich bin nicht scharf auf alle Deine Geschichten."

Er wurde ärgerlich: „Jetzt halt doch mal den Mund. Du siehst doch, dass es mir schon schwer genug fällt, darüber zu reden. Mach es mir doch nicht noch schwerer."

Sie sah ihn jetzt mit zusammengekniffenen Lippen an. Das konnte ja heiter werden. Hatte sie nicht schon genug Probleme? Was würde jetzt noch kommen?

Benedikt holte tief Luft und fing an: „Ich kann Dich besser verstehen, als Du glaubst." Er machte eine Pause, dann fuhr er fort: „Ich habe auch jemanden."

Sie sah ihn überrascht an und rief: „Was!"

Er fuhr fort: „Ich dachte, wir bekommen das hin. Du und ich. Aber jetzt bin ich mir nicht mehr so sicher. Du stellst alles in Frage und ich dachte in letzter Zeit daran, wie es wäre, wenn Du es schaffen würdest und wir nicht heiraten müssten. Dann könnten sie und ich…" Er ließ den Satz unvollendet und sah Bridget an.

Bridget sah ihn entgeistert an und wusste nicht, was sie als erstes tun sollte, etwas sagen, oder ihm eine runterhauen.

„Du sagst mir gerade, einen Tag vor unserer Verlobung, dass Du jemanden hast, den Du, ich sage mal, magst?"

Er nickte.

„Wann hättest Du mir das denn sonst gesagt? Ich vermute mal, gar nicht. Das hast Du also mit eigene Wege in Diskretion gehen gemeint. Was sagt denn sie dazu?"

Er wand sich sichtlich: „Ich weiß nicht, ob und wann ich es Dir gesagt hätte. Aber wie gesagt, die Situation hat sich geändert. Jetzt, wo Du es weißt, geht es mir besser."

Sie ließ jetzt ihrer Wut freien Lauf und schrie: „Na, da bin ich aber froh, dass es Dir bessergeht. Wenigstens einem von uns. Darf ich fragen, warum es Dir besser geht? Nur weil Du gebeichtet hast? Na, Du bist ja leicht zufriedenzustellen."

„Würdest Du bitte nicht so schreien. Die Security-Typen haben auch Ohren."

Sie war jetzt in Rage: „Die Lautstärke ist jetzt mein geringstes Problem. Sag mir lieber, was Du jetzt zu tun gedenkst. Du hast mir noch nicht geantwortet auf die Frage, was sie meint."

Er wirkte resigniert: „Das ist nicht so einfach. Sie ist sich nicht sicher. Wenn sie wüsste, dass ich es Dir jetzt gesagt habe, würde sie mir wahrscheinlich den Kopf waschen."

Bridget war verwirrt: „Warum?"

Benedikt sah sie schuldbewusst an: „Sie will ihrer Schwester nicht den Mann wegschnappen", er machte eine kleine Pause. „Und auch nicht den Thron."

Bridget brauchte einige Momente, bis sie begriff, doch dann traf es sie wie ein Schlag: „Das ist nicht Dein Ernst." brachte sie kalt hervor.

Er sah sie resigniert an: „Doch."

„Du meinst Valerie? Meine Schwester Valerie ist Deine Freundin?"

„Ja", er atmete auf. „Puh, jetzt ist es draußen."

Bridget sah nach vorne. Sie konnte sich nicht mehr zurückhalten. Sie fing an zu lachen, erst leise, dann wurde sie immer lauter. Sie konnte nicht mehr aufhören. Das durfte doch alles nicht wahr sein. Was würde diese verdammte Woche noch bringen. War nicht schon genug geschehen und schiefgelaufen? Jetzt auch noch das. Meine Schwester liebt den Mann, der für mich vorgesehen ist, der liebt sie, ich liebe ihn nicht, aber ich soll ihn heiraten. Deshalb die Andeutungen ihres Vaters. Deshalb hat Valerie den Prinzen in letzter Zeit beim Skifahren und an allen möglichen anderen Orten getroffen. Ihr liefen die Tränen über die Wangen. Sie wusste selbst nicht, ob sie lachen oder weinen sollte. Ihr ganzes Gefühlschaos brach sich eine Bahn ins Freie.

Sie schluchzte noch vor sich hin, als sie sich selbst schalt: „Ich dumme Gans. Und ich wunderte mich auch noch, wenn sie erzählt hat, wo sie Dich überall getroffen hat."

Benedikt, der, einerseits sichtlich erleichtert war, dass sie es nun wusste, andererseits mit der Situation gänzlich überfordert war, saß nur still da.

Sie holte sich ein Taschentuch aus ihrer Tasche, putzte sich die Nase und plötzlich hellte sich ihre Miene auf: „Aber dann ist doch alles in Ordnung. Dann kann doch Valerie in meine Fußstapfen treten. Ihr heiratet und ich bin aus dem Schneider."

Er holte nochmals tief Luft: „Das hatte ich auch gedacht, ich habe die Rechnung nur ohne die Wirte, sprich meine Eltern und den Kronrat gemacht. Ich habe meinen Eltern im Zuge des Ganzen gesagt, dass es da jemanden gibt, aber sie wollen nichts von jemand anderem hören. Wer es ist, habe ich ihnen nicht gesagt. Sie halten alle an Dir fest."

„Und Valerie?"

„Was meinst Du?"

„Würde sie Dich denn heiraten wollen?"

Der Prinz fürchtete diese Frage: „So direkt haben wir darüber noch nicht gesprochen."

Jetzt ging sie zum Angriff über: „Und warum nicht? Wie gesagt, es wäre doch die perfekte Lösung für das Problem." Sie sah ihn scharf an: „Oder spielst Du nur mit ihr? Ist sie für Dich nur ein charmanter Zeitvertreib?"

Er beeilte sich zu sagen: „Nein, nein, das ist es nicht. Wir haben uns schon vor zwei Jahren in einander verliebt. Es war auf der Party eines Studienfreundes. Da hat es sprichwörtlich zwischen uns gefunkt. Aber ich wusste ja, dass es nichts mit uns werden kann und trotzdem habe ich es zugelassen. Sie fühlte genauso und da ist es passiert. Richtig zusammen sind wir jetzt schon über ein Jahr, natürlich heimlich. Und ich glaube, bis jetzt hat es niemand bemerkt. Hoffe ich jedenfalls."

Bridget glaubte nicht richtig zu hören. „Ihr seid seit über einem Jahr ein Liebespaar und keiner sagt was? Ich glaub es einfach nicht."

„Jetzt, als die Probleme mit Dir aufgetaucht sind, dachte ich erst, dass es keinen Sinn hat, sich zu wehren, deshalb habe ich auch so reagiert. Außerdem halte ich Dich immer noch für die beste Besetzung für die Stelle. Aber jetzt denke ich darüber nach, mich auch zu weigern. Ich liebe Valerie und würde gerne mein Leben mit ihr verbringen. Du würdest ihr doch bestimmt helfen, sich zurecht zu finden, oder?"

Sie wurde energisch: „Ben, das ist doch nicht die Frage. Die wollen uns morgen Abend verloben. Was sollen wir tun?"

Ben ließ die Schultern hängen: „Ich weiß es auch nicht."

In diesem Moment machte einer der Sicherheitsbeamten die Tür auf Bridgets Seite auf und fragte: „Ist alles in Ordnung? Wir wundern uns, warum Sie nicht aussteigen?"

Bridget lächelte ihn an und sagte: „Nein danke, alles in Ordnung. Wir haben nur noch ein bisschen geplaudert. Geplänkel unter Liebespaaren, Sie verstehen."

Sie zog die Tür wieder zu und winkte dem Herrn, dass er sich entfernen sollte, dann sah sie Ben an: „Also schön. Ich bastle gerade an einem Plan, wie ich aus der Sache herauskomme. Ich habe auch Helfer." Wer das war, verschwieg sie besser. „Wir haben uns gedacht, dass es erst einmal besser wäre, den Verlobungstermin morgen Abend wahrzunehmen. So gewinnen wir vielleicht etwas Zeit. Die Hochzeit wird dann ja nicht gleich nächste Woche stattfinden."

Er sah sie ungläubig an: „Du willst einen Skandal heraufbeschwören, indem Du Dich mit mir verlobst und dann die Verlobung wieder löst? Bist Du noch zu retten? Das wird dem

Ansehen der Krone schaden. Ganz zu schweigen von Deinem und meinem Ruf. Da mache ich nicht mit."

Sie sah ihn böse an: „Nun gut, dann pass auf deinen Ruf auf und sag Du mir, was wir tun sollen."

„Ich kann ja nochmals versuchen, mit meinem Eltern zu reden."

„Macht das Sinn? Du hast gesagt, dass sie an mir festhalten."

„Mir fällt aber sonst nichts anderes ein."

„Gut, dann mach das. Wenn es nichts bringt, können wir immer noch auf Zeit spielen. Und ehrlich gesagt ist mir das Ansehen der Krone, ganz zu schweigen von irgendeinem Ruf, egal. Ich will nicht ein Leben lang unglücklich sein, nur um Ansehen und Ruf zu retten."

Er sah sie bitter an. „Dir hat der Aufenthalt in Amerika nicht gut getan. Davor hättest Du nicht so gesprochen."

Sie hielt dem Blick jedoch stand und sagte: „Mag sein. Dieser Aufenthalt hat wirklich viel verändert. Auch mich. Ich gehe jetzt rein. Sonst kriegen die dahinten noch längere Ohren." Sie zeigte auf den Wagen der Sicherheitsbeamten. „Gute Nacht, Ben."

„Gute Nacht Bridge."

Sie küssten sich zum Abschied auf die Wange.

73.

Es war früher Morgen, als in Page Manor in der Nähe von Los Angeles James' Handy klingelte. Er saß gerade im Wohnzimmer und las in der Zeitung. Er legte sie weg und schaltete das Handy an. „Hallo."

„Bonjour, mon Ami."

„Viktor. Na endlich, Du hast Dir ja Zeit gelassen. Hier sitzt schon einer auf glühenden Kohlen."

„Ja, das kann ich mir denken, aber hier war einiges los. Ich bin nach deinem Anruf nach London gefahren, um mich direkt kümmern zu können. Du hattest Recht. Sie machen Bridget ganz schön die Hölle heiß."

„Was heißt das?"

„Nun, man hat ihren Zeitplan geändert. Sie muss sich am Samstagabend mit dem Prinzen verloben."

James erschrak: „Wie bitte? So schnell? Aber das würde sich doch nicht mehr ändern lassen, oder?"

„Nun ja, die Verlobung eines Kronprinzen aufzulösen, wäre ein hübscher Skandal. Besser wäre es, es würde gar nicht erst dazu kommen. Sie wollte sich weigern, aber man hat sie unter Druck gesetzt und quasi erpresst. In der Kürze der Zeit können wir nichts arrangieren. Dazu kommt noch, dass der Prinz nicht auf sie verzichten will. Er findet, sie ist die perfekte Frau für ihn, und will sie unbedingt heiraten."

„Oh, das sieht aber wirklich nicht gut aus." Sagte James mitleidig. Wie würde Nick diese Mitteilung aufnehmen?

„Das kannst Du laut sagen. Ich habe aber auch daran gedacht, wie wir es schaffen, dass die beiden wenigstens ein bisschen Kontakt miteinander halten können. Ich habe Bridget ein prepaid Handy besorgt. Ich dachte, es wäre besser, wenn Dein Enkel auch eines hätte. Da ich mir vorstellen könnte, dass er beobachtet wird, wäre es wohl besser, wenn Du eines kaufen und ihm zukommen lassen würdest. Ich würde Dir Bridgets Nummer schicken, dann könnten sie immerhin miteinander telefonieren."

„Viktor, das ist eine fantastische Idee. Ich fahre gleich los und besorge eins. Ich schicke Dir die Nummer auf Dein Handy. Wann ist die beste Zeit zum Telefonieren? Bridget sollte dabei ja alleine sein."

„Richtig, Ich schicke Dir die Uhrzeit und ihre Nummer."

James fand diese Vorgehensweise eine wunderbare Idee. Seine Miene hellte sich etwas auf, als er fragte: „Und was geschieht jetzt weiter?"

„Nun, Bridget wird gut bewacht. Es wird wohl das Beste sein, wenn wir abwarten bis nach der Verlobung. Dann können wir die Anderen den ersten Zug machen lassen. Ich habe was von Reisen läuten hören. Vielleicht tut sich da was. Ich fürchte, im Moment können wir nicht viel tun."

„Das wird Nick nicht schmecken. Geduld war noch nie seine Stärke."

„Kannst Du ihn im Zaum halten? Wir können keine überstürzten Aktionen gebrauchen." Viktor klang besorgt.

James dachte nach: „Wird nicht einfach sein, aber ich werde es probieren."

„Gut, mein Freund, tu das. Ich melde mich, sobald ich etwas weiß. Wenn es bei Dir etwas Neues gibt, rufst Du an."

„Mach ich."

Sie verabschiedeten sich. James schaltete das Handy ab und verließ das Wohnzimmer. Er würde jetzt gehen, ein Handy kaufen und Nick persönlich von dem Gespräch in Kenntnis setzen. Er sah auf die Uhr. Nick war jetzt bestimmt in der Firma. Er lief zu seinem Wagen und fuhr los.

Nick hatte alle Kraft gebraucht, sich auf die Sitzung mit den Autoren zu konzentrieren. Aber am Ende hatte er es geschafft. Seine Professionalität hatte gesiegt. Agatha hatte sich am Anfang Sorgen um ihn gemacht. Sie hatte bemerkt, wie sehr er sich zusammenreißen musste, um der Sache gerecht zu werden, aber dann konnte sie sich beruhigen.

Als sie den Konferenzsaal verließen und zu seinem Büro zurückgingen, sah sie ihn an und fragte:

„Geht's wieder?"

Er sah sie an und lächelte, wie gut sie ihn kannte. „Ja, war es so auffällig?"

„Nur für mich."

Er hielt ihr die Tür auf: „Na, ein Glück. Es war anfangs wirklich nicht leicht."

Sie traten in sein Büro und sie sahen James auf der Couch sitzen: „Hallo, ich habe mir erlaubt, es mir in Deinem Büro etwas gemütlich zu machen. Guten Tag, Agatha."

Agatha mochte den Seniorchef. Sie freute sich immer wieder, ihn zu sehen.

„Hallo James. Ich geh dann mal. Es ist ja alles besprochen." sagte sie zu Nick, lächelte kurz zu James und ging wieder hinaus.

Nick ging zur Sitzgruppe und setzte sich James gegenüber: „Hast Du was aus England gehört?"

James fasste in die Jackentasche, holte ein Handy heraus und legte es auf den Tisch.

„Ja, mein Junge. Viktor hat sich gemeldet. Er hat Bridget ein Handy besorgt und mir ihre Nummer geschickt. Sie ist auf diesem Telefon eingespeichert. Auch die Uhrzeit, um die sie aller Voraussicht nach alleine ist. Jetzt könnt Ihr wenigstens miteinander sprechen. Aber Ihr müsst vorsichtig sein. Sie wird im Moment streng bewacht."

Nick nahm das Handy: „Grand, das ist ja fantastisch. Ich danke Dir."

James wurde ernst: „Jetzt hör mir erst noch zu. Viktor hat mir erzählt, dass sie Bridget unter Druck setzen. Sie haben ihren Zeitplan geändert, das heißt, dass die Verlobung mit dem Prinzen schon am Samstag stattfinden soll. Der ist übrigens nicht erfreut, dass seine Braut ihn verlassen will. Er will sie trotz allem heiraten. Es sieht also nicht gut aus."

Aus Nicks Gesicht war alle Farbe gewichen. Er sah Grand ernst an: „Bridget wird sich nicht verloben. Sie wird sich weigern."

„Das glaube ich nicht. Viktor sagte, dass sie sich weigern wollte, man sie aber gezwungen hat. Man hat sie wohl irgendwie erpresst."

Nicks Ton war eiskalt: „Ich kann mir schon denken, wie." Er dachte an das Gespräch im Flugzeug. „Sie haben ihr wahrscheinlich gedroht, dass sie in diesem Falle mir oder unserer Firma Schaden würden."

„Wie kommst Du darauf?"

„Das haben sie schon im Flugzeug mit mir probiert."

James fuhr fort: „Das scheinen ja schöne Methoden zu sein, mit denen die da drüben arbeiten. Viktor meinte, man solle die Verlobung abwarten. Es war irgendwie die Rede von Reisen. Dann könne man wohl besser etwas arrangieren. Im Moment wäre es aussichtslos. Man hat die Security um sie herum wohl ziemlich verstärkt."

Nick überlegte: „Ja, auf Reisen wäre die Wahrscheinlichkeit wohl höher, dass wir an sie heran kämen. Aber die Verlobung eines Kronprinzen aufzulösen, wäre das nicht ein Skandal für den Hof?"

James nickte: „Das glaube ich auch. Aber willst Du darauf Rücksicht nehmen?"

James lächelte Nick an und dieser lächelte kalt zurück: „Ich glaube nicht."

74.

Bridget ging auf ihr Zimmer. Die Unterhaltung mit Ben hatte sie aufgeregt. Es schien ihr, als würde die Situation immer komplizierter. Aber vielleicht gab es jetzt Hoffnung. Ben hatte jemanden und er verstand sie wohl besser, als sie zuerst dachte. Er erschien ihr immer als ein Mann, der alle Entscheidungen seinem Verstand unterordnete, niemals seinen Gefühlen. Jetzt wusste sie, dass er jemanden liebte. Würde er seine Liebe opfern, um gehorsam zu sein, oder würde er für sie kämpfen? Wer konnte das wissen? Bridget hatte den Eindruck, dass er selbst nicht wusste, was er tun sollte, sich im Zweifelsfalle aber fügen würde.

Sie zog Ihre Jacke aus und ließ sie auf die Couch fallen. Da hörte sie ein Klingeln. Es war ihr nicht gleich klar, was da klingelte. Plötzlich fiel es ihr ein: das Handy! Nick! Sie stürzte zum Blumentopf, in dem sie es versteckt hatte, hob die Pflanze an und nahm es heraus. Tatsächlich, es klingelte.

Sie nahm ab: „Hallo?"

Sie hörte Nicks Stimme und ihr Herz setzte vor Freude einen Schlag aus: „Hallo Prinzessin. Habe ich Dich geweckt?"

„Nein. Ich bin gerade nach Hause gekommen. Oh Nick, es ist so wundervoll, Deine Stimme zu hören. Wie geht es Dir? Was ist denn passiert, als wir von Mon Repos losgefahren sind?"

Er war etwas erstaunt, dass sie das jetzt wissen wollte, aber er erzählte es ihr: „Man hat mich direkt nach Heathrow gefahren. Dort stand schon ein Flugzeug bereit, um mich nach Hause zu fliegen. Unterwegs sollte ich eine Verschwiegenheitserklärung unterschreiben und erklären, dass ich Dich nie mehr wiedersehen würde. Das habe ich natürlich nicht getan. Sie wollten mich dazu zwingen, haben sie aber nicht geschafft."

„Sie wollten Deiner Firma Schaden, nicht wahr?" Bridget fragte es etwas kleinlaut.

„Ja, aber ich konnte es abwenden." Er hatte jetzt genug davon geredet, wollte wissen, wie es ihr erginge: „Jetzt erzähle, wie geht es Dir?"

Bridget schwankte, sollte sie ihm alles erzählen? Ihr war die Zeit zu kostbar, dass man sie mit solchen Dingen verschwenden sollte. Sie begann: „Dass sich unsere Großväter aus früheren wilden Zeiten kennen, ist doch ein wahnsinniges Glück für uns. Ich glaube, wir haben da zwei Playboys entdeckt, die noch viel zu erzählen hätten."

Nick schmunzelte: „Ja, aber für uns hat es etwas Gutes."

„Ich habe fast meinen Ohren nicht getraut, als Viktor von Deinem Großvater erzählt hat. Er hatte die wundervolle Idee mit den Handys."

Ihre Stimme wurde jetzt ganz weich: „Nick, es bleibt vielleicht nicht viel Zeit zum Reden. Ich werde ständig beobachtet. Wahrscheinlich auch jetzt. Deshalb muss ich Dir erst das Wichtigste sagen: Ich liebe Dich. Mit jeder Minute mehr und Du fehlst mir, dass mir die Gedanken an Dich körperlich wehtun. Ich kann es kaum erwarten, Dich zu sehen. Bitte lass es nicht zu lange dauern."

Nick schloss die Augen: „Mir geht es genauso. Ich liebe Dich auch. Und es erscheint mir schon Wochen her zu sein, dass wir uns gesehen haben. Ich werde alles in meiner Macht Stehende tun, damit wir uns wiedersehen und zwar so bald wie möglich. Wann das jedoch sein wird, weiß ich wirklich nicht. Verlier nur nicht die Hoffnung. Bei Dir gibt es Veränderungen, wie ich hörte."

Bridget seufzte: „Ja, wir sollen uns morgen Abend verloben. Der Prinz hat mir zwar gestern noch erklärt, er werde nicht dulden, dass ich die Vereinbarung nicht einhalte, heute hat er aber gesagt, dass er vielleicht doch bereit dazu wäre."

Nick wusste nicht, was er davon halten sollte. Ein Mann, der sich nicht entscheiden konnte, war ihm suspekt. „Weiß der Kerl nicht, was er will?"

„Er schwankt zwischen lebenslang antrainiertem Gehorsam und plötzlich erkannter Freiheit. Er will aber nur einwilligen, wenn seine Eltern, sprich König und Königin, und Kronrat einverstanden sind. Und da sehe ich das Problem. So wie es aussieht, ist keiner der Parteien dazu bereit."

„Und was passiert jetzt?"

„Viktor und meine Eltern meinen, ich sollte jetzt erst Mal guten Willen zeigen und die Verlobung über mich ergehen lassen."

„Und sie dann später lösen? Wäre der Skandal nicht allzu groß?"

„Das befürchte ich auch, aber sie meinen, auf Zeit spielen, wäre jetzt das Beste."

„Das meinte Grand auch."

Bridget verstand gleich, wen er meinte. Sie machte eine kleine Pause, dann war ihre Stimme wieder weich: „Nick, es tut so gut, Deine Stimme zu hören. Ich war die letzten Tage so mutlos, aber jetzt fühle ich mich wieder stark und glaube, dass wir es schaffen können."

Er lächelte, tausende Kilometer weit weg und doch waren sie sich so nah. Er hatte jetzt auch eine weiche Stimme: „Bist Du in Deinem Zimmer?"

„Ja, warum?"

„Pscht, nicht fragen. Leg Dich aufs Bett."

Sie war erstaunt, legte sich aber, wie sie war aufs Bett. „Was hast Du an?" So langsam dämmerte ihr, was er vorhatte. Sie sagte weich: „Eine weiße Bluse und eine schwarze Hose."

Er lächelte, natürlich weiße Blusen waren ihr Markenzeichen. „Mit Spitze?"

„Nein, nur am weißen BH ist eine am oberen Rand zur Brust hin und am Rand des Slips." Sie verstand das Spiel schnell.

„Dann knöpf' die Bluse jetzt langsam auf und stell Dir vor, es wären meine Finger, die es tun." Sie schloss die Augen, knöpfte langsam ihre Bluse auf und erinnerte sich an die Nacht in Mon Repos. Da waren es seine Hände, die ihr das T-Shirt ausgezogen hatten. Es war ein wunderbares Gefühl, seine Stimme dabei zu hören. Er flüsterte ihr leise Zärtlichkeiten zu.

„Die Bluse ist jetzt auf." hauchte sie.

„Dann fahre mit Deiner Hand so über Deinen Bauch, dass nur deine Fingerspitzen die Haut berühren. Fang beim Bauchnabel an und hör beim Mund auf."

Bridget hatte Gänsehaut. Ihre Finger wurden zu seinen. Sie spürte, wie sie ihren Busen berührten. Wie sie über dem BH die Brustwarzen umspielten, die sich sogleich hoben und hart wurden. Sie stöhnte leise auf. Als Nick das hörte, empfand er ein Glücksgefühl und lächelte. Er war gleichzeitig erregt und erfreut, dass sie auch über diese Entfernung hin zueinander finden konnten. Oh, nein. Nichts würde ihn mehr von dieser Frau trennen. Auch kein Prinz und kein verdammter Kronrat.

75.

Es klopfte laut an die Tür.

„Lady Bridget, bitte öffnen Sie die Tür." Rief Mr. Simmons.

Bridget hatte den Eindruck, man hätte einen Eimer Wasser über sie ausgegossen. Sie schrak hoch, rannte ins Bad und auf dem Weg dorthin sagte sie leise ins Handy: „Simmons kommt. Ich melde mich, sobald ich kann."

Nick antwortete nur: „Ich warte."

Und sie legten beide auf. Bridget zog den Bademantel an, ging zur Tür und öffnete. Das Handy hatte sie in die rechte Seite ihres BH's gesteckt. Er sollte wagen, sie zu durchsuchen.

„So spät noch im Dienst?" sagte sie, als sie sah, dass Simmons vor der Tür stand, im Schlepptau zwei Beamte.

Doch dieser war todernst und sagte: „Tut mir leid, dass wir Sie so spät noch stören müssen, Mylady, aber wir haben ein nicht identifiziertes Handy-Signal aus dem Haus aufgefangen. Wir müssten mal nachsehen, ob es aus Ihrem Zimmer kam."

Bridget trat auf den Flur: „Bitte, tun Sie sich keinen Zwang an." Sie hatte heiße Ohren, blieb aber gelassen. Victor hatte also Recht. Sie überwachten das Haus auch in dieser Hinsicht.

Simmons stutzte kurz. Er war es nicht gewohnt, dass sie so bereitwillig kooperierte. Ob da nicht etwas faul war? Egal, jetzt musste erst das Zimmer durchsucht werden. Er könnte schwören, dass sie es war, die telefoniert hatte. Wie war sie nur an ein nicht registriertes Handy gekommen? Das würde man morgen klären. Während Simmons und die beiden Männer das Zimmer durchsuchten, stand Bridget auf dem Flur, an die Wand gelehnt, und gähnte.

Nach ein paar Minuten ging sie hinein und fragte: „Dauert es noch lange? Es ist schon spät und ich bin müde. Und morgen sollte ich, wenn möglich, keine Ringe unter den Augen haben."

Simmons kam aus dem Bad. „Wir gehen. Gute Nacht."

„Gute Nacht."

Die Männer verließen das Zimmer und Bridget schloss mit einem kleinen Lächeln die Tür. Sie wartete, bis sie sie die Treppe hinuntergehen hörte, dann nahm sie das Handy aus dem BH und schickte Nick eine SMS: Simmons losgeworden. Muss vorsichtig sein. Liebe Dich. B. Nick las die SMS und war erleichtert. Er hatte schon Angst, der Security Chef hätte das Handy gefunden. Dann wäre die Freude über ihren Kontakt nur kurz gewesen. Er musste ihr antworten, wenn auch nur kurz. Er schrieb: Bis bald. Liebe dich, N. Das musste genügen.

Er war in Hochstimmung. Sie hatten miteinander geredet und sich ihrer Liebe versichert. Es würde alles gut werden. Sie würden es schaffen. Bei Nick hatte das Telefonat denselben Effekt, wie bei Bridget. Er fühlte sich wieder stark und glaubte daran, dass alles gut werden würde. Er schaltete das Handy aus und steckte es in die Jackentasche.

76.

Bridget stand am nächsten Tag mit gemischten Gefühlen auf. Auf der einen Seite hatte sie mit Nick gesprochen, ein sehr angenehmes Gespräch, das sie, als sie wieder allein und in ihrem Bett lag, noch etwas nachwirken ließ. Sie schloss ihre Augen und schickte ihre Hände auf Wanderschaft. Diese wurden wieder zu seinen Händen, liebkosten sie mit seinen Zärtlichkeiten. Als die Hände ihren Erfolg mit einem unglaublichen Gefühl und unbeschreiblichem Glück krönten, flüsterte sie zärtlich seinen Namen und sah ihn vor sich. Seine wunderschönen Augen und sein Lächeln, in das sie sich, wie sie jetzt wusste, vom ersten Augenblick an verliebt hatte. Wenn sie schon so empfand, wenn sie an ihn dachte, wie schön würde dann erst ihr Wiedersehen werden?

Auf der anderen Seite sollte sie sich heute mit Ben verloben. Dieser Gedanke holte sie wieder auf den Boden der Tatsachen und in die Wirklichkeit zurück. Sie machte sich fertig und ging zum Frühstück hinunter. Ihre Eltern und Viktor waren schon da und unterhielten sich über den Abend. Als sie das Zimmer betrat, verstummten sie schnell.

Man begrüßte sich gegenseitig mit einem „Guten Morgen."

Bridget hatte aber mitbekommen, über was man sich unterhielt. „Ihr müsst mich nicht schonen. Redet ruhig weiter. Wenn wir nicht darüber sprechen, wird es auch nicht besser."

Viktor trank einen Schluck Kaffee und meinte: „Kluges Mädchen. Hat das Telefonat geklappt?"

Bridget zuckte zusammen und errötete leicht. Auf diese Frage war sie nun gar nicht gefasst gewesen.

Viktor entging es nicht. „Aha, es hat geklappt", meinte er mit einem amüsierten Lächeln.

Der Comte sah ihn von der Seite an: „Papa", tadelte er ihn und fragte dann weiter: „Du hast mit Nick gesprochen?"

Plötzlich erinnerte sich Bridget wieder an die anderen Geschehnisse der Nacht.

„Ja, und Du hattest recht", sagte sie an Viktor gewandt. „Sie überwachen das Haus auch in dieser Hinsicht. Nach ein paar Minuten kam Simmons mit zwei Männern und hat mein Zimmer durchsucht. Sie hätten ein nicht identifiziertes Handy-Signal aufgefangen. Aber keine Angst, sie haben es nicht gefunden."

„Sei vorsichtig." meinte Viktor ernst.

„Das werde ich sein." Bridget trank einen Schluck Kaffee, dann sagte sie: „Ich hatte gestern Abend übrigens noch eine interessante Unterhaltung mit Ben."

Viktor und ihre Eltern hielten in ihren Bewegungen inne und sahen sie interessiert an.

Bridget holte tief Luft und sagte dann: „Er hat mir mitgeteilt, dass er auch jemanden hat, den er liebt und dass er mich einerseits gut verstehen kann, andererseits aber das Beste für die Krone will und das wäre wohl ich. Ich habe ihm versucht klarzumachen, dass es nicht das Beste für die Krone sein kann, wenn er eine Frau bekommt, die diesen Job und den Mann nicht will, der dazu gehört."

Viktor legte das Besteck zur Seite und sagte mit beherrschter Wut: „Sagst Du mir gerade, dass dieser Wicht, obwohl er eine Freundin hat, Dich trotzdem heiraten will?"

Der Comte antwortete für sie: „So hört sich das an. Was ist sein Plan?"

Bridget sagte: „Er hat mit seinen Eltern gesprochen, auch mit dem Kronrat. Die sagen jedoch alle, dass ich diejenige bin, die vorgesehen ist, und dass es dabei bleiben soll. Er will aber heute nochmals mit ihnen reden und versuchen die Verlobung zu verhindern. Sollten sie sich jedoch nicht umstimmen lassen, will auch er bei der Vereinbarung bleiben."

Viktor sagte in ernstem Ton: „Und Dir und seiner Freundin dieses Leben zumuten? Dir, eines das Du nicht willst und seiner Freundin das der verborgenen Geliebten? So ein Mistkerl."

Bridget war versucht, ihn zu verteidigen: „Er tut nur, wofür er erzogen wurde. Er ist gehorsam."

Viktor stand auf und ging zur Anrichte um sich noch etwas von den dort aufgebauten Speisen zu holen: „Wir leben aber nicht mehr in den Zeiten, als man alles widerspruchslos hinnehmen musste. Heute darf man sich wehren."

Bridget wurde jetzt langsam ungehalten. Ihr gefiel dieses Gespräch nicht. Es holte sie von ihrem Hochgefühl herunter und das wollte sie jetzt nicht. Sie wollte dieses Gefühl, so lange es ging, über den Tag retten.

Sie sagte bitter: „Ja, darf man das? Da habe ich aber in den letzten Tagen andere Erfahrungen gemacht."

Der Comte bemerkte, dass der Ton im Frühstückszimmer drohte umzuschlagen.

Er versuchte einzugreifen: „Er will also tatsächlich dabeibleiben und den Dingen ihren Lauf lassen? Und was soll dann seiner Meinung nach geschehen? Sieht er denn eine Möglichkeit, die Verlobung dann später wieder zu lösen?"

Bridget fing sich wieder: „Ich habe den Eindruck, dass er sich tatsächlich fügen will. Als ich später die Auflösung der Verlobung andeutete, war er auf seinen Ruf und das Ansehen der Krone bedacht. Ich habe ihm gesagt, dass mir das wenig bedeutet. Das hat er nicht gerne gehört. Ich glaube nicht, dass wir von seiner Seite viel Hilfe haben werden."

Viktor brummte.

Bridget sah jetzt jeden einzeln an: „Was aber das Ganze noch interessanter macht, ist die Tatsache, wer seine Freundin ist."

Sie sah ihren Vater jetzt direkt an, der hielt ihrem Blick stand und sie sagte: „Valerie."

Ihre Mutter senkte den Kopf und Viktor brummte wieder.

Bridget war sehr ernst: „Ihr habt es alle gewusst, oder?"

Der Comte sagte kleinlaut: „Mehr oder weniger."

Bridget konnte es kaum glauben: „Und keiner hat es für nötig gehalten, mir etwas davon zu sagen? Wollt Ihr denn nicht, dass Valerie den Mann bekommt, den sie liebt? Hätte ich das gewusst, hätten wir vielleicht schon früher etwas gegen die Vereinbarung unternehmen können."

Bridgets Mutter hatte die ganze Zeit nur zugehört, jetzt sagte sie: „Valerie wollte nicht, dass Du es erfährst. Sie hatte Angst davor. Sie meinte, sie würde Dir den Mann und den Thron stehlen. Und außerdem habe ich schon früher prüfen lassen, wie wir die Vereinbarung umgehen oder aufheben lassen können, leider ohne Erfolg."

Bridget war jetzt ungehalten: „Wenn sie mir nur einmal etwas gesagt hätte, wüsste sie, dass ich ihr von Herzen dankbar dafür gewesen wäre. Dann hätte sich vielleicht viel erledigt und wir beide wären glücklicher."

Der Comte schenkte sich noch einen Kaffee ein: „Ich glaube nicht, dass sich etwas hätte ändern lassen. Bridget, die Tatsache, dass Du die Braut bist und für das Amt vorbereitet worden bist, bleibt dieselbe. Wie ich gehört habe, hat man eine andere Frau, egal welche, als Ersatz für Dich abgelehnt. Du warst von klein auf dafür vorgesehen. Das würde sich nicht ändern."

Bridget war jetzt doch erstaunt: „Woher weißt Du das alles?"

„Ich habe meine Quellen. Valerie wird übrigens nachher kommen. Man hat sie zur Verlobung ihrer großen Schwester eingeladen."

Bridget blieb der Mund offen stehen: „Wie bitte? Wie geschmackvoll. Dann sind ja Geliebte und Braut vereint. Gut für den Prinzen. Beide wichtige Frauen sind da."

Die Comtesse war erstaunt: „Du kannst ja richtig zynisch sein."

Aber Bridget kam eine Idee: „Warum geht dann Valerie nicht an meiner Stelle zu diesem Bankett und verlobt sich?"

Der Comte glaubte nicht, dass sie das ernst meinte: „Bridget, bitte."

Doch sie ließ nicht locker: „Nein, im Ernst. Wenn ich nicht hingehe und jeder erwartet eine Verlobung, dann kann er die Gelegenheit doch nutzen und sich mit Valerie verloben. Dafür müsste er jedoch Mut beweisen. Aber das ist nicht seine Stärke."

Jetzt mischte sich Viktor in das Gespräch ein. So ein Vorhaben gefiel ihm: „Das ist doch die Idee. Wir verkleiden Valerie als Bridget und bringen sie ins Schloss. Benedikt weihen wir ein. Dann werden wir ja sehen, wie ernst er es mit Valerie meint. Am Ende des Abends ist er mit Valerie verlobt und Bridget ist frei."

Lady Iris wurde ärgerlich: „Papa, bitte. Das kannst Du doch nicht ernst meinen."

Der Comte dachte nach: „Das hört sich theoretisch ja ganz nett an, aber geht das auch praktisch? Ihr seht Euch nicht gerade sehr ähnlich. Die Security hier wird auf alle Fälle merken, dass was faul ist. Simmons kennt Dich zu gut."

Bridget überlegte: „Dann fahre ich mit zum Schloss und schließe mich dort irgendwo ein. Ich werde schon ein Versteck finden. Unser Problem ist Ben. Er muss mitmachen." Plötzlich ging die Tür auf und Valerie kam herein.

Viktor brummte: „Auf's Stichwort."

Sie war sehr schlank, hatte hellbraunes Haar, blaue Augen, eine kleine Nase und einen herzförmigen Mund. Bekleidet war sie mit einer blauen Jeans, einem schwarzen Rolli und einem blaukarierten Blazer. Valerie begrüßte ihre Familie. Zuerst die Mutter, dann den Vater, den Großvater, dann stand sie vor Bridget.

Die Schwestern sahen sich an, dann nahm Bridget sie in die Arme: „Hallo kleine Schwester. Du machst mir ja schöne Sachen."

Valerie fiel ein Stein vom Herzen: „Du bist mir nicht böse?"

„Höchstens, weil Du mir nichts davon gesagt hast. Immerhin geht das ja nicht erst seit gestern."

„Ich hatte Angst, es Dir zu sagen. Ich konnte Dir doch nicht Dein ganzes Leben wegnehmen."

Bridget sah sie an: „Hättest Du es doch getan."

„Was?" Valerie war jetzt verwirrt.

Bridget entließ sie jetzt aus der Umarmung und sie setzten sich alle wieder. „Ich hätte im Moment weit weniger Probleme, wenn Du und Benedikt bereit wären, für Eure Zukunft zu kämpfen."

Valerie, die nicht wusste, was bisher vorgefallen war, verstand Bridgets Äußerung deshalb nicht ganz. „Kannst Du mir mal erklären, was los ist?"

Da ergriff der Comte das Wort: „Valerie, Deine Schwester hat sich in den Staaten in einen Mann verliebt, er ist ihr nach England gefolgt, man hat ihn aber wieder nach Hause verfrachtet. Der Kronrat besteht jedoch auf die Einhaltung der Vereinbarung, Benedikt ist es auch recht. Was ich ehrlich gesagt, nicht verstehe. Deshalb wurde die Verlobung auch vorgezogen."

„Jetzt verstehe ich das erst. Ich dachte, es sollte erst in zwei Jahren soweit sein. Ich habe mich schon gewundert."

Bridget wandte sich an sie: „Willst Du denn kein gemeinsames Leben mit ihm?"

Valerie errötete leicht: „Das steht mir doch gar nicht zu. Dafür wurdest Du doch ausgesucht."

Bridget wurde ärgerlich: „Rede doch keinen Unsinn. Das ist doch kein göttliches Gesetz. Die Vereinbarung wurde von Menschen gemacht. Und je mehr ich darüber nachdenke, umso schwachsinniger erscheint sie mir. Man will mich zu etwas zwingen, das ich nicht will. Und wisst Ihr was, ich werde es nicht tun. Soll sich heute Abend verloben, wer will, ich jedenfalls werde es nicht tun. Ich fahre jetzt zum Flughafen und fliege nach Los Angeles. Soviel ich weiß, ist England immer noch ein freies Land. Es soll bloß keiner versuchen, mich daran zu hindern."

Sie sprang auf und rannte aus dem Zimmer. Die anderen sahen ihr nach. Der Comte stand auf und ging ihr hinterher: „Na prima, jetzt dreht sie auch noch durch."

Als er das Zimmer verlassen hatte, fragte Valerie: „Läuft wohl nicht gerade so gut hier, was?"

Viktor brummte: „Das kann man wohl sagen. Das Problem muss gelöst werden. Und zwar schnellstens. Ich glaube, Bridget hält diese Belastung nicht mehr lange durch."

Die Comtesse seufzte: „Damit habe ich, ehrlich gesagt, schon gerechnet, als sie die Mitteilung über die bevorstehende Verlobung bekam."

77.

Bridget saß auf ihrem Bett, als es an der Tür klopfte. Die Tränen liefen ihr über das Gesicht.

Sie wischte sie mit dem Ärmel ab und krächzte: „Wer ist da?"

Ihr Vater sagte: „Ich bin's, Père."

„Komm rein."

Der Comte trat ein und schloss die Tür hinter sich. Sie stand auf und ging auf ihn zu. Er nahm sie in die Arme. Sie weinte einfach drauflos. Er hielt sie fest und streichelte ihr über den Rücken. Es tat ihr gut, so gehalten zu werden. Sie ließ sich auf ihren Tränen treiben. Sie wünschte, dass der ganze Ballast, der sich vorhin im Frühstückszimmer aufgebaut hatte, mit den Tränen fortgespült werden würde. Je mehr Tränen, desto weiter weg flossen die unseligen Worte, die gesprochen worden waren und die so wehtaten. Sie sah im Moment keinen Ausweg und ihr Mut, den sie nach dem Gespräch mit Nick gefühlt hatte, war geschwunden. Das alles überkam sie und befahl immer mehr Tränen in ihre Augen. Sie durchlebte die Hölle und die Tränen waren nicht genug Wasser um das Feuer um sie herum zu löschen.

Nach ein paar Minuten sagte der Comte: „Cherie, komm, wasch Dir das Gesicht."

Er lotste sie zum Badezimmer. Sie ging hinein und er wartete, bis sie wieder bei ihm war. Bridget hatte sich Wasser in das Gesicht gespritzt, abgetrocknet und wieder etwas Make-up aufgelegt. Sie sah jetzt zwar wieder etwas besser aus, die Tränen hatten jedoch Spuren in ihren Augen hinterlassen und viel besser fühlte sie sich auch nicht.

Er hatte sich in einen der kleinen Sessel gesetzt, die vor dem Fenster standen, als sie das Zimmer wieder betrat. „Und, besser?"

Sie schniefte noch: „Ja, etwas." Putzte sich die Nase und setzte sich ihm gegenüber. „Und was soll ich jetzt machen? So wie es aussieht, wollen Valerie und Ben gar nicht kämpfen. Ihnen genügt es, im Verborgenen zusammen zu sein. Aber mir genügt das nicht. Ich will mit Nick leben. Ich will frei sein. Das habe ich jetzt erst erfahren, aber so ist es."

Der Comte sah sie an: „Hätten wir Dich doch nur nicht nach Amerika gelassen."

„Nun, jetzt ist es zu spät." Sie sah aus dem Fenster: „Und zwar für alles."

„Jetzt sei mal nicht so pessimistisch. Es ist noch nicht alles verloren."

Sie sah ihn an: „Wenn Du das sagst, könnte man es fast glauben."

Er stand auf: „Dann glaube mal Deinem alten Vater. Ich gehe nach unten und Du ruhst dich ein bisschen aus."

„Ich würde übrigens gerne mal mit Juliet sprechen. Darf ich sie anrufen oder fällt sie auch unter irgendeinen Bann, von dem ich nichts weiß?"

Der Comte zuckte mit den Schultern: „Mir ist nichts dahingehend bekannt."

Er küsste sie auf die Stirn, lächelte und verließ das Zimmer. Bridget nahm das Telefon ab und wählte Juliets Nummer. Es läutete ein paar Mal, dann wurde abgenommen.

„Hallo?" meldete sich Juliet.

„Hey Juliet, ich bin es."

„Bridget, Gott sei Dank, was ich mir schon für Sorgen gemacht habe. Wie geht es Dir? Ich glaube, wir sehen uns heute Abend?"

„Bist Du eingeladen?"

„Ja, aber erzähl erst von Dir. Was ist passiert? Es tut mir so leid, dass ich denen das mit dem Auto…"

Bridget unterbrach sie: „Juliet, Dir braucht absolut nichts leid zu tun. Im Gegenteil. Du hast mir so viel geholfen, dass ich Dir gar nicht genug dafür danken kann. Du hast mir ermöglicht, eine wunderbare Erfahrung zu machen. Einzelheiten erzähle ich Dir später. Ich weiß nicht, wie viele Ohren die Leitung hat. Hat man Dir sehr zugesetzt?"

Juliet lachte kurz: „Nun ja, es reicht. Ich weiß jetzt, wie Du Dich manchmal fühlst. Man hat mir gedroht, wenn ich nicht alles sage, verheiraten sie mich auch mit irgendwem. Ich wäre ja auch schon 25 und da würde es langsam Zeit werden. Da bin ich eingeknickt."

Bridget konnte es nicht fassen: „Was, man hat Dir damit gedroht, Dich zu verheiraten? Man schreckt wirklich vor nichts zurück."

„Ja, ich glaube, die kriegen langsam kalte Füße, was Dich anbelangt. Ist es ernst?"

Bridget dachte, dass diese Info, sollte sie jemand mithören, nichts Neues wäre, also könnte man es auch zugeben. „Oh ja, meine Liebe. Sehr sogar."

Juliet wollte nichts mehr am Telefon besprechen. Zu groß war das Risiko. „Ok, das Weitere besprechen wir jetzt besser nicht. Ich fürchte, wir sehen uns dann heute Abend."

„Ja, das fürchte ich auch."

Sie verabschiedeten sich und legten auf.

78.

Bridget hatte gerade aufgelegt, als sie Bens Aston Martin auf den Hof fahren sah. Er stieg aus und ging ins Haus. Sie lief die Treppe hinunter. Was hatte das zu bedeuten, dass er noch vor dem Abend zu ihr nach Hause kam?

Sie trafen sich im Flur: „Hallo Benedikt, was führt Dich her?"

„Hey Bridget, ich wollte mit Dir reden."

Bridgets Knie wurden weich. „Komm in den Salon."

Sie führte ihn durch den Flur in das Zimmer und dort setzten sich einander gegenüber.

Benedikt räusperte sich und begann: „Ich habe nochmals versucht, mit meinen Eltern zu reden." Er machte eine kurze Pause. „Leider sind sie nicht bereit, etwas zu ändern."

Bridget sank der Mut: „Hast Du ihnen von Valerie erzählt?"

„Nein. Das traute ich mich dann nicht mehr."

Bridget wurde zornig: „Warum hast Du das nicht getan? Sie wäre Dein stärkstes Argument gewesen."

„Und was wäre gewesen, wenn ich es ihnen gesagt hätte? Wenn sie schon nicht damit einverstanden sind, dass Du aus der Vereinbarung aussteigst, was glaubst Du, würden sie dann mit ihr tun? Ich würde sie nie mehr wiedersehen. Denk doch mal daran."

Bridget verstand: Ben hatte Recht. Wenn herauskäme, dass er mit Valerie zusammen war, würde man sie wahrscheinlich sofort aus dem Land schaffen oder, noch besser, mit jemand anderem verheiraten. So wie sie es mit Nick gemacht und Juliet angedroht hatten. Sie hatte jetzt die Wahl, Benedikt heiraten, auf ihr Glück mit Nick verzichten und so Valerie wenigstens ein heimliches Glück gönnen, oder alles auffliegen zu lassen. Und damit Benedikts, Valeries, Nicks und ihr Leben zu beeinträchtigen. Wieviel, das wusste sie nicht. Bei der ersten Lösung wären wenigstens zwei hinreichend glücklich.

Ben riss sie aus ihren Gedanken: „Wir werden uns also heute Abend verloben." Er sagte es mit einer Verzweiflung in der Stimme, die ihr auffiel. „Nächste Woche müssen wir dann gleich zu einem Besuch nach Kanada abreisen. Das wird unsere Feuertaufe werden. Eigentlich wollten meine Eltern selbst dahin, aber es ist etwas dazwischengekommen. Mein Vater muss sich einem medizinischen Eingriff unterziehen. Nichts Dramatisches, aber er kann nicht reisen. So schickt man jetzt uns."

„Und man hat Dich jetzt hergeschickt, um mir das zu sagen?"

Er wand sich: „Ja, auch. Du solltest heute Abend schon vorbereitet sein. Wir fliegen am Montag und bleiben bis Samstag."

Bridget blieb der Mund trocken. Es geschah, was sie befürchtet hatte: Man würde sie vereinnahmen. Es musste ihr schnellstens etwas einfallen. Sie musste heute Abend mit Nick reden, dazu musste sie so viele Informationen haben, wie nur möglich. Sie versuchte zu schlucken und fragte dann: „Wie sieht das Programm dort aus? Was sind unsere Stationen? Bekomme ich noch ein Dossier dazu?"

Benedikt war erstaunt. Er hatte mit einem Wutausbruch, Geschrei und Gezeter gerechnet. Aber bestimmt nicht damit, dass sie sich nach dem Programm erkundigte. Er hatte jedoch vorgesorgt. Aus einer kleinen Ledermappe, die er bei sich trug, nahm er ein paar Blätter heraus und gab sie ihr.

„Hier steht alles drin. Du kannst es Dir ja schon mal anschauen."

Sie nahm sie und legte sie vor sich auf den Tisch. Benedikt konnte es nicht fassen, deshalb fragte er: „Ich bin etwas erstaunt. Ich hatte mit jeder Reaktion von Dir gerechnet, aber nicht mit der, dass Du Dich nach dem Programm erkundigen würdest. Was hat das zu bedeuten?"

Jetzt hieß es vorsichtig sein. Sie hatte sich mit ihrem Verhalten verdächtig gemacht. Ihr Verstand arbeitete auf Hochtouren: „Kann ich mich denn noch wehren? Soll ich mich denn noch wehren? Du bist dafür, dass wir heiraten, Deine Eltern, der Kronrat ebenfalls. Ich komme nicht gegen Euch an. Ihr lasst mich auf Schritt und Tritt überwachen. Was kann ich denn noch tun?"

Benedikt holte tief Luft: „Ich weiß auch, dass es schwer ist, aber was sollen wir denn machen? Wir wissen es schon länger und haben nichts dagegen unternommen. Alle dachten, es wäre für uns in Ordnung. Dass Du Dich in Amerika verliebst und ich Valerie näher kennengelernt habe, daran dachte keiner."

Bridget stand auf und setzte sich zu ihm: „Aber Ben, siehst Du denn nicht, dass es falsch ist, was wir tun? Wir machen uns für unser Leben unglücklich. Und nicht nur uns. Wir tragen auch Verantwortung für die Menschen, die wir lieben."

Er sah sie an und sie konnte den Schmerz in seinen Augen sehen. „Ich weiß doch, Bridget, aber was sollen wir denn machen? Wir können nun mal nicht zurück."

„Oh doch, das können wir. Wenn Du Dich heute Abend weigerst, die Verlobung bekannt zu geben, kann Dir keiner was. Du bist der Kronprinz. Du hast doch auch eine gewisse Macht. Und sei es nur über Dein Leben."

Jetzt stand er auf und begann hin und her zu laufen: „Macht? Was habe ich denn für eine Macht? Ich habe die Macht zu tun, was man mir sagt."

„Oder auch nicht."

Er war jetzt zornig: „Bridget, hör auf. Ich kann es nicht mehr hören. Glaubst Du nicht, ich würde mir nicht wünschen, mit Valerie leben zu können? Ganz normal, wie andere Menschen auch. Natürlich wünsche ich mir das, aber ich bin nun mal kein normaler Mensch. Ich bin der Kronprinz." Jetzt klang er resigniert: „Ich muss tun, was ich tun muss." Er ging zur Tür, drehte sich noch einmal um und sagte: „Und Du auch. Wir sehen uns heute Abend."

Dann ging er aus der Haustür und sie hörte seinen Wagen davonfahren.

Sie blieb sitzen und griff nach den Papieren. „Nein, ich nicht." Sagte sie zu sich selbst. „Nicht, wenn ich es verhindern kann."

Sie musste dafür sorgen, dass Nick den Inhalt der Mappe bekam. Vielleicht konnte er damit etwas anfangen. Aber wie? Auf den Haushaltscomputer hatte sie zwar Zugriff, aber der wurde bestimmt überwacht. Père, Viktor, Valerie? Sie dachte fieberhaft nach, wie sie es Nick zukommen lassen könnte. Jemand musste das Ganze einscannen und ihm schicken. Sie sah die Papiere durch. Es war ein eng getaktetes Programm. Fünf Städte in fünf Tagen. Es fing an mit Churchill an der Hudson Bay, Baker Lake, Yellowknife, Calgary und zum Schluss Vancouver. Es blieb kaum Zeit zum Luft holen.

79.

Am Abend versammelte sich die Familie ausgehfertig im Salon. Der Comte und sein Vater trugen Frack, die Damen lange Kleider. Die Comtesse ein dunkelblaues Kleid, mit schmalem Oberteil, bauschigen Ärmeln und weitem Rock, Valerie ein modernes weinrotes Kleid, schmal geschnitten, mit Spaghettiträgern und geradem Ausschnitt.

Bridget wollte erst in einem blauen Hosenanzug gehen, als sie aber das entsetzte Gesicht ihrer Mutter sah, entschied sie sich doch für ein Kleid. Da die Comtesse damit gerechnet hatte, dass ihre Tochter keine Lust dazu hatte, ein Kleid für diesen Abend zu kaufen, hatte sie vorgesorgt. Sie kannte ihren Geschmack und hatte sich daher entschlossen, die Initiative zu ergreifen. Sie ging in eine ihrer bevorzugten Boutiquen und bestellte ein paar Kleider zur Auswahl. Bridget hatte sich für ein cognacfarbenes Empire-Kleid entschieden. Es betonte den Busen, der Rock war direkt darunter angesetzt und der Stoff floss schmal auf den Boden. Auch hatte es kurze schmale Ärmel. Es passte sehr gut zu ihren Haaren. Sie hatte sich geweigert, einen Friseur an ihr Haar zu lassen, denn sie frisierte sich am Liebsten selbst. Sie wusch sich die Haare, föhnte sie lockig trocken und steckte sie dann hoch. Das letzte Mal hatte sie das für Nick getan.

Vor dem Spiegel überkam sie kurz Wehmut, dann Zorn. Sie entschied sich, nicht hinzugehen. Dann wieder doch. Dann wieder nicht. Es war eine Achterbahnfahrt ihrer Gefühle. Sie musste sich mit aller Selbstbeherrschung daran hindern Nick anzurufen. Wer konnte sie daran hindern? Wer konnte sie zwingen, zu dieser Veranstaltung zu gehen? Aber am Ende siegte die Vernunft.

Sie legte noch Make-up auf und ging dann in den Salon zu den anderen.

Viktor pfiff durch die Zähne, als sie eintrat: „Da haben wir ja heute Abend die schönsten Damen an unserer Seite."

Als alle versammelt waren, stieg man in die bereitgestellten Wagen und fuhr los. Am Schloss angekommen, stiegen sie aus und wurden in die Privaträume von König und Königin geführt. In einem großen Salon, dem Blauen, wie er genannt wurde, weil alles blau war, Tapete, Vorhänge, Möbelbezüge, Lampen, trafen sie auf die Königsfamilie. Der König, die Königin, der Kronprinz, sein Bruder Max und seine Schwester Emilie. Die andere Schwester Alexandra studierte gerade in Australien und konnte den Termin nicht wahrnehmen.

Nachdem man sich respektvoll und dem Rang entsprechend begrüßt hatte, nahm man Platz und der König ergriff das Wort. Er war ein schlanker, großer Mann, sportlich und durchtrainiert. Er hatte schon ein bisschen schütteres graues Haar, ein rundes Gesicht, freundliche blaue Augen, eine gerade Nase und einen schmalen Mund.

„Nun, wir wissen alle, was der Anlass unseres heutigen Treffens ist. Und wir wissen auch, was der Hintergrund dieses, meines Erachtens, überstürzten Handelns ist."

Die Königin räusperte sich und sah streng in Richtung Bridget.

Bridget hörte jetzt etwas interessierter zu.

„Bridget, Du hast mit Deinem Abenteuer ganz schön Unruhe in das Land gebracht. Was das gekostet hat, will ich lieber nicht erwähnen."

Bridget musste etwas lächeln. Die Königin sah sie missbilligend an.

Der König fuhr fort: „Uns ist bekannt, dass Du die Vereinbarung lösen willst. Auch die Gründe dafür, sind uns bekannt. Ich muss Dich jedoch eindringlich bitten, Deine Entscheidung noch einmal zu überdenken. Wie Du weißt, wurdest Du dafür erzogen, den Kronprinzen zu heiraten und ihm bei seinem schweren Amt zur Seite zu stehen. Du kennst die Pflichten, die Dich erwarten und bist mit ihnen vertraut. Du bist intelligent, schön und hast ein gutes Herz. Dies sind alles Fähigkeiten und Begabungen, die eine Frau in dieser Stellung braucht. Außerdem wissen wir ja, dass Ihr, Du und Benedikt, Euch nicht gerade unsympathisch seid. Auch das ist nicht zu unterschätzen. Eine Freundschaft kann länger dauern, als eine aus Liebe geschlossene Ehe. Darum geben wir Dir noch etwas Zeit, Dich wieder in Deiner Situation zurecht zu finden."

Bridget verstand nicht recht. Niemand im Raum tat das, nur der Comte traute sich zu fragen: „Bitte, was dürfen wir darunter verstehen?"

Der König, der Theatralik liebte, genoss den Augenblick und antwortete: „Nun, wir geben den Kindern ein wenig Bedenkzeit. Damit sie aber schon mal sehen, was auf sie wartet, werden sie eine kleine Reise unternehmen. Eigentlich war sie für mich und die Königin gedacht, aber nun werden wir Benedikt und Bridget schicken. Es ist nur ein kleiner Besuch in Kanada. Ich muss meinen Leistenbruch operieren lassen. Das trifft sich jetzt gut. Da können die beiden schon mal ein bisschen Reiseluft im Dienste der Krone schnuppern."

Bridget traute dem Frieden noch nicht: „Und was ist mit der Verlobung?"

Diesmal antwortete die Königin: „Mein Gemahl glaubt, dass die Presse einen Skandal wittern könnte, wenn sie erfährt, dass Ihr Euch so schnell verlobt. Ich glaube das eher nicht." Der Königin, eine große, schlanke fast hagere Frau mit hochgesteckten braunen Haaren, einer hohen Stirn mit einer tiefen Längsfalte darauf, hohen Wangenknochen, einer schmalen Nase und spitzen Lippen, sah man das Unbehagen, das das Verhalten ihres Mannes in ihr verursachte, an. Ihre strengen Gesichtszüge entspannten sich nicht, als sie sagte: „Mir wäre es lieber gewesen, die Verlobung hätte heute stattgefunden, wie es der Kronrat vorgeschlagen hatte. So verlieren wir nur Zeit."

Bridget konnte ihr Glück kaum fassen. Sie musste sich nicht verloben. Sie sah zu Benedikt hin, der nur kurz lächelte.

Der König stand auf: „Der Kronrat wird nachher informiert. Es reicht, wenn die Beiden heute Abend ihren ersten gemeinsamen offiziellen Auftritt haben. Rom wurde auch nicht an einem Tag erbaut. Daran baut man heute noch." Er klatschte in die Hände. „Und jetzt gehen wir essen, ich habe Hunger."

Er ging zur Königin und bot ihr seinen Arm. Alle standen auf und folgten ihnen. Benedikt kam auf Bridget zu. Sie nahm seinen Arm und fragte: „Wie kam das denn jetzt?"

„Als ich heute Nachmittag von Dir gekommen bin, habe ich Vater in der Garage getroffen. Er hat nach seinen geliebten Oldtimern gesehen. Da dachte ich, jetzt oder nie, und habe noch einmal mit ihm über alles gesprochen. Wir haben einen kleinen Spaziergang durch den Park gemacht und uns unterhalten. Wenn Mama nicht dabei ist, ist er entspannter. Er will zwar immer noch, dass wir heiraten, aber wie Du gehört hast, gibt er uns etwas Zeit."

Oh ja, dachte Bridget und die werde ich nutzen. Sie lächelte Benedikt an und hatte fast ein schlechtes Gewissen.

Benedikt fuhr fort: „Wahrscheinlich denkt er, dass Du wieder zur Vernunft kommst."

Bridget lächelte jetzt mit geschlossenen Zähnen. Diesen Satz fand sie gar nicht gut, aber sie ließ es sich nicht anmerken.

„Also hast Du noch immer nichts von V..."

Er ließ sie nicht ausreden: „Nein natürlich nicht. Ich habe Dir doch gesagt, warum das nicht geht."

Mittlerweile war man im Foyer vor dem Saal angekommen, in dem das Abendessen stattfinden sollte. Die Gäste waren inzwischen alle eingetroffen und man begrüßte sich freundlich. Durch die Unterhaltung der vielen Menschen brummte der Saal wie ein Bienenschwarm.

Man begab sich nach der Begrüßung in den Speisesaal, in dem auf der fein eingedeckten Tafel eine üppige Blumendekoration aufgebaut worden war. Die Kronleuchter verströmten ein angenehmes Licht, das durch die Spiegel an den Wänden noch verstärkt wurde.

Nach dem Hauptgang, vor dem Dessert, wenn traditionell die Verlobungen verkündet werden, ergriff der König das Wort. Er hielt eine kurze Ansprache und stellte den Kronprinzen mit seiner Freundin vor.

Die Gäste hielten den Atem an. Aber nicht nur sie. Auch Bridget konnte es noch nicht glauben. Der König informierte über die bevorstehende Reise und hielt dann ein Hoch auf die erste Reise des Paares.

Ein kleines Raunen ging durch den Saal, dann erhob sich der Duke of Hampstead, der Vorsitzende des Kronrates, und Bridget beschlich ein ungutes Gefühl. Sie hatte mittlerweile den Eindruck, dass der König ohne Wissen des Kronrates gehandelt hatte, und der würde sich damit nicht so einfach zufriedengeben.

Der Duke begann seine Rede: „Werte Majestäten, dass der Kronprinz und seine hmhm", er räusperte sich, „Freundin zusammen nach Kanada reisen, ist ein großes Glück für die Krone. Sie werden Ihrem Land und der Krone bestimmt Ehre machen. Wir beglückwünschen Sie von Herzen dazu und wir erheben zusammen das Glas. Ihnen, Majestät, wünsche ich einen guten Aufenthalt in der Klinik und dass Sie bald wieder gesund und wohlauf sein werden."

Man erhob sich und trank sich gegenseitig zu, dann setzte man sich wieder und das Dessert wurde serviert.

Bridget konnte sehen, wie der Duke vor Wut kochte. Einige Mitglieder des Kronrates waren ebenfalls nicht gerade guter Laune. Die Unterhaltung hatte eine etwas andere Stimmung angenommen. Man konnte es fühlen. Aber Bridget war das egal. Sie war nicht verlobt, das war die Hauptsache. Das machte ihr Unternehmen zwar nicht leichter, aber sie musste sich auch nicht entloben.

Nach dem Essen trafen sich die Gäste noch in den angrenzenden Räumen. In einem verschwand der Kronrat mit dem König. Man konnte laute Stimmen hören. Aber nach kurzer

Zeit kam der König heraus und genehmigte sich an der Bar einen Cognac.

Der Comte gesellte sich zum König und fragte direkt: „Ärger?"

Der König nahm einen Schluck und meinte dann ernst: „Wozu bin ich eigentlich der König, wenn ich nicht mal mehr in Angelegenheiten, die meine Familie betreffen, das Sagen habe."

„Es war nicht mit dem Kronrat abgesprochen?"

„Nein. Diesmal nicht." Er trank das Glas aus. „Das hat ihnen gar nicht gefallen. Aber das macht nichts. Sie haben es auch nicht für nötig befunden, mich zu informieren, dass sie die Verlobung vorziehen wollten, sondern haben mich vor vollendete Tatsachen gestellt. Das tut man nicht."

Er sah den Comte an. Der feixte: „Ich muss schon sagen, damit hätte ich heute Abend nicht gerechnet. Respekt."

Der König lachte: „Danke. Ich glaube, dass ich damit ein paar Menschen heute glücklich gemacht habe. Wenn ich auch nicht damit einverstanden bin, dass Bridget aussteigen will. Aber vielleicht arbeitet die Zeit ja für uns."

Der Comte verzog das Gesicht: „Das wäre mir auch lieber, aber ich würde mich nicht darauf verlassen." Der König orderte noch zwei Cognacs, sie stießen an und tranken.

80.

Der Abend plätscherte nun so dahin. Bridget beobachtete, dass Ben und Valerie kurz hintereinander den Raum verließen und erst viel später wieder getrennt hereinkamen. Gut, hatten wenigstens die beiden ein bisschen Zeit für sich. Vielleicht würde das auch für Bridget arbeiten.

Sie unterhielt sich mit Juliet und erzählte ihr, was passiert war. „Du meine Güte. Das hört sich alles sehr aufregend an. Und was passiert jetzt weiter?"

Bridget überlegte kurz. Sie wollte Juliet nicht erzählen, dass sie und Nick überlegten, was sie tun könnten, um doch noch zusammen sein zu können. Nicht, weil sie ihr nicht vertraute, sondern weil sie sie nicht wieder in Schwierigkeiten bringen wollte. Was, wenn sie wieder verhört werden würde? Wie die Erfahrung gezeigt hat, schreckte der Kronrat auch davor nicht mehr zurück.

„Jetzt gehe ich erst mal mit Ben auf diese Kanadareise. Man erwartet wohl, dass ich dabei wieder zur Vernunft komme und sich das Problem von alleine löst."

„Und, besteht die Chance?" Juliet fragte es vorsichtig.

Bridget nahm einen Schluck aus ihrer Kaffeetasse: „Ich glaube nicht. Die Frage ist nur, was dann?"

Sie blickte Juliet an und die sah die Tränen in Bridgets Augen aufsteigen. Sie nahm Bridget kurz in den Arm und versuchte sie zu trösten: „Verlier nur nicht den Mut. Nick wird schon was einfallen."

Juliet erzählte ihr, dass man sie mit einem jungen Mann bekannt gemacht hatte, einem gewissen Master Henry of Bellingham. Sie wähnte, dass der Kronrat ihn für sie ausgesucht hatte. Sie wollte sich eigentlich sträuben, aber zu ihrem eigenen Erstaunen gefiel ihr der junge Mann ganz gut. Man hatte ihn heute Abend neben sie gesetzt und sie unterhielten sich blendend. Bridget freute sich für sie: „Na, dann auf in den Kampf."

Juliet lachte: „So weit sind wir noch lange nicht."

Während sie sich unterhielten, kam Master Henry zu den beiden Damen und Juliet stellte ihn vor.

Bridget fand ihn sehr sympathisch und sie bemerkte, wie er Juliet ansah. Sie wünschte sich jedoch, dass der Abend bald vorbei sein würde. Sie wollte nach Hause und mit Nick sprechen. Aber wie sollte sie es anstellen? Die Security wäre dieses Mal bestimmt schneller bei ihr. Sie dachte nach. Sie entschuldigte sich bei Juliet, verließ den Saal. Niemand hielt sie auf. Im Schloss waren überall Sicherheitsbeamte, dass man sich ihretwegen nicht extra viel Gedanken machte. Man hatte ja die Ausgänge im Blick. Sie kannte sich gut aus im Schloss. Sie suchte einen bestimmten Raum, gleich auf demselben Flur. Es war ein größerer Wandschrank und er wurde zum Aufbewahren von Putzutensilien verwendet. Sie kannte ihn noch aus der Zeit, als sie mit Ben und seinen Geschwistern hier Verstecken spielte. Sehr zum Leidwesen ihrer Betreuer. Jedoch kannten die Kinder dadurch jeden Schlupfwinkel im Haus. Das war jetzt sehr hilfreich. Sie fand das Kämmerchen und zum Glück war es nicht abgeschlossen. Vorsichtig darauf bedacht, nicht gesehen zu werden, machte sie die Tür auf, schlüpfte hinein und schloss sie hinter sich. Blind tastete Sie nach dem Lichtschalter und fand ihn auch. Als sie das Licht anmachte, bot sich ihr der Anblick einer Putzkammer, aber damit hatte sie ja gerechnet. Sie holte das Handy, das sie nun immer aus Angst vor Entdeckung bei sich am Körper trug, aus einer kleinen Stofftasche, die sie sich um den Oberschenkel gebunden hatte, holte den Akku aus ihrer Handtasche und legte ihn ein. Sie schaltete das Handy ein und wählte Nicks Nummer.

Es dauerte nicht lange und er meldete sich: „Hallo, Prinzessin. Ich habe schon auf Dich gewartet."

Sie lächelte, seine Stimme zu hören, tat so unglaublich gut. Bridget schloss die Augen und versuchte sich sein Gesicht vorzustellen.

Sie antwortete: „Hallo, Mister. Es ist nicht so einfach, ungestört zu telefonieren. Wenn Du sehen könntest, wo ich mich gerade aufhalte, würdest Du Dich ganz schön wundern."

Er lachte: „Wo bist Du denn?"

„In einer Besenkammer im Londoner Stadtschloss. Ich bin gerade um meine Verlobung herumgekommen."

Nick war erstaunt: „Wie hast Du das geschafft?"

„Der Prinz hatte nochmals mit seinem Vater geredet und der hatte ein Einsehen. Aber wir müssen auf eine Reise gehen. Sie war eigentlich für das Königspaar vorgesehen, aber jetzt müssen wir sie übernehmen."

Nick war sofort konzentriert: „Wo geht's hin?"

„Nach Kanada. Ich habe das Programm zuhause."

Nick war jetzt sehr ernst: „Das könnte ein Weg sein. Du musst mir das Programm schicken."

„Daran dachte ich auch schon. Ich kann es aber nicht per Mail schicken. Ich habe keinen unüberwachten Zugriff auf einen Computer. Da dachte ich an das gute alte Fax. Hast Du noch ein Fax-Gerät?"

„Ja, ich glaube im Büro steht noch eins."

„Ich muss es aber genau wissen. Und Du musst das Fax selbst entgegennehmen. Es darf niemand sehen."

„Das ließe sich einrichten."

„Gut, dann schicke mir die Nummer auf das Handy und die Uhrzeit, wenn Du dort bist. Am besten wäre so in zwei oder drei Stunden. Ich könnte, wenn wir nach Hause gehen, in das Büro neben der Küche gehen und das Fax dort abschicken. Soviel ich weiß, steht dort noch ein Fax-Gerät."

„Und wenn es nicht klappt?"

„Sag sowas nicht. Es muss. Wir fliegen schon Montag."

„Was? Weshalb denn so schnell?"

„Wir springen für Benedikts Eltern ein. Der König muss operiert werden. Deshalb muss es funktionieren. Nick?" Ihre Stimme nahm jetzt wieder den weichen Klang an, den er so liebte und den er so erotisch fand.

Er veränderte seine Stimme auch: „Ja, Prinzessin?"

„Ich mute Dir viel zu, nicht wahr?"

„Darüber mach Dir mal keine Sorgen. Das macht das Leben interessant. Wir werden später mal Einiges unseren Enkeln zu erzählen haben."

Sie musste lachen: „Du planst ja schon weit voraus."

„Nur das hält mich aufrecht, an Dich zu denken und an unsere Zukunft. Ich denke Tag und Nacht an Dich, mein Herz. Du fehlst mir so sehr."

Sie schloss die Augen und lehnte sich an die Wand der Kammer: „Du fehlst mir auch, Nick. Es tut mir weh, an Dich zu denken und nicht bei Dir sein zu dürfen."

„Es wird ein Ende haben, früher oder später. Das verspreche ich Dir. Wir werden uns wiedersehen. Bis dahin sei stark. Ich werde mir schon was einfallen lassen."

„Ich liebe Dich."

„Ich liebe Dich auch." Sie legten beide auf. Sie nahm wieder den Akku aus dem Handy, steckte ihn in die Handtasche und schob das Handy in die Tasche um ihren Oberschenkel.

Sie strich den Rock glatt und ging vorsichtig spähend, ob jemand auf dem Flur war, aus der Kammer. Es war niemand zu sehen. Sie hatte Glück. Sie ging zurück in den Saal, wo es nicht aufgefallen war, dass sie weg war.

81.

Bridget mischte sich wieder unter die Gäste und unterhielt sich mit vielen der Anwesenden, umschiffte aber immer wieder diplomatisch das Thema Heirat. Sie war selbst erstaunt, wie leicht das manchmal war. Es wagte ihr niemand zu widersprechen oder gar nachzufragen, wenn sie das Thema für erledigt erachtete. So eine Position hatte doch auch was für sich, dachte sie bei sich.

Gegen Mitternacht brachen dann alle auf. Man verabschiedete sich und fuhr nach Hause. Zu Hause sagten alle einander Gute Nacht und man zog sich zurück.

Bridget ging in ihr Zimmer. Sie zog sich das Kleid aus und eine bequeme schwarze Hose und ein schwarzes T-Shirt an. Sie holte das Handy hervor, legte den Akku ein und überprüfte den Speicher. Nick hatte eine SMS mit der Faxnummer geschickt. Sie schrieb die Nummer auf die Rückseite eines der Blätter und steckte die Papiere dann zwischen Rücken und Hose, damit sie die Hände frei hatte und öffnete leise ihre Zimmertür. Horchend, ob noch jemand im Haus unterwegs war, schlich Bridget auf den Flur. Sie machte kein Licht und tastete sich weiter vorsichtig zur Treppe. Leise, langsam und vorsichtig bewegte sich Bridget die Treppe hinunter und dann weiter in Richtung Küche. Das kleine Büro, in dem sie das Faxgerät vermutete, lag neben der Küche. Hier im Flur gab es keine Fenster und im Dunkeln erschien ihr der Weg dahin viel weiter. Endlich hatte sie es geschafft, stand vor der Tür und drückte die Klinke hinunter. Aber die Tür ließ sich nicht öffnen. Das konnte doch nicht sein. Sie probierte es erneut, aber sie ging nicht auf. Simmons! dachte Bridget. Er leistete ganze Arbeit. Wahrscheinlich hatte er veranlasst, dass abgeschlossen wurde. Anders konnte es nicht sein.

Was jetzt? Bridget seufzte. Sie ging nebenan in die Küche, wenigstens war hier nicht abgeschlossen, sie holte sich ein

Glas Wasser und setzte sich auf einen der Stühle, die dort um einen runden Tisch standen. Sie fing an das Wasser zu trinken und dachte nach. Wieder hatte man sie ausgebremst. Aber daran durfte es doch nicht scheitern.

Bridget überlege, sagte sie zu sich selbst. Da fiel ihr ein, dass sie als Kinder hier unten öfters gespielt hatten. Das kleine Büro neben der Küche diente dem Butler damals schon als solches und es war den Kindern eigentlich verboten, es zu betreten. Aber gerade Verbotenes zieht am Meisten an. Anthony, ihr Halbbruder, hatte eines Tages den Ersatzschlüssel entdeckt und sie hatten ihn des Öfteren benutzt. Es ging eigentlich nicht darum, etwas in dem Zimmer zu wollen, sondern nur um die Umgehung des Verbotes und den sportlichen Ehrgeiz es zu betreten. Anthony versteckte den Schlüssel immer in der angrenzenden Speisekammer.

Bridget schöpfte Hoffnung. Könnte es sein, dass der Schlüssel dort immer noch in seinem Versteck wartete? Das war jetzt schon Jahre her, seit sie ihn das letzte Mal benutzt hatten. Hoffnungsvoll erhob sich Bridget und ging zur Speisekammer. Sie öffnete die Tür und machte Licht. Wenn jemand sie erwischen würde, konnte sie sagen, dass sie Hunger hatte und etwas zu essen holen wollte. Sie schloss die Tür. Der Schlüssel hatte sich am oberen Regalbrett ganz hinten, hinter der Tür befunden. Sie nahm die kleine Leiter, die an der Wand lehnte, stieg darauf und fasste in das Regalbrett hinein. Da, der Nagel, an dem er hing, war noch da, aber der Schlüssel war weg. Enttäuscht ließ Bridget die Hand auf das Regalbrett fallen. Da klirrte etwas. War das etwa der Schlüssel? Sie tastete auf dem Brett entlang und bekam etwas zu fassen. Tatsächlich, der Schlüssel. Sie konnte ihr Glück kaum fassen. Sie steckte den Schlüssel in die Hosentasche, stieg von der Leiter, löschte das Licht und verließ den Raum.

Sie musste sich jetzt erst wieder an die Dunkelheit in der Küche gewöhnen. Sie wartete einen Moment und lauschte. Es war nichts zu hören. Das Haus schlief. Sie schlich sich aus der Küche zum Büro und steckte den Schlüssel in das Schloss. Bitte, dachte sie, bitte, bitte, lass es der richtige Schlüssel sein. Und tatsächlich, der Schlüssel drehte sich. Sie öffnete die Tür nur soweit, dass sie hineinschlüpfen konnte.

Sie schloss hinter sich ab und versuchte, sich im Dunkeln zu orientieren. Ihre Augen hatten sich mittlerweile an die Dunkelheit gewöhnt. Zum Glück fiel das Mondlicht durch die Fenster. Sie wusste nicht, wann sie sich das letzte Mal hier aufgehalten hatte. Dass hier noch ein richtiges Fax-Gerät stand, wusste sie nicht mal mit Gewissheit. Sie hatte gehofft, dass man noch nicht so modern wäre und es noch ein solches Gerät hier gab. Bridget überlegte gerade, ob sie nicht doch Licht machen könnte, da sah sie einen Schatten draußen vor dem Fenster. Die Wache! Sie patrouillierten auch nachts.

Sie duckte sich und wartete, bis der Schatten vorbei war. Sie hielt die Luft an, und atmete erst wieder durch, als sie sicher war, dass die Luft rein war. Sie hatte das Gefühl, das Herz klopfte ihr bis zum Hals und jeder konnte es hören.

Jetzt musste sie das Fax-Gerät finden. Es stand ein kleiner Schreibtisch in dem Zimmer, auf dem sich ein Bildschirm und eine Tastatur befanden. Daneben standen noch zwei weitere Geräte. Oh, nein, Bridget erkannte es als einen Scanner und einen Drucker. Wenn man hier schon einen Scanner benutzte, gab es vielleicht kein Fax mehr.

Aber auf der Seite stand noch eine Kommode, auf dem befanden sich noch weitere Geräte und, Bridget lächelte vor Glück, ein Fax war dabei. Sie prüfte, ob es angeschlossen war, und tatsächlich, es blinkte. Bridget deckte den Kopf des ersten Blattes ab. Sollte doch jemand anderes als Nick die Papiere in die Hände bekommen, bräuchte der nicht zu sehen, woher sie kamen. Sie legte die Papiere in das Einzugsfach und gab die Nummer ein. Sie tippte die Nummer ein und das Gerät nahm seine Arbeit auf. Es zog die Papiere ein, wählte und wartete.

Bridget kam es vor, als ob es Stunden dauern würde. Sie spähte zum Fenster, da kam wieder der Schatten. Sie stellte sich vor das Gerät, um den Lichtschein zu verdunkeln. Hoffentlich hatte die Wache noch nichts bemerkt. Ihr Herz schlug wieder bis zum Hals. Plötzlich stockte das Gerät und meldete Papierstau. Bridget bekam vor Aufregung fast keine Luft mehr. Sie wiederholte den Vorgang nochmals und drückte wieder auf START. Diesmal ging es reibungslos. Nach ein paar Minuten zeigte das Gerät an, dass die Übertragung beendet war. Ihr fiel ein Stein vom Herzen. Sie überlegte, ob sie irgendetwas tun sollte, um die Nummer aus dem Speicher zu löschen. Sie entschied sich dann aber dagegen. Sie kannte sich mit dem Gerät nicht aus und die Löschfunktion herauszufinden, würde nur Zeit kosten. Zeit, die sie nicht hatte. Sie würde den Raum verlassen, wie sie gekommen war, ihn abschließen und niemand würde etwas bemerken. Keiner würde Verdacht schöpfen. Den Schlüssel für das Büro wollte sie zuerst mitnehmen, entschied sich aber dann doch dagegen. Vielleicht brauchte man ihn nochmal. Und in ihrem Zimmer würde man ihn vielleicht finden. Sie schlich sich schnell aus dem Büro, durch die Küche in den Vorratsraum, hängte den Schlüssel an den Nagel und verschwand so schnell sie konnte, die Treppe hoch. Als sie wieder in ihrem Zimmer war, stand sie mit dem Rücken zur Tür und atmete erst einmal durch. Hoffentlich hatte die Übertragung geklappt. Sie ging ins Bad und duschte.

82.

Nick saß an seinem PC. Er öffnete die E-Mail, die gerade kam und freute sich, dass es geklappt hatte. Er wollte Bridget nicht unnötig beunruhigen. Deshalb hatte er ihr nur die Nummer geschickt. Sie hatte keine Fragen zu der Nummer gestellt. Wahrscheinlich hatte sie sie wohl nicht näher angesehen, sonst hätte sie bemerkt, dass sie eine Londoner Vorwahlnummer hatte. Wie gut, dass Nick die Nummer des freundlichen Taxifahrers, der ihn vom Flughafen zu der Adresse in Notting Hill gebracht hatte, mit nach Hause genommen hatte.

„Wenn Sie mal was brauchen. Rufen Sie einfach Nigel an." Hatte er gesagt und Nick einen schmuddeligen Zettel in die Hand gedrückt, auf den er seinen Namen und seine Nummer geschrieben hatte. Er hatte den Zettel damals einfach in die Hosentasche gesteckt und zuhause in eine Schublade gelegt. Daran erinnerte sich Nick jetzt, als Bridget ihm die Idee mit dem Fax erzählte.

Wenn sie ihr Haus in London im Hinblick auf die Telefone überwachten, würde man auch das Versenden eines Faxes bemerken. Also war Vorsicht geboten.

Dieses eine Mal war er froh darüber, dass er nichts wegwerfen konnte. Er fuhr sofort nach Hause, holte den Zettel, den er dort unachtsam in eine Schublade seines Schreibtisches geworfen hatte und wählte Nigels Nummer.

Nach kurzem Klingeln meldete sich der junge Londoner: „Hallo."

Im Hintergrund lief laute Musik. Nick hoffte, dass er ihn überhaupt verstehen würde und sagte: „Hallo Nigel, hier ist Nick, der Amerikaner, den Sie nicht mehr kennen sollten."

Nigel schrie jetzt in das Handy: „Was ist? Moment, ich muss mal hier raus."

Es dauerte ein paar Sekunden, dann meldete er sich wieder, jetzt war Ruhe. „So jetzt, wer ist da?"

Nick versuchte es erneut: „Hier ist Nick, Nick Page. Sie haben mir einen Zettel mit Ihrer Telefonnummer gegeben und gesagt, wenn ich Hilfe bräuchte, könnte ich mich an Sie wenden."

Es war kurz Ruhe, dann sagte Nigel: „Der Amerikaner, den ich vom Flughafen nach Notting Hill zu Dana gebracht habe?"

Nick war erleichtert. „Genau der."

„Na sowas. Was gibt's, Mann?"

„Nigel, ich bräuchte Ihre Hilfe. Könnten Sie mir einen kleinen Gefallen tun?"

„Klar, um was geht's denn?" fragte er neugierig.

„Ich habe Zoff mit der Familie meiner Freundin. Wir wollen uns sehen, aber die Familie verhindert es." Nick dachte, dass er ihm wenigstens oberflächlich sagen musste, um was es ging, sonst wäre es nicht richtig, ihn um seine Hilfe zu bitten.

„Ja gibt's denn sowas auch?"

„Ja, leider. Aber ich muss Ihnen sagen, dass Sie eventuell in Schwierigkeiten kommen könnten. Die Familie meiner Freundin ist, sagen wir mal, sehr auf das Ansehen ihrer Mitglieder bedacht. Also kann ich mit Ihnen rechnen?"

Nigel brauchte nicht lange zu überlegen: „Ja klar, bei so 'ner Romeo und Julia Nummer helfe ich doch gerne."

„Ok, dann passen Sie auf. Meine Freundin möchte mir ein paar Papiere zukommen lassen, kann das aber nicht auf üblichem Wege tun, weil die Familie sie überwacht."

„Wow, das hört sich ja wirklich krass an. Ich hoffe aber, dass ich das überleben werde." Nigel bekam gerade doch etwas kalte Füße.

„Keine Angst. Es handelt sich um eine Familie von englischem Adel. Die werden Ihnen schon nichts tun. Außer vielleicht ein kleines Verhör."

„Na dann. Also, was soll ich tun?"

„Kennen Sie ein öffentliches Fax-Gerät in Ihrer Nähe, in einem Copy-Shop oder sowas?" Nigel überlegte kurz. „Ja, das gibt's bei uns wie Sand am Meer."

„Gut, dann senden Sie mir die Nummer dieses Fax-Gerätes und sagen mir wann Sie davorstehen und das Fax entgegennehmen können. Das Fax sollte niemand sonst sehen."

„Kann ich Ihnen die Daten per SMS schicken?"

„Ja."

„Und wann soll das Ganze steigen?"

„Heute Nacht, genauer gesagt bräuchte ich die Nummer so schnell wie möglich. Am besten jetzt gleich."

„Sie verlieren ja keine Zeit. Was mache ich dann mit dem Fax?"

„Ich schicke Ihnen eine E-Mail-Adresse. Sie scannen das Fax ein und leiten es an mich weiter. Das machen Sie von einem weiteren öffentlichen PC, in einem anderen Internet Café oder so. Und dann vernichten Sie das Fax bitte und sehen zu, dass nichts im Speicher des Gerätes bleibt. Kann ich mich darauf verlassen?"

„Geht klar. Sonst noch was?"

„Ja, passen Sie auf, dass Sie niemand erkennt. Vermeiden Sie vor allem Überwachungskameras in den Shops."

„Mann, Sie haben ja `ne schöne Paranoia."

„Spreche nur aus Erfahrung."

„OK, dann mach ich mich jetzt mal auf den Weg."

„Nigel, ich kann Ihnen nur sagen, dass ich Ihnen von Herzen dankbar bin. Sie helfen uns damit unwahrscheinlich viel."

„Geht schon klar, Mann. Ist sie denn den ganzen Aufwand wert?"

Nick lächelte: „Und ob."

„Na, dann werden Sie glücklich mit ihr."

„Das habe ich vor." Sie legten beide auf. Wenn es klappte, hatte er diesem Mann viel zu verdanken und er würde es ihm nicht vergessen. Er speicherte die Nummer in sein Handy.

83.

Am nächsten Morgen ging Bridget zum Frühstück hinunter. Sie musste heute viel für die bevorstehende Reise erledigen. Angefangen mit ihrer Garderobe. Es mussten alle Termine berücksichtigt werden, damit sie für jede Gelegenheit das passende Outfit hatte: Hosenanzüge, Kostüme, Cocktailkleider und Abendkleider mussten mitgenommen werden, ebenso wie etwas weniger elegantes für etwaige Sportveranstaltungen. Sie hatte zwar Hilfe, wollte aber trotzdem selbst ihre Auswahl treffen.

Im Frühstückzimmer war die Familie schon um den Tisch versammelt. Sie begrüßten sich, frühstückten zusammen und unterhielten sich noch über den vergangenen Abend. Über die Probleme wurde nicht gesprochen. Bridget war das ganz recht, es hätte ihr nur den Appetit verdorben.

Über das Gespräch mit Nick und die damit verbundenen Aktivitäten wollte sie im Moment sowieso nicht sprechen.

Als sie fertig waren, sah der Comte sie an und sagte: „Bridget, Mr. Simmons möchte Dich sprechen. Er sagt, dass ihm in den letzten zwei Tagen ein paar Dinge aufgefallen sind, über die er sich gerne mit Dir unterhalten möchte."

Bridget wurde es heiß und kalt gleichzeitig. „Was für Dinge denn?" versuchte sie unbeteiligt zu fragen. Ihre Sinne waren aber in höchster Alarmbereitschaft.

„Das wird er Dir selber sagen. Er erwartet uns nach dem Frühstück im Salon."

Bridget versuchte sich zu wehren: „Ich habe aber heute viel zu tun. Ich soll immerhin morgen nach Kanada reisen. Da habe ich jetzt keine Zeit für diese Spielchen."

Der Comte sah sie streng an: „Das weiß ich. Aber er ist der Sicherheitschef und wenn er eine Unterredung wünscht, müssen wir sie ihm gewähren. Also los."

Bridget gab sich geschlagen, legte ihre Serviette auf den Tisch und stand auf. Der Comte, Viktor, ihre Mutter und Bridget gingen in den Salon. Valerie blieb sitzen und fing an, Zeitung zu lesen. Sie war heilfroh, nicht bei dieser Unterredung dabei sein zu müssen. Arme Bridget.

Im Salon wartete Simmons schon. Man begrüßte sich kurz und setzte sich. Simmons blieb stehen. „Ich möchte gleich zur Sache kommen. Vorgestern haben wir ein Handysignal aufgefangen, das spät abends aus dem Haus kam, daraufhin haben wir das Handy gesucht, aber nicht gefunden."

Bridget dachte an das Handy, das sich jetzt in ihrer Hosentasche befand. Simmons fuhr fort: „Nun, heute Nacht, haben wir ein Telefonsignal einer Festnetznummer aufgefangen. Es handelt sich um ein Fax-Gerät, das im Büro neben der Küche steht." Er machte eine Pause. Alle sahen ihn an. Er sah nur Bridget an. „Lady Bridget, hatten sie Kontakt in diesen Formen nach draußen? Oder wissen Sie sonst etwas, was zur Aufklärung dieser Vorkommnisse beitragen könnte?"

Bridget krampfte sich der Magen zusammen. Daran hatte sie nicht gedacht, dass das Signal des Fax-Gerätes auch aufgefangen werden könnte. Oh nein, oh nein, oh nein, war alles, was sie denken konnte. Simmons verlor so langsam die Geduld: „Lady Bridget, bitte antworten Sie mir."

Bridget wagte kaum zu atmen: „Haben Sie ein Handy bei mir gefunden?"

„Nein, aber meine Leute suchen gerade noch in Ihrem Zimmer danach."

„Na also, haben Sie mich beim Versenden eines Faxes gesehen? Wir waren gestern Abend aus, wie Sie wissen, und nach unserer Heimkehr bin ich gleich zu Bett gegangen. Vielleicht hat ein Angestellter eine Bestellliste irgendwo hin gefaxt."

„Es hat Sie niemand gesehen und die Angestellten sagen, dass das Büro verschlossen war."

„Na bitte, kann ich jetzt gehen? Ich habe noch viel zu tun heute."

„Wir haben das Gerät überprüft und festgestellt, dass heute Nacht um 1.30 Uhr ein Fax an einen Copy-Shop in Soho geschickt wurde." Bridget wurde immer angespannter. Was war das? Hatte sie die falsche Nummer gewählt? Aber sie hatte doch drei Mal hingesehen und überprüft, dass sie auch die richtige Nummer benutzt hatte. Wem hatte sie denn das Fax geschickt? Und, verflixt nochmal, sahen die denn alles, was sie machte?

„Unsere Leute sind schon auf dem Weg zu diesem Shop." sagte Simmons. Er hatte erreicht was er mit dieser Aussage erreichen wollte. Bridget war blass geworden, das war ihm nicht entgangen.

Er wandte sich an den Comte: „Comte, ich werde Sie über die weiteren Ergebnisse auf dem Laufenden halten." Sagte er ernst und verabschiedete sich.

Als er aus der Tür war, herrschte für einige Sekunden Stille im Salon.

Viktor holte Luft: „Nun, das lief ja nicht so gut."

Der Comte sah Bridget an: „Bist Du von allen guten Geistern verlassen? Raus mit der Sprache, was läuft da?"

Bridget saß mit hängendem Kopf da. Sie war zornig. Wieder war etwas schiefgelaufen. Das durfte doch nicht wahr sein. Sie lebte in einer Seifenblase und jedes Mal, wenn sie den Rand berührte, blinkte offensichtlich irgendwo ein Licht. Das hatte sie so satt.

Sie holte laut Luft: „Ja, ich habe mit Nick telefoniert. Mit dem Handy, das Viktor mir gegeben hat und ja, ich habe heute Nacht ein Fax versandt. Ich habe nicht daran gedacht, dass das Haus dahingehend überwacht werden würde." Sie stand auf: „Ich gehe jetzt meine Vorbereitungen treffen."

Der Comte stand ebenfalls auf: „Nein, das tust Du noch nicht. Ich will erst wissen, was Du für ein Fax versandt hast und an wen?"

Bridget gab sich geschlagen: „Ich habe Nick, besser gesagt, ich dachte, ich hätte Nick die Reisedaten geschickt. So wie es aussieht, habe ich sie an einen Copy-Shop geschickt. Aber was soll's. Es stehen nur die Orte und Termine darauf, die wir in Kanada besuchen und absolvieren werden. Damit kann niemand was anfangen."

„Warum sagst Du uns nicht, wenn Du so etwas tust. Ich dachte, wir hätten jetzt klargemacht, auf wessen Seite wir stehen."

Bridget hatte befürchtet, dass es zu so einem Gespräch kommen würde.

„Das war eine kurzfristige Entscheidung von gestern Abend. Ich hätte nur Verdacht erregt, wenn ich Euch nach dem Essen noch lange gesprochen hätte. Dann würden die da draußen noch viel mehr aufpassen, als sie es jetzt schon tun. Außerdem will ich Valerie in nichts reinziehen."

Der Comte machte ein ungläubiges Gesicht und fragte: „Was hat Valerie damit zu tun?"

„Sollte Ihre Beziehung zu Benedikt eines Tages herauskommen, wird man Sie vielleicht verdächtigen, mir geholfen zu haben. Vielleicht macht man ihr deswegen dann auch noch Schwierigkeiten. Also, ich habe gestern Abend vom Schloss aus mit Nick telefoniert und wir haben besprochen, dass ich ihm das Fax noch in dieser Nacht schicke. An die Telefonüberwachung habe ich nicht gedacht."

„Und was will er mit den Daten anfangen?"

Bridget schloss die Augen. Auf diese Frage hatte sie gewartet und sie gefürchtet. Sie öffnete die Augen wieder und sah ihren Vater nur an.

Dieser verstand. „Du bist also entschlossen?"

Bridget straffte sich: „Ja."

„Nun", er machte eine Pause. „Dann hoffe ich, Du weißt, was Du tust und bist Dir sämtlicher Konsequenzen bewusst."

Er verließ den Raum. Ihre Mutter warf ihr einen Blick zu, den Bridget nicht so recht deuten konnte, und folgte ihm. So wie es aussah, waren ihre Eltern stinksauer. Aber nicht, weil sie etwas plante, sondern weil sie niemanden einweihte. Bridget wusste das und sie verstand es auch. Sie wollte aber nicht, dass mehr Personen als nötig von ihren Plänen erfuhren. Sie wollte ihre Familie schützen. Wenn die königliche Familie und der Kronrat dereinst sauer auf sie sein sollte, dann sollte man auf sie alleine sauer sein und nicht auf alle diejenigen, die ihr geholfen hatten. Das musste sie ihrer Familie noch verständlich machen.

Viktor räusperte sich: „Und was kommt jetzt?"

Bridget setzte sich wieder und sah ihn resigniert an: „Ich weiß auch nicht. Ich habe anscheinend die Fax-Nummer nicht richtig abgelesen und das Fax irgendwohin nach London geschickt. So wie es aussieht, hat Nick das Fax nicht bekommen und es wird gar nichts passieren."

„Was wäre denn passiert, wenn er es bekommen hätte?"

„Ich weiß es nicht. Er wollte sich etwas einfallen lassen. Ob das dann gelungen wäre? Die Erfahrung bisher hat gezeigt, dass wir nicht viel Glück haben." Sie machte eine Pause. „Mon Père ist ziemlich sauer."

Viktor beruhigte sie: „Lass mal, der wird schon wieder. Ich glaube, es ist mehr das Problem, dass er Dir nicht so helfen kann, wie er es gerne möchte."

„Du meinst, er hat ein schlechtes Gewissen?"

Viktor zog den Mund schief: „Ja, so könnte man es vielleicht nennen."

„Aber ich möchte niemanden in etwas hineinziehen. Ich muss da ganz alleine durch. Je weniger Bescheid wissen, umso besser."

„Das finde ich auch."

Sie sah ihn ungläubig an: „Was?"

„Ja, ich finde auch, dass Du und Nick das am besten alleine ausmachen müsst. Was der Kronrat anrichten kann, hat man ja schon gesehen. Nur ein Tipp: Egal was kommt, auf deine Familie kannst du dich trotz allem verlassen. Und das meinen auch Deine Eltern. Ich glaube, sie sind nur sauer, weil Du sie nicht eingeweiht hast. Aber sie halten zu Dir."

Bridget stand auf und umarmte Viktor: „Danke Viktor. Du weißt gar nicht, was diese Worte für mich bedeuten."

„Unterschätze mich nicht. Und nun geh und packe." Bridget drückte ihm einen Kuss auf die Wange und ging aus dem Salon, die Treppe hinauf.

84.

Bridget musste noch einkaufen gehen. Ihre Gedanken jagten sich. Sie musste daran denken, was sie alles mitnehmen musste. Man würde auf sie sehen, was sie trug in jeder Minute des Tages. Aber das war ihr fast egal. Sie legte Wert auf ordentliche Kleidung. Das enthob sie schon manchmal einer Entscheidung über die Garderobe. Sie wählte meistens Hosenanzüge und Blusen. Dieses Mal musste sie ein wenig Abwechslung in ihre Kleidung bringen. Sie hatte deshalb schon am Tag zuvor ihre Mutter gebeten, ihr dabei zu helfen. Und die tat das gerne. Außerdem gab es im königlichen Hofprotokoll eine sogenannte Checkliste für das Gepäck. Diese befand sich bei den Reiseunterlagen, die Benedikt gebracht hatte. Comtesse Iris hatte bereits drei Boutiquen ins Auge gefasst, in der sie die komplette Garderobe für diese Reise zusammenstellen lassen würde. Dies ging von Hosenanzügen für Eröffnungen und zwanglose Unternehmungen bis zu Cocktail- und Abendkleidern. Bridget verließ sich dieses Mal auf den Geschmack ihrer Mutter, da sie weder Zeit noch Lust hatte, sich selbst intensiver darum zu kümmern.

Während des Tages wurden die Kleider geliefert und Bridget warf nur einen oberflächlichen Blick darauf. Sie war, seit sie das mit dem Fax gehört hatte, sowieso mit ihren Gedanken woanders. War sie denn wirklich so dämlich, dass sie keine Nummer richtig eintippen konnte? Sie konnte es sich nicht vorstellen. Sie hatte die Nummer, die sie auf ihren Reisedaten notiert hatte, wieder und wieder kontrolliert. Es stimmte, es war keine amerikanische Vorwahl, das war ihr in der Eile nicht aufgefallen. Konnte sie es wagen, das Handy anzumachen und die Nummer auf der SMS zu kontrollieren? Sie traute es sich nicht. Ihre Gedanken überschlugen sich. Konnte sie das Handy mit nach Kanada nehmen? Wie sollte sie es durch die Kontrolle bekommen? Sie kam zu keinem Schluss.

85.

In einem Copy-Shop in Soho war derweil Aufruhr. Ein schwarzer Jeep Cherokee fuhr vor, vier Männer in schwarzen Anzügen stiegen aus und betraten den Shop. Einer löste sich von der Gruppe und ging auf den jungen Mann hinter der Theke zu. Es war ein schmächtiger Typ mit Brille, langen Haaren und Ringen unter den Augen.

Der Sicherheitsbeamte bellte den jungen Mann laut an: „Heute Nacht ist hier ein Fax eingegangen. Wir wüssten gerne, wer es abgeholt hat."

Der Angestellte sah die Männer kurz an und beschloss, dass sie ihm nicht besonders sympathisch waren. Er unterbrach seine Tätigkeit am Computer nur kurz und sah den, der gesprochen hatte an: „Das ist ein Copy-Shop. Hier macht man sowas. Faxe, E-Mails und Kopien. Dafür sind wir da."

Der Mann im Anzug bewies Geduld: „Dann frag ich mal anders. Heute Nacht, so gegen 1.30 Uhr ist unter dieser Nummer hier ein Fax eingegangen. Ich möchte wissen, ob es abgeholt wurde und wenn ja, ob Sie denjenigen kannten."

„Das kann ich nicht sagen. Um die Zeit hatte ich keinen Dienst. Hier ist 24 Stunden geöffnet. Da ist daucrnd Kundschaft da. Ich weiß nichts von einem Fax. Wird sowas heute überhaupt noch verwendet?"

„Haben sie eine Überwachungskamera?"

Der Schmächtige wies mit dem Kopf in den Raum: „Sehen Sie eine?"

„Kann ich mal an eines Ihrer Fax-Geräte?"

„Wenn Sie bezahlen, können Sie an alle gehen."

„Danke, aber an eines reicht. Ich brauche nur das mit dieser Nummer." Er reichte ihm einen Zettel über die Theke.

Der junge Mann blickte auf die Nummer, wies mit der Hand auf ein Gerät, das an einem Tisch an der Wand stand und sagte: „Das ist das da."

Sogleich gingen die drei Männer auf das Gerät zu und überprüften seinen Speicher.

„Macht 1 Pfund." sagte der junge Mann. Der Mann vor der Theke, fasste in sein Jackett und gab ihm eine Pfundnote. Dann verließen die vier Männer wieder den Shop. Der junge Mann hinter der Theke nahm sein Handy und wählte eine Nummer. Nachdem auf der anderen Seite abgehoben wurde, sagte er: „Es waren vier Männer hier und haben nach Dir gefragt. Sahen aus, wie Security aus dem Fernsehen. Pass bloß auf, Mann." Dann legte er auf.

86.

Der Tag verging sehr schnell. Die Vorbereitungen nahmen alle Zeit in Anspruch. Man brachte Bridget noch einen riesigen Stapel Papiere. Sie beinhalteten die Informationen für die Reise. Was für Veranstaltungen besucht werden würden, was sie zu tun hatte, welche Reden von wem gehalten werden mussten. Sie legte sie erstmal zur Seite. Sie würde das im Flugzeug ansehen. Da hatte man genügend Zeit dazu und ablenken würde es auch. Zum Glück flog man mit einer kleinen Privatmaschine, so dass genügend Platz war, um sich auszubreiten.

Man stellte ihr noch ihre Zofe vor, die auf der Reise für ihre Garderobe und ihr Aussehen, Frisur und Make-up zuständig war. Es war eine hübsche Frau mit Namen Michelle Piper. Bridget schätzte sie 10 Jahre älter als sich selbst. Sie war groß, schlank, hatte hellbraunes glattes Haar und ein freundliches Gesicht mit wachen blaugrauen Augen, einer geraden Nase und herzförmigen Lippen. Sie begrüßte sie freundlich, obwohl sie überzeugt davon war, dass sie Informationen, wenn es welche geben würde, an Simmons weiterleiten würde. Bridget übertrug ihr die Verantwortung über das Gepäck und nahm sich vor, sie im Auge zu behalten.

Am Abend war alles gepackt und vorbereitet. Ihr Flug ging um zehn Uhr am nächsten Morgen. Sie war zum Abendessen im Schloss eingeladen. Man wollte sie noch einmal instruieren und einstimmen auf ihre Aufgabe. Sie sah einen Lichtblick. Vielleicht könnte sie noch einmal mit Nick telefonieren? Gestern hatte es ja auch geklappt. Sie steckte das Handy in eine Hosentasche, den Akku nahm sie in ihre Handtasche.

Es war ein Abendessen mit Benedikts Familie, das zuerst etwas gezwungen anfing. Die Leichtigkeit der früheren Treffen schien irgendwie verflogen. Während des Essens stellte sich jedoch wieder der frühere Plauderton ein. Man unterhielt sich über dies und das. Dann kamen auch die Städte zur Sprache, die besucht werden sollten. Das Königspaar hatte sie schon früher einmal bereist und wusste noch einiges darüber zu erzählen. Sie schilderten die Umgebung, in der sie lagen, und was sie noch von den Besonderheiten wussten. Der König gab auch einige Anekdoten zum Besten.

Gegen zehn Uhr schaute Bridget auf die Uhr, man hatte gerade das Dessert abgetragen. Sie stand auf, entschuldigte sich und ging zum Waschraum, immer darauf bedacht, dass niemand in ihrer Nähe war. Sie zog das Handy aus der Hosentasche, legte den Akku ein und wählte Nicks Nummer.

Nick stand schon in seinem Büro bereit und wartete, das Handy auf dem Schreibtisch liegend. Er hatte den Akku eingelegt und es angeschaltet. Es konnte nicht schaden, vorbereitet zu sein.

Als es klingelte, freute er sich und nahm sofort ab: „Hallo Prinzessin, ich habe nicht zu hoffen gewagt, dass Du anrufst."

Sie schloss vor Wohlbehagen die Augen. Seine Stimme zu hören, gab ihr wieder neuen Mut: „Hallo, Nick. Ich habe diesen Augenblick auch herbeigesehnt. Aber ich muss Dich zuerst etwas fragen: Hast Du das Fax bekommen? Ich habe es offensichtlich aus Versehen an eine Londoner Nummer geschickt."

Nick antwortete: „Keine Angst. Mit dem Fax ging alles glatt. Ich habe es und das mit der Nummer stimmte schon. Es musste sein. Ich wollte nicht, dass man dahinterkommt, wo es gelandet ist. Ein bisschen Verwirrung tut deiner Security ganz gut."

Bridget war erstaunt: „Das heißt, das war Absicht?"

„Aber klar."

Bridget atmete erleichtert aus: „Oh, Gott sei Dank. Ich dachte erst, dass ich mich beim Eingeben vertippt hätte, dann sah ich, dass die Nummer, die Du mir geschickt hast, eine Londoner war."

„Nein, nein, es ist alles gut. Ich habe es bekommen. Jetzt sag, wie es Dir geht."

Bridget war froh, das Thema wechseln zu können. Lange genug waren ihre Gedanken um dieses Fax gekreist. Nick hatte die Unterlagen und das war alles, was sie wissen wollte. Sie erzählte von ihrem Abendessen und dass alle Vorbereitungen für die Reise getroffen waren.

„Ich bin gerade zum Abendessen im Schloss, um letzte Instruktionen entgegen zu nehmen. Ich werde versuchen, das Handy mit ins Flugzeug zu nehmen. Soviel ich weiß, fliegen wir mit einer Privatmaschine. Da ist die Kontrolle beim Einsteigen nicht so streng. Es müsste also gehen. Ich versuche Dich dann irgendwann zu erreichen."

Nick wurde ernst: „Aber Du musst sehr vorsichtig sein. Ich habe mir die Route angesehen und überlege mir gerade, ob und was wir tun könnten. Es ist vielleicht besser, wenn wir nicht um jeden Preis telefonieren. Scheuche die Security nicht umsonst auf. Je sicherer sie sich fühlen, umso besser."

Bridget verstand: „Gut. Ich werde es nur versuchen, wenn ich absolut sicher bin."

„Genauso meine ich das. Und, mein Schatz", seine Stimme wurde wieder weich: „Pass auf Dich auf. Ich freue mich sehr auf Dich."

Bridget wurde es jetzt ganz warm: „Und pass Du auch auf Dich auf. Ich mache mir mehr Sorgen um Dich. Bitte sei nicht leichtsinnig meinetwegen."

„Keine Angst. Guten Flug morgen. Ich liebe Dich."

„Danke. Ich liebe Dich auch." Bridget legte auf und kämpfte die aufsteigenden Tränen nieder. Sie ging zum Spiegel und richtete ein bisschen ihr Make-up, dann ging sie zurück zur Gesellschaft. Ihr Herz war ein bisschen leichter, sie hatte mit Nick gesprochen, aber auch ein bisschen schwerer. Die Reise stand bevor.

Am nächsten Morgen, es war der Abreisetag, betrat Bridget das Esszimmer. Der Comte, seine Frau und Viktor saßen schon beim Frühstück. Bridget wunderte sich zuerst nicht, aber die merkwürdige Stille, die sich zwischen die Anwesenden legte, als sie das Zimmer betrat, fiel ihr jedoch auf.

„Guten Morgen", sagte sie und sah einen nach dem anderen an. Sie antworteten nur kurz und widmeten sich dann mit Sorgfalt ihrem Frühstück.

„Was ist denn los?" Ihr wurde es langsam mulmig.

Viktor fasste auf den Stuhl neben sich, holte eine Zeitung hervor und legte sie vor Bridget auf den Tisch. „Das ist los."

Sie warf einen Blick auf die Zeitung und erschrak: Auf der Titelseite stand in riesigen Lettern: Sie ist es. Dann kam ein Bild von ihr und Benedikt, wie sie am Tisch im Restaurant saßen. Jedoch stimmte der Abstand nicht. Auf dem Bild sah es aus, als wären ihre Gesichter nur Zentimeter voneinander entfernt. Da hatte jemand nachgeholfen und das Bild bearbeitet. Darunter stand: Kronprinz Benedikt zeigte sich das erste

Mal mit seiner Freundin Lady Bridget in der Öffentlichkeit. Bridget begann, den dazugehörigen Artikel zu lesen: Kronprinz Benedikt hat das gut gehütete Geheimnis endlich gelüftet. Er zeigte sich zusammen mit seiner Freundin, Lady Bridget, im angesagten Szenerestaurant Jakobs. Wie das Bild zeigt, sind die Beiden sich einig und zeigen ihre Liebe offen.

Sie las nicht mehr weiter. Sie ließ die Zeitung sinken und schluckte trocken. Das war doch alles inszeniert.

„Das hat man doch absichtlich gemacht, oder?" fragte sie, mehr zu sich selbst.

„Davon können wir ausgehen", sagte der Comte.

Viktor, der das ganze sowieso für Unfug hielt, ließ seinem Unmut freien Lauf: „Jetzt läufst Du ihnen erst Recht davon. Diesen verstaubten Royalisten muss man eine Lektion erteilen."

Lady Iris versuchte, die Wogen zu glätten. Das Einzige, was Bridget jetzt noch gebrauchen konnte, war jemand, der sie noch mehr aufhetzte: „Liebes, tu nichts Unüberlegtes."

Bridget sah ihre Mutter entgeistert an: „Mama, hast Du das nicht gelesen? Sie machen mich öffentlich zu seiner Freundin. Und dann das Bild, so nah waren wir uns den ganzen Abend nicht."

Bridgets Vater versuchte, sie ebenfalls zu beruhigen: „Jetzt mal ganz ruhig. Immerhin fahrt Ihr zusammen nach Kanada. Dass Benedikt diese Reise nicht mit irgendjemandem unternimmt, dürfte ja wohl klar sein. Die Zeitungen schreiben nur, was alle denken. Du bist seine Freundin, mehr auch nicht. Es ist noch nichts entschieden."

Diese Worte beruhigten Bridget nur bedingt. Aber ihr Vater hatte Recht. Die Zeitungen stürzten sich nun mal auf solche Bilder. Sie hätte damit rechnen müssen. Da fiel ihr Nick ein. Was, wenn er das Bild sehen würde? Bestimmt würden auch andere Zeitungen davon berichten. Was würde er denken?

Verzweifelt fragte sie: „Was, wenn Nick das Bild sieht? Ich nehme mal an, die Berichterstattung beschränkt sich nicht auf England."

„Er wird wissen, dass das nicht wahr ist. Wenn er Dich wirklich liebt, vertraut er Dir." Lady Iris glaubte selbst nur halbherzig an ihre Worte. Insgeheim hoffte sie selbst, dass sie Recht hatte.

Die Zofe betrat das Zimmer und meldete, dass die Abfahrt zum Flughafen in 30 Minuten stattfinden würde.

Als sie wieder allein waren, nahm Bridget einen Schluck Kaffee und stand auf. „Ich mache mich fertig zur Abreise."

„Willst Du denn nichts essen?" frage Lady Iris.

Bridget antwortete beim Hinausgehen: „Danke, mir ist der Appetit vergangen."

Nick betrat sein Büro in der Firma. Agatha, die gesehen hatte, dass er den Flur entlangkam, nahm ihr I-pad vom Schreibtisch und folgte ihm.

„Guten Morgen, Agatha." sagte Nick gutgelaunt.

Er war früh aufgestanden, am Strand gejoggt und schon ein paar Runden im Pool geschwommen. Nach einem kräftigen

Frühstück fühlte er sich jetzt richtig gut und glaubte, er könne es mit der ganzen Welt aufnehmen.

Er sah die steile Senkrechtfalte auf Agathas Stirn, die immer dann auftauchte, wenn es ein ernsthaftes Problem gab. Aber Nick wollte heute Morgen nichts von ernsthaften Problemen wissen.

„Guten Morgen, Nick." Sie sagte es in dem ihr eigenen neutralen Ton, der nichts Gutes erahnen ließ.

Nick wollte es ignorieren: „Hast Du die Dinge erledigt, um die ich Dich gestern Morgen gebeten habe?"

Agathas Ton blieb derselbe: „Ja."

Nick holte genervt Luft: „Also schön. Raus mit der Sprache. Was ist?"

Agatha, sagte kein Wort, sondern schaltete ihren Tablet-PC an und gab es Nick. Er nahm es und wollte eigentlich nur einen Blick darauf werfen, aber er blieb an dem Bild hängen, das er sah.

Das Lächeln verschwand von seinem Gesicht. Er sah die Titelseite einer amerikanischen Klatschzeitung. Sie hatte das Bild von Bridget und Benedikt mitsamt dem Text von der englischen Zeitung übernommen.

Nick setzte sich in seinen Schreibtischsessel. Agatha nahm vor dem Schreibtisch Platz.

Er las den Artikel zu Ende, dann gab er Agatha das Tablet zurück: „Das war ja klar, dass sowas kommen würde."

Sie nahm es und schaltete es aus. „So, war es das? Es gibt noch mehr Zeitungen, die darüber berichten, dass der Kronprinz von England endlich seine Freundin der Öffentlichkeit präsentiert."

Nicks gute Laune war mit einem Schlag verschwunden. Jedoch versuchte er einen kühlen Kopf zu bewahren und das Ganze objektiv zu sehen: „Sie muss mit ihm auf Besuch nach Kanada. Da muss man den Zeitungen etwas zu schreiben geben."

Agatha, die nicht wollte, dass Nick verletzt wurde, konnte es nicht so gelassen nehmen: „Hast Du das Bild gesehen? Sie sehen ziemlich verliebt aus."

Jetzt war es mit Nicks Gelassenheit vorbei. Seine Stimme war kalt, als er sagte: „Sie ist nicht in ihn verliebt. Das kann nicht sein."

Agatha sah ihn nur an.

„Sieh mich nicht so an. Ich weiß, dass sie ihn nicht liebt. Sie spielt nur dieses Spiel mit, damit sie Zeit gewinnt."

Agathas Falte wurde immer tiefer. „Ich hoffe, Du hast Recht."

Jetzt redete er sich selbst Mut zu: „Natürlich habe ich Recht. Sie muss das tun. Du wirst sehen."

„Nick, sie ist jetzt offiziell die Freundin des Kronprinzen. Hat sie wirklich die Kraft, sich gegen diese Tatsache zu stellen? Wird sie das tun? Du hast gesagt, sie wurde zu Gehorsam und Disziplin erzogen. Wird sie sich gegen ihre ganze Erziehung und gegen ihr ganzes Leben stellen? Für Dich?"

Er stand auf und sagte bestimmt: „Ja, das wird sie."

Agatha stand auch auf: „Gut, dann bereite ich alles wie besprochen vor." Sie verließ das Büro.

87.

Der Flug in dem kleinen Lear Jet war sehr ruhig und angenehm. Das Personal kümmerte sich um Speisen und Getränke. Bridget hatte Zeit, die Papiere durchzuarbeiten, die sie sich für den Flug aufgehoben hatte. Sie hatte sich von ihren Eltern, Viktor und Valerie herzlich verabschiedet. Ihr Vater war ihr nicht mehr böse.

Er umarmte sie beim Abschied und sagte zu ihr: „Ma chérie, pass auf Dich auf und sei vorsichtig. Macht bitte nichts Unüberlegtes."

Bridget sah ihn an und erkannte in seinen Augen, dass er um sie fürchtete. Sie versuchte ihn zu beruhigen: „Keine Angst, mon Père, ich werde schon auf mich aufpassen."

„Dann ist ja gut."

Benedikt hatte sich das Gleiche wie Bridget für den Flug vorgenommen. Ihre Plätze glichen fliegenden Büros. Sie besprachen die Termine sowie ihr beiderseitiges Vorgehen bei den wenigen Einzelterminen. Die Gespräche hatten einen sehr sachlichen Charakter. Die Schlagzeilen in den Zeitungen schnitt keiner von beiden an. Bridget war es ganz recht. Sie hätten sich nur gestritten. Nach ein paar Stunden waren sie beide so müde, dass sie die Sessel in bequeme Lagen brachten und sich etwas ausruhten.

Benedikt schaute sie an und meinte: „Und, wie findest Du es?"

„Wie finde ich was?"

„Unsere Zusammenarbeit?"

Sie schloss die Augen: „Bis jetzt ging's gut."

„Mann, Du kannst einen vielleicht runterholen."

Sie setzte sich auf: „Was willst Du denn hören? Oh ja, toll. Das macht ja echt Spaß. Ist es das? Wie Du vielleicht schon selbst bemerkt hast, ist das ganze Programm so eng getaktet, dass nicht einmal Zeit zum Luft holen bleibt. Geschweige denn, dass man sich mal was ansehen könnte, was einen selber interessiert, abseits der Vorgaben. Und da fragst Du mich auf dem Hinflug, wie ich es finde."

Sie legte sich wieder hin und deckte sich mit einer Decke zu.

„Ich habe ja nur gefragt." Meinte er kleinlaut.

Jetzt tat er ihr fast leid. „Entschuldige, Ben. Meine Nerven liegen etwas blank. Ich hätte Dich nicht so anfahren sollen, aber ich bin nervös. Alle Augen werden auf mich gerichtet sein. Was ich tue, sage, was ich trage, wie wir uns verhalten und so weiter. Das macht mir alles Angst." Sie machte eine kleine Pause. „Und dann ist da noch die andere Sache."

Jetzt setzte Benedikt sich auf: „Du hast Lampenfieber. Keine Sorge, habe ich auch. Ist auch für mich etwas Neues." Er überlegte: „Ist eigentlich gefährlich, mit Dir nach Kanada zu reisen."

Jetzt war sie hellwach, ließ es sich aber nicht anmerken: „Was meinst Du?"

„Naja, es liegt gleich neben den Vereinigten Staaten und so wie diese andere Sache, wie Du es nennst, liegt, da könnte man doch meinen, dass Dir das nicht ganz leicht fällt. Oder, im Gegenteil, dass Du Dich darüber freust, da ja vielleicht was am Laufen ist."

Sie setzte sich jetzt auch auf: „Was am Laufen?" fragte sie und bemühte sich ihn nicht allzu entsetzt anzusehen.

„Nun, ich könnte mir vorstellen, dass dieser Herr versuchen wird, Dich, sagen wir mal, zu kontaktieren."

Sie sah ihn an, sagte aber nichts.

„Ach komm, Bridget, ich weiß, dass Du in Verbindung mit ihm stehst. Die Sicherheit hat gesagt, dass aus Eurem Haus telefoniert wurde, dass es ein Fax gab und mir ist aufgefallen, dass Du Dich, bei den Abenden im Schloss, beide Male gegen zehn Uhr abends entschuldigt hast und für eine kleine Weile verschwunden bist. Da frage ich mich natürlich, wohin und was hast Du in dieser Zeit gemacht?"

Es war zum Verzweifeln. Alles was sie tat, war offensichtlich. Sie stellte sich wirklich allzu ungeschickt an. Bridget konnte es nicht fassen. Benedikt war anscheinend über alles im Bilde.

Sie konnte es sich nicht verkneifen zu bemerken: „Du scheinst ja über alles bestens informiert zu sein."

„Du vergisst, dass es nicht nur darum geht, Dich zu überwachen, sondern auch darum, Dich zu beschützen."

„Und da ist praktischerweise die Überwachung mit abgedeckt."

Ihm war die Ironie nicht entgangen. Er legte sich wieder hin: „Wie gesagt, alles nur zu Deinem Schutz."

Sie machte es sich auch wieder bequem, doch innerlich kochte sie vor Wut. Nichts klappte. Nick hatte Recht, sie konnten nur telefonieren, wenn sie absolut sicher war, dass es niemand mitbekam. Sie wünschte sich noch mehr, dass Nick etwas einfallen würde, wie er sie vor diesem Leben retten konnte. Ein Leben ohne ihn und dann unter diesen Vorzeichen. Sie konnte es sich nicht mehr vorstellen, das auszuhalten.

88.

Der Prinz und Bridget absolvierten ihr Programm mit Bravour. Sie eröffneten Ausstellungen, Bibliotheken, besuchten Kindergärten, Schulen, die Handelskammer, Rathäuser, Firmen, Künstler, Manager, Arbeiter und Farmen. Abends wussten sie nicht mehr, wo ihnen der Kopf stand. Bridget fiel todmüde ins Bett.

Da überall in den Hotels Suiten mit zwei Schlafzimmern gebucht worden waren, hatten sie wenigstens hier ein bisschen Privatsphäre. Zum Telefonieren kam sie aber nicht. In Yellowknife hatte sie es versucht, sofort wurde von ihrer Zofe an die Tür geklopft, ob sie etwas benötigen würde. Dies hatte Bridget als Beweis gedeutet, dass die Security bemerken würde, wenn sie telefonierte. Am nächsten Tag war ihr aufgefallen, dass ihr Gepäck anders gepackt war als sonst. Man hatte es wohl nach dem Handy durchsucht. Aber sie trug es jetzt immer am Körper, auch den Akku. Nachts hatte sie es am Ladekabel, damit es immer bereit war. Das Ladekabel hatte sie in ihrer Kosmetiktasche beim Lockenstab versteckt. Bridget sank der Mut. Sie war jetzt schon ein paar Tage in Kanada ohne Nachricht von Nick.

Manchmal hielt sie in der Menge der Menschen Ausschau nach ihm, aber er würde wohl kaum das Risiko eingehen, sich öffentlich zu zeigen. Die Security hatte ihn bestimmt im Blick. Morgen würde es nach Vancouver gehen, der letzten Station ihrer Reise.

Sie saß auf einem Sessel in ihrer Suite und las das Programm für den nächsten Tag durch. Morgens Frühstück im Hotel, dann Treffen mit dem Bürgermeister und englischstämmigen Einwanderern im Rathaus, anschließend Mittagessen mit Vertretern der dortigen Handelskammer. Nachmittags musste sie die englische Schule besuchen und Benedikt würde eine Bierbrauerei besichtigen. Abends fand ein Bankett zu Ehren der Künstler von Vancouver statt. Es war bekannt, dass die Königsfamilie sehr den Künsten zugetan war. Deshalb hatte man das Bankett als Abschluss der Reise arrangiert. Übermorgen sollte es dann nach Hause gehen.

Bridget ließ das Programm sinken. Fast eine Woche hier und nichts war passiert. Würde morgen etwas geschehen? Hatte Nick sich seinen Plan für den letzten Tag aufgehoben? Sie überlegte bereits, ob sie etwas tun könnte, um den Abflug übermorgen verzögern zu können. Sie wollte einfach Zeit gewinnen. Sie wollte nicht nach Hause. Hier war sie wenigstens auf demselben Kontinent wie er. Das war das Einzige, was ihr noch Kraft gab. Das und die Erinnerung an seine Worte: Früher oder später sind wir zusammen. Tränen rollten über ihre Wangen. Sie nahm ein Taschentuch und wischte sie fort. Sie wollte nicht mehr weinen. Die Zeit der Tränen war für sie vorbei. Sie wollte stark sein. Stark für Nick und sich selbst.

89.

Der Tag war fast vorbei. Es fehlte nur noch das Bankett. Es fand im Patrick Pac Hotel in Vancouver statt. In diesem Hotel wohnte das Paar auch. Bridget hatte ein langes Kleid für den Abend gewählt. In ihrem geliebten Empire Stil. Es war smaragdgrün, hatte kurze schmale Ärmel und sie trug die Haare lockig hochgesteckt. Wie sie es liebte. Sie hatte ebenfalls grünen Lidschatten gewählt und einen bordeauxfarbenen Lippenstift. Der betonte ihre grünen Augen sehr gut.

Benedikt trug einen Smoking mit schwarzer Fliege. Er sah sehr gut aus darin. Als sie ihn sah, versetzte es ihr einen Stich. Sie musste an den Abend mit Nick am Mirror Beach denken.

Nur nicht zu viel nachdenken, rief sie sich selbst zur Ordnung. Sie nahm Benedikts Arm und sie stiegen in den Fahrstuhl.

Benedikt musterte sie von oben bis unten: „Du siehst heute Abend besonders schön aus."

Bridget freute sich über das Kompliment und lächelte ihn an: „Vielen Dank."

Sie traten aus dem Fahrstuhl und betraten das Foyer vor dem Speisesaal. Dort sollten ihnen alle Gäste, die an dem Bankett teilnahmen, vorgestellt werden. Bridget sah, dass sich schon viele Menschen versammelt hatten. Sie wurde mit Benedikt zu der hinteren Tür geleitet. Es war vorgesehen, dass sie die Menschen begrüßten und diese danach in den Saal zu ihren Plätzen gingen.

Ein Angestellter des Konsulates stand neben Bridget und stellte ihr die jeweiligen Damen und Herren vor. Es handelte sich um Schriftsteller, Autoren, Maler, Produzenten, Schauspieler und Regisseure. Man konnte sich natürlich nicht alle Namen merken, aber Bridget und Benedikt hatten für jeden ein freundliches Wort. Bridget hörte alle Namen, begrüßte jeden und lächelte. Sie hielt die Fassade aufrecht. Wie es in ihrem Inneren aussah, fand sie, ging niemanden etwas an.

Dann stand ein Mann vor ihr, der sie anders ansah, als die anderen. Bridget fiel es auf. Die Luft veränderte sich.

Als er direkt vor ihr stand, hörte sie, wie der Konsulatsangestellte neben ihr sagte: „Mylady, das ist Mr. Allan Gyllenhall, ein erfolgreicher Produzent, Mäzen der Künste und Filmemacher aus Vancouver."

Mr. Gyllenhall war groß und schlank. Er trug ebenfalls einen Smoking und dazu eine weinrote Fliege mit schwarzem Rand. Er hatte ein ovales Gesicht, eine gerade Nase und einen schmalen Mund. Seine kristallblauen Pupillen waren von einem dunklen Rand begrenzt. Er lächelte sie freundlich an.

Bridget und Mr. Gyllenhall gaben sich die Hand: „Es freut mich sehr, Sie kennenzulernen, Mr. Gyllenhall. Habe ich schon einen Film von Ihnen gesehen?"

Der Vorgestellte sah sie lächelnd an und antwortete: „Das ist schon möglich Mylady. Meine Firma macht vorwiegend

Dokumentarfilme unter anderem für den National Geographic Channel."

Er sah sich um und bemerkte, dass der Prinz noch mit seinem Vorgänger beschäftigt war und der Vorsteller wieder in seine Papiere sah.

Er beugte sich leicht zu Bridget vor und sagte: „Dafür haben sie bestimmt schon einen Film von einem gemeinsamen Bekannten von uns gesehen." Dabei lächelte er sie die ganze Zeit freundlich an.

Bridgets Mund wurde trocken. „Das ist ja sehr interessant."

„Ja, nicht wahr." sagte er, zwinkerte fast unmerklich mit dem rechten Auge und ging dann weiter zu Benedikt. Sie spürte, wie etwas in ihrer Hand lag. Es fühlte sich an, wie ein kleiner Zettel. Bridget nahm ihn schnell und unauffällig in die andere Hand und begrüßte den nächsten Gast.

Bridget fühlte sich wie unter Strom. Sie strahlte plötzlich eine Energie aus, die sie selbst erstaunte. Konnte sie es doch kaum erwarten, die Botschaft zu lesen. Aber das musste warten, bis sie sicher sein konnte, dass es niemand sah.

Die Gäste waren mittlerweile alle von Benedikt und Bridget begrüßt worden und hatten ihre Plätze aufgesucht. Benedikt reichte Bridget seinen Arm, sie nahm ihn und sie betraten ebenfalls den Saal, in dem das Bankett stattfinden sollte. Bridget ließ ihren Blick über die Gäste schweifen, Sie war auf alles gefasst. Erst als der Prinz und sie saßen, setzten sich auch die Gäste. Die Unterhaltung setzte wieder ein. Das Bankett begann. Bridget hatte den Zettel noch immer in der linken Hand. Nun nahm sie die Menükarte und gab vor, sie zu lesen. Sie faltete den Zettel unter dem Tisch auf und schob ihn vor die Karte. Darauf stand: NACH BANKETT ZIMMERSERVICE BESTELLEN. ALLEINE SEIN. Sie verstand. Ihr Herz schlug für einen Moment doppelt so schnell.

Sie faltete den Zettel zusammen, holte ein Taschentuch aus ihrer Handtasche und wickelte ihn dort unauffällig ein. Zwischen den einzelnen Gängen wurden zum Teil launige Reden gehalten. Es war insgesamt ein kurzweiliger Abend, den Bridget hätte durchaus genießen können, wenn sie nicht unter einer riesigen Anspannung gestanden hätte. Es dauerte ihr einfach zu lange. Endlich war er dann doch zu Ende. Die Verabschiedung ging schneller vonstatten. Der Kronprinz hielt eine kurze Rede, bedankte sich auch im Namen von Lady Bridget bei allen Anwesenden und verabschiedete sich in ihrer beider Namen. Die Gäste erhoben sich und Bridget und Benedikt verließen den Saal. Sie fuhren mit dem Fahrstuhl direkt nach oben zu ihrer Suite.

90.

Im Fahrstuhl stöhnte Benedikt: „Puh, das hätten wir geschafft."

Bridget lächelte ihn an. Am liebsten hätte sie dem Aufzug befohlen schneller zu fahren. Sie konnte es kaum erwarten, in ihre Suite zu kommen. Endlich auf ihrem Stockwerk angekommen, stiegen sie aus und die Security hielt die Tür der Suite auf. Sie traten ein und die Tür fiel hinter ihnen ins Schloss.

Benedikt zog schon im Wohnzimmer die Smokingjacke aus und warf sie auf das Sofa. Er streifte sich die Schuhe von den Füssen, setzte sich auf das Sofa und legte die Beine übereinander auf den Couchtisch.

„Mir tun jetzt langsam die Füße weh. Ich bin vielleicht erledigt. Eigentlich hätten wir uns ein paar Tage Urlaub verdient." Er sah sie an: „Was meinst Du? Wo würdest Du denn jetzt gerne Ferien machen?"

Sie sah ihn überrascht und gleichzeitig erschrocken an. Diplomatisch sagte sie: „Darüber habe ich mir noch keine Gedanken gemacht." Urlaub mit Benedikt? Das war so ziemlich das Letzte, was sie jetzt wollte.

Bridget überlegte fieberhaft, wie es jetzt weitergehen sollte. Sie sollte doch alleine sein, wenn der Zimmerservice kam. Benedikt hatte es sich auf der Couch bequem gemacht.

Sie probierte es auf diese Weise: Sie ging in die Richtung ihres Schlafzimmers, gähnte und sagte dann: „Ich bin hundemüde. Ich glaube´, ich gehe gleich ins Bett."

Er sah sie an und streckte seine rechte Hand nach ihr aus: „Bitte bleib noch einen Moment, ich will Dich noch was fragen."

Oh nein, nicht auch noch das. Sie ertrug jetzt keine Fragen von ihm. Ok, vielleicht half es ja. Sie drehte sich um und setzte sich zu ihm aufs Sofa: „Was denn?"

„Wie hast Du die Reise insgesamt empfunden? War es sehr schlimm für Dich?"

Darüber wollte sie jetzt wirklich nicht sprechen. „Bitte, Benedikt, könnten wir diese Unterhaltung auf morgen verschieben? Im Flugzeug haben wir dafür genug Zeit. Ich bin jetzt müde und möchte in mein Zimmer."

„Ja, Du hast Recht." Er stand auf. „Ich bin auch ganz schön geschafft. Gute Nacht." Er gab ihr einen Kuss auf die Stirn und ging in sein Schlafzimmer. Als er die Tür hinter sich geschlossen hatte, atmete Bridget auf. Sie lief zum Haustelefon, wählte die Nummer des Zimmerservice und bestellte sich eine Flasche Champagner zusammen mit einem kleinen Lachsarrangement. Das würde man am Unverdächtigsten finden. Dann ging sie zur Tür und sagte der Security Bescheid, dass sie sich etwas bestellt hatte. Auf dem Weg in ihr Zimmer, erschrak sie.

Ihre Zofe kam ihr entgegen und fragte: „Soll ich Ihnen aus dem Kleid helfen, Mylady?"

Die hatte sie ganz vergessen. Jetzt nur keinen Verdacht erregen. „Oh ja gerne. Bitte machen Sie mir nur den Reißverschluss auf. Dann können Sie auch zur Ruhe gehen. Den Rest schaffe ich alleine."

„Soll ich Mylady noch ein Bad einlassen?"

„Nein, danke. Ich werde nur schnell duschen und dann gleich ins Bett gehen."

„In Ordnung." Die Zofe öffnete das Kleid und half ihr beim Ausziehen.

„Danke, Michelle. Sie können jetzt gehen."

„Gute Nacht, Mylady."

Sie lächelte sie an: „Gute Nacht."

Die Zofe verließ das Schlafzimmer. Bridget horchte an der Tür, ob sie auch die Suite verließ. Als sie die Tür ins Schloss schnappen hörte, atmete sie erleichtert auf. Jetzt zog sie sich schnell eine Jeans, eine Bluse und eine Jacke über, nahm ihre Handtasche und zog sich ein paar bequeme Schuhe an. Sie ging zurück ins Wohnzimmer und wartete. Dann klopfte es an der Tür.

Bridget ging zur Tür und sagte: „Herein."

Einer der Security Männer machte die Tür auf und ein Kellner rollte einen Wagen herein, der mit einer weißen Tischdecke bedeckt war. Darauf waren eine Flasche Champagner in einem Kühler und eine riesige silberne Platte, auf der eine ebenfalls silberne Haube war. Davor waren Teller, Besteck, weiße Leinenservietten und eine kleine silberne Vase mit einer dunkelroten Rose. Der Kellner fuhr den Wagen zu dem Tisch, der vor der riesigen Fensterfront stand.

Der junge Mann sah sie gehetzt an und sagte: „Schnell, wir haben nur wenig Zeit."

Bridget blickte ihn an und fragte: „Wer sind Sie?"

Der Kellner räumte die Sachen schnell vom Wagen auf den Tisch: „Ich bin Logan, Nicks Bruder, und ich soll Sie hier rausbringen. Können Sie sich unter den Wagen quetschen?"

Er hob die Tischdecke an. Bridget dachte nach. Sie kannte den Mann nicht. Was, wenn das ein Versuch war, sie zu entführen.

„Wer sagt mir, dass das stimmt, was Sie sagen?"

Der junge Mann atmete hörbar genervt aus: „Ich soll Sie schön von meinem Bruder grüßen, Mylady." Das letzte Wort zog er etwas spöttisch in die Länge. „Und soll Sie fragen, ob Sie wieder Ihre schwarzen Halterlosen anhaben." Er nahm die Rose aus der Vase und gab sie ihr.

Bridget errötete. Nur Nick wusste, dass sie bei ihrem ersten Treffen diese Art von Strümpfen getragen hatte. Sie hatte es ihm in der Nacht in Mon Repos House erzählt. Er musste also wirklich von Nick kommen. Das hätte er seinem Bruder jetzt nun wirklich nicht erzählen müssen. Es war als Erkennungszeichen zwar etwas plump, fand sie, aber es hatte funktioniert. Und außerdem hatte Nick einen Weg gefunden, nur das zählte. Sie nahm die Rose und kroch in den Servierwagen.

In diesem Augenblick ging die Tür zu Benedikts Schlafzimmer auf. „Habe ich doch richtig gehört, Bridget, Du bist noch wach?"

Benedikt stand in Hose und Hemd unter der Tür und starrte auf die Szene, die sich ihm bot. Er sah, wie Bridget versuchte sich in den Wagen zu quetschen.

„Was ist denn hier…?" brachte er hervor.

Logan ging auf ihn zu: „Tut mir leid, aber ich muss Sie bitten, in Ihrem Zimmer zu bleiben."

Bridget kam unter dem Wagen hervor. „Bitte, Benedikt. Lass mich gehen. Der Mann hier bringt mich weg. Ich kann nicht bleiben."

Benedikt ging auf Logan zu. Sein Gesicht war wutverzerrt: „Sie sind also der Kerl, dem ich den ganzen Schlamassel zu verdanken habe."

Bridget ging dazwischen. „Nein, das ist er nicht. Er wäre doch nie an Simmons' Männern vorbeigekommen. Bitte, Benedikt, ich flehe Dich an. Lass mich gehen."

Benedikt machte einen Schritt zur Seite, Logan ebenfalls. Benedikt holte aus und wollte Logan eine verpassen. Der duckte sich jedoch, holte seinerseits aus und traf Benedikt am Kinn. Er hatte ihn wohl genau auf den Punkt getroffen, denn der Prinz gab einen erstickten Schmerzensschrei von sich, taumelte nach hinten und hielt sich das Kinn. Logan reagierte schnell. Er schob ihn rücklings in das Schlafzimmer und warf ihn auf das Bett. Dann drehte er sich schnell herum, rannte aus dem Zimmer, machte die Tür zu und schloss sie ab. Den Schlüssel brach er ab und warf ihn zur Seite.

Bridget stand schreckensstarr da: „Sind Sie verrückt geworden. Sie können doch nicht den Kronprinzen schlagen."

Logan antwortete: „Er hat doch angefangen."

„Aber…"

„Pscht jetzt. Beeilung."

Er nahm sie am Arm und führte sie zum Servierwagen. „Los jetzt."

Bridget kroch wieder unter den Wagen. „Und jetzt still. Wir gehen zum Personalaufzug."

Logan schob den Wagen, der jetzt schwerer war, als vorhin zur Tür, öffnete sie und sogleich half einer der Sicherheitsbeamten sie aufzuhalten.

„Dankeschön" sagte Logan.

Der Mann brummte etwas und schloss die Tür wieder. Logan zwang sich, langsam den Flur entlang und um die Ecke in Richtung Personalaufzug zu gehen. Er ging betont lässig, obwohl ihn das alle Selbstbeherrschung kostete. Er drückte auf den Aufzugsknopf und wartete. Während sie auf den Aufzug warteten, holte er sein Handy hervor und versandte nur ein Wort. Es schien eine Ewigkeit zu dauern, bis der Aufzug kam. Als er endlich da war, stiegen sie ein und er drückte auf den obersten Knopf.

Jetzt schlug er die Tischdecke zurück und sagte: „Wir sind im Aufzug. Sie können jetzt herauskommen."

Bridget kroch unter dem Wagen hervor, streckte sich und fragte: „Wo fahren wir hin?"

Doch Logan wollte im Moment nicht viele Worte machen. „Werden Sie schon sehen."

Der Fahrstuhl hielt an und sie stiegen aus. Logan nahm ihre Hand und führte sie den Flur entlang. Hier oben schien es keine Zimmer mehr zu geben. Es war ein langer schmuckloser Flur, von dem einige Durchgänge in Zimmer oder andere Flure abgingen. Am Ende des Flurs war eine Tür auf der stand: „Treppe." Logan ging durch diese und zog Bridget hinter sich her zwei Treppen hoch, dann ging es auf die Dachterrasse. Dort stand ein Hubschrauber mit angelassenen Motoren. Die Tür des Hubschraubers öffnete sich, Nick sprang heraus und kam ihr entgegen. Bridgets Herz machte einen Sprung. Sie lief auf ihn zu und sie umarmten sich, aber nur kurz. Dann liefen sie alle drei zum Hubschrauber und stiegen ein.

91.

Benedikt erholte sich schnell von dem Schlag. Diese Amerikaner konnten vielleicht zuschlagen. Er massierte sein Kinn, stand vom Bett auf, ging zur Tür und wollte sie öffnen, bekam sie aber nicht auf. Das konnte doch nicht sein. Sie hatten ihn eingeschlossen. Er rüttelte an der Tür und bemerkte, dass sie nicht sehr stabil war. Er warf sich dagegen. Beim zweiten Mal, gab sie nach und sie war offen. Die Security hörte das Krachen der Tür und war sofort im Zimmer.

Er sah die Männer an und sagte: „Sie ist weg. Sofort die Ausgänge überprüfen."

Die Männer sprachen in ihre Head-Sets und rannten los. Benedikt massierte immer noch sein Kinn, dann überlegte er. Wie hätte er es gemacht, wenn er in Nicks Situation gewesen wäre. Die Ausgänge wurden sofort überprüft. Das Dach! dachte er. Er lief aus dem Zimmer und zum Aufzug. Es war gerade eine Kabine da. Er stieg ein und drückte die oberste Etage. Der Lift setzte sich in Bewegung, hielt an der obersten Etage und Benedikt stieg aus. Er suchte den Eingang zur Treppe, das Notausgangsschild zeigte ihm den Weg. Er stieg rasch, immer zwei Stufen auf einmal nehmend, die Treppe hinauf und fand die Tür, die auf die Dachterrasse hinausführte. Hier sah Benedikt gerade noch, wie Bridget in den Hubschrauber stieg und die Tür zu gemacht wurde. Bridget blickte aus dem Hubschrauber und sah ihn bei der Tür stehen. Plötzlich überkam sie ein Gefühl des schlechten Gewissens, wie sie es noch nie gekannt hatte.

Sie sah Nick an und sagte: „Halt, noch nicht."

Nick sah aus dem Fenster und entdeckte Benedikt. Er blickte zu Bridget, die sich gerade wieder abschnallte. „Was tust Du da?"

„Ich muss mit ihm reden. Bitte nur eine Minute."

Logan sah Nick an und sagte eindringlich: „Wir müssen weg."

Bridget flehte: „Bitte Nick, nur eine Minute."

Nick machte dem Piloten ein Zeichen zu warten und öffnete die Tür. Bridget stieg aus und ging ein paar Schritte auf Benedikt zu. Nick stieg auch aus dem Hubschrauber, ging aber nicht weiter. Er wartete beim Hubschrauber.

Als Bridget noch einige Meter vor Benedikt stand, gerade so nah, dass er sie hören konnte, blieb sie stehen: „Bitte Ben versteh mich doch."

„Bridget, es ist Dir ernst. Du gehst wirklich." Sagte Ben resigniert. Er stand mit hängenden Schultern da.

„Ja, ich gehe. Und bitte, sei mir nicht böse. Nutze es als Chance für Valerie und Dich." Sie versuchte ihn damit zu ködern.

Er blickte zum Hubschrauber, hob den Kopf in die Richtung und fragte: „Ist er das?"

Bridget drehte sich nicht um, sie wusste, wen er meinte: „Ja."

„Man wird nicht so leicht aufgeben und Dich suchen."

Jetzt wurde Bridget langsam ungehalten: „Deshalb werde ich trotzdem nicht zurückkommen. Jetzt nicht mehr. Ich wünsche Dir alles Glück. Leb wohl." Sie drehte sich um und ging zum Hubschrauber. Er blieb stehen. Sie stieg ein und Nick hinter ihr. Die Tür schloss sich und der Hubschrauber hob ab. In diesem Moment kam Simmons durch die Tür mit einigen seiner Männer gelaufen. Er konnte gerade noch den abfliegenden Hubschrauber sehen.

Der blickte in den Himmel und sagte: „Jetzt hat Sie es doch geschafft."

Simmons schaute ihn an und sagte: „Noch nicht ganz." Er machte kehrt und rannte wieder zur Tür. Seine Männer folgten ihm. Benedikt drehte sich um und ging langsam zur Treppe und wieder zurück in die Suite.

92.

Als er dort ankam, sah er das bestellte Arrangement, nahm die Champagnerflasche und öffnete sie. „Wäre doch schade um den guten Tropfen."

Benedikt goss sich ein Glas ein und nahm einen großen Schluck. Mit der Flasche kühlte er sich das Kinn und verzog dabei vor Schmerzen das Gesicht. Er konnte dem jungen Mann nicht mal böse sein. Immerhin wollte er ihm zuerst eine verpassen. Das Glas und die Flasche mitnehmend setzte er sich auf das Sofa. Bridgets Aktion hatte ihm gezeigt, wie entschlossen sie war, das Leben, das ihnen vorgezeichnet worden war, nicht zu führen. Vielleicht hatte sie ja Recht. Vielleicht lohnte es sich doch dafür zu kämpfen, mit dem Menschen, den man liebte, alles zu teilen. Den Beruf und das Leben überhaupt. Er hätte das nicht geglaubt, aber er hoffte, dass

Bridget es schaffen würde. Er wünschte es ihr. Das Telefon klingelte. Benedikt hatte ganz vergessen, dass er mit Valerie telefonieren wollte. Das würde sie jetzt sein. Er freute sich zwar über ein Gespräch mit ihr, aber die zurückliegenden Ereignisse hatten ihn etwas nachdenklich gemacht.

Er hob ab: „Hallo."

Valerie meldete sich: „Hallo, Benedikt. Na, alle Termine endlich vorbei?"

„Ja, aber es ist etwas passiert." Er erzählte ihr, was vorgefallen war. „Und jetzt müssen wir uns überlegen, wie wir uns verhalten sollen."

Valerie erschrak und schluckte: „Was meinst Du?"

Benedikt hatte sich gefasst und war jetzt todernst: „Valerie, ich weiß, dass das nicht gerade sehr gentlemanlike ist, was ich jetzt tue, aber ich muss es wissen. Würdest Du mich heiraten? Ich liebe Dich und möchte mein Leben mit dir verbringen. Nicht nur im Verborgenen. Ganz offiziell mit Dir als meine Frau an meiner Seite."

Es entstand eine kleine Pause. Er wollte ihr noch Zeit geben, deshalb redete er weiter: „Bridgets Verhalten hat mir gezeigt, dass es sich lohnt dafür zu kämpfen. Für den Menschen, den man liebt. Sie hat alles aufs Spiel gesetzt."

Valerie war verblüfft, hatte sich aber sogleich wieder gefangen: „Und wenn sie Pech hat, verliert sie alles. Man wird ihr das nicht einfach so durchgehen lassen."

„Dazu muss man sie erst einmal finden. Und wir sind hier nicht zuhause. Sie hat keine Straftat begangen. Man kann sie nicht zwingen, nach Hause zurückzukommen. Aber Du hast meine Frage nicht beantwortet. Willst Du mich heiraten?"

Valerie antwortete jetzt ohne zu zögern: „Ja, das will ich."

Benedikt prostete dem Telefon zu und trank einen Schluck Champagner: „Gut, mein Schatz, das wäre also abgemacht."

93.

Der Hubschrauber hob von der Terrasse ab und flog in Richtung Westen. Nick und Bridget saßen nebeneinander. Nick hatte einen Arm um sie gelegt. Mit der anderen Hand hielt er ihre Hände. Sie sprachen nicht. Bridget wollte gerne alles wissen, wie sie es geschafft hatten, diese Flucht zu arrangieren, wie es weitergehen würde und noch vieles mehr. Aber sie hatte Angst. Sie fing an zu zittern. Nicht, weil sie fror, sondern vor Aufregung. War es richtig, dass sie mitgegangen war? Was würde sich alles ändern? Jetzt könnte sie noch zurück. Sie könnte bitten, sie wieder auf dem Dach des Hochhauses abzusetzen. Benedikt würde bestimmt dicht halten und nichts davon zuhause verlauten lassen. Die Security erst recht. Sie sah bei der Sache mal wieder nicht gut aus. Aber würde Benedikt sie wirklich zurücknehmen? Sie hatte ihm das Leben mit Valerie ja erst schmackhaft gemacht. Nein, Sie würde nicht mehr zurückgehen. Sie sah Nick an. Er bemerkte ihren Blick und begegnete ihm. Sie sah ihm tief in seine Augen. Sah seine schöne gerade Nase, die wundervollen Lippen. Und er lächelte sie an. Sein unglaubliches Lächeln. Sie lächelte zurück und zitterte noch mehr.

Nick fragte: „Ist Dir kalt?" „

„Nein, das ist die Aufregung." Als er sie fragend ansah, sagte sie: „Ich fliehe nicht jeden Tag aus einem Leben in ein völlig neues."

Er umfasste sie mit seinem Arm noch ein bisschen fester und sah geradeaus, als er sagte: „Du wirst es nicht bereuen." Dann lächelte er sie kurz an und sah wieder nach vorne.

Der Hubschrauber drehte jetzt eine Schleife und flog einen Landeplatz an. Da es schon dunkel war, konnte Bridget nicht sehen, wo sie sich befanden. Sie sah nur, dass es ein Platz am Wasser war.

„Wo sind wir?" fragte sie.

Nick antwortete: „Am Vancouver Harbour Airport."

Der Pilot setzte auf und Logan machte die Tür auf. Sie stiegen aus und gingen vom Landeplatz auf ein Gebäude zu. Bridget zitterte immer noch. Aus dem Gebäude kam ein Mann auf sie zu. Logan ging ihm entgegen und die beiden sprachen miteinander. Bridget konnte es nicht verstehen.

Nick drehte sich zu ihr: „Du zitterst ja immer noch."

Er zog sein Jackett aus und half ihr, es anzuziehen. „Danke." Sie lächelte ihn an.

„Hast du Deinen Reisepass bei Dir?" fragte Nick.

„Ja, ist in meiner Handtasche." Sie zeigte auf das kleine schwarze Täschchen, das sie umhängen hatte.

„Gut. Könnte sein, dass wir Papiere brauchen."

Logan und der Mann kamen auf sie zu.

Logan wandte sich an Nick: „Es ist alles vorbereitet. Wir können starten."

„Na dann los." Nick legte wieder den Arm um Bridget.

Der Mann und Logan gingen voraus und Nick und Bridget folgten ihnen. Er führte sie zu einem Steg, an dem ein Flugzeug festgemacht lag. Es war ein Wasserflugzeug.

Bridget fiel das Herz in die Kniekehle: „Ist das Euer Ernst?"

Nick grinste sie an: „Ist das beste Mittel, unerkannt zu reisen. Fliegt unter dem Radar und kann überall landen, wo Wasser ist."

Bridget machte die Augen zu. Sie hatte keine Angst, mit großen Flugzeugen zu fliegen, aber das hier war etwas anderes. Der Pilot stieg ein und sie kletterten hinterher. Logan saß vorne beim Piloten, Nick und Bridget dahinter. Der Pilot ließ den Motor an. Das Flugzeug glitt erst langsam über das Wasser, dann wurde es immer schneller, schließlich hob es ab. Bridget schloss die Augen.

Nick hielt sie fest im Arm: „Keine Angst. Der Pilot ist ein guter Freund meines Großvaters und Logan fliegt auch. Du bist in sicheren Händen."

Das beruhigte sie etwas. Sie genoss es, in Nicks Armen zu sein. Jetzt gestattete sie sich erst das Gefühl der Freude und der Geborgenheit zu genießen. Es tat so unglaublich gut, bei ihm zu sein, seine Wärme zu spüren, seinen Duft zu riechen. Wie sehr hatte sie es sich gewünscht und jetzt war es tatsächlich wahr geworden. Sie wagte nichts zu sagen aus Angst, sie könnte aufwachen und es wäre alles nur ein Traum gewesen.

Bridget musste ihn ansehen. Er war wirklich hier bei ihr. Nein, es war kein Traum. Es war Wirklichkeit.

94.

Simmons rannte mit seinen Männern aus dem Fahrstuhl und betrat das Hauptquartier der Security. Im Zimmer saßen zwei Beamte, die herrschte er an: „Los, die anderen wecken. Wir haben ein Problem. Hubschrauber auf dem Dach. Registrier-Nr.: 687NR-Q. Können wir überwachen, wohin er fliegt? Wir müssen wissen, wem er gehört. Los, los, wir brauchen Informationen."

Einer der Beamten saß vor einem Computer. Simmons stellte sich hinter ihn. Ein anderer Beamter nahm ein Handy und telefonierte.

Nach ein paar Minuten kam er zu Simmons und sagte: „Ich habe die Flugüberwachung angerufen. Heute Nacht gab es nur einen genehmigten Hubschrauberflug und der ging von diesem Hotel zum Vancouver Harbour Airport."

Der Mann am Computer sagte: „Der Hubschrauber gehört einer Firma Fly Light. Bei denen kann man Hubschrauber für alle Gelegenheiten mieten."

Simmons kommandierte: „Alle Männer zu den Wagen. Wir fahren sofort zu diesem Airport."

Sie verließen schnell die Suite und fuhren mit einem Lift direkt in die Tiefgarage. Dort warteten die anderen Sicherheitsbeamten schon mit angelassenen Motoren in den Wagen.

Als alle eingestiegen waren, schossen vier schwere, schwarze Wagen, aus der Tiefgarage in Richtung Harbour Airport.

Simmons kochte vor Wut. Er hätte es sich ja denken können. Das war alles zu glatt gelaufen. Er hatte schon die leise Hoffnung gehegt, dass man morgen zurück nach England fliegen würde und es hätte keinen Zwischenfall gegeben. Dabei hätte er es besser wissen müssen. Das war heute eine der letzten Gelegenheiten und die hatten sie genutzt. Er wollte sich selbst in den Hintern treten. Wie konnte er nur so blauäugig sein und glauben, dass sich Lady Bridget geschlagen geben würde? Und diesem Amerikaner war ja auch nicht zu trauen. Wie hatten sie das nur geschafft?

Aber das war jetzt zweitrangig. Er musste sie wieder einfangen. Die Wagen rasten durch das nächtliche Vancouver. Die Fahrer kannten sich zum Glück gut aus und es herrschte wenig Verkehr. Sie hielten am Harbour Airport vor dem Hauptgebäude und alle Männer, bis auf die Fahrer, sprangen aus den Wagen.

Simmons bellte sie an: „Zwei Männer mit mir, der Rest bleibt bei den Wagen."

Er rannte mit seinen Männern zum Eingang des Gebäudes. Da es Nacht war, waren die Türen verschlossen. Er schickte die Männer um das Gebäude, um einen offenen Eingang zu suchen. Ein Hubschrauber erhob sich und flog niedrig über sie hinweg. Simmons erkannte in der Dunkelheit die Schrift nicht ganz. Er fluchte leise. Aber dann dachte er nach. Sie saßen bestimmt nicht mehr darin.

Der Hubschrauber hatte sie nur hergebracht und hier war man in ein anderes Transportmittel umgestiegen. Er ging zurück zu den Wagen.

Einer der Beamten nahm gerade sein Handy vom Ohr und sagte: „Ich habe nochmals mit der Flugüberwachung gesprochen. Die sagen, dass vor etwa zehn Minuten ein Wasserflugzeug von hier abgehoben hat."

Simmons schöpfte wieder Hoffnung: „Wer überwacht den Flug?"

„Die hiesige Flugsicherung, genauer gesagt der Nachtdienst des Harbour Airports."

Simmons' Ohrhörer knackte: „Sir, wir haben den Nachtdienst gefunden. An der östlichen Seite lässt man uns rein."

„Sie bleiben hier." Kommandierte er und rannte los.

Vor der Tür an der angegebenen Stelle standen die beiden Männer und warteten auf Simmons.

Ein junger Mann ließ sie ein. „Und wer sind sie bitte?" fragte er kleinlaut.

Ohne zu antworten drängten Simmons und seine Männer ihn in das Innere des Gebäudes.

„Sie überwachen den Nachtflug eines Wasserflugzeuges?" fragte er.

Der junge Mann stotterte: „Ja, warum?"

Einer der Beamten ergriff das Wort: „Sie wissen, dass Wasserflugzeuge nicht bei Nacht in Vancouver starten dürfen?"

Der junge Mann wurde blass: „Ja, schon, aber der Pilot sagte, es handelte sich um einen medizinischen Notfall. Er müsse jemanden abholen."

Simmons zeigte die Treppe hoch, die sich hinter ihnen befand: „Ist das da oben der Tower?"

„Ja." Dem Mann wurde es zusehends mulmig.

„Dann gehen wir rauf und Sie tun ihren Job."

„Was?"

Simmons ging voran und die beiden Sicherheitsbeamten trieben den jungen Mann vor sich her. Oben angekommen, befand sich noch ein weiterer junger Mann in dem Tower.

„Hey Mike, wo bleibst Du denn? Du kannst mich doch nicht hier alleine lassen."

Als er sah, dass sein Kollege drei Männer mitbrachte, fragte er: „Wer sind die denn?"

Mike sagte: „Die Herren interessieren sich für den Nachtflug von NOC."

Er nannte nur die Flugzeugkennung. Der junge Mann sagte schnell: „Es hieß, es wäre ein medizinischer Notfall, deswegen bekam er Starterlaubnis."

Simmons knurrte: „Das wissen wir schon. Wir wollen wissen, wohin das Flugzeug fliegt. Können Sie Kontakt mit ihm aufnehmen?"

Jetzt war der junge Mann etwas mutiger: „Wohin es fliegt, dürfen wir Ihnen nicht sagen. Außerdem müsste ich im Flugplan nachschauen."

Simmons sah ihn so grimmig an, dass er schon nicht mehr so mutig sagte: „Klar können wir Kontakt mit ihm aufnehmen. Aber warum sollten wir das tun. Das darf nur in bestimmten Situationen gemacht werden."

Simmons sah ihn ernst an: „Der Pilot hat etwas dabei, was ihm nicht gehört. Ist das so eine bestimmte Situation?"

„Was denn?" fragte der junge Mann.

So einfach wollte er nicht klein bei geben. Er und sein Kollege hatten immerhin eine hübsche Summe dafür bekommen, die Erklärung mit dem medizinischen Notfall zu glauben und das Flugzeug entgegen aller Vorschriften starten zu lassen.

Simmons verlor allmählich die Geduld mit diesen Grünschnäbeln.

Er herrschte ihn an: „Das geht Sie gar nichts an. Nehmen Sie sofort Kontakt mit diesem Flugzeug auf."

In diesem Augenblick ging die Tür auf. Ein grauhaariger, untersetzter älterer Herr kam herein und sagte: „Was ist denn hier los? Mike, Bertie, setzt mich mal jemand ins Bild?"

Mike und Bertie wurden jetzt noch blasser.

Mike sagte: „Mister Morgan, die Herren interessieren sich für einen Flug und wollen, dass ich Kontakt mit dem Flugzeug aufnehme."

Es handelte sich offenbar um den Chef der beiden jungen Männer. Der Herr sah Simmons und die beiden Sicherheitsbeamten an und sagte: „Und bitte wer sind Sie."

Simmons streckte dem Herrn die Hand hin. Er hoffte jetzt mit Freundlichkeit weiterzukommen: „Mein Name ist Simmons. Ich bin der Sicherheitschef der königlichen Familie, deren Sohn mit seiner Freundin im Moment hier in Vancouver zu Gast ist. Wir haben Grund zu der Annahme, dass in diesem Flugzeug etwas ist, was heute Nacht dem Prinzen abhanden gekommen ist. Das hätten wir gerne zurück."

Mr. Morgan schüttelte kurz die Hand von Simmons, dann sah er die beiden jungen Männer an: „Und warum helfen Sie den Herren nicht? Wieso wurde dem Flugzeug überhaupt Starterlaubnis erteilt?"

Mr. Morgan lief auf den Überwachungstisch zu und nahm das Mikrofon in die Hand: „Wie ist die Kennung der Maschine?"

Mike lief zum Tisch und holte den Überwachungsstreifen des Flugzeugs und gab ihn ihm. Dabei sagte er: „Man hatte uns gesagt, dass es sich um einen medizinischen Notfall handeln würde."

Mr. Morgan nahm den Streifen und schaltete das Mikrofon an: „Hier ist Vancouver Harbour Tower, Flug NOC 8752, hören Sie mich? Bitte melden."

Es knackte aus dem Lautsprecher. Mr. Morgan blickte auf den Radarschirm. Dort sah er, dass das Flugzeug noch im Bereich des Funkes flog. Sie mussten ihn also hören. Er wiederholte seine Durchsage.

95.

Bridget und Nick hatten es sich, so gut es eben ging, bequem gemacht. Sie saßen eng beieinander. Wie zuvor im Hubschrauber hatte Nick einen Arm um sie gelegt und hielt mit der anderen Hand ihre Hände. Wie gut es tat, sie bei sich zu haben. Es überkam ihn ein tiefes Gefühl der Liebe und der Wärme. Endlich waren sie zusammen. Sie hatten es fast geschafft. Sie mussten nur noch diesen Flug hinter sich bringen. Ein Rest Unsicherheit blieb ihnen.

Er zog sie näher an sich, wollte sie nie wieder loslassen. Sie spürte, dass er sie enger umfasst hielt und genoss es. Sollte der Flug doch ewig dauern.

Dann hörten sie in ihren Kopfhörern das Funkgerät knacken: „Hier ist Vancouver Harbour Tower, Flug NOC 8752, hören Sie mich? Bitte melden!"

Sofort waren Bridget und Nick hellwach. Logan sah den Piloten an, dann drehte er sich zu Nick um. Sie sahen sich nur ernst an.

Der Pilot wartete, bis der Tower den Ruf wiederholt hatte, dann nahm er das Funkgerät und sagte: „Hallo Vancouver Harbour Tower, hier Flug NOC 8752. Was gibt es?"

Aus dem Funkgerät kam wieder die Stimme: „Nennen Sie Ziel und Zweck ihres Fluges."

Der Pilot sah Logan an: „Wir sind aufgeflogen." Dann schaltete er das Mikrofon ein: „Zuerst war es ein medizinischer Notfall in der Green Bear Bay, aber das hat sich, wie ich jetzt hörte erledigt. Fliege jetzt nach Hause, nach Ravenpoint."

Die Stimme aus dem Funkgerät sagte: „Negativ. Sie kommen zurück zum Harbour Airport. Haben Sie verstanden?"

Der Pilot versuchte es nochmals: „Aber ich bin schon fast da. Muss das sein, Vancouver HA Tower?"

Das Funkgerät sagte: „Sie haben einen falschen Flugplan eingereicht. Wenn sie sofort zurückkehren, sehen wir darüber hinweg. Wenn nicht, werden wir eine Untersuchung einleiten. Was das für Sie bedeutet, muss ich nicht erklären."

Der Pilot sah Logan an, der drehte sich zu Nick um: „Ok, Plan B."

Aus Bridgets Gesicht war alle Farbe gewichen. Es wäre zu schön gewesen, um wahr zu sein. Sie schaute Nick an und sagte: „Simmons."

Nick erwiderte ihren Blick und meinte: „Vermutlich."

Der Pilot nickte Logan zu und antwortete dann ins Mikrofon: „Schon gut, schon gut. Ich komme ja. Kehre um auf Kurs 183. Ende."

Der Tower bestätigte: „Verstanden Kurs 183. Ende."

Dann klickten die Kopfhörer. Bridget sah Nick eindringlich an. In ihrem Blick lag alle Verzweiflung.

„Und jetzt?" fragte sie resigniert.

96.

Mr. Morgan stellte das Mikrofon auf den Tisch zurück und drehte sich zu Simmons: „So, das hätten wir. Aber kein Aufsehen, wenn ich bitten darf."

Simmons antwortete: „Danke. Wir tun unser Möglichstes. Wo und wann wird er landen?"

„So wie es aussieht in ca. 15 Minuten bei dem Steg da unten." Er wies mit der rechten Hand aus dem Fenster in die Richtung des Stegs.

„In Ordnung."

Simmons nickte Mr. Morgan zu und verließ dann mit seinen Männern den Tower.

Er ging zurück zu den Wagen und instruierte alle zusammen. Es kamen vier Männer mit ihm und die anderen besetzten strategisch die Zufahrten und Wege. Als er das Flugzeug kommen hörte, ging Simmons zusammen mit den ausgewählten Beamten zum Wasser hinunter. Das Flugzeug landete trotz der Dunkelheit sicher auf dem Wasser und schwamm an den Steg. Simmons war gleich bei der Tür und machte sie auf.

Er sah nur den Piloten, der ihn begrüßte: „Das ist aber ein großer Bahnhof. Was gibt es denn?" Er stieg aus und fragte: „Suchen Sie was Bestimmtes?"

Simmons schnaubte: „Wo sind ihre Passagiere?"

Der Pilot tat unbeteiligt: „Was für Passagiere denn? Sie sehen doch, dass ich alleine bin."

Mr. Morgan kam hinzu: „Phil, was zum Henker hast du Dir dabei gedacht?"

Der Pilot wandte sich an ihn: „Wieso. Was ist denn los? Was soll denn die Aufregung?"

„Die Herren behaupten, Du hättest etwas dabei, das dem Prinzen von England gehört."

Der Pilot tat erstaunt und lachte: „Was, ich? Was soll das denn sein?"

Simmons hatte genug: „Wir gehen." Er ging mit seinen Männern zurück zu den Wagen und sie stiegen ein. Er war sichtlich schlechter Laune. Was jetzt?

97.

Der Pilot hatte eine kleine Schleife mit dem Flugzeug gedreht und eine Halbinsel überflogen. Bridget sah unten nur ein paar Lichter am Wasser, die immer größer wurden. Das Flugzeug wasserte und schwamm an einen kleinen Landesteg.

Der Pilot sah Logan an: „Hier bleibt Ihr für heute Nacht. Es ist alles vorbereitet. Morgen früh holt Euch ein gewisser Marco ab. Fragt ihn nach seiner Mama. Er wird antworten, dass es ihr gut geht, bis auf die Galle."

Logan lachte: „Ihr habt wohl an alles gedacht."

Der Pilot grinste: „Schönen Gruß von Grand."

Logan tippte zum Gruß an die Stirn und sagte: „Danke, Phil." Dann drehte er sich zu Nick und Bridget um: „Habt Ihr alles mitbekommen?"

Nick nickte, Bridget konnte nicht antworten. Sie war fast gelähmt vor Schreck. Ihre Nerven waren in letzter Zeit extremen Belastungen ausgesetzt gewesen und so langsam forderte ihr Körper seinen Tribut. Sie brauchte unbedingt Erholung und nicht noch mehr Aufregungen. Logan stieg als erster aus und half Nick und Bridget beim Aussteigen. Als sie auf dem Steg waren, wendete Phil das Flugzeug und startete umgehend.

Nick, Bridget und Logan gingen auf die kleine Hütte zu, die am Ufer stand. Logan ging als erster hinein und machte Licht.

Nick wollte Bridget den Vortritt lassen, aber sie zögerte. „Bitte, ich möchte noch nicht hineingehen."

Nick blieb bei ihr stehen. Er spürte, dass etwas nicht stimmte.

„Ist alles in Ordnung?" fragte er.

„Ich brauche nur etwas frische Luft." Er hatte das Gefühl, dass sie ihm auswich.

Er sah sie besorgt an: „Geht es Dir gut?"

Sie zögerte und wagte nicht, ihn anzusehen.

Als sie nicht antwortete, hakte er nach: „Bridget?"

Sie brach in Tränen aus. Die ganze Anspannung suchte sich ein Ventil ins Freie. Sie weinte hemmungslos. Ihr versagten die Knie. Nick erschrak und versuchte sie aufzufangen, kam aber zu spät. Sie sackte einfach zusammen und saß nun auf dem Boden, die Hände vor das Gesicht geschlagen. Er kniete sich zu ihr hin und nahm sie in die Arme, wiegte sie, wie man ein Kind wiegt. Sie weinte und er ließ sie einfach. Logan hatte bemerkt, dass sie nicht nachkamen und war aus dem Haus getreten. Im Schein des Lichts sah er, was vorgefallen war. Nick machte ihm mit der Hand ein Zeichen, dass er wieder ins Haus gehen sollte. Er tat es und machte die Tür zu. Nick strich jetzt mit einer Hand über Bridgets Rücken. Er sprach leise tröstende Worte, die sie aber kaum hörte. Sie konnte sich kaum beruhigen. Nach ein paar Minuten, Nick machte sich schon Sorgen, wurde ihr Weinen dann doch leiser. Er hielt sie einfach nur fest und sie klammerte sich an ihn. Plötzlich ließ sie ihn los. Sie lösten sich voneinander.

Bridget schluchzte noch etwas: „Entschuldige bitte. Ich weiß auch nicht, was in mich gefahren ist."

Sie suchte in ihrer Handtasche nach einem Taschentuch, fand eines, wischte sich die Tränen weg und putzte sich die Nase. Nick half ihr hoch und sie standen beide auf und schüttelten sich den Staub von den Kleidern.

„Du brauchst Dich nicht zu entschuldigen." Sagte er fast tonlos. Er wusste nicht, was ihr Verhalten zu bedeuten hatte. Hatte er einen Fehler gemacht?

Bridget wollte ins Haus gehen, Nick berührte ihren Arm und sie blieb stehen.

Er sah sie besorgt an. Der Vorfall hatte ihn mehr als verunsichert.

Nick hatte das Gefühl, diese Frage stellen zu müssen, obwohl er insgeheim Angst vor ihrer Antwort hatte: „Bereust Du, mitgekommen zu sein?"

Bridget erschrak jetzt ihrerseits. Sie hatte nicht gedacht, dass ihr Verhalten diese Ahnung bei ihm ausgelöst haben könnte.

„Nein, oh nein, Nick. Das ist es nicht. Ich bereue es keine Sekunde." Beeilte sie sich zu sagen und ging auf ihn zu. „Ich war nur so angespannt, verzweifelt. Und ich hatte schon nicht mehr damit gerechnet, dass es klappen könnte. Es ist soviel schiefgegangen und jetzt haben wir vielleicht doch eine Chance. Ich danke Dir, dass Du das alles für mich, für uns, auf dich genommen hast." Sie drehte sich zur Hütte um und zeigte darauf: „Und dass Du sogar Deinen Bruder hast den Kellner spielen lassen. Danke."

Nick trat zu ihr und nahm sie in die Arme. Sie umarmte ihn ebenfalls. Sie sahen sich in die Augen und dann verloren sie sich in einem langen und längst überfälligen Kuss.

Bridget fühlte sich wunderbar. Getröstet, geborgen, geliebt. Eine Träne lief ihr noch über die Wange, aber jetzt war es eine Freudenträne.

Nick legte alle Zärtlichkeit in diesen Kuss. Wie sehr hatte er sich diesen Moment gewünscht. Der Kuss hätte ewig dauern mögen. Es wäre beiden nicht zu lange gewesen.

Bridget überlief ein Schauer. Diesmal war es aber wirklich die Kälte, die in sie kroch. Sie beendeten den Kuss, hielten sich aber noch umschlungen und blickten sich wieder tief in die Augen.

Nick lächelte: „Du schmeckst noch etwas salzig."

„Wir sind ja auch am Wasser" sagte sie und grinste ein wenig schief.

„Komm, wir gehen ins Haus. Du frierst."

Sie gingen in die Hütte, in der Logan inzwischen Feuer angemacht hatte. Er sah Nick fragend an, der beruhigte ihn mit einem Kopfnicken.

Nick setzte Bridget auf das Sofa vor dem Kamin, legte eine Decke um sie und ging dann zu Logan in die Küche.

Der hatte gerade drei Tassen Tee gemacht und reichte Nick zwei davon: „Es gibt ein Schlafzimmer in der Hütte. Das könnt Ihr nehmen. Ich nehme das Sofa im Wohnzimmer. Was war denn da draußen los?"

Nick stellte die Tassen ab und antwortete: „Ich glaube, sie hatte einen kleinen Zusammenbruch vorhin. Sie ist wohl völlig mit den Nerven am Ende. Es wird Zeit, dass der Spuk ein Ende hat. Wir müssen sehen, dass wir morgen nach Hause kommen. Ich glaube, lange hält sie das nicht mehr durch."

Er nahm die beiden Tassen wieder und wollte aus der Küche gehen. Logan nahm seine Tasse und kam ihm hinterher: „Dachte eigentlich, dass Hoheiten bessere Nerven hätten."

Nick hielt kurz an und schaute ihn gespielt böse an.

„Was denn?" fragte Logan unschuldig.

Dann gingen sie hintereinander ins Wohnzimmer. Nick setzte sich neben Bridget auf das Sofa und Logan nahm in einem Sessel Platz. Er gab ihr eine Tasse.

„Danke, das ist genau richtig." Sie nahm die Tasse dankbar entgegen.

Es war mittlerweile gegen zwei Uhr morgens, aber durch die Ereignisse spürten sie keine Müdigkeit, im Gegenteil, sie waren eher aufgedreht.

Nick wandte sich an Logan: „Hat das mit dem Zimmerservice geklappt?"

Logan nahm einen Schluck Tee. Bridget blies über ihre Tasse, um ihn ein wenig abzukühlen und sah Logan über sie belustigt an.

Er antwortete: „Naja, eigentlich schon. Es gab nur eine kleine Komplikation mit diesem Herrn Prinzen."

„Was für eine Komplikation?" fragte Nick.

Logan fuhr etwas verlegen fort: „Nun, als Bridget gerade unter den Wagen kriechen wollte, kam Hoheit aus seinem Zimmer. Er war stinksauer, als er sah, was wir vor hatten und weil er mich für Dich gehalten hat."

Nick war jetzt hellhörig geworden: „Und dann?"

„Er wollte mir eine reinhauen."

„Was?"

Logan machte eine Pause.

Nick konnte es kaum erwarten, so drängte er ihn: „Erzähl schon, was ist dann passiert?"

Logan sah zu Bridget: „Sie ging dazwischen."

„Und dann? Herrgott, lass Dir doch nicht alles aus der Nase ziehen."

„Dann habe ich mich gewehrt."

„Was heißt das?" Jetzt schwante Nick nichts Gutes.

„Ich habe ihm eine verpasst." Es trat eine kurze Stille ein.

Nick konnte es nicht glauben: „Du hast dem Kronprinzen von England eine Ohrfeige gegeben?"

Logan zuckte mit den Schultern: „Naja, es war mehr eine mit der Faust aufs Kinn."

Nick wusste nicht, was er sagen sollte. Er musste aber auch lachen: „Und was ist dann passiert?"

„Was sollte ich denn tun? Er hätte alles zunichtemachen können. Ich habe ihn rückwärts in sein Zimmer geschoben, auf sein Bett geschubst, dann die Tür abgeschlossen und den Schlüssel darin abgebrochen, damit er nicht so schnell heraus konnte."

Bridget ergriff jetzt Partei für Logan: „Logan hat Recht. Er konnte nicht anders. Ben hätte sonst alles verhindert."

Logan sah Bridget lächelnd an: „Danke."

Nick stand auf. Er hatte seine Tasse leer getrunken: „Ich würde sagen, das war genug Aufregung für einen Tag." Er streckte Bridget die Hand hin: „Komm, wir legen uns hin. Wer weiß, wann dieser Marco kommt."

Sie stand auf und nahm seine Hand. „Gute Nacht, du Prinzenschläger." sagte Nick und Logan antwortete: „Gute Nacht, Prinzessinenräuber."

Nick ging mit Bridget in Richtung Schlafzimmer und sagte über die Schulter hinweg: „Genaugenommen warst das auch Du."

Bridget ließ Nick los, ging zu Logan, gab ihm einen Kuss auf die Wange und flüsterte: „Gute Nacht, mein Retter."

Logan lächelte, legte sich auf das Sofa und deckte sich mit einer Decke, die dabei lag, zu.

98.

Bridget und Nick gingen in das angrenzende Schlafzimmer. Jetzt machte sich doch bei beiden die Müdigkeit bemerkbar.

Sie zogen sich bis auf die Unterwäsche aus und schlüpften ins Bett unter die Decke. Sie kuschelten sich aneinander und küssten sich noch einmal lange und ausgiebig. Dann schliefen sie beide eng umschlungen ein.

Bridget erwachte als Erste.

Es roch nach frisch gemachtem Kaffee. Sie musste sich zuerst erinnern, wo sie war. Sie sah zur Seite und ihr Herz hüpfte vor Freude. Neben ihr lag der Mensch, den sie jeden Morgen neben sich sehen wollte, wenn sie aufwachte, jetzt und bis ans Ende ihres Lebens: Nick. Es überkam sie ein noch nie gekanntes Glücksgefühl. Sie sah ihn zärtlich an und er erwachte ebenfalls.

„Guten Morgen, Prinzessin" sagte er und lächelte sie an. Mit diesem unglaublichen Lächeln, in das sie sich vom ersten Tag an verliebt hatte, es sich aber nicht eingestanden hatte.

„Guten Morgen, Mister Page." sagte sie und sie gaben sich einen Kuss.

Sie zogen sich an und gingen in die Küche. Dort war Logan schon mit der Zubereitung des Frühstücks beschäftigt.

„Guten Morgen, Ihr zwei. Auch endlich ausgeschlafen? Der Kaffee ist fertig, Eier kommen gleich. Die Organisation hatte perfekt geklappt, so dass im Vorratsraum genug zu essen war."

Sie deckten zusammen den Tisch und aßen. Bridget erzählte von ihrem Besuch in Kanada. Sie brauchten jetzt alle ein bisschen normale Konversation. Als sie geendet hatte, fragte sie: „Jetzt möchte ich aber gerne wissen, wie Ihr das geschafft habt. Ihr hattet doch bestimmt Hilfe nötig."

Nick wischte sich den Mund ab: „Oh ja, Hilfe hatte ich auf jeden Fall nötig. Aber wie Du siehst", er tätschelte Logans Schulter, „kann ich mich auf meine Familie verlassen."

Logan grinste ihn an: „Ich hab jetzt was gut bei Dir, Bruderherz, und verlass Dich darauf, ich werde es eintreiben."

Nick lachte: „Das hast Du tatsächlich." Dann wurde er ernst: „Ich habe Euer Besuchsprogramm studiert und mit Logan und Grand zusammen beschlossen, dass wir erst am Ende des Besuchs etwas unternehmen werden. Schon, um Deiner Familie den Erklärungsnotstand zu ersparen, warum Du plötzlich mitten im Programm fehlst."

Bridget sagte belustigt: „Sehr rücksichtsvoll."

Nick fuhr fort: „Dann habe ich gesehen, dass das Bankett den Künstlern von Vancouver gewidmet ist. Da fiel mir Gyllenhall ein. Ein Studienkollege von mir, der in Vancouver arbeitet. Ich habe ihn angerufen und gefragt, ob er eingeladen ist und ob er mir einen Gefallen tun würde. Er hat sogleich zugestimmt. Logan als Kellner unterzubringen, war schon schwieriger, aber wie sich gezeigt hat, eine Frage des Geldes. Den Hubschrauber und das Flugzeug hat Grand organisiert. Von Plan B hier wusste ich jedoch nichts."

Logan machte weiter: „Das war Grands Idee. Er beriet sich mit Phil, dem Piloten, und die Beiden waren der Meinung, dass man noch ein Hintertürchen brauchte. Was ja auch stimmte. Grand hat mir erst kurz vor unserer Abfahrt nach Vancouver von diesem Plan erzählt."

Bridget war beeindruckt: „Ich fürchte nur, Simmons wird nicht so schnell aufgeben."

Nick blickte aus dem Fenster: „Das kann schon sein, aber je mehr Zeit vergeht und je mehr Strecke wir zwischen Dich und England bringen, umso unwahrscheinlicher ist es, dass er Erfolg hat."

Bridget musste ihm Recht geben, trotzdem blieb ein bitterer Nachgeschmack bei ihr übrig. Nach dem Frühstück räumten sie zusammen die Hütte auf und warteten.

Gegen elf Uhr kam ein Fischerboot angetuckert. Ein junger Mann hüpfte aus dem Boot und machte es am Steg fest. Er ging auf die Hütte zu, trat zu der Eingangstür und klopfte. Sie hatten ihn vom Fenster aus beobachtet.

Logan öffnete die Tür und begrüßte ihn: „Guten Morgen."

„Guten Morgen " antwortete der junge Mann. Er sah sehr sympathisch aus, hatte langes lockiges Haar, eine krumme Nase und olivfarbene Haut. Bekleidet war er mit einer älteren Jeans und einem dicken blauen Strickpullover.

„Ich bin Marco, ich soll Sie hier abholen." Sagte er gut gelaunt.

Logan probierte den Code aus: „Und wie geht's Deiner Mutter."

Marco grinste: „Ganz gut, nur die Galle macht ihr zu schaffen. Habe eigentlich gedacht, das wäre ein Scherz, aber Ihr steht wohl auf sowas."

Logan grinste zurück: „Nur schlechte Erfahrungen."

Er rief Bridget und Nick, die sich in der Küche aufgehalten hatten. Sie zogen sich die warmen Fleecejacken, die für sie in der Hütte bereitgelegt worden waren, an, schlossen die Hütte zu und stiegen zu Marco auf das Fischerboot. Er legte sofort ab.

Bridget setzte sich in die winzige Kabine, die Männer blieben bei Marco am Führerstand stehen. Sie war allein und konnte ihren Gedanken nachhängen. Es war der erste Moment seit Beginn ihrer Flucht, in der sie sozusagen allein war und darüber nachdenken konnte, in was für einer Situation sie sich befand. Sie gestand sich nun ein, doch Angst zu haben. Was würde dieses neue Leben an Nicks Seite bringen? Sie kannte ihn ja doch nicht so gut, wie sie es gerne getan hätte. War er es wirklich wert, alles, was bisher gut und richtig war, aufzugeben? Wenn es mit ihm nicht funktionierte, konnte sie dann jemals wieder nach England zurück und sei es nur, um ihre Familie zu besuchen? Würde man sie überhaupt noch sehen wollen? Aber Viktor sagte, dass sie auf ihrer Seite waren. Jetzt auch noch? Nach diesem Abenteuer? Wie würde der Hof ihr Verschwinden erklären? Aber was ging sie das an? Hätte man sie aus der Vereinbarung entlassen, als sie darum gebeten hatte, wäre das alles nicht passiert. Also sind der Kronrat und die königliche Familie zumindest Mitschuld an allem. Das trug aber auch nicht dazu bei, dass sie sich besser fühlte. Sie war es, die gegangen war, die alles geändert hatte. Wenn auch ihre Familie zu ihr hielt, die königliche Familie und der Kronrat würden bestimmt anders denken. Die würden sie für alles verantwortlich machen und dementsprechend reagieren. Was hatte sie getan? Vielleicht hatte sie auch Valeries Leben mit ihrer Flucht in Mitleidenschaft gezogen. Würde man sie für die Taten ihrer Schwester büßen lassen? Alles war möglich.

Sie war beinahe versucht, Marco zu bitten umzukehren, als Nick den Kopf in die winzige Kajüte streckte: „Na, schon seekrank?"

Sofort waren alle Bedenken verflogen. Sie liebte ihn von ganzem Herzen und wollte bei ihm sein. Koste es, was es wolle. Bridget stand auf, ging zu ihm, umarmte und küsste ihn. Er war leicht überrumpelt. Damit hatte er gerade nicht gerechnet, ließ es sich aber gerne gefallen. Er schlang seine Arme um sie. „Wenn sich Seekrankheit so darstellt, habe ich nichts dagegen."

„Ich werde nicht seekrank. Unser Vater fuhr früher mit uns zum Segeln. Im Golf von Biskaya geht es etwas rauer zu als hier."

99.

Simmons kochte vor Wut. Diesmal hatte sie es wirklich geschafft. Aber er gab sich noch nicht geschlagen. Er wusste, wo sie hingehen würden, was ihr Ziel war. Die Wagen fuhren zum Hotel zurück, denn er musste sich zuerst mit dem Prinzen besprechen. Man musste beratschlagen, wie man ihr Nichterscheinen beim Heimflug erklären würde. Aber es war mitten in der Nacht. Ob der Prinz noch zu sprechen war? Simmons rechnete damit, dass er wütend war und ihm die Schuld für ihre zumindest vorerst gelungene Flucht geben würde. Und wenn es der Prinz nicht tat, der Kronrat würde es mit Sicherheit tun. Er war der Sicherheitschef. Als er die Suite betrat, saß der Prinz auf dem Sofa. Die Champagnerflasche vor sich.

„Hoheit, Sie sind noch wach?"

Benedikt sah auf: „Ja, Mr. Simmons. Es ist viel passiert heute Nacht. Ich konnte noch nicht schlafen. Möchten Sie ein Glas?"

Simmons war erleichtert, wütend war der Prinz wohl nicht. Es war nicht seine Gewohnheit, zu trinken, wenn er im Dienst war, aber was konnte es jetzt noch schaden? Er ging zum Tisch, holte sich das zweite Glas und ging zum Sofa.

Der Prinz goss ihm ein und sagte: „Setzen Sie sich. Haben Sie sie gefunden? Cheers."

Simmons setzte sich zum Prinzen auf das Sofa.

„Cheers."

Sie prosteten sich zu und jeder trank einen Schluck. Simmons genoss das kühle, erfrischende Gefühl, das der Champagner in seiner Kehle verursachte.

Er antwortete: „Nein, aber ich glaube ich weiß, wo sie hin will."

„Lassen Sie sie."

Simmons verstand nicht: „Wie bitte?"

„Lassen Sie sie. Wenn es nach mir ginge, dürfte sie gehen."

„Ich verstehe nicht."

„Ich habe Sie gehen lassen. Zugegeben, nicht ganz freiwillig, aber jetzt habe ich es verstanden. Ich hoffe, Sie hat das Richtige getan und wird glücklich mit ihrem Amerikaner."

Simmons sah jetzt erst die kleine Beule am Kinn des Prinzen. Er deutete darauf: „Gab es ein schlagendes Argument?"

„So könnte man es nennen. Aber ich bin selbst schuld." Er zeigte mit der rechten Hand auf die kaputte Tür: „Die Einrichtung hat ebenfalls etwas gelitten." Er berichtete kurz von den Ereignissen in der Suite und endete: „Ich verlasse mich auf Ihre Diskretion, Mr. Simmons. Wie gesagt, es war meine Schuld."

Simmons musste insgeheim schmunzeln. Das hätte er dem Prinzen nie zugetraut, dass er mit Fäusten für etwas einstehen würde. Es war zwar schiefgegangen, aber trotzdem.

„Und was machen wir dann jetzt?"

Der Prinz sah ihn fragend an.

Simmons erklärte ihm, was er meinte: „Sie fliegt nicht mit nach Hause. Wir brauchen eine Erklärung. Oder wollen Sie auch hier bleiben, Hoheit? Noch ein paar Tage Ferien machen?"

Der Prinz überlegte: „Nein, wir fliegen wie geplant. Wenn wir hier bleiben, muss ich nur noch mehr erklären. Ich fliege lieber nach Hause und versuche dort die Dinge zu regeln."

Simmons runzelte die Stirn: „Das wird nicht einfach werden. Ich glaube nicht, dass der Kronrat es auf sich beruhen lassen wird."

Der Prinz nickte: „Und meine Eltern auch nicht." Er sah Simmons nun eindringlich an: „Man wird Ihnen und Ihren Männern die Schuld geben."

Simmons trank das Glas aus: „Damit rechne ich, aber das macht nichts. Ich habe schon vor unserer Reise meinen Abschied eingereicht. Ich werde langsam zu alt für diese Spielchen."

Der Prinz war erstaunt: „Sie verlassen die Familie?" Er schenkte ihm Champagner nach.

„Ja, es wird Zeit." Simmons räusperte sich: „Also, ihr Flug geht um elf Uhr. Wann werden Sie ihre Familie über die zurückliegenden Ereignisse informieren?"

Der Prinz wurde ernst: „Ich werde wohl nach dem Frühstück telefonieren. Sollten Sie nicht schon mittlerweile die Lage durchgegeben haben?"

„Habe ich an einen meiner Männer übertragen." Er sah auf die Uhr. „Ich nehme an, das ist schon erledigt. Die Nachricht wird im Kronrat gerade die Runde machen. Bis Sie telefonieren, werden alle schon Bescheid wissen."

„Umso besser."

Simmons verzog das Gesicht: „Ich weiß nicht, ob das besser ist. Man wird vielleicht auch schon eine Strategie entworfen haben, sie zurück zu holen."

Der Prinz sagte entschlossen: „Das werde ich verhindern."

Simmons warf ihm einen ungläubigen Blick zu.

„Zumindest werde ich es versuchen." Der Prinz holte tief Luft: „Ich habe heute Nacht Valerie einen Heiratsantrag gemacht. Bridgets Verhalten hat mir dazu den Mut gegeben."

Simmons zog die Brauen hoch: „Und?"

„Sie hat ihn angenommen."

„Gratuliere, Hoheit."

Benedikt lachte: „Danke, Simmons." Nach einem Schluck Champagner fragte er: „Sie sind nicht erstaunt, dass ich Lady Valerie gefragt habe? Wussten Sie von unserer Beziehung?"

Simmons nahm ebenfalls noch einen Schluck, dann sagte er: „Hoheit, bitte, ich bin der Sicherheitschef. Bei mir laufen viele Informationen zusammen. Das muss so sein. Und Diskretion gehört bei mir zum Berufsbild. Ich hoffe, Hoheit und Lady Valerie werden glücklich."

„Ob das wahr wird?"

„Das, Hoheit, liegt alleine an Ihnen. Jetzt haben Sie die Zügel in der Hand. Bridget hat Sie Ihnen gegeben. Nun reiten Sie das Pferd auch."

Der Prinz trank ebenfalls noch einen Schluck: „Ihnen hat der Ausflug nach Amerika auch nicht gerade gut getan."

Simmons stand auf: „Wir sehen uns morgen früh, Hoheit. Gute Nacht."

„Gute Nacht" sagte der Prinz, schenkte sich den Rest aus der Champagnerflasche ein und trank das Glas aus.

100.

Am Morgen, das Frühstück war in der Suite auf dem Tisch gedeckt worden, kam der Prinz aus seinem Schlafzimmer und sein Sekretär und die Zofe standen davor.

„Guten Morgen" sagte der Prinz und setzte sich an den Tisch. Die Beule an seinem Kinn war zwar etwas kleiner geworden, war aber noch zu sehen.

„Guten Morgen, Hoheit." sagten beide.

Der Sekretär räusperte sich: „Hoheit, die Zofe und ich vermissen Lady Bridget."

Der Prinz nahm sich von den Speisen auf seinen Teller und sagte: „Lady Bridget ist heute Nacht abgereist." Er sah die Zofe und den Sekretär sehr ernst an: „Ich bitte Sie, diese Information vorerst streng vertraulich zu behandeln."

Der Sekretär war verwirrt. Er war es nicht gewohnt, nicht Bescheid zu wissen.

„Aber Hoheit, wie kann das sein? Ihr gesamtes Gepäck ist noch da."

Der Prinz wandte sich an die Zofe: „Bitte packen Sie es ein. Wir nehmen es mit nach Hause. Sie wird es vielleicht noch brauchen. Und jetzt lassen sie es gut sein, Ian. Es ist, wie ich es gesagt habe."

Die Zofe, froh, etwas zu tun zu haben, entfernte sich schnell zum Packen. Der Sekretär, immer noch verwirrt, begann stockend, den Tagesablauf bis zum Abflug zu erklären. Der Prinz hörte zu und nachdem alles besprochen war, bat ihn der Prinz, ihn kurz alleine zu lassen. Der Sekretär entfernte sich. Benedikt nahm seinen Laptop und baute eine Video-Telefon-Verbindung nach England auf. Nach kurzem Klingeln meldete sich Valerie: „Hallo, Benedikt."

„Hallo Valerie, na wie geht es Dir?"

„Mir geht es gut, aber weißt Du, was hier los ist?"

„Nein und ich glaube, ich will es gar nicht wissen."

„Ist Bridget noch weg?"

„Ja und ich habe veranlasst, dass die Suche abgebrochen wird. Simmons war nicht begeistert. Aber das ist mir jetzt egal."

„Simmons ist nicht dein Problem. Der Kronrat tobt. Meine Eltern sind gerade auf dem Weg dahin. Man hat eine Sondersitzung einberufen. Bridget hat sich bei uns noch nicht gemeldet. Weißt Du, wo sie ist?"

Der Prinz antwortete: „Das kann ich mir alles lebhaft vorstellen. Nein, ich weiß auch nicht, wo sie ist. Nur mit wem sie ist."

„Das weiß, glaube ich, jeder. Deine Eltern sind auch nicht gerade erfreut, wie sich die Dinge entwickelt haben."

„Mit denen muss ich jetzt gleich telefonieren. Wird auch kein Spaß."

Es entstand eine kleine Pause. Dann fragte der Prinz: „Bleibst Du bei Deiner Entscheidung?"

Valerie grinste ihn an: „Bereust Du schon, mich gefragt zu haben?"

„Oh nein, auf keinen Fall. Nur, es wird nicht leicht. Du bekommst ja in der ersten Reihe mit, was gerade los ist. Bist Du bereit, Schwierigkeiten auf Dich zu nehmen?"

Valerie wurde jetzt ernst: „Benedikt, ich liebe Dich. Dass du mich gefragt hast, ob ich Dich heiraten möchte, damit hatte ich nicht gerechnet. Aber es hat mich so glücklich gemacht. Es hat mir letztendlich gezeigt, wie ernst es Dir mit mir ist."

Der Prinz war jetzt erstaunt: „Daran hast Du gezweifelt?"

Sie entrüstete sich: „Immerhin warst Du dabei, meine Schwester zu heiraten."

„Aber das war doch nicht meine Idee."

„Aber Du hättest es getan."

„Das hätte nichts zwischen uns geändert."

Sie sah ihn jetzt eindringlicher an: „Glaubst Du das wirklich?"

Benedikt war jetzt verwirrt: „Aber darüber hatten wir doch gesprochen."

„Ja, das hatten wir. Aber glaubst Du allen Ernstes, es hätte mir nichts ausgemacht, wenn Du mit Bridget verheiratet gewesen wärst, Kinder mit ihr gehabt hättest?"

„Aber das wäre doch rein" er suchte nach einem Wort. Er benutzte das erste, das ihm einfiel „geschäftlich gewesen."

Valerie benutzte jetzt offene Worte: „Die Tatsache, dass Du geschworen hättest, Dein Leben mit ihr verbringen zu wollen, in guten, wie in schlechten Tagen, und mit ihr geschlafen hättest, wäre aber geblieben."

Benedikt verstand die Welt nicht mehr. Innerhalb weniger Stunden hatte sich alles geändert und jetzt sagte ihm Valerie auch noch, was sie über ihre Gespräche, die sie über die Zukunft geführt hatten, dachte. Und bei näherer Betrachtung hatte sie auch noch Recht. Das fiel ihm erst jetzt auf. Es war aber auch nicht mehr von Bedeutung.

Er gab sich vorerst geschlagen: „Valerie Du hast ja Recht. Ich möchte mich jetzt nicht mit Dir streiten. Aber können wir die Unterhaltung verschieben, bis ich wieder zuhause bin? Ich muss jetzt mit meinen Eltern reden und das wird nicht einfach."

Valerie hatte jetzt beinahe ein schlechtes Gewissen. Er hatte es schon schwer genug, auch ohne dass sie ihm noch die Hölle heiß machte. Zumal das Thema sowieso keine Bedeutung mehr hatte. Er hatte sie gefragt und sie hatte ja gesagt. Nur das zählte.

„Benedikt, denke daran, ich liebe Dich. Und ich freue mich auf Deine Rückkehr."

Benedikt lächelte: „Ich liebe Dich auch, mein Herzchen. Bis heute Abend." Sie beendeten das Gespräch.

So, dachte der Prinz, jetzt in die Höhle der Löwen.

101.

Benedikt wählte die Nummer des Video-Telefon-Anschlusses seines Vaters. Nach ein paar Klingeltönen, meldete er sich.

„Hallo, mein Sohn, ich habe schon auf Dich gewartet. Kannst Du mir mal erklären, was da drüben los war?"

Benedikt holte Luft: „Das ist nicht ganz so einfach zu erklären."

„Probier's einfach."

Seine Mutter kam dazu. Benedikt hatte das Gefühl, die Stimmung wurde noch etwas frostiger. „Hallo, Benedikt."

„Hallo, Mama."

Die Königin, sichtlich unzufrieden, ergriff das Wort: „Hatten wir Euch nicht nach Kanada geschickt, damit Ihr die Dinge in Ordnung bringt? Ich habe das Gefühl, es ist jetzt weniger in Ordnung als vorher."

Der König war ungehalten: „Jetzt lass ihn doch erst Mal erzählen."

Benedikt erzählte die Begebenheiten der letzten Nacht. Woher er seine Beule hatte und die kaputte Tür ließ er aus.

Er endete: „Und nachher fliege ich dann, wie geplant, nach Hause."

Der König fragte: „Und was sollen wir jetzt wegen Bridget unternehmen?"

Jetzt fasste sich der Prinz ein Herz: „Ich möchte nicht, dass noch etwas unternommen wird. Sie möchte mich nicht heiraten und ich möchte sie, ehrlich gesagt, auch nicht mehr heiraten."

Die Königin schnappte nach Luft: „Das kommt überhaupt nicht in Frage. Wir lassen sie suchen, nach Hause bringen und ihr heiratet wie geplant. Der Kronrat wird das auch so sehen."

Aber Benedikt war diesmal mutig genug um zu widersprechen und er fühlte sich gut dabei: „Nein, Mama, das werden wir nicht. Sie liebt einen anderen und ich habe keine Lust, mich ihr aufzuzwingen. Und außerdem habe ich eine Freundin. Der habe ich heute Nacht einen Antrag gemacht und sie hat ihn angenommen." So, jetzt ist es raus, dachte er.

Es entstand eine kurze Pause.

Der König sagte kühl: „Und Du stellst uns vor vollendete Tatsachen?"

Die Königin war blass geworden: „Benedikt, das hast Du nicht getan. Sag bitte, dass das nicht wahr ist."

„Doch, Mama, das ist die Wahrheit. Es ist vorbei. Bridget und ich werden nicht heiraten."

Der König fragte mit fast zusammengebissenen Zähnen: „Und wer ist Deine Freundin?"

Benedikt schöpfte Hoffnung: „Es ist Valerie, Bridgets kleine Schwester."

Der Königin entfuhr ein spitzer Aufschrei: „Dieses kleine Mädchen ist Deine Freundin? Seit wann geht das schon?"

„Seit zwei Jahren."

Der König konnte es nicht glauben: „Du hast seit zwei Jahren eine Freundin und keiner hat es gemerkt?"

Benedikt sagte nicht ohne Stolz: „Richtig zusammen sind wir erst seit einem starken Jahr, aber wir kennen uns schon länger. Das mit der Diskretion hat ziemlich gut geklappt. Aber ich habe mich jetzt entschieden, Valerie zu heiraten. Bridgets Verhalten hat mir den Mut dazu gegeben. Sie hat mir gezeigt, dass es sich lohnt, für den Menschen, den man liebt, Risiken einzugehen und zu kämpfen."

Die Königin beherrschte sich nur mühsam: „Das wird der Kronrat nie zulassen."

Benedikt blieb standhaft: „Das wird er wohl oder übel akzeptieren müssen. Sie können uns nicht zwingen."

Der König und die Königin sahen sich mit ernsten Mienen an, dann wandte der König sich wieder an Benedikt: „Wir werden sehen. Jetzt komm erst Mal nach Hause, dann sprechen wir weiter. Bis morgen früh. Guten Flug."

Benedikt verabschiedete sich: „Danke Dad. Bis dann, Mama."

Das wäre geschafft. Benedikt atmete erleichtert aus und klappte den Laptop zu.

102.

Das kleine Fischerboot schaukelte auf den Wellen. Die Männer standen alle beim Führerstand. Bridget kam aus der Kabine und schaute auf das Wasser. Sie war schon lange nicht mehr auf einem Boot so weit draußen gewesen, jetzt genoss sie es richtig. Bridget atmete tief ein und zog die raue Meeresluft tief in ihre Lungen.

Nick kam auf sie zu und fragte: „Ist Dir auch nicht kalt?"

„Doch, schon ein bisschen, aber die Luft tut auch gut. Wo sind wir und wie lange dauert es noch?"

Nick zeigte auf Marco: „Marco sagt, dass wir schon auf US-amerikanischem Hoheitsgebiet sind. Es dauert wohl nicht mehr lange."

„Und wie geht es dann weiter? Ich meine, was ist unser Ziel?"

Nick nahm sie in die Arme: „Komm, ich wärme Dich ein bisschen. Marco fährt uns nach Seattle. Dort steht ein Flugzeug, das uns nach Hause bringt. Unser Ziel ist Page Manor."

Bridget schmiegte sich an ihn: „Ich wünschte, wir wären schon da."

„Keine Angst. Es ist bald soweit. Dann können wir aufatmen. Glaubst Du, sie sind noch hinter Dir her?"

Bridget hatte keine Ahnung: „Ich weiß es nicht. Es wäre zu schön um wahr zu sein, wenn sie aufgegeben hätten. Aber ich glaube es noch nicht. Dazu habe ich mit meiner Flucht zu viele vor den Kopf gestoßen."

Nick machte sich langsam Sorgen: „Wieso, wen den alles?"

Bridget fing an aufzuzählen: „Naja, streng genommen, meine Eltern, Ben, den König, die Königin, sämtliche 13 Mitglieder des Kronrates, die Sicherheitskräfte, alle Lehrer, die mich auf mein Leben vorbereitet haben, die ganze restliche königliche Familie…"

„Hör auf. Das hört sich ja an, als ob halb England sauer auf Dich wäre."

„Halb England oder ein paar Familienmitglieder allein, was ist der Unterschied? Ich frage mich nur, ob sie mir auf den Fersen sind, oder ob wir sie abgeschüttelt haben?"

Nick umarmte sie stärker: „Ich lasse Dich jedenfalls nicht mehr los."

Sie sah ihn dankbar an: „Danke. Ich will auch nicht mehr losgelassen werden."

Er küsste sie und sie erwiderte seinen Kuss.

Das Boot hüpfte auf einer Welle und sie mussten sich festhalten.

Logan kam auf sie zu: „So, Ihr Turteltauben. Marco meint, wir sind in fünfzehn Minuten im Hafen von Seattle. Er versucht seinen Cousin zu erreichen. Der fährt ein Taxi und er wird uns dann zum Tacoma Airport fahren. Wenn wir im Taxi sind, versuche ich den Piloten des Flugzeugs zu erreichen. Der müsste eigentlich seit heute Morgen in Bereitschaft sein."

Bridget und Nick hielten sich nun an einer Hand und versuchten sich mit der freien Hand festzuhalten. Das Boot passierte gerade das Seattle Wheel, ein Riesenrad am Hafeneingang. Bridget betrachtete es sehnsüchtig, dann wandte sie sich an Nick: „Oh, sieh mal, ein Riesenrad."

Nick hatte es auch gesehen. Er lächelte: „Magst Du Riesenräder?"

Ihre Augen begannen zu leuchten: „Oh ja, und wie. Als Kind konnte ich keinem Rummelplatz widerstehen, auf dem es eines gab. Es war nur nicht immer möglich, zu fahren." Sie machte eine kleine Pause. „Wir kommen nicht zufällig an ihm vorbei?"

Nick sah sie wehmütig an: „Ich fürchte nicht und selbst wenn, wir hätten keine Zeit dafür."

„Schade, aber es wird schon noch andere geben."

„Bestimmt. Ich verspreche es."

103.

Im Sitzungssaal des Kronrates war die schlechte Stimmung beinahe mit Händen greifbar. Die Mitglieder waren alle mehr oder weniger entrüstet über das Verhalten von Lady Bridget.

Da nun auch noch der König und die Königin erschienen waren und von den Plänen ihres Sohnes erzählt hatten, war der Aufruhr umso größer. Bridgets Eltern, der Comte und die Comtesse waren ebenfalls anwesend.

Der Duke of Hampstead ergriff als Vorsitzender das Wort: „Ich brauche wohl nicht zu betonen, wie unmöglich wir das Verhalten der beiden jungen Leute finden. Absolut unwürdig ihres Standes und ihrer Erziehung. Wir werden nicht dulden, dass Lady Bridget ihr Potential als zukünftige Frau unseres Königs, das sie, nebenbei gesagt, uns zu verdanken hat, ungenutzt lässt. Wir haben für ihre Erziehung und Bildung gesorgt. Sie genoss die besten Schulen und Universitäten in Europa. Hatte Hauslehrer und die besten Erzieher. Was für den Kronprinzen ebenso galt. Wie sich jetzt herausstellte, war es ein Fehler, die Zügel etwas lockerer zu halten und ihnen Freiraum zu gewähren. Man hätte sie gleich nach ihren Examina verheiraten sollen. Jetzt haben wir eine Situation, deren Lösung äußerste Delikatesse erfordert. Der Prinz ist, wie wir hören, schon auf dem Weg nach Hause. Lady Bridget ist im Moment unbekannten Aufenthalts. Das wird sich jedoch schon bald ändern. Mr. Simmons hatte seinen Abschied schon eingereicht, bevor die Reise nach Kanada angetreten wurde. Wir werden ihn wunschgemäß aus unseren Diensten entlassen. Wir haben aber schon Ersatz für ihn. Ich darf ihnen Mr. Crown vorstellen."

Hinter den Herrschaften an der Wand saßen etliche Sicherheitsbeamte. Einer davon, ein schlanker Mann, etwa Mitte vierzig, mit blonden Haaren, einem ernsten Gesicht und dunklem Anzug stand auf und stellte sich den Herrschaften vor.

Der Duke fuhr fort: „Mr. Crown, Sie werden mit allen Ihnen zur Verfügung stehenden Mitteln und Möglichkeiten Lady Bridget ausfindig machen und sie überreden, nach Hause zurück zu kehren. Wir verlassen uns auf Sie."

Der Angesprochene antwortete: „Jawohl, Mylords. Ich mache mich sofort auf den Weg."

Er drehte sich um und blickte die Männer, die noch saßen, ernst an. Sie standen sofort auf und verließen alle zusammen den Raum.

Der König ergriff nun das Wort: „Ich weise den Kronrat offiziell darauf hin, dass der Prinz nicht mehr gewillt ist, Lady Bridget zu heiraten. Er hat dies eindeutig erklärt."

Der Duke bleib gänzlich unbeeindruckt: „Majestät, wir nehmen das zur Kenntnis. Ich darf aber hinzufügen, dass der Prinz, egal, wen er zu heiraten gedenkt, eine Genehmigung des Kronrates braucht."

Er sah den König ernst an.

Der wirkte etwas verunsichert: „Und?"

Der Duke fuhr fort: „Diese Genehmigung kann auch versagt werden."

Der König wurde jetzt zornig: „Würden Sie das wagen?"

Der Duke sah in die Runde, die Mitglieder des Rates machten alle undurchdringliche Mienen. „Bis jetzt stellt sich die

Frage nicht. Nun denn, wir werden sehen, was passieren wird."

Der König wagte noch einen Vorstoß: „Die Situation hat sich jedoch entscheidend verändert."

Der Duke antwortete: „Die Situation ist die, dass der Prinz nach Hause kommt und Lady Bridget sich etwas verspätet. Ansonsten sehen wir noch keine Veränderung. Das Übrige wird sich finden, wenn beide wieder hier sind."

Die übrigen Mitglieder des Rates sahen ebenso unbeeindruckt drein wie ihr Vorsitzender.

Der König sah jetzt keinen Sinn mehr darin, ohne Benedikt etwas zu sagen. Er stand auf, reichte seiner Frau die Hand und sagte: „Dann werden wir hier ja nicht mehr gebraucht." Und an den Rat gewandt. „Meine Herren."

Der Kronrat stand auf und verabschiedete das Königspaar. Der Comte und die Comtesse folgten ihnen.

104.

Das kleine Fischerboot landete an einem etwas abseits gelegenen Steg am Hafen von Seattle. Der Himmel war bewölkt und es ging ein frischer Wind. Bridget fröstelte. Sie stiegen vom Boot herunter und warteten, bis Marco das Boot festgemacht hatte.

Dann kam auch er an Land und sagte: „Da vorne ist ein Häuschen, da könnt Ihr warten, bis mein Cousin kommt. Ich bringe Euch hin."

Sie gingen zusammen den Steg entlang. Links und rechts lagen vereinzelt Boote, solche wie Marcos, auch ein paar Segelboote. Menschen waren nicht viele zu sehen. Das beruhigte Bridget etwas. Sie gingen zusammen auf ein Haus zu, das aussah, als diente es den Leuten, die hier ihre Boote zu liegen hatten, als Treffpunkt.

Sie traten ein und es schlug ihnen ein Gewirr von Stimmen entgegen. Hinter der Eingangstür war gleich der Gastraum. An der Fensterseite waren Bänke mit Tischen, in der Mitte standen kleine runde Tische, und an der linken Seite war die Theke. Dahinter war die offene Küche. An einigen Tischen saßen Männer mit Getränken vor sich. An zwei Tischen saßen Gruppen von Frauen mit dampfenden Tassen. Einige Leute begrüßten Marco mit kurzem Nicken, der ging auf die Theke zu und bestellte erst Mal vier Tee, damit sie wieder warm wurden.

Dann sagte er zu ihnen: „Ich gehe mal schnell telefonieren." Er verschwand in einem dunklen Gang, der von der Theke aus abging.

Logan, Nick und Bridget setzten sich auf die Bänke an einem freien Tisch am Fenster und warteten, bis der Tee kam. Sie nahmen ihn gerne an. Es war allen etwas kalt und der Tee wärmte gut von innen. Nach ein paar Minuten kam Marco wieder zurück, setzte sich zu ihnen und sagte: „Mein Cousin ist in etwa 20 Minuten hier. Er kommt hier herein. Ich habe Euch beschrieben, damit er euch erkennt. Mit ihm fahrt Ihr dann zum Tacoma Airport."

Nick fragte: „Wie heißt er?"

Marco grinste: „Immer noch misstrauisch, was? Er heißt Chris. Er wird sich Euch vorstellen, wenn er kommt." Er trank seinen Tee. „Ich muss jetzt wieder los. Ihr rührt euch besser nicht, bis er hier ist."

Logan sah sich um: „Unauffällig sind wir gerade nicht."

Marco beruhigte ihn: „Für hiesige Verhältnisse schon. Die sind hier einiges gewohnt. Da müsstet ihr schon anders aussehen, um hier aufzufallen. Außerdem sind die Leute hier sehr nett. Die mögen es nicht, wenn jemand Fragen stellt. Ihr seid also sicher."

Er trank seine Tasse aus. „Bis dann. Wenn Ihr wieder mal was braucht, ruft einfach an." Er stand auf, tippte sich an die Stirn und verschwand durch die Tür.

105.

Es waren etwa zehn Minuten vergangen, Bridget erschien es wie eine Ewigkeit, als sie es nicht mehr aushielt. „Ich muss nach draußen. Ich brauche frische Luft."

Sie wollte aufstehen. Nick hielt sie am Arm fest: „Du hast doch gehört, wir sollen hier warten."

„Ich halte das Sitzen nicht aus." Sie stand auf.

Logan stand ebenfalls auf: „Dann gehen wir alle."

Nick sagte: „Dann wird uns der Fahrer nicht finden. Er wird hier hereinkommen."

Logan setzte sich wieder: „Gut, Nick, dann gehst Du mit ihr, ich bleibe hier und warte auf das Taxi. Geht nicht zu weit weg. Wenn er kommt, holen wir Euch."

Nick stand auf und er verließ mit Bridget den Raum. Vor der Tür atmete Bridget tief ein. Sie lief langsam am Haus entlang. Nick folgte ihr.

Sie drehte sich zu ihm um: „Entschuldige, aber das Warten macht mich nervös."

Nick antwortete: „Schon gut. Es dauert ja hoffentlich nicht mehr lange." Er sah sich um: „Und ich glaube, Marco hat Recht, hier sind wir sicher."

Neben dem Haus war eine abschüssige Spur zum Wasser, hier wurden die Segelboote aus dem Wasser geholt, oder zu Wasser gelassen. Ein paar Männer machten gerade einen Anhänger von einem SUV los, auf dem sich eine kleine Segeljacht befand.

Bridget ging auf Nick zu: „Weißt Du, was am Warten das Schlimmste ist?"

„Sag's mir."

„Man hat Zeit zu denken."

Nick wurde auf einmal heiß und kalt gleichzeitig: „Und was denkst Du?"

Sie sah auf das Wasser: „Ob es richtig ist, was wir tun. Hast Du Dich das noch nicht gefragt in den letzten Stunden?"

Ihr wurde fast schlecht, als sie das sagte, aber sie musste wissen, was er darüber dachte. Sie selbst hatte es sich schon oft genug in den letzten Stunden gefragt. Jetzt wollte sie seine Meinung darüber hören.

Nick hatte mit dieser Frage insgeheim gerechnet, nur noch nicht jetzt. Er zögerte etwas, dann sagte er: „Ich habe mich zuhause gefragt, ob es richtig ist. Jetzt hier, in den letzten Stunden, Nein."

Sie war erstaunt: „Du hast es Dich zuhause gefragt? Wieso das?"

Jetzt sah er auf das Wasser: „Nun, ich konnte ja nicht wissen, ob Du mitkommst. Ob Du noch bereit dazu warst. Immerhin hast Du eine Reise mit dem Kronprinzen angetreten. Hätte ja sein können, Du hast Geschmack an diesem, deinem vorgezeichneten Leben bekommen. Und da habe ich mich gefragt, ob die ganze Planung nicht umsonst sein könnte."

Bridget spürte leisen Unmut in sich aufsteigen. Diese Ehrlichkeit von ihm hatte sie nicht erwartet. Als sie nichts sagte, fuhr er fort: „So gut kannten wir uns jetzt doch noch nicht, dass ich geschworen hätte, dass Du alles für mich stehen und liegen lässt." Jetzt sah er sie zärtlich an: „Tief in meinem Herzen habe ich es gewusst, aber mein Verstand stand nicht still." Jetzt wurde er wieder ernster: „Und als ich dann noch von dieser Reise erfahren habe, wusste ich erst nicht, was ich davon halten sollte. Meine Assistentin meinte, ich solle vorsichtig sein. Deine Bereitschaft zu reisen, könnte auch Deine Bereitschaft zur Heirat bedeuten."

Jetzt war bei Bridget der Unmut vollends hochgestiegen: „Du hast mit Agatha über uns gesprochen?"

„Ich habe nicht über uns mit ihr gesprochen, ich habe sie gebraucht, um das alles hier zu planen." Er machte eine kleine Pause, er wusste nicht, ob er es zur Sprache bringen sollte, aber er musste es wissen: „Und sie hat den Artikel in der Zeitung gesehen."

Bridget erschrak jetzt richtig: „Und wahrscheinlich auch gelesen."

„Ja und sie hat ihn mir gezeigt."

„Und?" Jetzt war sie auf Angriff programmiert.

„Was und?" Nick fühlte sich jetzt auch ungerecht behandelt. Immerhin hatte er alles dafür getan, dass sie zusammen sein konnten. War das nicht genug Beweis seiner Liebe? Musste sie ihn in ein solches Gespräch verwickeln?

„Was dachtest Du, als Du das Bild gesehen hast?"

Nick dachte nach. Ja, was hatte er eigentlich gedacht? „Ich war mir nicht mehr sicher."

„Und dann?"

„Dann habe ich mit Agatha darüber gesprochen und das hat mich meine Meinung ändern lassen. Sie meinte aber auch, dass ich vorsichtig sein sollte."

„Aber immerhin hatte sie eine Meinung zu unserer Beziehung. Wie kommt sie dazu?" Bridget ließ jetzt nicht locker.

Nick gefiel die Richtung, die dieses Gespräch nahm, nicht: „Ich brauchte jemand, der mir half, da musste ich ihr doch auch etwas erzählen, außerdem ist sie absolut vertrauenswürdig."

„Und was hast Du ihr alles von mir erzählt?"

Jetzt wurde Nick langsam ärgerlich: „Ich habe ihr gar nichts speziell über Dich erzählt, sondern über unser Problem. Und da konnte sie helfen. Warum regt Dich das so auf?"

„Weil ich mich langsam frage, wer alles über mich redet und eine Meinung hat."

„Agatha würde nie über Dich reden. Wie gesagt, sie hat mir geholfen."

Bridgets Ton wurde immer aggressiver: „Na, da bin ich aber beruhigt."

Da sie sich emotional in einem Ausnahmezustand befand, konnte sie nicht mehr unterscheiden, was richtig war und was nicht. Ihr stiegen die Tränen in die Augen. Sie fühlte sich verraten, gedemütigt, verfolgt. Nick hatte mit Agatha über sie geredet. Mit wem noch? Immer hatten irgendwelche Leute eine Meinung über sie. Zuhause war es der Kronrat, in Amerika Assistentinnen. Sie konnte nicht mehr klar denken, wollte nur noch weg und wollte jetzt niemanden mehr sehen, wollte allein sein. Bridget lief den Weg am Haus entlang in die Richtung zum Eingang des Hafenbeckens. Sie hörte nicht, wie die Männer riefen, die die Segelyacht zu Wasser ließen und lief direkt vor die Yacht.

Nick, der völlig überrumpelt war, dass sie plötzlich losgelaufen war, stand wie erstarrt. Er konnte nur zusehen, wie sie gegen die Yacht prallte und zur Seite ins Wasser geschleudert wurde. Er rannte los. Als er bei ihr ankam, hatte sie schon einer der Männer aus dem Wasser gezogen. Sie war bewusstlos. Aus dem Haus kamen noch mehr Menschen gerannt.

Nick nahm sie dem Mann ab und legte sie auf den Boden.

Er rief nach ihr: „Bridget, Liebes, bitte, hörst du mich?"

Er fühlte ihren Puls. Ihr Herz schlug und sie atmete. Jemand telefonierte nach einem Krankenwagen.

Nick konnte es nicht fassen: „Oh nein, oh nein. Bridget, wach auf. Komm zu Dir." Er tätschelte ihr die Wange. In Minutenschnelle waren sie von einer Menge umringt.

Logan bahnte sich einen Weg durch die Menschen: „Was ist denn passiert? Sie lief direkt vor die Yacht. Wieso?"

Nick sah ihn an und sagte: „Wir hatten eine kleine Diskussion und sie rannte einfach davon."

Jemand brachte ein Kissen und eine Decke. Nick legte ihr das Kissen unter den Kopf und Logan deckte sie zu.

Die Leute redeten durcheinander. Die Männer, die die Yacht zu Wasser gelassen hatten, beteuerten, dass sie alles gesichert hatten und die junge Frau selbst gegen die Yacht gelaufen ist.

Der Krankenwagen war sehr schnell zur Stelle. Sie luden Bridget nach einer kurzen Untersuchung ein.

Einer der Sanitäter wandte sich an Nick: „Sind Sie ein Angehöriger?"

Nick antwortete: „Ihr Verlobter." Er schwindelte etwas, aber würde man ihm sonst Auskunft geben?

„Wir bringen sie ins St. Mary Hospital." Sagte der Sanitäter geschäftsmäßig.

„Ich komme hin."

Der Sanitäter stieg ein: „Gut, ich sage dort Bescheid."

Der Wagen fuhr los. Mittlerweile standen nur noch ein paar Grüppchen herum. Die meisten der Leute hatten sich wieder ihren eigenen Angelegenheiten zugewandt.

Kurz bevor der Krankenwagen kam, war der Taxifahrer eingetroffen. Er hatte sich bei Logan als Chris vorgestellt. Logan nahm ihn jetzt zur Seite und erklärte ihm die Situation.

Nick ging jetzt zu Logan und Chris: „Sie fahren sie ins St. Mary Hospital."

„Ich weiß, wo das ist." Sagte der Taxifahrer. „Ich fahre Sie hin." Sie gingen zusammen zu seinem Taxi und stiegen ein.

Als sie im Wagen saßen und losfuhren, fragte Logan neugierig: „Was hattet Ihr denn für eine Diskussion?"

Nick antwortete nicht gleich. Er holte tief Luft, dann begann er: „Sie wollte wissen, ob ich mich in den letzten Stunden schon mal gefragt habe, ob es richtig ist, was wir tun."

„Was? Das hat sie Dich im Ernst gefragt?"

Nick sah Logan gequält an: „Ja und ich habe ihr geantwortet, dass ich es in den letzten Stunden nicht getan habe, aber vorher, zuhause."

„Und da wurde sie sauer."

„Erst nachdem ich ihr gesagt hatte, dass ich mit Agatha über alles gesprochen hatte und sie mich gewarnt hat."

Logan sah Nick ungläubig an: „Oje, warst Du da vielleicht nicht ein bisschen zu ehrlich? Welche Frau mag es schon, wenn ihr Freund mit einer anderen über sie spricht?"

Nick antwortete: „Ich glaube nicht, dass ich zu ehrlich war. Und dabei finde ich auch nichts Unrechtes. Immerhin hat mir Agatha viel bei der Planung geholfen. Wie hätte sie das tun sollen, wenn ich sie nicht eingeweiht hätte? Und da kam dann auch Grundsätzliches zur Sprache."

„Wie zum Beispiel, ob Du das überhaupt tun solltest?"

„Ja, auch das. Bridget und ich kennen uns noch nicht gut genug. Ein Abend am Mirror Beach und vorher ein paar Monate Zusammenarbeit. Ich habe mich das zum Teil auch für sie gefragt. Überleg doch mal, was sie aufgibt im Gegensatz zu mir. Wir konnten uns doch noch gar nicht kennenlernen wie normale Menschen. Bei ihr gibt es nur ja oder nein. Kein vielleicht oder mal sehen. Was, wenn es nicht funktioniert? Sie kann nicht zurück in ihr altes Leben und so tun, als wäre nichts geschehen. Und dafür wird sie mir dann die Schuld geben."

„Tja, Bruderherz, diese Diskussion hatten wir zuhause auch schon einmal."

„Ich weiß. Und das sagst Du ihr bitte nicht. Und jetzt? Wer weiß, was jetzt passiert." Nick ließ den Kopf hängen.

Logan wollte ihm Mut machen: „Jetzt warte mal ab. Vielleicht ist es ja nicht so schlimm."

„Hoffentlich ist sie nicht allzu schwer verletzt und hoffentlich hat das Gespräch nichts verändert." sagte Nick besorgt.

Logan antwortete: „Vielleicht kann sie sich ja nicht mehr daran erinnern." Er grinste Nick an. Der fand das gar nicht witzig.

Logan wurde ernst: „Nick, sie ist mit Dir abgehauen. Aus einem Hotel, in dem sie mit dem Prinzen war. Sie wusste, was sie tat und egal was passiert, sie wird Dir nicht die Schuld dafür geben. Ich habe sie in den letzten Stunden auch ein wenig kennengelernt. Sie ist eine intelligente Frau. Und sie weiß, was sie will, nämlich Dich."

Nick lächelte gequält. „Hoffentlich hast Du Recht."

Logan wollte, dass Nick Hoffnung schöpfte: „Natürlich habe ich Recht. Außerdem habt Ihr mich in die Geschichte hineingezogen. Wehe, sie geht nicht gut aus. Dann bekommt Ihr es mit mir zu tun."

„Danke, Bruderherz."

106.

Das Taxi hielt vor dem Krankenhaus und Chris sagte: „Ich nehme mal an, ich soll warten. Ich parke das Taxi und halte mich dann hier im Foyer auf."

„Danke" sagte Nick und stieg mit Logan aus. Logan fragte an der Rezeption der Klinik nach Bridget und man schickte sie zur Notaufnahme. Wegweiser auf dem Boden halfen bei der Orientierung. Sie fanden den Bereich und sahen dort eine junge Dame hinter einem hohen Tresen sitzen.

Nick erkundigte sich nach Bridget bei ihr. Sie verwies sie an eine der Schwestern, die gerade vorbeiliefen und die Schwester zeigte ihm, in welcher Kabine Bridget gerade untersucht wurde, bat aber darum, dass man vor der Tür warte.

Logan setzte sich in einen der Stühle, Nick blieb stehen. Nach einer gefühlten Ewigkeit ging die Tür auf und ein Arzt kam heraus. Es war ein junger dunkelhaariger Mann, mit braunen, freundlichen Augen und einem Stethoskop, das er locker um den Hals geschlungen hatte. Als er die beiden Männer auf dem Flur sah, fragte er: „Ist einer von Ihnen ein gewisser Nick?"

Nick antwortete: „Ja, ich."

„Gut, sie fragt dauernd nach Ihnen. Sie können jetzt kurz zu ihr."

Nick wollte jedoch zuerst wissen, was ihr fehlte: „Wie geht es ihr? Ist sie schwer verletzt?"

Der Arzt sagte: „Nun, sie hat eine Gehirnerschütterung, drei gebrochene Rippen und eine Mordsbeule am Kopf. Sie wird ein paar Wochen Schmerzen haben, aber es heilt alles. Sie wird wieder."

Nick machte vor Erleichterung die Augen zu und atmete hörbar aus. Das war alles, was er wissen wollte. „Ich kann also zu ihr?"

„Ja, aber wir werden sie ein paar Tage hier behalten müssen. Zur Beobachtung."

Nick ging in den Untersuchungsraum. Man hatte Bridget die nassen Sachen ausgezogen und sie in Decken eingewickelt. Sie lag sehr blass in den Kissen. Sie machte einen sehr verletzlichen Eindruck und Nick stach es ins Herz, sie so daliegen zu sehen. Er ging zu ihr und nahm ihre Hand, die nicht zugedeckt war. Am Arm hatte man ihr eine Infusion gelegt. Es fiel ihr sichtlich schwer, die Augen aufzumachen.

„Nick" krächzte sie.

Nick setzte sich zu ihr aufs Bett und nahm ihre Hand.

„Es tut mir so leid."

Er versuchte sie zu beruhigen: „Es ist alles gut, mein Schatz."

Sie regte sich noch mehr auf: „Nichts ist gut. Ich habe alles verdorben." Sie stöhnte vor Schmerzen. „Was habe ich nur getan? Du hilfst mir aus meinem Schlamassel und dafür bringe ich Dich hierher."

Nick versuchte es noch einmal: „Ich nehme mal an, dass Du nicht mit Absicht gegen die Yacht gelaufen bist. Unfälle passieren nun mal."

Sie ließ nicht locker: „Ja, aber das hätte nicht sein müssen. Wenn ich nicht so kopflos davongelaufen wäre, wäre das nicht passiert. Ich habe nicht darauf geachtet, wohin ich gehe. Ich habe die Yacht überhaupt nicht gesehen. Was, wenn man uns jetzt hier findet?"

Nick redete beruhigend weiter: „Dann finden wir auch eine Lösung. Wir haben uns jetzt gefunden und lassen uns nicht wieder los."

Sie machte eine Pause, blickte ihn an und sagte: „Heißt das, dass Du mich noch immer haben willst? Auch nachdem was ich da vorhin gesagt habe?"

Nick lächelte sie an: „Was hast Du denn gesagt? Und so leicht kommst Du mir nicht davon. Ich habe bis jetzt hart um Dich kämpfen müssen. Da lässt man die Beute nicht so einfach los."

Sie versuchte zurück zu lächeln, aber die Kopfschmerzen wurden immer stärker. Sie machte die Augen zu und sagte nur: „Armer Nick. Ich glaube, auf Dich kommt noch Einiges zu."

Er antwortete: „Das glaube ich mittlerweile auch. Langweilig wird es mit Dir nicht."

Er sah ihr schmerzverzerrtes Gesicht, in diesem Moment kam eine Schwester: „Wir werden Sie jetzt auf die Station bringen." An Nick gewandt fragte sie: „Können Sie ihr ein paar Sachen zum Anziehen bringen?"

Nick überlegte schnell, dann sagte er: „Ja, ich muss nur schnell weg."

Bridget hatte es gehört, griff seine Hand fester und sagte: „Nein, bitte geh nicht."

Er beugte sich zu ihr und gab ihr einen Kuss: „Ich bin gleich wieder da. Ich hole Dir nur ein paar Sachen. Versprochen."

Die Schwester sagte an Bridget gewandt: „Sie bekommen jetzt etwas gegen die Schmerzen und Sie werden schlafen. Das Medikament macht müde. Lassen Sie es einfach zu. Das tut Ihnen gut."

Nick beugte sich zu Bridget hin: „Und wenn Du aufwachst, bin ich wieder da." Er küsste sie kurz auf die Stirn.

Die Schwester sah zu Nick und sagte: „Sie können sich etwas Zeit lassen. Das Medikament ist ziemlich stark. Sie braucht jetzt Ruhe."

„Danke." Sagte Nick und sah zu, wie die Schwester das Bett hinaus rollte.

Er ging zu Logan und erzählte ihm alles. „Na da bin ich aber froh, dass das geklärt ist. Ich dachte schon, ich hätte umsonst den Kellner gespielt."

Sie gingen zusammen ins Foyer und trafen dort auf Chris. Nick fragte, ob er wisse, wo man in Seattle ein paar Sachen für den Krankenhausaufenthalt bekommen könnte und ein Hotel für sich und Logan. Chris bejahte und ging los, um das Taxis zu holen. Er fuhr sie zu einem Kaufhaus in der Innenstadt.

Auf dem Weg dorthin sagte Logan: „Ich müsste mal wieder nach Hause. Nach meiner Kanzlei sehen. Ich hatte nicht gedacht, dass das Unternehmen länger dauern wird."

Nick antwortete: „Ich habe befürchtet, dass Du das sagst. Wäre dieser Unfall nicht passiert, wären wir schon längst in der Luft und unterwegs nach Hause. Oh, der Pilot. Wir müssen ihm Bescheid sagen."

Logan beruhigte ihn: „Keine Sorge, habe ich schon vom Hafen aus gemacht."

„Danke."

Logan blieb aber dabei: „Trotzdem muss ich wieder nach New York. Kommst Du alleine zurecht?"

Nick überlegte: „Ich glaube schon. Sobald Bridget transportfähig ist, setze ich sie in den Flieger nach Los Angeles. Ich hoffe, das wird bald sein. Schmerzmittel wird sie in den nächsten Wochen so oder so brauchen."

„Ok, dann soll mich der Fahrer gleich zum Flughafen bringen. Ich werde dann die nächste Maschine nach Hause nehmen. Hast Du Dein Handy an?"

Nick griff in die Tasche, holte es heraus und schaltete es ein: „Ja, jetzt wieder."

Logan griff seinerseits in die Tasche und holte sein Handy heraus.

„Ich meines auch wieder. Ich melde mich nochmals vom Flughafen aus. Chris schicke ich Dir wieder zum Kaufhaus. Bis dahin solltest Du eingekauft haben."

Chris sagte vom Fahrersitz aus: „Ich habe mitgehört. Geben sie mir Ihre Nummer, Mr. Page, und ich rufe Sie an, wenn ich vom Flughafen zurück bin."

So geschah es dann. Chris fuhr Logan zum Flughafen, während Nick mit Hilfe einer Verkäuferin ein paar Dinge für Bridgets Aufenthalt besorgte. Als erstes kaufte er ihr was zum Anziehen. Er hoffte, dass er sich bei den Kleidergrößen nicht allzu sehr vertan hatte. Nach knapp einer Stunde, er hatte auch noch das Nötigste für sich selbst eingekauft, glaubte er alles zu haben. Chris brachte ihn zu einem kleinen Hotel, wo Nick ein Zimmer bezog, duschte und sich ein paar frische Sachen anzog. Er fühlte sich gleich besser und jetzt hatte er auch wieder neuen Mut geschöpft. Sollte er dieses Abenteuer auch einmal bereuen, im Moment war es gut und richtig was sie taten.

Chris fuhr ihn wieder ins Krankenhaus. An der Rezeption fragte er nach Bridgets Zimmernummer. Er hatte bei der Angabe ihrer Personalien den Namen benutzt, den sie als Kunsthistorikerin bei seiner Firma benutzt hatte: Bridget Malloy.

Die Dame an der Rezeption stutze: „Die Dame ist nicht mehr bei uns."

Nick dachte an eine Verwechslung: „Wie bitte, sie kam doch vorhin mit dem Krankenwagen zu Ihnen."

Die Dame blickte in ihren Computer und drückte Knöpfe: „Ja, aber dann wurde sie verlegt."

Nick verstand nicht: „Verlegt? Aber wohin denn?"

„Das steht hier nicht."

Nick wollte es jetzt genau wissen: „Welcher Arzt hat die Papiere für ihre Verlegung unterschrieben?"

„Das war Dr. Lennard. Der ist gerade auf Station C2. Ich kann ihn gerne für Sie ausrufen lassen."

„Bitte tun Sie das und wenn es geht schnell."

Nick war ärgerlich und es schwant ihm nichts Gutes. Die Dame merkte das und rief den Arzt sofort aus. Nicks Gedanken überschlugen sich. Das durfte doch nicht wahr sein. Er war nicht mal zwei Stunden weg und schon lief alles wieder schief. Wie hatte man sie gefunden? Wer hatte sie jetzt wohin gebracht? Er musste Logan anrufen. Hoffentlich war er noch nicht auf dem Weg nach New York. Er brauchte ihn jetzt hier. Nick sah, wie der junge Arzt, zur Rezeption kam, ging auf ihn zu und fragte: „Haben Sie die Verlegung von Mrs. Malloy genehmigt?"

Der Arzt war sich keiner Schuld bewusst und sagte: „Ja. Warum?"

„Wissen Sie, wer sie abgeholt und wohin man sie gebracht hat?"

„Es kamen vier Männer und haben mir einen Diplomatenausweis unter die Nase gehalten. Sie sagten, dass die Dame eine englische Staatsbürgerin wäre und man sie in eine Klinik zuhause verlegen würde. Da sie eigentlich transportfähig ist und ein Arzt dabei war, habe ich sie gehen lassen. Es war alles korrekt."

Nick ließ den Arzt einfach stehen und rannte aus der Klinik. Chris stand mit dem Taxi zum Glück noch davor.

Er stieg ein und sagte aufgeregt: „Wir müssen sofort zum Flughafen." Dann holte er sein Handy heraus und wählte Logans Nummer.

107.

Mr. Crown hatte keine Sekunde verloren. Als er in London ins Flugzeug gestiegen war, hatte er sofort ein Büro in San Francisco kontaktiert, mit dem er eng zusammenarbeitete. Dort waren einige Analysten beschäftigt, die sich mit Wahrscheinlichkeiten beschäftigten. Denen hatte er die bekannten Daten der Flucht von Lady Bridget mitgeteilt. Daraufhin machte man sich an die Arbeit und berechnete eine etwaige Reiseroute von Vancouver nach Los Angeles. Man berücksichtigte Land, Wasser und Luft. Als eine dieser Möglichkeiten wurden auch der Hafen und der Airport von Seattle genannt. Daraufhin ließ Mr. Crown alle Reisedaten überprüfen. Als ein gecancelter Privatflug von Seattle nach Los Angeles auftauchte, schöpfte er Verdacht. Warum cancelte man einen Flug? Sofort wurden alle Hospitäler und Kliniken in Seattle überprüft. Und im St. Marys wurde man fündig. Bridget Malloy. Der Name unter dem Lady Bridget gelegentlich reiste. Sofort rief man die dortige Filiale einer Sicherheitsfirma an, arrangierte die Ausstellung von Papieren, besorgte einen Krankenwagen mit Arzt und holte sie dort ab. Man fuhr sie direkt zum Flughafen, wo ein Lear Jet wartete.

Bridget bekam von der ganzen Sache nichts mit. Sie schlief nach der Medikamentengabe tief und fest. Was den Sicherheitsbeamten gerade recht war. So brauchten sie nicht mit Gegenwehr zu rechnen oder irgendwelche Erklärungen abzugeben. Die Formalitäten am Flughafen nahmen aber doch etwas Zeit in Anspruch. Der Krankenwagen fuhr durch eine Schleuse und musste an einer Schranke halten. Nach der Kontrolle fuhr er durch und wurde auf dem Rollfeld neben dem Flugzeug geparkt. Daneben hielt ein schwarzer SUV, aus diesem stiegen vier Männer in schwarzen Anzügen und gingen auf das Gebäude zu, vor dem das Flugzeug stand. Die Tür öffnete sich und die Männer gingen hinein.

108.

Logan wartete auf seinen Abflug nach New York. Er hatte es gerade noch geschafft, einen Platz auf der Maschine, die in zwei Stunden abfliegen sollte, zu bekommen. Seine Zimmerkellneruniform tauschte er in einer Flughafenboutique gegen einen annehmbaren Anzug mit Hemd und Krawatte. Er hatte in New York cinen festen Schneider, aber hier musste es nun so gehen. Nun saß er am Gate und gönnte sich einen Kaffee, als er unten auf dem Vorfeld einen Krankenwagen vorbeifahren sah. Ihm folgte ein schwarzer SUV. Die Wagen fuhren an den großen Flugzeugen vorbei und bogen um eine Ecke.

Logan schenkte dem Ganzen keine große Beachtung. Er nahm sein Handy heraus und wollte Nick Bescheid geben, dass es heute noch mit seinem Flug nach New York klappte. Da klingelte es.

Logan nahm ab: „Hallo Nick. Gerade wollte ich Dich anrufen."

Nick teilte ihm in Kürze mit, was mittlerweile geschehen war, da dämmerte es Logan, was für einen Krankenwagen er gesehen hatte.

Logan schaltete blitzschnell: „Ok, Nick, Du kommst sofort hierher. Ich glaube, ich habe den Krankenwagen gesehen. Wir treffen uns am Eingang zu Terminal zwei." Er legte auf und wählte sofort eine neue Nummer.

109.

Das Taxi hielt vor dem Eingang zum Terminal zwei des Flughafens. Nick verabschiedete sich von Chris und stieg aus. Logan wartete schon auf ihn. Sie gingen zusammen in das Innere des Gebäudes und Logan informierte ihn, was er bisher erreicht hatte. Sie fuhren mit der Rolltreppe einen Stock nach oben. Dort war der Bereich für Gäste der Senator-, der Gold- und der Premiumklasse. Logan gab Nick ein Ticket und sie gingen durch die Glastür in das Foyer der Premiumklasse. Am Eingang stand ein Mitarbeiter des Airports, der ihre Papiere kontrollierte. Er bedankte sich und ließ sie weitergehen. Sie kamen in den Bereich der Boutiquen und der komfortablen Warteräume. Ihr Flug sollte von Gate 34 aus gehen. Ihr Weg dorthin wurde gesäumt von kleinen exklusiven Geschäften,

Kosmetikstudios, in denen sich die wartenden Damen noch verwöhnen lassen konnten.

Plötzlich kam Logan eine Idee und er hielt Nick auf: „Warte einen Moment." Er ging in eines der Kosmetikstudios und kam ein paar Minuten später mit zwei weißen Kitteln wieder heraus. Er nickte Nick zu und sie liefen weiter.

Als sie an ihrem Gate angekommen waren, sah Nick auf die Uhr. Es war noch etwas Zeit bis zum verabredeten Zeitpunkt.

Logan sah sich um: „Ich habe dem Piloten gesagt, dass es schnell gehen muss. Er wird jeden Moment kommen."

Er nahm sein Handy heraus und prüfte es auf Nachrichten, aber es war keine da. Nick lief hin und her. Er war sichtlich nervös. Da kam plötzlich eine junge hübsche blonde Frau in einer blauen Uniform und einem schicken Tuch, das sie locker um den Hals geschlungen hatte und sprach sie an: „Sind Sie die Herren Page? Ich darf Sie zu ihrem Flugzeug begleiten."

Nick atmete erleichtert auf. Nachdem die Dame ihre Papiere kontrolliert hatte, öffnete sie die Glastür.

„Bitte hier entlang. Ich darf vorgehen." sagte sie und trat durch die Glastür. Dahinter war eine Treppe, die sie hinuntergingen. Nach einem Stockwerk standen sie vor einer weiteren Glastür. Die Dame öffnete sie und sie traten ins Freie. Sie standen jetzt vor ihrer Maschine, die sie alle zusammen nach Hause bringen sollte. Die Tür war offen, die Treppe heruntergelassen.

Logan drehte sich um und sagte zu der Dame: „Danke, ab hier schaffen wir es wohl alleine."

Die Dame lächelte und sagte: „Bitte sehr. Guten Flug." Drehte sich um und ging wieder durch die Glastür hinein und die Treppe hoch.

Nick und Logan warteten, bis sie außer Sichtweite war, dann sahen sie sich um. Aus dem Flugzeug streckte ein älterer Herr den Kopf heraus und rief ihnen zu: „Hallo Ihr beiden. Da seid Ihr ja endlich."

Nick sah seinen Großvater zuerst: „Grand, wie kommst Du denn hierher?" fragte er erleichtert. Er freute sich ihn zu sehen.

Logan nahm Nick am Arm: „Wiedersehen könnt ihr später feiern. Wo ist der Krankenwagen? " Er gab Nick einen von den weißen Kitteln. „Los, anziehen." Kommandierte er und sie zogen sich jeder einen an.

Grand kam zu ihnen herunter und zeigte mit der Hand auf den Wagen, der drei Positionen weiter weg stand. „Dort. Das muss er sein. Die Männer aus dem SUV sind ins Gebäude gegangen und bis jetzt noch nicht wieder herausgekommen. Ich gehe hin und rede mit dem Fahrer. Ihr übernehmt den Arzt."

Sie gingen auf den Krankenwagen zu. Jetzt hing alles vom Timing ab. Der Fahrer saß noch hinter dem Steuer. Grand ging auf ihn zu und klopfte an die Scheibe. Der Fahrer ließ sie herunter und sagte: „Was ist?"

Grand sagte zu ihm: „Sie sind vor das falsche Flugzeug gefahren. Das da hinten ist das Richtige."

Der Fahrer sah aus der Tür. Er war noch nicht überzeugt. Er antwortete: „Dann sind die aber auch falsch gefahren." Er zeigte auf den schwarzen SUV.

Grand erhob jetzt die Stimme: „Die müssen doch die Formalitäten erledigen und das ist hier. Ihre Fracht muss aber in das andere Flugzeug. Aber wenn Sie warten wollen, bis die kommen und Ihnen das selber sagen. Mir soll's recht sein. Verzögert sich halt alles noch weiter. Kann sein, dass sie dann keine Startgenehmigung mehr bekommen. Ich muss das nicht verantworten und ihre Wut ausbaden." Er tat, als wollte er gehen.

„Halt, halt", rief ihm der Fahrer hinterher. „Ich fahr ja schon."

Er ließ den Motor an und Grand dirigierte ihn zum anderen Flugzeug. Dort öffneten Nick und Logan die Rückseite des Wagens. Bridget lag auf einer Trage und daneben saß ein junger Arzt.

Logan wandte sich an ihn: „Das Flugzeug ist jetzt bereit zum Einsteigen. Bitte helfen Sie uns, die Patientin hinein zu bringen."

„In Ordnung", sagte der Arzt. „Man muss nur auf die Infusion aufpassen." Er nahm sie vom Haken und legte sie neben Bridget. Er entriegelte die Trage und sie konnten sie aus dem Wagen nehmen. Nick und Logan trugen Bridget an Bord. Der Arzt kam ebenfalls mit an Bord und sie nahmen Bridget von der Trage und setzten sie in einen der dicken Sessel. Als sie saß, schnallten sie sie an und brachten sie in eine liegende Position.

Der Arzt setzte sich in einen der anderen Sessel und fragte: „Wann ist mit dem Start zu rechnen?"

Nick antwortete: „Sobald wir hier fertig sind und der Arzt da ist."

„Aber ich bin doch schon da." sagte der junge Mann.

Nick sah Logan an und sagte dann: „Oh, wir erwarten einen bestimmten Arzt. Zu uns hieß es, dass Dr. Burke mitfliegen sollte. Der Flughafenarzt."

Der junge Mann stand auf: „Oh, da bin ich leider anders informiert. Aber auch recht. Ich wurde ja schon bezahlt. Dann warte ich, bis er kommt, und gehe dann."

Nick und Logan sahen sich an. Was sollte das jetzt? So war das nicht gedacht. Doch da stieg Grand ins Flugzeug und Nick ging gleich auf ihn zu: „Hallo Doktor, schön, dass Sie da sind. Dann können wir jetzt starten." Er sah auf den jungen Arzt: „Sehen Sie, der Arzt ist da. Sie können gehen."

Grand sah ihn erst verwirrt an, sah dann aber den jungen Mann und schaltete sofort: „Äh, ja. Es kann losgehen."

„Na, dann werde ich hier ja nicht mehr gebraucht." Er stand auf und wandte sich an Grand: „Die Patientin ist stabil. Sie hat ein Medikament gegen die Schmerzen bekommen und wird wohl in den nächsten Stunden schlafen. Einzelheiten stehen alle hier drin." Er zog einen großen Umschlag aus seinem Kittel und reichte ihn ihm. „Guten Flug, Herr Kollege." Sagte er, nickte Grand kurz zu und machte sich auf den Weg aus dem Flugzeug.

Nick lächelte ihn an: „Bye Doc."

Logan begleitete ihn zur Tür. Nachdem er ausgestiegen war, drehte sich Logan um und sagte: „Puh, das war knapp."

Grand legte den Umschlag auf einen Sessel und machte die Tür zu: „Jetzt muss ich auch noch den Doktor geben." Er verschwand im Cockpit beim Piloten. Logan und Nick hörten, wie der Pilot die Triebwerke startete. Die Maschine rollte auf die Startbahn und startete.

110.

Die vier Sicherheitsmänner kamen aus dem Gebäude und sahen nur noch das Flugzeug da stehen. Der Krankenwagen stand drei Positionen weiter weg. Sie liefen auf den Wagen zu. Der Arzt wollte gerade vorne beim Fahrer einsteigen.

Einer der Sicherheitsleute bellte ihn an: „Wo ist die Patientin?"

Der Arzt sah ihn verständnislos an: „Was fragen Sie mich? Im richtigen Flugzeug natürlich. Sie haben uns ja zum falschen Flieger geführt."

Er verstand sofort. Er tobte vor Wut, schlug die Tür des Wagens zu und drehte sich um. Einer der anderen Männer fragte: „Und was jetzt?"

Der Mann sagte: „Wir fliegen hinterher. Alle Mann zum Flugzeug. Wir starten umgehend."

111.

Als die Maschine in der Luft war, atmete Nick seufzend aus. Er beugte sich zu Bridget rüber, aber die schlief selig. Sie hatte von der ganzen Aufregung nichts mitbekommen. Grand kam aus dem Cockpit und ging zur kleinen Küche. Er holte eine Flasche mit Whisky und drei Gläser.

„Ich glaube, den haben wir uns jetzt verdient."

Er schenkte ein und gab jedem ein Glas. Sie prosteten sich zu und jeder trank einen Schluck. Der Whisky brannte in Nicks Kehle, doch er genoss das Gefühl und gestattete sich nunmehr, sich etwas zu entspannen.

Er blickte zuerst zu Grand, dann zu Logan: „Ich kann Euch nur Danke sagen, für das, was Ihr für Bridget und mich getan habt."

Grand erwiderte mit einem schelmischen Lächeln: „Das ist schon gut, mein Junge. Mir hat das richtig Spaß gemacht."

Logan meinte etwas ernster: „Für meinen Geschmack war das jetzt genug Aufregung und Abenteuer." Er nahm einen großen Schluck.

Nick, der das Glas in seinen Händen drehte, meinte zu Logan: „Dir habe ich am meisten zu verdanken. Du hast am schnellsten geschaltet. Dass Du noch an unser Flugzeug gedacht hast, war die Rettung."

Logan nahm noch einen Schluck Whisky, dann sagte er: „Der Pilot war wirklich auf Zack. Der hat alles recht schnell organisiert." Er wandte sich an Grand: „Seit wann bist Du eigentlich hier? Das war nicht abgemacht?"

„Als ich aus Vancouver nichts von euch gehört hatte, dachte ich mir, dass etwas schiefgegangen ist. Da wollte ich selbst nachsehen und hab meinen Freund Bob, den Piloten angerufen. Er meinte, wenn ich der Sache nicht traue, solle ich doch selber herkommen. Wir haben uns lange nicht gesehen und das habe ich dann gemacht."

Plötzlich rührte sich Bridget. Sie stöhnte leise. Nick ging zu ihr: „Hallo Bridget, bist Du wach?"

Sie machte langsam die Augen auf und sagte leise: „Wo bin ich?"

Nick antwortete: „Du bist im Flugzeug nach LA."

Sie sah ihn an: „Im Flugzeug? Wie kommt das denn?"

„Oh, Du hast gerade ein richtiges Abenteuer verschlafen."

Sie stöhnte: „Ich bin so müde." Nick strich ihr zärtlich mit dem Finger über ihre Wange: „Dann schlaf weiter, mein Herz. Wir sind bald da."

Sie schlief sofort wieder ein.

Nick setzte sich wieder: „Wir müssen sie zuhause ins Krankenhaus bringen."

Logan sah ihn ernst an: „Ja, das ist wohl das Beste. Ich gehe zum Piloten und arrangiere das Nötige." Er stand auf und ging ins Cockpit.

Grand sah Nick an: „Ihre Familie sollte auch wissen, was passiert ist."

„Ich habe auch schon daran gedacht. Kann man von hier aus telefonieren?"

„Ja, ich glaube schon. Lass Logan etwas Zeit, dann rufen wir Viktor an."

Logan kam nach ein paar Minuten aus dem Cockpit. „Der Pilot hat Bridget am Flughafen angemeldet. Sie wird von einem Krankenwagen abgeholt und dann ins St. Barbaras Hospital gebracht. Ich hoffe, das ist dir recht."

Nick wirkte erleichtert. „Natürlich ist das ok. Vielen Dank Logan."

Grand sah Nick an. „Jetzt Du."

Nick nahm Grands Handy und tippte die angezeigte Nummer in das Bordtelefon. Ihm war etwas mulmig zumute. Vor diesem Telefonat hatte er Angst, aber es musste sein. Es dauerte ein paar Sekunden, bis es läutete, dann wurde abgenommen.

„Hallo?"

Nick begann: „Mein Name ist Nick Page, spreche ich mit Viktor de Chennoncay?"

Es entstand eine kleine Pause, dann sagte die Stimme am anderen Ende: „Ja, ich bin Viktor. Woher haben Sie diese Nummer?"

Nick antwortete: „Von meinem Großvater James Burke, der hier übrigens neben mir sitzt. Sie haben bestimmt schon gehört, dass ihre Enkelin Bridget bei mir ist."

„Wir haben so etwas vermutet." Brummte Viktor.

Nick rutschte das Herz in die Hose. Er hatte seine Enkelin sozusagen entführt und jetzt hatte sie diesen Unfall. Nick hatte Recht, das würde kein angenehmes Gespräch werden. Er räusperte sich: „Mr. de Chennoncay, ich muss Ihnen mitteilen, dass Bridget einen Unfall hatte. Sie ist am Leben, aber verletzt. Sie hat eine Gehirnerschütterung und drei gebrochene Rippen."

Viktor erschrak: „Was sagen Sie da?"

„Keine Sorge, der Arzt sagt, sie wird wieder. Es dauert nur ein paar Wochen."

Viktor beherrschte sich nur mühsam: „Seit meine Enkelin bei Ihnen ist, ist hier zuhause die Hölle los und nun sagen Sie mir, dass sie zu allem Unglück auch noch verletzt ist. Sie haben vielleicht Nerven."

Nick rollte mit den Augen. Jetzt machte ihm dieser Franzose auch noch Vorwürfe, das hätte er sich ja denken können: „Der Arzt sagt, dass sie wieder gesund wird."

„Könnte ich bitte mit James sprechen?"

„Natürlich." Nick war froh, das Gespräch abgeben zu können und reichte ihm das Telefon: „Hier er will mit Dir sprechen."

Grand sah ihn grimmig an, nahm aber den Hörer: „Hallo Viktor."

Logan und Nick fingen an sich zu unterhalten. Sie überließen Grand dem anderen aufgebrachten Großvater. Der beruhigte Viktor, so gut er konnte.

Nachdem er aufgelegt hatte, sagte er: „Franzosen. Der hat sich vielleicht aufgeregt. Er kommt mit dem nächsten Flieger nach LA."

Nick rollte mit den Augen: „Na super. Ein wütender Großvater, genau das, was mir noch gefehlt hat."

Logan war aber über etwas ganz anderes besorgt: „Ich sehe da ein anderes Problem. Was machen wir mit den Kerlen vom Flughafen in Seattle? Ich glaube nicht, dass die sich so leicht abschütteln lassen."

Nick wurde nachdenklich. „Daran habe ich auch schon gedacht. Ich hoffe, dass wir wenigstens einen Vorsprung haben. Aber sie haben einen Fehler gemacht. Sie haben Bridget ohne ihr Einverständnis aus dem Krankenhaus geholt. Das läuft meines Wissens hier unter Entführung."

Logan horchte auf „Ja, Du hast recht. Das könnte man ins Feld führen. Vielleicht solltest Du mal mit denen reden und sie darauf aufmerksam machen."

„Ja, das wäre vielleicht keine schlechte Idee. Gelegenheit dazu wird es bestimmt geben. Ich glaube, die werden das Flugzeug, das sie gechartert haben, nutzen und uns hinterher fliegen."

Logan fing jetzt an ernsthaft nachzudenken. „Das müsste man mal näher beleuchten."

Nick sah ihn an: „Was meinst Du?"

Logan war jetzt ganz der Anwalt: „Ich nehme doch mal an, Du und Bridget, Ihr wollt zusammenbleiben."

„Aber ja. Deshalb veranstalten wir ja das Ganze hier."

„Gut. Und Eure Schwierigkeiten haben doch mit diesem Kronrat zu tun."

Nick antwortete: „Auch das stimmt."

Logan lächelte: „Ok, Bruderherz. Unterschreibst Du mir mal eine Vollmacht?"

„Was hast Du vor?"

„Ich glaube, ich kann Euch helfen." Sagte Logan und fing an zu grinsen.

112.

Der Flug verlief recht ruhig. Als das Flugzeug in den Sinkflug ging, wachte Bridget auf. Ihr Mund war trocken, sie konnte kaum sprechen.

„Nick." brachte sie nur mühsam hervor.

Er ging sofort zu ihr: „Hallo, Prinzessin, wie geht es Dir?"

„Ich habe Durst." Nick holte eine Flasche Wasser aus der Küche und half ihr beim Trinken. Sie trank nur in winzigen Schlucken, dann ließ er sie langsam wieder auf ihr Kissen sinken.

Sie verzog den Mund und stöhnte leise.

Er half ihr, sich bequem hinzulegen. „Hast Du Schmerzen?"

Sie sah ihn mit kleinen Augen an: „Nur, wenn ich mich bewege. Jetzt geht es wieder. Wo sind wir?"

„Wir sind gerade im Sinkflug auf Los Angeles." Er nahm ihre freie Hand in seine beiden Hände, streichelte, küsste und knetete sie.

Sie genoss seine Berührung. „Wie bin ich in dieses Flugzeug gekommen? Das Letzte, an das ich mich erinnern kann, ist, dass Du bei mir im Krankenhaus warst und gegangen bist, um ein paar Sachen zu holen."

Nick lächelte sie an: „Da hast Du einiges verschlafen." Er überlegte kurz. War es ratsam, ihr alles zu erzählen? Sie würde sich vielleicht aufregen und das wäre nicht gut. Aber er konnte es ihr auch nicht verschweigen. Nick entschied sich, es ihr zu sagen: „Ja, ich bin gegangen. Ich bin in die Stadt gefahren und habe eingekauft. Als ich zurückkam, warst Du weg. Man hat Dich mit einem Diplomatenpass von ein paar freundlichen Herren in schwarz zum Flughafen bringen lassen. Aber Logan hat unseren Piloten in Marsch gesetzt und wir haben Dich den Herren vor der Nase weggeschnappt."

Bridget hatte mittlerweile die Augen wieder geschlossen. Die Kopfschmerzen kamen zurück. Aber sie hörte aufmerksam zu. Sie machte sich trotz ihrer Schmerzen Sorgen: „Dann hat man mich zuhause also doch noch nicht aufgegeben. Wie hat man mich gefunden?"

Nick antwortete: „Das wissen wir auch nicht." Er sah, dass sie die Augen wieder geschlossen hatte: „Möchtest Du noch etwas schlafen? Es dauert noch ein Weilchen, bis wir landen."

„Nein, ich möchte nicht mehr schlafen. Ich habe Angst, wenn ich wieder einschlafe, geschieht wieder etwas Unvorhergesehenes und wenn ich aufwache, bist Du nicht mehr da."

Er nahm ihre Hand jetzt etwas fester in seine. „Keine Angst, mein Herz, das wird nicht mehr geschehen. Ich lasse Dich nie mehr allein."

Sie lächelte leicht: „Ist das auch wirklich wahr? Da wirst Du Einiges zu tun haben."

Er sah sie jetzt ernst an und auch sein Ton war dementsprechend: „Ja, das ist wahr. Ich lasse Dich nicht mehr allein."

Das Gespräch hatte Bridget angestrengt. Sie sagte leise: „Gut." Sie machte eine kleine Pause, dann nahm sie noch einmal alle Kraft zusammen: „Und was passiert nach der Landung? Wo bringt Ihr mich hin?"

„Du bist schon am Airport angemeldet. Man wird Dich mit einem Krankenwagen abholen und in eine Privatklinik fahren. Sie heißt St. Barbara und liegt nicht weit von unserem Zuhause."

Bridget öffnete entsetzt die Augen und sah Nick an: „Du lässt mich aber nicht alleine dort, oder?"

Nick sah sie an zärtlich an und sagte sanft: „Ich habe es Dir doch versprochen."

Sie entspannte sich etwas: „Gut." Jetzt überkam sie der Schlaf doch wieder. Beruhigt gab sie sich ihm hin.

113.

Das Flugzeug setzte ohne Probleme auf und fuhr zu seiner Parking Position. Dort wartete bereits der Krankenwagen. Nick und Grand verabschiedeten sich von Logan. Der hatte von unterwegs einen Weiterflug nach New York gebucht. „Sagt Mam und Dad liebe Grüße, aber ich muss nach New York."

Nick meinte: „Sie werden ganz schön enttäuscht sein, dass Du gleich weiterfliegst."

„Ja, aber es muss sein. Ich komme sie bald besuchen." Er sah Nick ernst an: „Sei vorsichtig, Nick. Ich habe noch kein gutes Gefühl bei der Sache."

Nick beruhigte ihn: „Keine Sorge. Jetzt sind wir zuhause. Da spielen wir nach unseren Regeln. Hauptsache, sie wird schnell gesund. Und Du kümmerst Dich schon mal um das andere Problem?"

„Ja, wie besprochen. Bestell Bridget bitte schöne Grüße. Ich hoffe, das nächste Mal sehen wir uns unter weniger aufregenden Bedingungen."

„Mach ich."

Sie verabschiedeten sich.

Nick und Grand standen beim Krankenwagen, in den Bridget gerade von zwei Sanitätern gebracht wurde. Man hatte einen Arzt mitgeschickt, der den Transport überwachte.

„Ich werde mit dem Krankenwagen mitfahren", sagte Nick zu Grand.

„Ok. Ich fahre nach Hause und sage deinen Eltern Bescheid. Du meldest Dich dann?"

„Ja, sobald ich sie gut versorgt weiß." Nick stieg in den Krankenwagen und Grand ging in das Flughafengebäude.

114.

Der Krankenwagen fuhr durch das Tor der Privatklinik und hielt an ihrem Eingangsbereich. Es war ein modernes Gebäude, rechteckig und weiß, mit einer Glasfront. Sogleich waren zwei Sanitäter zur Stelle. Sie luden Bridget aus und brachten sie hinein. Nick ging zur Rezeption und erledigte die Formalitäten. Sie brachten sie sofort in ein Untersuchungszimmer, in dem sich zwei Ärzte ein Bild von ihrem Gesundheitszustand machten. Nick wartete, nachdem der Papierkram erledigt war, davor. Die Ärzte riefen ihn nach der Untersuchung hinein. Bridget war wieder eingeschlafen. Die Ärzte stellten sich als Dr. Cameron und Dr. Weinhart vor. Sie erschienen Nick noch recht jung, machten jedoch beide einen kompetenten Eindruck.

Dr. Cameron fragte Nick: „Mr. Page, was hat man Ihnen über den Gesundheitszustand von Mrs. Malloy gesagt?"

Nick benutzte auch hier diesen Namen. Er antwortete: „Dass sie eine Gehirnerschütterung, eine dicke Beule am Kopf und drei gebrochene Rippen hat. Wieso, stimmt etwas nicht?"

Dr. Cameron beeilte sich zu sagen: „Doch, doch. Wir wollten nur wissen, ob man Sie aufgeklärt hat. Die Diagnosen scheinen zu stimmen. Wir machen noch ein paar Tests. Man hat ihr ein starkes Schmerzmittel gegeben, wohl im Hinblick auf den Transport. War sie im Flugzeug wach?"

„Eigentlich immer nur kurz. Wir haben uns etwa zehn Minuten unterhalten, dann ist sie gleich wieder eingeschlafen."

Dr. Weinhart sah Bridget an und sagte: „Ja, das passt. Hat sie über Übelkeit geklagt?"

„Nein."

„Schön, dann verträgt Sie das Mittel offensichtlich gut, nur würden wir ihr gerne etwas weniger Starkes geben."

„Tun Sie, was sie für richtig halten."

Eine Schwester kam und holte Bridget ab. Sie rollte sie auf den Flur.

Nick sah die beiden Ärzte an: „Sind wir fertig? Ich würde gerne mitgehen."

„Ja, sicher."

„Danke" sagte Nick und folgte der Schwester mit Bridget. Sie schob sie in einen Aufzug und sie fuhren zwei Stockwerke hoch. Dort ging es dann einen Flur entlang. Am Ende des Flurs bat ihn die Schwester, die Tür aufzumachen. Nick tat es und die Schwester schob das Bett in das Zimmer. Das glich eher einem Hotel- als einem Krankenhauszimmer. Die Wände waren in einem freundlichen Terrakotta-Ton gestrichen. Die beiden wandhohen Fenster waren umrahmt von geblümten Vorhängen. Eine Fenstertür führte zu einem kleinen Balkon. Eine freundliche helle Sitzecke gruppierte sich vor den Fenstern. Das Bett wurde gleich nach der Tür mit der Stirnseite an die Wand geschoben.

„Haben Sie Gepäck?" fragte die Schwester.

Nick fiel jetzt erst wieder auf, dass er nichts für sie dabei hatte. In Seattle war keine Zeit mehr die Sachen mitzunehmen. „Nein, ich muss erst etwas kommen lassen."

„Bitte tun Sie das. Es ist bestimmt besser für sie, wenn sie etwas Eigenes anhat."

Nick lächelte die Schwester kurz an und sagte: „Ja, das werde ich umgehend tun."

Die Schwester hing die Infusion an den Ständer, überprüfte den Durchfluss und ging dann hinaus. Nick vergewisserte sich, dass Bridget noch schlief und ging dann durch die Tür auf den kleinen Balkon. Er nahm sein Handy heraus und rief seine Eltern an.

Nach wenigem Klingeln meldete sich sein Vater: „Hallo?"

„Hallo Dad. Hier ist Nick. Bridget ist jetzt auf ihrem Zimmer."

„Junge, Grand hat uns gerade alles erzählt. Wie sieht es aus? Wie geht es Ihr?"

„Den Umständen entsprechend gut, denke ich, aber ich hoffe, jetzt wird es ruhiger und sie kann sich erholen."

„Da kann ich Dir, glaube ich, keine großen Hoffnungen machen. Hier hat vorhin ein Sicherheitsbeamter namens Crown angerufen und nach Dir gefragt."

Nick wurde sofort angespannt: „Was habt Ihr ihm gesagt?"

„Dass Du unterwegs und im Moment nicht zu sprechen bist. Er hat gefragt, wann Du wieder zu sprechen wärest. Ich habe gesagt, das wüssten wir nicht. Er soll seine Nummer hinterlassen, Du würdest zurückrufen."

„Und, hat er das gemacht?"

„Nein, er wollte sich wieder melden."

„Ok. Ich glaube nicht, dass sie es wagen werden, sie auch aus dieser Klinik zu entführen. Geschweige denn, dass es ihnen gelingen würde. Kannst Du bitte dafür sorgen, dass mir ein paar Sachen hierhergebracht werden und vielleicht Mom bitten, dass sie was für Bridget besorgt? Die meinen hier, sie sollte ihre eigenen Sachen tragen. Das wäre gut für sie, aber ihr Gepäck ist in Vancouver geblieben."

„Ich sorge dafür, dass Du was bekommst und wie ich Deine Mutter kenne, wird sie sofort für sie einkaufen gehen."

„Danke, Dad."

„Kommst Du denn nicht nach Hause?"

Nick holte Luft: „Nein, vorerst werde ich hier bei ihr bleiben. Ich werde Agatha Bescheid sagen. Sie soll herkommen, was ich von hier aus tun kann, mache ich. Aber ich werde Bridget nicht nochmals alleine lassen, wenn sie so hilflos ist. Ich habe mir in Seattle genug Vorwürfe gemacht. Das passiert mir nicht noch einmal."

„In Ordnung. Was soll ich diesem Crown sagen, wenn er wieder anruft?"

Nick wurde jetzt todernst: „Gib ihm meine Nummer."

„Wirklich?"

„Ja, ich rede mit ihm. Vielleicht kann ich herausfinden, was sie vorhaben."

115.

Bridget schlief den restlichen Tag und die ganze Nacht hindurch. Man hatte Nick ein zweites Bett zu ihr ins Zimmer gestellt. Er hielt Wort und ließ sie keine Minute mehr allein.

Seine Mutter war am späten Nachmittag zu Besuch gewesen und hatte für jeden ein paar Sachen vorbeigebracht. Sie nahm Nick in die Arme und er drückte sie ebenfalls herzlich.

„Mein Junge, was machst Du nur durch? Und alles für diese Frau." Sie sah besorgt zu Bridget hin. „Glaubst Du, es wird gut gehen mit ihr?"

Nick schaute in der Tasche nach, was seine Mutter mitgebracht hatte. Er packte ein paar Sachen aus und legte sie auf das Sofa.

„Wer weiß das schon, Mom? Es wird jedenfalls nicht langweilig mit ihr." Er lächelte sie an.

Kirstie machte eine besorgte Miene und setzte sich in einen Sessel. „Ob das reicht?"

Nick hielt jetzt inne und sah seine Mutter ernst an: „Aber das weiß man doch bei niemandem." Er sah zu Bridget hin: „Ich weiß nur, dass ich es um jeden Preis mit ihr versuchen will. Sie ist eine wunderbare Frau." Nach einer kleinen Pause setzte er hinzu: „Sie hat ihr bisheriges Leben für mich aufgegeben und ihre Zukunft aufs Spiel gesetzt."

Kirsties Ton war jetzt besorgt: „Und genau das ist es, was mich nachdenklich macht. Sie hat alles aufgegeben, sagst Du. Was, wenn es mit euch nicht funktioniert? Sie wird Dir die Schuld dafür geben."

„Das habe ich auch schon alles durchgekaut. Mehrfach sogar. Aber das ist mir im Moment egal. Wir wollen zusammen sein. Alles Weitere wird sich finden. An mehr will ich jetzt nicht denken. Und zudem ist sie eine erwachsene Frau. Ich denke, sie hat sich diese Gedanken schon selbst gemacht und trotzdem ist sie mitgekommen. "

Kirstie seufzte und stand auf: „Gut, mein Junge, dann lass ich Dich mal wieder allein. Ich glaube Agatha wollte noch vorbeikommen." Sie trat auf ihn zu: „Du siehst blass aus. Bitte achte auf Dich."

Er beruhigte sie: „Ist nur die Aufregung."

„Genau das meinte ich. Pass auf Dich auf." Sie küssten sich auf die Wange und Kirstie ging aus dem Zimmer.

116.

Nicks Handy klingelte. Eine Nummer, die er nicht kannte. Er nahm ab: „Hallo?"

Es meldete sich ein tiefe Männerstimme: „Mr. Page?"

„Ja, wer sind Sie?"

„Mein Name ist Crown. Ich bin der neue Sicherheitschef des Kronrates."

Nicks Ton blieb neutral: „So so."

Mr. Crowns Ton wurde jetzt noch eine Spur kühler: „Es geht um Lady Bridget. Ich habe den Auftrag, sie umgehend nach Hause zu bringen. Ich möchte Sie bitten, mir zu sagen, wo sie sich befindet und alles für ihre Abreise vorzubereiten."

Der hatte ja Nerven. Glaubte er wirklich, dass Nick das so einfach zulassen würde?

Nick überlegte kurz, dann antwortete er: „Lady Bridget befindet sich an einem sicheren Ort, den Sie, wie ich den Fahrzeugen vor der Klinik entnehme, schon kennen, und bedarf im Moment medizinischer Pflege, die sie dort erfährt. Ich glaube, wir werden ihr die Entscheidung überlassen, natürlich wenn es ihr besser geht, ob sie mit Ihnen gehen möchte."

Mr. Crown wurde immer ungehaltener: „Darauf kann ich leider keine Rücksicht nehmen. Wie mir der Arzt in Seattle sagte, ist sie transportfähig. Sie wird dringend in London erwartet."

„Jetzt hören Sie mir mal zu. Sie haben kein Recht, Bridget einfach mitzunehmen. Und schon gar nicht gegen ihren Willen. Wir machen es, wie ich gesagt habe. Wir fragen sie, ob sie mitgehen will. Wenn Sie wollen, dürfen Sie sie gerne selber fragen. Damit es keine Missverständnisse gibt. Aber das machen wir erst, wenn es ihr wieder besser geht. Sie jetzt zu transportieren würde nur unnötige Schmerzen für sie bedeuten. Und das werde ich nicht zulassen. Sie hat genug durchgemacht. Akzeptieren Sie es, oder lassen Sie es sein."

Mr. Crown ließ nicht locker: „Gut, wenn Sie das so haben wollen. Aber ich werde London informieren müssen."

Nick verlor jetzt die Geduld: „Tun Sie was Sie wollen." Er legte auf. Jetzt war er richtig wütend. Er sah auf die Uhr. Logan war noch nicht in New York. Er musste ihm von dem Telefonat berichten. Die Zeit wurde knapp.

117.

Logan stieg in New York aus dem Flugzeug und machte sein Handy an. Er sah die Anrufe durch und fand Nicks Nummer. Noch im Gebäude rief er ihn zurück: „Hey Nick, was gibt es?"

Nick berichtete ihm von dem Telefonat mit Mr. Crown. Logan beruhigte ihn: „Ok. Danke für die Info. Ich melde mich, wenn ich etwas weiß."

Er wählte Michaels Nummer. Der meldete sich schon nach dem ersten Klingeln: „Hallo Logan. Das wird aber auch langsam Zeit. Habe mich schon gefragt, wann ich von Dir höre. Hat alles geklappt?"

Logan sagte: „Es hat etwas länger gedauert. Einzelheiten erzähle ich Dir später. Ich bin in einer Stunde im Büro. Wir sehen uns dort. Es gibt Arbeit."

„Geht klar. Bis nachher." Sie legten beide auf.

Logan nahm sich ein Taxi und fuhr zu seinem Büro. Es befand sich in einem Hochhaus in der Nähe des Central Parks in der 65. Etage. Er war Seniorpartner einer alt eingesessenen Kanzlei mit Namen Harder, Peek & Schneider. Der Partner Harder hatte ihn persönlich nach seinem Examen in die Kanzlei geholt und zuerst zu seinem Assistenten gemacht. Logan hatte sich stetig hochgearbeitet und war heute einer der einflussreichsten Seniorpartner der Kanzlei.

Michael hatte er nach seinem Examen zu seinem Assistenten gemacht. Dies sollte aber nicht auf Dauer sein. Die Kanzlei hatte sich auf Wirtschafts- und Bankenrecht spezialisiert. Michael wollte lieber auf einem anderen Spezialgebiet tätig werden, aber er meinte, für den Anfang würde es schon mal interessant sein, von seinem großen Bruder zu lernen. Und bis jetzt klappte die Zusammenarbeit ganz gut.

Als Logan sein Büro betrat, saß Michael schon auf dem Sofa: „Hallo Logan. Wo bleibst Du denn? Ich bin gespannt, was Du erzählst."

Logan hatte seine Sekretärin von unterwegs darüber unterrichtet, dass er ins Büro kommen würde. Kaffee stand schon auf dem Couchtisch bereit. Logan nahm sich eine Tasse und setzte sich in einen Sessel.

Dann begann er: „Diesmal hat sich unser Bruder wirklich in was Großes geritten." Er erzählte Michael die Geschichte, um ihn ins Bild zu setzen. „Jetzt liegt sie im St. Barbaras und erholt sich. Nick weicht nicht von ihrer Seite und die königlichen Hunde kratzen schon an der Pforte."

Michael blies die Luft raus: „Wow, Du hast einem Kronprinzen eine gescheuert? Alle Achtung. Hätte ich Dir nicht zugetraut. Und was machen wir jetzt?"

Logan sah Michael an: „Wir beide werden Nick jetzt dazu verhelfen, dass er seine Prinzessin heiraten kann."

Michael sah ihn ungläubig an: „Was? Und wie willst Du das anstellen?"

„Das verrate ich Dir." Auf Logans Gesicht erschien ein grimmiges Lächeln.

118.

Bridget erholte sich erstaunlich schnell. Man gab ihr nach einiger Zeit ein weniger hoch dosiertes Schmerzmittel, das sie nicht mehr so müde machte. Sie durfte sich nicht viel bewegen, dann war es zu ertragen. Nicks Vater und sein Großvater versuchten so viel Arbeit, wie es ging, von ihm fern zu halten, aber einige Dinge musste er doch selbst erledigen. Auswärtige Termine nahmen sie ihm ab und dank Agathas Hilfe konnte er viel vom Krankenhaus aus erledigen. Zwei Tage nach ihrer Einlieferung kam Viktor an. Er wohnte in einem Hotel in der Stadt und traf sich zuerst mit James, sie hatten viel zu besprechen. Nachdem Viktor noch telefoniert hatte, fuhren die beiden Männer dann zusammen zur Klinik. Vor dem Tor der Klinik stand ein schwarzer SUV mit drei Männern darin.

Als Viktor und James Wagen daran vorbeifuhr und auf die Einfahrt zur Klinik bog, meinte James: „Sieh mal, das sind ein paar von Euren Männern. Sie haben es noch nicht aufgegeben."

Viktor seufzte: „Ja, ich weiß. Dumme Geschichte. Der Kronrat ist immer noch der Meinung, sie soll zurückkommen. Obwohl Benedikt sie nicht mehr heiraten will."

„Und was sagen seine Eltern dazu?"

„Nun, ich glaube, denen wäre es auch lieber, wenn Bridget zurückkäme. Wäre so schön bequem. Aber Benedikt hat sie wohl fast so weit, dass sie die neue Situation akzeptieren."

Sie kamen vor der Klinik zum Stehen. Die Männer gingen hinein. James wartete in der Cafeteria. Er wollte Viktor alleine zu seiner Enkelin lassen.

Viktor klopfte an die Zimmertür, es kam ein gedämpftes: „Herein."

Er öffnete und trat ein. Nick saß bei Bridget neben dem Bett und las ihr etwas vor. Sie war noch etwas blass und Viktor erschrak leicht, als er sie so in dem Krankenbett liegen sah.

„Viktor." Sagte sie leise und lächelte.

Er ging zu ihr und küsste sie auf die Stirn: „Ma Chérie. Wie geht es Dir?"

„Jetzt wieder besser. Viktor, das ist Nick. Nick, das ist mein Großvater Viktor."

Nick, der aufgestanden war, als Viktor das Zimmer betreten hatte, ging auf ihn zu und die Männer gaben sich die Hand. Viktor, der auf den Amerikaner eigentlich sauer sein wollte, da er Bridgets Unfall nicht verhindert hatte, empfand sogleich Sympathie für den gutaussehenden jungen Mann. Dies ärgerte ihn noch mehr.

Er sah Nick grimmig an: „Wer ist eigentlich schuld an ihrem Zustand?"

Nick räusperte sich: „Nun, das …"

Bridget fiel ihm ins Wort: „Viktor, das bin ich selbst. Niemand sonst trägt die Schuld daran. Ich bin blind losgelaufen und habe eine Segelyacht, die man gerade zu Wasser ließ, übersehen."

„Wie kann man denn eine Segelyacht übersehen?"

„Wenn man kopflos davonrennt, passiert sowas."

„Und warum bist Du kopflos davongerannt?"

Bridget wollte eigentlich nicht erzählen, wie es dazu gekommen war, aber sie kannte ihren Großvater. Er würde nicht locker lassen, bis er alles wusste, was er wissen wollte. Aber wenn sie ihm sagen würde, dass sie gestritten hatten, wer weiß, was er für einen Eindruck von der ganzen Sache bekam. Andererseits, was sollte sie sonst sagen?

„Wir hatten uns gestritten."

„Was? Schon?" Er wandte sich an Nick: „Sie entführen sie, dann streiten sie, dann hat sie einen Unfall? Ich glaube nicht, dass ich meine Enkelin weiter in Ihrer Nähe lasse."

Bridget nahm alle Kraft zusammen. Das fehlte jetzt, dass er Nick noch Vorwürfe machte. „Viktor! Es reicht. Nick hat mich nicht entführt. Ich bin freiwillig mit ihm gegangen. Und jetzt zum letzten Mal: An dem Unfall bin ich alleine schuld und sonst niemand."

„Und das sagst Du nicht nur, um jemanden zu schützen." Er sah kurz zu Nick.

„Nein, es kann wirklich niemand etwas dafür. Und nun lass es endlich gut sein."

„Dann will ich das mal glauben."

Nick, dem während des Gesprächs etwas flau wurde, nahm die Gelegenheit wahr: „Ich werde euch lieber mal alleine lassen."

Viktor blickte ihn an: „James ist in der Cafeteria."

„Danke." Nick gab Bridget noch einen Kuss und ging.

Viktor wartete, bis Nick die Tür geschlossen hatte, dann sagte er: „Sieht ja ganz nett aus, Dein Prinz."

„Bitte nenn ihn nicht so. Ich habe vorerst von Prinzen genug. Du warst nicht sehr freundlich zu ihm." Tadelte sie ihn.

„Immerhin bist Du im Krankenhaus. Das musste sein. Jetzt erzähl. Was war denn los? Wir haben in England nur Bruchstücke mitbekommen."

„Das ist aber eine lange Geschichte."

Viktor holte sich einen Stuhl ans Bett, setzte sich, lehnte sich zurück und verschränkte die Arme vor der Brust: „Ich habe Zeit."

Bridget lächelte, dann erzählte sie Viktor alles. Ihre Flucht in Vancouver, ihre Überfahrt nach Seattle, die Entführung und die Rettung nach Los Angeles. Viktors Miene verdüsterte sich ab Seattle zusehends. Bridget beendete ihren Bericht: „Und jetzt bewacht man hier das Krankenhaus. Du hast wahrscheinlich die schwarzen Wagen am Eingang gesehen. Man will mich unter allen Umständen nach London schaffen. Aber ich gehe nicht. Und gegen meinen Willen können sie mich nicht mitnehmen."

Viktor holte Luft: „Das ist ja ein richtiges Abenteuer, das ihr da hinter euch habt. Und Du musst es auch noch komplizierter machen, als es schon ist. Typisch."

Bridget lächelte ihn an, dann wurde sie wieder ernst: „Sind Mama und Père sehr böse auf mich?"

Viktor antwortete: „Erfreut waren sie nicht darüber, wie das Ganze ablief. Und zugegeben, sie waren am Anfang sehr sauer. Aber nur, weil sie nichts von deinen Vorhaben wussten. Dann hatten sie ein Gespräch mit Benedikt und Valerie. Jetzt versuchen sie gerade den Kronrat dahingehend zu bearbeiten, dass sie die Beiden heiraten lassen. Benedikts Eltern sind auch schon so gut wie umgestimmt. Deine Eltern wollten eigentlich mitkommen, aber ich konnte sie davon überzeugen, dass sie zuhause mehr gebraucht werden."

„Warum lässt man Valerie und Benedikt denn nicht heiraten?"

„Die Herren haben sich nun mal auf Dich verlassen. Gekränkte Eitelkeit würde ich sagen. Sie wollen sogar Benedikt die Heiratserlaubnis nicht erteilen."

Bridget erschrak: „Was? Aber das könnte weitreichende Konsequenzen haben. Was, wenn er Valerie trotzdem heiratet?"

„Dann würden sie ihm den Kronprinzentitel aberkennen und Max würde Kronprinz werden."

„Ich muss sofort nach London." Sie wollte die Decke zurückschlagen und aufstehen. Mit schmerzverzerrtem Gesicht, versuchte sie sich auf die Bettkante zu setzen.

James hielt sie zurück: „Du gehst nirgendwo hin. Jedenfalls nicht, bis diese verdammten Rippen wieder zusammengeheilt sind."

„Aber man wird Benedikt ruinieren. Das kann ich nicht zulassen."

Viktor schob sie mit sanfter Gewalt wieder ins Bett zurück und deckte sie wieder zu: „Du bleibst schön hier, bis es Dir wieder besser geht. Und Benedikt, der kann gut auf sich selber aufpassen. Glaube mir, mit ihm wird nichts passieren, was er nicht selbst will."

„Du meinst, dann wird er es darauf anlegen?"

„Das meinte ich nicht gerade, aber jetzt, wo Du es sagst. Ich glaube, das muss ich ihm mal vorschlagen."

Bridget war jetzt verzweifelt. Sie hielt sich mit der rechten Hand die Stirn: „Da habe ich ja schön was losgetreten."

Viktor lächelte: „Ja, mein Kind, das kann man sagen. Aber, ehrlich gesagt, war es für mich nur eine Frage der Zeit."

„Was?" fragte sie erstaunt.

„Bis Dir so etwas passiert."

Bridget sah ihn ratlos an.

„Ich meine, dass Du Dich verliebst."

Sie sah ihn weiter an. Er verlor beinahe die Geduld: „Oh, jetzt tu nicht so unschuldig. Du bist jung und junge Menschen verlieben sich doch andauernd."

Bridget wollte ihn jetzt necken: „Sprichst Du da aus eigener Erfahrung?"

Viktor verstand den Wink. Er lächelte: „Glaub Deinem alten Großvater. Und ja, ich war auch mal jung. Und mal ehrlich. Du und Benedikt. Das wäre doch mehr eine kalte Fusion, als eine Kernschmelze gewesen, oder?"

Bridget gab sich geschlagen: „Ja, da hast Du wohl recht."

Viktor beugte sich verschwörerisch zu ihr: „Da scheint mir dieser smarte Amerikaner doch eher für die Kernschmelze zu taugen, oder?"

Bridget errötete: „Viktor."

„Na bitte. Sag ich doch."

Es klopfte an die Tür und Nick kam mit einem kleinen Tablett, auf dem eine Tasse stand, herein. „Ich dachte mir, dass Sie vielleicht gerne einen Kaffee hätten."

Viktor sah ihn ernst an und sagte: „Danke, sehr aufmerksam." Er mochte den jungen Amerikaner auf Anhieb. Es ihm zu zeigen, das ging dann doch noch ein bisschen zu weit. Er wollte ihn noch etwas schmoren lassen.

Nick ging zu Bridget und nahm ihre Hand: „Und? Konntet Ihr reden?"

Bridget sah Nick an: „Ja, Viktor hat mir erzählt, dass sie Benedikt ganz schön die Hölle heiß machen zu Hause." Nick konnte nicht gerade Mitleid mit ihm empfinden. Er hatte gerade andere Probleme. Dass Viktor da war, traf sich dabei ganz gut.

119.

Nick sah zuerst zu Viktor, dann zu Bridget, dann sagte er: „Vorhin hat mich dieser Mr. Crown wieder kontaktiert. Er lässt sich jetzt nicht mehr abwimmeln und will unbedingt selbst mit Dir reden. Du sollst mit ihm zurück nach London kommen und fragt, wann es Dir passen würde."

Bridget erschrak leicht: „Man verliert keine Zeit."

Viktor versuchte sie zu beruhigen: „Keine Angst. Jetzt bin ich ja da." Er blickte zu Nick „Nichts für ungut, aber im Umgang mit Sicherheitsleuten bin ich, glaube ich, etwas erfahrener als Sie."

Nick antwortete: „Zweifellos. Also, was soll ich ihm sagen?"

Viktor erwiderte ernst: „Er kann herkommen." Dann wandte er sich an Bridget: „Kannst Du aufstehen?"

Bridget verstand sogleich: „Natürlich. Das soll ich sogar. Ist gut für den Kreislauf."

„Nun, Nick, sagen Sie diesem Herrn, dass ihn Lady Bridget in einer halben Stunde empfängt."

Nick verzog das Gesicht. Er hatte gehofft, das Gespräch noch ein paar Tage hinaus zögern zu können. „Ist das wirklich eine gute Idee? Ich meine, sollten wir nicht noch ein oder zwei Tage warten?"

Viktor stand auf: „Ich würde eher sagen, je schneller, Du es hinter Dir hast, umso besser."

Bridget sah Nick an. Ihr stand jetzt ein leichter Schrecken ins Gesicht geschrieben. Sie war es immer noch nicht gewohnt, ungehorsam zu sein. Sie hatte Angst vor ihrer eigenen Courage. Was, wenn sie es nicht schaffte, nein zu sagen? Der Klumpen in ihrem Magen war wieder zurück. Er verwandelte sich in Sekunden zu Granit. Aber Viktor und Nick waren bei ihr. Sie würden nicht zulassen, dass sie Mr. Crown einfach mitnahm.

Nick fand, dass das jetzt der passende Zeitpunkt war, das heikle Thema anzuschneiden, das ihm, seit sie in Los Angeles waren, auf der Seele lag. „Bridget, ich muss Dir, bevor wir mit diesen Herren sprechen, noch etwas sagen."

Jetzt war sie neugierig geworden: „Ja?"

„Logan und ich haben auf dem Flug hierher überlegt, wie wir es schaffen, dass der Kronrat Dich endlich aus dieser Vereinbarung und in Ruhe lässt."

„Und, ist Euch etwas eingefallen?"

„Nun ja, Logan wollte zuerst einmal die Vereinbarung lesen. Vielleicht ließe sich ja in dieser Richtung etwas unternehmen."

Viktor mischte sich ein: „Das kann er vergessen. Das haben Bridgets Eltern schon zig Mal prüfen lassen."

Nick fuhr fort: „Wenn Du einverstanden bist, werden sie es dann auf eine andere Art versuchen."

„Was meinst Du mit der anderen Art?"

„Logan und Michael können sehr einfallsreich sein. Ich muss aber vorher wissen, ob Du damit einverstanden bist. Sie würden dort auch in Deinem Namen handeln."

Bridget antwortete: „Nick, ich bin mit fast allem einverstanden, solange es nicht kriminell ist."

Nick rollte mit den Augen und lachte: „Natürlich ist es nicht kriminell. Die beiden sind Anwälte, nicht von einer Gangsterbande. Sie sind schon auf dem Weg nach London und wir werden sehen, was sie erreichen." Bridget schöpfte wieder Hoffnung.

120.

Logan und Michael stiegen aus dem Wagen vor Wydden Hall. Viktor hatte ihr Kommen angekündigt und Lady Iris bestand darauf, dass sie bei ihnen wohnten. Man hatte einen Wagen nach Heathrow geschickt, um sie abzuholen. Der Fahrer lud ihr Gepäck aus und trug es ins Haus.

Michael sah auf das Haus und meinte: „Schicker alter Kasten."

Logan sah ihn missbilligend an: „Bitte etwas mehr Respekt. Hier hält man auf Traditionen. Keine despektierlichen Bemerkungen, sonst schicke ich Dich wieder nach Hause."

„Keine Angst. Das ist mir bewusst. Wenn das hier nicht so wäre, wären wir ja gar nicht hier."

Logan lächelte: „Da hast du auch wieder Recht."

Aus der Tür trat eine gutaussehende Frau und die leichte Ähnlichkeit mit Bridget ließ Logan ahnen, dass es sich um ihre Mutter handelte. Dahinter kam ein graumelierter Herr, wohl ihr Vater. Sie gingen beide lächelnd auf Logan und Michael zu.

Die Dame kam ihnen herzlich entgegen: „Willkommen in London. Guten Tag." Sie streckte Logan die Hand hin: „Ich bin Lady Iris, Bridgets Mutter."

Logan deutete eine Verbeugung und einen Handkuss an: „Es ist mir eine Ehre, Lady Iris. Ich bin Logan Page, der Bruder von Nick und das ist unser Bruder Michael."

Michael tat es Logan gleich: „Guten Tag, Lady Iris."

Der Comte streckte Logan die Hand hin und sagte: „Es freut mich, Sie kennen zu lernen. Ich bin Comte Alain de Chennoncay, Bridgets Vater."

Logan drückte die Hand des Comte: „Guten Tag, Comte, Ich freue mich ebenfalls, Sie kennen zu lernen. Wenn auch die Umstände etwas unangenehm sind."

Über die Mienen von Lady Iris und des Comte flog ein kleiner Schatten, der aber nur Sekunden anhielt. Der Comte streckte Michael die Hand hin: „Guten Tag, Mr. Page."

Michael erwiderte freundlich den Händedruck.

„Gehen wir in den Salon." Sagte Lady Iris und sie gingen alle zusammen ins Haus.

Im Salon angekommen, bat Lady Iris: „Bitte setzten Sie sich doch. Ich hoffe, Sie hatten einen angenehmen Flug."

Michael antwortete: „Ja, danke. Er verlief sehr ruhig."

„Dürfen wir ihnen etwas anbieten? Kaffee, Tee, Wasser oder etwas Stärkeres?" Logan und Michael waren beide dankbar für einen Kaffee.

Lady Iris klingelte nach dem Hausmädchen, das sogleich Kaffee und Wasser für alle brachte. Nachdem alle mit Getränken versorgt waren, fragte der Comte: „Wissen Sie, wie es unserer Tochter geht? Können Sie uns erzählen, wie es zu dem Unfall kam?"

Lady Iris fügte hinzu: „Mein Schwiegervater ist zu ihr geflogen und hat uns schon informiert, aber ich muss trotzdem fragen. Wir wollten auch zu ihr, aber er meinte, wir sollten hierbleiben und Valerie helfen. Wir haben mit ihr telefoniert, aber ich bin trotzdem in schrecklicher Sorge um Bridget."

Logan beruhigte sie: „Sie brauchen sich keine Sorgen zu machen. Bridget ist in den besten Händen. Mein Bruder lässt sie keine Sekunde aus den Augen und ihre Verletzungen heilen, wie er mir berichtet hat, ganz gut."

Lady Iris war neugierig Bridgets Geschichte zu hören. Sie wirkte, als könne sie sich nur mühsam beherrschen: „Sie waren doch die ganze Zeit dabei. Ich meine in Kanada und bis sie in Los Angeles waren. Bitte erzählen Sie."

Logan berichtete die Geschichte. Die Episode mit dem Prinzen ließ er besser aus. Zeitweise sah er wieder den Schatten über das Gesicht des Comte huschen. Michael hörte interessiert zu. Er fand das Abenteuer, das seine Brüder erlebt hatten, richtig spannend. Als Logan geendet hatte, sahen sich der Comte und seine Frau an.

Nach kurzer Pause sagte der Comte: „Wie Sie vielleicht wissen, hat der Kronprinz jetzt beschlossen, Valerie zu heiraten. Bridgets jüngere Schwester. Seine Eltern sind nur mäßig, der Kronrat gar nicht überzeugt."

Logan war jetzt in seinem Element: „Und deshalb sind wir hier. Wir wollen mit dem Kronrat selber sprechen. Aber dazu wäre es hilfreich, wenn wir wüssten, wie Sie selbst, der Prinz und seine Eltern zu der Sache stehen."

Der Comte nahm einen Schluck Kaffee, dann sagte er: „Wir wollen, dass Bridget glücklich wird. Wenn sie es mit Ihrem Bruder will, ist das ihre Entscheidung. Wir stehen hinter ihr."

Lady Iris blickte besorgt drein: „Auch wenn das nicht der Wille des Kronrates ist."

Logan sah zu Michael, dann wieder zum Comte: „Das ist in der Tat eine merkwürdige Geschichte. Wir konnten in keinen Annalen finden, auf welcher Rechtsgrundlage diese Institution in dieser Sache handelt. Laut den Aufzeichnungen wurde die arrangierte Ehe von Mitgliedern der königlichen Familie schon Ende des 19. Jahrhundert abgeschafft. Wie kam es dann dazu, dass eine solche Vereinbarung getroffen wurde?"

Der Comte holte Luft: „Daran sind wir, meine Frau und ich, schuld. Unsere Verbindung wurde damals nicht gerne gesehen. Ich bin Franzose, meine Frau Engländerin. Wir haben uns in Paris kennen gelernt. Iris Eltern fielen aus allen Wolken, als sie mich ihnen vorgestellt hat. Sie dachten, sie würde ein engeres Mitglied der königlichen Familie heiraten, genauer, den Bruder des jetzigen Königs. Natürlich gab es auch dort schon die arrangierten Ehen offiziell nicht mehr, aber die Eltern sahen trotzdem noch gerne darauf, wer wen heiratet. Und der Kronrat insbesondere. Der Heiratsmarkt ist immer noch existent. Der Kronrat verwendet viel Zeit darauf. Bridget wurde dann auch noch vor unserer Heirat geboren. Der Skandal überhaupt. Sie wurde erst nach unserer Eheschließung legitimiert. Iris Familie gehört zu den ältesten des Landes. Dass sie einen Franzosen liebte und heiraten wollte, glich einem Skandal. Um wenigstens ihr Kind an England zu binden, wurde nach Bridgets Legitimation diese Vereinbarung getroffen. Ich persönlich dachte, dass bis dahin auch hier angekommen ist, dass man Menschen nicht mehr zu Verbindungen zwingt, die sie nicht eingehen wollen, aber da habe ich mich wohl getäuscht." Er sah seine Frau lächelnd an und drückte ihr die Hand.

„Haben Sie eine Abschrift dieser Vereinbarung? Könnten wir sie einmal sehen?"

Der Comte stand auf: „Ja, natürlich. Ich hole sie." Er stand auf und ging aus dem Zimmer.

Lady Iris fühlte sich sichtlich unwohl: „Es tut mir sehr leid, was ihr Bruder durchmachen musste und vielleicht noch muss."

Michael grinste: „Da machen Sie sich mal keine Sorgen. Der steckt das schon weg."

Logan sah ihn ernst an.

„Mylady." Setzte Michael noch schnell hinzu und räusperte sich leicht.

Lady Iris musste nun lächeln. Die beiden gefielen ihr. Da es Brüder von Nick waren und wenn er ihnen ähnlich war, konnte sie Bridget verstehen, dass sie sich in ihn verliebt hatte.

„Ich dachte damals, wie mein Mann, es wird schon gut gehen."

Logan versuchte sie zu beruhigen: „Jetzt sind wir ja da. Wir werden tun, was wir können, um den Beiden zu helfen."

Lady Iris schien tatsächlich etwas beruhigt. Etwas sagte ihr, dass sie sich auf diese beiden jungen Männer verlassen konnte.

„Ihr Bruder kann sich glücklich schätzen, Sie zu haben."

Michael grinste: „Das sagen Sie ihm bitte mal." Logan sah ihn wieder ernst an. Michael hielt diesmal dem Blick stand.

Die Tür ging auf und der Comte kam herein. Er hatte eine Mappe mit Papieren in der Hand und gab sie Logan: „Hier, das ist die vollständige Vereinbarung."

Logan nahm sie und gab sie Michael. Der schlug sofort die Mappe auf und begann zu lesen. Der Comte setzte sich wieder zu seiner Frau.

Logan fragte: „Mein Bruder hat mir mitgeteilt, dass vor der Klinik, in der er sich mit Bridget befindet, Sicherheitsleute stehen. Also gehen wir mal davon aus, dass man immer noch gewillt ist, sie zurückzubringen."

Der Comte antwortete: „Ja, der Kronrat gibt nicht nach. Ich weiß nicht, warum sie immer noch daran festhalten."

Lady Iris fügte hinzu: „Ich nehme an, sie hoffen immer noch, dass sie Bridget und Ihren Bruder doch noch trennen können. Sie müssen verstehen, man hat viel in Bridget investiert: Zeit, Geld und Ideen. Sie wurde zur perfekten Königin ausgebildet. Man sieht diese ganzen Investitionen, die man für das Land und die Krone getätigt hat, verloren, wenn sie nicht zurückkommt. Bei Valerie muss man ganz von vorne anfangen. Sie hat ebenfalls Kunstgeschichte studiert, aber sonst hatte sie eine fast normale Kindheit und Jugend. Bei Bridget war das anders. Sie wurde von Kindesbeinen an schon auf Königin trainiert."

Logan sah Michael an. Der nickte ihm zu. Sie erhoben sich und Logan sagte: „Wenn Sie erlauben, würden wir uns jetzt gerne zurückziehen. Wir würden uns gerne etwas frisch machen und uns besprechen. Hat der Kronrat eine neue Sitzung angesetzt?"

Der Comte und Lady Iris erhoben sich ebenfalls. Der Comte sagte: „Ja, sie findet morgen früh statt. Der Prinz kommt am frühen Nachmittag und ich denke, Sie möchten sich mit ihm ebenfalls unterhalten."

Logan bedankte sich: „Ja, das ist eine gute Idee. Bitte rufen Sie uns, wenn er eintrifft."

Sie gingen zur Tür, Lady Iris hatte schon nach dem Hausmädchen geschickt. „Anna wird Ihnen Ihre Zimmer zeigen. Im Übrigen fühlen Sie sich bitte wie zu Hause."

Logan und Michael bedankten sich und folgten dem Mädchen nach oben. Sie hatten ihre Zimmer nebeneinander und diese waren mit einer Tür verbunden. Michael kam mit in Logans Zimmer.

Er hatte die Mappe in der Hand und sagte: „Ich habe mir die Vereinbarung angesehen. Außer, dass sie bei uns gegen die Moral und die guten Sitten verstoßen würde, ist sie wasserdicht. Sie lässt kein rechtliches Schlupfloch."

Sie setzten sich in die kleinen Sessel, die vor dem Fenster standen und Michael stellte den Laptop vor sich auf den Tisch und machte ihn an. Logan sah die Papiere durch und meinte dabei: „Dann müssen wir also doch auf die andere Variante zurückgreifen."

„Sehe ich auch so. Hoffentlich reicht das."

„Wir werden sehen."

121.

Bridget saß frisch frisiert und angezogen auf dem Sofa in ihrem Zimmer in der Klinik. Nick stand neben ihr. In einem der Sessel saß Viktor, als es an der Tür klopfte. Nick ging zur Tür und öffnete sie. Er bat die beiden Männer, die davor standen, herein. Sie traten näher.

Mr. Crown stellte sich und den anderen Mann vor: „Guten Tag Lady Bridget, Comte, Mr. Page. Mein Name ist Crown, ich bin der neue Sicherheitchef, Nachfolger von Mr. Simmons, das ist Mr. Beegle. Ein Mitarbeiter, der gleichzeitig als Zeuge fungiert."

Bridget, Nick und der Comte begrüßten die beiden Männer. Man bat sie Platz zu nehmen. Dann begann Mr. Crown: „Lady Bridget, ich hoffe, Ihr Gesundheitszustand lässt es zu, dass wir dieses Gespräch führen."

Bridget nickte nur leicht.

Er fuhr fort: „Sie wissen, dass der Kronrat Ihre Rückkehr nach London und Ihre Heirat mit dem Kronprinzen wünscht. Ich möchte Sie, Mylady, daher bitten, so bald als möglich mit uns nach Hause zu reisen."

Bridget sah ihn an. Das Anziehen und Frisieren war schon anstrengend genug für sie gewesen. Nun nahm sie alle ihre Kraft zusammen und sagte: „Mr. Crown, ich möchte, dass Sie dem Kronrat mein Bedauern übermitteln, dafür, dass ich so viele Umstände mache, aber ich werde den Prinzen nicht heiraten. Wie Sie sehen können, ist mein Gesundheitszustand im Moment nicht der Beste, so dass ich nicht reisen möchte. Sobald es mir besser geht, werde ich, wenn es dann noch nötig sein sollte, nach London reisen und persönlich vor den Kronrat treten." Bridget hörte, wie Nick die Luft einsog. Das hatte sie ihm vorher nicht gesagt. Aber das war sie dem Kronrat und vielleicht auch Benedikt schuldig. Sie wollte sich nicht aus der Ferne aus der Affäre ziehen.

Mr. Crown zog noch ein Register: „Mylady, Sie wissen vielleicht nicht, was es für Konsequenzen haben kann, wenn Sie bei Ihrer Entscheidung bleiben."

„Oh doch, Mr. Crown. Derer bin ich mir voll und ganz bewusst. Aber Sie werden mich nicht daran hindern, an meiner Entscheidung festzuhalten. Ich werde Prinz Benedikt nicht heiraten. Richten Sie das bitte dem Kronrat aus." Sie war jetzt sichtlich erschöpft. Die Kopfschmerzen nahmen wieder zu. Sie hielt sich den Kopf.

Nick sah sie besorgt an. Er sagte zu den beiden Herren: „Ich muss Sie bitten zu gehen. Wie Sie sehen, geht es Lady Bridget nicht gut. Sie muss sich wieder hinlegen."

Mr. Crown und Mr. Beegle erhoben sich, verabschiedeten sich und gingen zur Tür. Dort drehte sich Mr. Crown nochmals um: „Mylady, ich werde in Ihrem Interesse noch vier Stunden warten, bis ich die Nachricht an London weitergebe. Wenn Sie es sich noch überlegen wollen. Sie wissen, wo Sie mich finden."

Bridget sagte nur: „Ich danke Ihnen." Und die Männer verließen das Zimmer.

122.

Als die Tür zu war, konnte Nick sich nicht mehr zurückhalten. Ärgerlich sah er Bridget an: „Danke? Und du willst nach London reisen? In die Höhle des Löwen? Glaubst Du, man wird Dich noch einmal aus den Fängen lassen, wenn Du erst dort bist? Man wird Dich festhalten. Wenn wir bis jetzt eines gelernt haben, dann das, dass man dort nur darauf wartet, bis man Dich in die Finger bekommt, um Dich wieder zu vereinnahmen. Das hatten wir doch schon alles."

Viktor merkte, dass die Luft dicker wurde, stand auf und verzog sich aus der Tür.

Bridget riss sich sichtlich zusammen und sah Nick ernst an: „Du hast vielleicht recht, aber dieses Mal ist die Situation eine andere. Ich habe deutlich gesagt, dass ich ihn nicht heiraten werde. Man wird mich zu nichts mehr überreden können. Keine Verabredung, keine Reise, kein sonst was. Aber ich werde selbst vor den Kronrat treten müssen. Nick, versteh das doch. Ich muss das tun. Ich möchte wenigstens den Anstand wahren."

Er war jetzt richtig zornig: „Dir gegenüber hat man auch nicht gerade den nötigen Anstand gezeigt. Man hat Dich gejagt und entführt. Du bist immer noch zu sehr in Deinen Zwängen gefangen." Er beugte sich zu ihr: „Bitte überlege Dir das noch einmal."

„Ich hatte eigentlich gehofft, dass Du es verstehen und mitfahren würdest."

Er war überrascht: „Ich? Damit man mich wieder aus dem Land werfen kann?"

„Du bist sehr nachtragend."

„O ja, und ich vergesse auch nicht so schnell. Im Gegensatz zu Dir."

Bridget erhob sich langsam und ging zu ihrem Bett. Nick half ihr dabei. Sie hatte Kopfschmerzen und der Streit mit

Nick ermüdete sie noch mehr, als das vorausgegangene Gespräch. Als sie im Bett saß, sah sie Nick an und sagte: „Ich vergesse auch nicht, aber ich muss tun, was ich tun muss."

„Ich glaube, darüber reden wir noch." Er deckte sie zu. „Ich müsste in die Firma. Glaubst Du, das würde gehen?"

Bridget hatte schon die Augen zu gemacht, jetzt öffnete sie sie wieder: „Natürlich, geh ruhig. Ich versuche ein wenig zu schlafen."

Nick küsste sie zärtlich auf den Mund und wandte sich zur Tür.

Bridget flüsterte: „Nick."

Er drehte sich zu ihr um: „Ja?"

„Ich liebe Dich."

Er ging noch einmal zu ihr ans Bett und nahm ihre Hand in seine beiden Hände: „Ich liebe Dich auch."

„Trotz aller Unterschiede?"

Er lächelte: „Trotzdem, oder" er überlegte kurz „Vielleicht gerade deshalb." Er küsste sie noch einmal, diesmal länger und die Welt versank um sie herum. Bridget fühlte keinen Schmerz mehr, nur noch Seligkeit. Nick knabberte an ihren weichen Lippen. Nie mehr wollte er sie loslassen. Er hatte einfach zu viel Angst, dass man sie ihm wieder wegnehmen würde und dann vielleicht für immer. Diesen Gedanken konnte er nicht ertragen. Wenn es sein müsste, würde er mit ihr nach London reisen. Aber er schwor sich, er würde sie wieder mit nach Hause nehmen.

123.

Logan und Michael hatten gut geschlafen. Der Jetlag war jetzt überwunden und nach dem reichhaltigen englischen Frühstück, das sie zusammen mit dem Comte, der Comtesse und Lady Valerie eingenommen hatten, fühlten sie sich gewappnet um gegen den Kronrat zu Felde zu ziehen. Der Termin war auf zehn Uhr angesetzt worden. Bridgets Eltern, Logan und Michael fuhren zusammen im Jaguar des Comte zum Parlament. Dort fand die Sitzung statt. Um kurz vor zehn Uhr traf der Wagen des Comte vor dem Eingang des Parlaments ein. Sie stiegen aus und betraten das Gebäude. Der Sitzungssaal befand sich im dritten Stock.

Der Comte hatte die Besucher aus Amerika am Abend vorher avisiert. Dies war ein notwendiges Procedere, ansonsten hätte sich der Kronrat weigern können, die Besucher zu empfangen. So waren die Herren schon mal vorgewarnt. Logan hätte zwar gerne das Überraschungsmoment auf seiner Seite gehabt, aber er wollte nicht riskieren, dass man sie erst gar nicht empfangen würde.

Das Gespräch mit dem Prinzen am gestrigen Nachmittag hatte auch keine Neuigkeiten gebracht. Logan hatte das Gefühl, dass er zwar fest entschlossen war, Valerie zu heiraten, aber nicht den Mut hatte, dies auch ohne Heiratserlaubnis zu tun. Dies würde dann unweigerlich heißen, dass er auf den Thron verzichten musste. Diese Aussicht ließ ihn dann doch blass werden.

Logan und Michael sahen dies als Schwachstelle bei der Sache. Man musste es also doch auf ihre Art probieren.

Punkt zehn Uhr öffnete sich die schwere geschnitzte Holztür und man bat sie einzutreten. Zuerst betraten der Comte und die Comtesse den Saal, dahinter Logan und Michael. Logan, der schon viele Gerichts- und Verhandlungssäle gesehen hatte, war beeindruckt. Die Wände waren ringsum holzvertäfelt, der Kronrat saß, wie ein Gericht, hinter einem langen Tisch, der auf einer Erhöhung stand. Beleuchtet wurde der Saal von einem riesigen kristallenen Kronleuchter. An den Wänden hingen Porträts von Frauen und Männern der englischen Geschichte. Für Logan und Michael war ein Tisch mit geschnitzten Stühlen und dicken Polstern direkt gegenüber des Vorsitzenden des Kronrats vorbereitet worden.

Der Comte und die Comtesse nahmen nach der Begrüßung in schweren Holzsesseln mit dicken roten Samtbezügen daneben Platz.

Die Begrüßung war sehr steif, jedoch respektvoll.

Nachdem alle Platz genommen hatten, begann der Duke of Hampstead: „Wir sind heute zusammengekommen, um zu erfahren, wie der Gesundheitszustand von Lady Bridget ist und wann sie gedenkt, wieder nach Hause zu kommen. Nun, unsere Informationen aus Los Angeles sind dahingehend unvollständig, da wir nicht wissen, wie es ihr geht. Leider wird uns jegliche Auskunft verweigert. Mr. Crown, der von uns beauftragt wurde, Lady Bridget nach Hause zu bringen, hatte ein Gespräch mit ihr, in dem sie sagte, dass sie nicht gedenke, sich an die Vereinbarung zu halten und auch nicht so schnell nach London zurückkehren werde. Leider können wir dies nicht akzeptieren. Wir wissen, dass der Kronprinz mittlerweile auch nicht mehr gewillt ist, sich an die Vereinbarung zu halten, aber so leicht geht das nicht. Wir denken darüber nach, ihm die Heiratserlaubnis zu verweigern." Er sah seine Kollegen zur Rechten und zur Linken an: „Was die Verweigerung der Erlaubnis heißt, werde ich ihnen kurz erläutern."

Logan stand auf. Er hatte genug gehört. Alle Blicke waren auf ihn gerichtet.

Der Duke machte eine kurze Pause, dann sagte er zu Logan: „Mr. Page, möchten Sie etwas sagen?"

Logan holte Luft: „Ich danke Ihnen, Mylord, dass Sie mir das Wort erteilt haben. Ich glaube, dass es keiner weiteren Erläuterungen Ihrerseits bedarf. Was die Verweigerung der Heiratserlaubnis bedeutet, ist uns allen bekannt. Ich möchte Sie, werte Lords, jedoch bitten, dieses Verhalten noch einmal zu überdenken. Wäre es denn nicht für Sie, für den Prinzen und seine Braut, den König und die Königin, das Land, sprich für alle besser, wenn Sie ein Thronfolgerpaar bekämen, das sich herzlich zugetan ist? Oder wäre es Ihnen lieber, sie müssten zwei Parteien zwingen, den Bund einzugehen. Was wäre das für eine Zukunft? Für die Familie, für die Krone, für das Land, ja überhaupt für die Monarchie. Glauben Sie, der Krone würden Skandale erspart bleiben? Das wage ich zu bezweifeln. Wie würde sich das auf das Ansehen der königlichen Familie und auf den Adel insgesamt auswirken?"

Die Miene des Dukes wurde mit jedem von Logans Worten immer strenger und abweisender. Jetzt hielt ihn nichts mehr: „Mr. Page, es mag in Ihrem Land so sein, dass man auf die jeweiligen Befindlichkeiten der Menschen Rücksicht nehmen kann. Hier in England achten wir noch auf Tradition und

Ehre. Es wurde vor Jahren eine Vereinbarung geschlossen, auf deren Einhaltung wir bestehen."

Jetzt war Logan in Kampflaune: „Nun gut." Er blickte sich kurz zu Michael um: „Wie ich sehe, sind Sie nicht gewillt zuzugeben, dass es besser wäre, wenn diese unselige Vereinbarung, die im Grunde gegen die guten Sitten verstößt, aufgelöst werden würde."

Michael erhob sich jetzt ebenfalls. Er holte einige Schriftstücke aus seiner Ledermappe hervor und legte sie vor sich auf den Tisch.

Logan hatte eine kleine Pause gemacht. Jetzt fuhr er fort: „Wie Sie wissen, hat es in Kanada und in den Vereinigten Staaten in den letzten Tagen einige, sagen wir, Vorkommnisse gegeben, in denen Mitarbeiter, die von Ihnen beauftragt worden waren, verwickelt waren."

Der Duke war jetzt etwas verunsichert: „Was meinen Sie mit Vorkommnisse?"

Jetzt schlug Logans Stunde: „Damit meine ich, dass Straftaten von Ihren Mitarbeitern oder Männern, die von Ihnen beauftragt worden sind, verübt wurden, auf deren Ahndung in den Vereinigten Staaten und Kanada schwere Strafen, nämlich lange Zeit Gefängnis, stehen. So haben wir zum Beispiel Zeugenaussagen vom Krankenhauspersonal in Seattle, dass Lady Bridget in bewusstlosem Zustand entführt wurde."

Michael nahm ein paar Blätter und trat jetzt dicht neben Logan: „Es handelt sich hier um den behandelnden Arzt Dr. Lennard vom St. Marys Hospital in Seattle. Er hat eindeutige Beschreibungen der Herren abgegeben, die Lady Bridget aus der Klinik geholt haben. Ich habe hier seine eidesstattliche Versicherung, dass er die Herren darauf aufmerksam gemacht hat, dass die Patientin nicht bei Bewusstsein ist. Ebenso die eidesstattlichen Versicherungen der Oberschwester der Station, von der man sie abgeholt hat, der Sanitäter, die sie zum Flughafen gebracht haben und", er nahm ein Schriftstück, das ihm Michael hinhielt und wedelte damit in der Luft herum, „die eidesstattliche Versicherung eines Arztes namens Dr. Conolly, den man angeheuert hatte, damit er mit nach England fliegt und die Patientin für die ganze Zeit des Fluges in ihrem hilflosen Zustand belässt."

Nun übernahm Logan wieder: „Dies alleine erfüllt schon den Tatbestand der Entführung, Nötigung, und Vorspiegelung falscher Tatsachen. Man hat auch nicht versäumt, einen falschen Diplomatenpass vorzulegen, um sie aus der Klinik zu bekommen. Also kommt auch noch Urkundenfälschung hinzu." Logan machte jetzt eine theatralische Pause, um das Ganze wirken zu lassen.

Als er sah, dass einige Mitglieder des Kronrates zum Teil rot im Gesicht, andere blass waren, deutete er ein grimmiges Lächeln an. Er begann erneut: „Was machen wir also jetzt? Sollen wir das Ganze der amerikanischen Polizei melden, die die Ermittlungen sofort an das FBI weitergeben wird? Denn einige der Straftaten verstoßen gegen Bundesrecht. Und was wird die Öffentlichkeit dazu sagen, wenn sie erfährt, mit welchen Methoden hier in England gearbeitet wird? Denn dass die Männer in Ihrem Auftrag gehandelt haben, steht ja offensichtlich außer Frage. Und ich meine nicht nur die Öffentlichkeit in England. Ich denke, das wird weit über England hinaus Kreise ziehen. In Amerika hat man solche Skandale gerne." Er sah einige Mitglieder des Kronrates nun einzeln an. „Da hat Monarchie nicht so ganz den Stellenwert wie hier, aber Skandale sind nun mal überall gerne beim Volk gesehen und enorm pressewirksam." Jetzt wurde Logan todernst: „Und einen Presseskandal wird es geben. Darauf dürfen Sie sich verlassen. Wir haben das Geld und die Mittel dazu, die gesamte Presse Amerikas und, wenn es sein muss, auch die Europas in Marsch zu setzen. Dann bin ich gespannt, was Sie dazu sagen werden, Mylords."

Jetzt setzten sich Logan und Michael in aller Seelenruhe wieder hin.

Der Comte hatte ein leises Lächeln auf den Lippen, Lady Iris hingegen war blass geworden. Sie sah den Skandal schon deutlich vor sich.

Der Duke sah seine Kollegen an und räusperte sich: „Was Sie da machen, Mr. Page, nennt man Erpressung. Sie werden verstehen, dass wir uns darauf nicht einlassen können."

Logan blieb ruhig: „Wie ich sehe, kennen Sie sich ja doch mit den Strafgesetzen aus. Dann werden Sie sicher wissen, dass es hier um die Wahrheit geht. Wir werden nichts veröffentlichen, außer der Wahrheit. Und was das FBI noch ermitteln wird, darauf haben wir keinen Einfluss. Zum Beispiel, wer die Auftraggeber waren oder dergleichen. Und im Übrigen mache ich mich eher strafbar, indem ich die Verbrechen, die auf US-Amerikanischem Boden verübt wurden, nicht zur Anzeige bringe. Also liegt es an ihnen, wem ich einen Gefallen tue, Ihnen oder uns."

Der Duke gab sich so schnell nicht geschlagen: „Was ist mit all den Gütern? Lady Bridget ist Erbin eines beträchtlichen

Vermögens, das unter anderem auch aus Immobilien hier in England besteht."

„Was soll damit sein? Wie Sie selber sagten, es gehört ihr."

„Der Kronrat hegt die Befürchtung, dass die Eigentumsverhältnisse, nun sagen wir, in Schieflage geraten könnten."

„Was meinen Sie damit und auf der anderen Seite, was geht es Sie an?"

„Oh, das geht uns sehr wohl etwas an. Was würde passieren, wenn Lady Bridget und ihr Bruder tatsächlich heiraten würden? Was, wenn sie sich trennen würden? Unsere Gesetze sind da eindeutig und Ihre? Müsste die Krone nicht besorgen, dass erhebliche Immobilien, die sich seit Jahrhunderten im Besitz einer der ältesten Familien des Landes befinden, in das Eigentum eines Amerikaners übergehen würden? Und was würde dann mit ihnen geschehen?"

Logan schwante jetzt langsam, worauf der Duke hinauswollte: „Dann wäre das legal."

„Wir könnten das aber nicht so einfach hinnehmen. Unter diesen Immobilien sind einige Objekte, die langen Traditionen unterliegen. Wäre der Fortbestand derselben garantiert?"

„Das müssten Sie dann den jeweiligen Eigentümer fragen."

Jetzt ließ der Duke die Katze aus dem Sack: „Wir bestehen auf einen Ehevertrag, der das Vermögen von Lady Bridget im Falle einer Trennung schützt."

„Sie meinen wohl eher, der Ihre Interessen schützt."

„Nun, das im weitesten Sinne auch. Aber Sie werden verstehen, dass wir uns um Lady Bridget sorgen."

Jetzt hatte Logan langsam genug von dem, seiner Meinung nach, Geschwafel: „Ich denke, dass wir die Entscheidung, ob ein Ehevertrag abgeschlossen wird und welchen Inhalts dieser ist, den beiden Parteien überlassen sollten."

„Das denken wir nicht. Wie gesagt, wir bestehen darauf."

„Werter Duke, Sie haben nichts, worauf Sie bestehen könnten. Sie können mein Angebot annehmen oder es lassen. Mehr auch nicht."

Jetzt war auch der Duke blass geworden: „Nun, ich glaube, wir werden uns beraten müssen. Ich würde sagen, die Sitzung ist hiermit geschlossen."

Es erhoben sich alle und man verabschiedete sich wieder respektvoll. Die Stimmung im Raum war jedoch eisig.

Bridgets Eltern, Michael und Logan fuhren wieder zusammen nach Wydden Hall. Es wurde kaum etwas gesprochen.

Erst als sie alle im Salon waren und der Comte vor jeden einen Whisky gestellt hatte, sagte er: „Das war eine erstklassige Vorstellung. So blass habe ich diesen aufgeblasenen Duke noch nie gesehen. Es war ein richtiges Fest." Er ließ sich auf das Sofa fallen.

Lady Iris teilte diese Begeisterung leider nicht: „Sie haben sich viel Mühe gemacht, doch ich fürchte, umsonst."

Sie prosteten sich zu und jeder trank einen Schluck.

Logan, der ganz zufrieden war, wie die Sache gelaufen war, lehnte sich zurück: „Wir werden sehen."

Der Comte fragte: „Woher haben Sie eigentlich so schnell die eidesstattlichen Versicherungen der Leute bekommen? Das war doch in Seattle."

Logan sah Michael an: „Los, sag es ihnen."

Michael grinste: „Das war die Speisekarte meines Lieblingsrestaurants in New York und die Fluggastinformation aus der Lounge im Airport, unterschrieben von ihrem Zimmermädchen. Zu mehr hat es leider nicht gereicht. Wir mussten uns ja beeilen."

Lady Iris riss erschrocken die Augen auf: „Sie haben geblufft?" fragte sie erstaunt und der Comte brach in lautes Lachen aus.

Logan beruhigte sie: „Ja, im Moment schon. Aber die Tatsachen bleiben bestehen. Die Taten wurden begangen. Sollte der Kronrat sich immer noch quer stellen, werden diese Schriftstücke schnell herbeigeschafft werden. Und die Anzeige bei der Polizei ist keine leere Drohung. Entführung ist in unserem Land eine Straftat, die unter das Bundesrecht fällt. Das FBI wird obligatorisch eingeschaltet. Wenn sie nicht einlenken, werden wir es tun."

Lady Iris trank den restlichen Whisky in einem Zug.

Die Tür ging auf und Valerie kam herein: „Ich habe gehört, dass Ihr wieder hier seid. Wie lief es?"

Der Comte blickte die anderen ernst an und sie verstanden alle. Der Bluff musste unter ihnen bleiben. Er sagte zu Valerie: „Die Herren Anwälte haben sich glänzend geschlagen. Nun warten wir auf die Entscheidung des Rates."

Valerie setzte sich zur ihrer Mutter, die legte den Arm um sie. „Und wie glaubt Ihr, werden sie entscheiden?"

Der Comte antwortete: „Wenn sie nicht ganz verbohrt sind, geht es gut für Dich aus."

„Oh je", sagte Valerie, „da habe ich wenig Hoffnung."

Das Mädchen kam und meldete, dass der Lunch serviert war.

124.

Der Kronrat hatte sich beraten. Logan, Michael und die Familie Chennoncay wurden noch am selben Tag ins Schloss bestellt. Dort eingetroffen, führte man sie sogleich in einen ähnlichen Saal wie im Parlament. Die schweren Vorhänge waren vor die Fenster gezogen worden. Die Mitglieder des Kronrates saßen an einem riesigen Tisch, der mitten im Raum aufgestellt worden war. Davor standen etliche schwere Stühle mit dicken Polstern.

Der König, die Königin und der Kronprinz waren ebenfalls anwesend. Es begrüßten sich alle. Logan und Michael wurden der königlichen Familie vorgestellt und alle nahmen Platz. Logan versuchte, in den Gesichtern der Mitglieder des Kronrates etwas lesen zu können, aber die Mienen waren alle durchweg grimmig und verschlossen. Einige blickten ausgesprochen missmutig drein. Logan wertete dies als gutes Zeichen. Wenn Mitglieder des Kronrates schlechte Laune hatten, konnte das nur Gutes für sie und ihre Sache bedeuten.

Der Duke of Hampstead begann: „Majestäten, werter Prinz, Comte, Comtesse, Lady Valerie, die Herren Page, wie wir alle wissen, hatten wir heute Morgen eine Unterredung. Nach reiflicher Beratung sind wir nun zu dem Schluss gekommen, dass es zum Wohle des Landes und der Krone ist" - er machte jetzt eine kleine Pause, räusperte sich, schluckte und fuhr dann fort - „wenn wir die Vereinbarung zwischen der Familie Chennoncay und der königlichen Familie für aufgelöst erklären."

Es herrschte Stille im Saal. Der Comte und die Comtesse waren überglücklich. Sie lächelten sich an und hielten sich an den Händen.

Nur Benedikt und Valerie waren noch angespannt. Der Duke fuhr fort: „Kronprinz Benedikt, es erfüllt uns mit Freude, Sie zu der bevorstehenden Verlobung mit Lady Valerie beglückwünschen zu dürfen. Der Kronrat gratuliert dem zukünftigen Brautpaar dazu recht herzlich. Was Lady Bridget angeht, sie ist frei und kann ehelichen, wen sie möchte. Wir danken Ihnen."

Benedikt stand auf und ging zu Valerie. Sie umarmten sich. Alle anderen standen auch auf. Logan und Michael schüttelten sich die Hände und lachten. Jetzt redeten alle durcheinander und es schien, als hätte sich eine riesige Spannung, die im Raum zu spüren gewesen war, in nichts aufgelöst.

Der Kronprinz ging mit Valerie an der Hand zu Logan, streckte ihm die Hand hin und sagte: „Danke Logan, ich weiß nicht, wie Sie das geschafft haben, aber das werde ich Ihnen niemals vergessen."

Logan drückte seine Hand und sah ihn verschwörerisch an: „Nicht mehr böse? Ich meine wegen Vancouver."

Benedikt lächelte: „Die hatte ich verdient." Benedikt drückte auch Michael die Hand und sagte: „Haben Sie noch mehr Brüder? Männer mit Ihren Fähigkeiten könnten wir im Königreich gut gebrauchen."

Michael lächelte amüsiert: „Nur noch eine kleine Schwester."

Der König lud nun alle zu einem Imbiss in den kleinen Festsaal ins Schloss ein. Der Duke of Hampstead und die restlichen Mitglieder des Kronrates wurden ebenfalls dazu gebeten. Während des Essens unterhielt er sich mit einem seiner Kollegen, dem Viscount of Elridge.

Der Viscount meinte missmutig: „Über 20 Jahre Planung für die Katze. Ich finde, wir haben uns zu schnell geschlagen gegeben."

„Was hätten wir tun sollen? Sie haben uns in der Hand."

„Wir müssen unser Sicherheitspersonal überprüfen. Wir dürfen uns nicht mehr so angreifbar machen."

„Ja, daran habe ich auch schon gedacht. In Zukunft muss das Vorgehen etwas diskreter vor sich gehen."

„Wir müssen unsere gesamte Planung überdenken. Lady Bridget hat uns nicht nur in dieser Sache einen Strich durch die Rechnung gemacht."

Der Duke nahm einen Bissen seines Lachsschnittchens, kaute sorgfältig, schluckte und sah dann den Viscount an:

„Keine Sorge mein lieber Viscount. Ich habe schon etwas vorausgedacht."

Der Viscount sah ihn erstaunt an: „Wie meinen Sie das, Duke?"

„Nun, wie man weiß, halten amerikanische Ehen nicht besonders lange. Oder besser gesagt, man muss erst mal sehen, ob eine solche geschlossen wird. Ich persönlich halte nicht viel von diesen verliebten Auswüchsen der Jugend."

Der Viscount war verwirrt: „Ich verstehe nicht ganz."

Der Duke wurde nun deutlicher: „Nun, Lady Bridget und dieser Mr. Page haben sich verliebt. Gut, das heißt aber noch nicht viel. Vielleicht haben wir auch überreagiert. Wir hätten wahrscheinlich etwas Zeit ins Land gehen lassen sollen. Verbotenes ist verlockend, jedoch an Erlaubtem verliert man schnell die Lust." Er sah den Viscount an und zog die Augenbrauen in die Höhe: „Wer weiß, ob sie wirklich heiraten und wie lange sie es bleiben werden."

Der Viscount lächelte, er begann zu verstehen: „Und dann?"

Der Duke wurde ernst: „Dann wird sie nach England zurückkehren. Und dann gehört sie uns."

„Wie meinen Sie das?"

„Nun, nach einer enttäuschten Liebe wird sie wohl die glühendste Verfechterin der arrangierten Ehe sein, die es gibt."

„Liebe vergeht, die Krone bleibt."

Der Duke lächelte verschwörerisch: „Eben."

Er und der Viscount prosteten sich zu.

Der Viscount widmete sich seinem Glas und der Duke schaute noch grimmiger drein. Seine Miene hellte sich nur kurz auf, als er dachte: „Und ich glaube, da hat jemand was vergessen."

125.

Bridget lag in ihrem Klinikbett. Ihr Kopf hämmerte und es war ihr übel. Sie hatte schon nach der Schwester geschickt und um ein Medikament gebeten. Man hatte es ihr umgehend gebracht und sie hatte es auch sofort geschluckt, aber es dauerte ein paar Minuten, bis es wirkte.

Die Tür ging auf und Nick kam herein. Er strahlte über das ganze Gesicht. Er ging zu ihr ans Bett, nahm mit beiden Händen ihre rechte Hand und küsste sie: „Bridget, bist Du wach?"

Bridget hob vorsichtig die Lider und hauchte: „Ja."

Nick konnte es nicht erwarten: „Mein Liebes, ich habe fantastische Neuigkeiten. Logan und Michael haben es geschafft."

„Was?"

„Sie haben den Kronrat umgestimmt. Die Vereinbarung ist nichtig. Du bist frei."

Bridget glaubte zu träumen. Sie machte die Augen jetzt richtig auf und setzte sich trotz Kopfschmerzen auf: „Und das ist wirklich wahr?"

Nick strahlte sie an: „Ja, es ist wahr. Logan hat mich angerufen und es mir erzählt."

„Nick, das ist ja fantastisch." Sie machte eine Pause. „Und es ist alles in Ordnung? Ich meine, es ist alles legal?"

Nick musste lachen: „Ja. Es ist alles in Ordnung."

Sie umarmten sich. Bridget konnte es nicht glauben. Sollte es tatsächlich wahr sein? Alles hatte sich gelohnt.

„Und Du darfst nach Hause. Der Arzt sagt, wenn Du Dich schonst und regelmäßig zu den Kontrolluntersuchungen kommst, entlassen sie Dich."

Bridget hatte das Gefühl, ein riesiges Loch tat sich auf und drohte sie zu verschlucken. Ihr wurde plötzlich schwindlig. War das ein Glücksgefühl oder was hatte das zu bedeuten? Ihr wurde schwarz vor Augen und sie ließ sich einfach fallen.

„Bridget?" Nick rief nach ihr. „Bridget, so sag doch was."

Doch sie gab keine Antwort. Sie war ohnmächtig geworden.

Nick betätigte den Pieper und sogleich kam eine Schwester: „Was ist passiert?"

Nick antwortete: „Ich weiß nicht. Ich habe ihr eine gute Nachricht überbracht, da wurde sie ohnmächtig."

Schon kam ein Arzt herein: „Was ist los?"

Er fing sofort an, sie zu untersuchen. Die Schwester wiederholte, was Nick gesagt hatte, dann wandte sie sich an Nick: „Bitte gehen Sie hinaus."

Nick wollte Bridget nicht alleine lassen. Er hatte es versprochen: „Was ist denn mit ihr?"

Die Schwester nahm ihn jetzt beim Arm und führte ihn bestimmt zur Tür: „Wir sind gerade dabei, es herauszufinden. Bitte warten Sie draußen."

Nick ging auf den Flur. Was war da gerade passiert? Er hatte Bridget die beste Nachricht überhaupt überbracht und sie wurde ohnmächtig. Er lief aufgeregt hin und her. Da klingelte sein Handy, Agatha. Das konnte er jetzt nicht gebrauchen. Aber wenn sie anrief, war es wichtig.

„Ja."

„Nick, ich dachte, Du wolltest in die Firma kommen. Wo bist Du?"

Nick war verzweifelt: „Agatha, ich kann jetzt nicht. Bridget geht es schlecht. Ich kann hier nicht weg."

„Oh, das tut mir leid, aber ich habe die Investoren einbestellt. Der Termin ist in einer Stunde. Es sind einige schon unterwegs. Was soll ich tun?"

Nick fuhr sich mit einer Hand durch die Haare. Er rang sich durch: „Ok, ich komme. Aber vielleicht verspäte ich mich um ein paar Minuten. Halte sie solange hin."

„Gut, das schaffe ich."

Sie legten auf. Gerade ging die Tür auf und der Arzt kam heraus.

Nick ging sofort auf ihn zu: „Wie geht es ihr?"

Der Arzt konnte ihn beruhigen: „Keine Sorge. Das ist wahrscheinlich noch eine Folge der Gehirnerschütterung. Sie ist wieder wach und wir machen sogleich ein CT. Sie können zu ihr."

Nick lief eilends ins Zimmer. Bridget war wach, aber ziemlich blass.

Er ging zu ihrem Bett: „Hey."

Sie sah ihn an: „Hey, warum bist Du denn so blass?"

„Du hast mir einen Riesenschrecken eingejagt. Du bist plötzlich ohnmächtig geworden. Und außerdem solltest Du Dich mal sehen. Von wegen blass."

„Ja, das hat mir der Arzt auch gesagt. Ich habe nur gemerkt, wie mir schwarz vor den Augen wurde, dann war ich weg."

„Sie machen gleich ein CT um zu sehen, ob alles in Ordnung ist."

Sie wirkte sehr schwach: „Ich habe etwas Merkwürdiges geträumt."

„So, was denn?"

„Ich habe geträumt, dass Du gekommen bist und mir gesagt hast, dass Logan und Michael es geschafft haben. Die Vereinbarung wäre nichtig und ich wäre frei."

Nick musste lachen: „Das war kein Traum, meine Prinzessin. Das war Wirklichkeit und zwar kurz bevor Du ohnmächtig geworden bist."

Jetzt hellte sich Bridgets Miene auf: „Was? Das ist wirklich wahr?"

„Ja, aber bitte nicht wieder ohnmächtig werden."

„Oh Nick." Sie setzte sich ruckartig auf, dabei zuckte sie vor Schmerz zusammen, aber das war ihr egal. „Das ist ja wunderbar."

Sie umarmten sich. Sie hielten sich einfach fest. Dann ging die Tür auf und eine Schwester kam mit einem Pfleger herein.

„Miss Malloy", sagte der Pfleger, „wir holen sie zum CT ab."

Nick sah Bridget in die Augen und sagte: „Los, die wollen in Dein Köpfchen schauen. Und ich muss schnell in die Firma. Ich habe einen wichtigen Termin mit ein paar Investoren. Ich bin sobald wie möglich wieder da. Ist das in Ordnung?"

Bridget konnte ihr Glück kaum fassen. Sie war frei und sie konnten zusammen sein. „Ich freu mich schon auf Dich."

Sie küssten sich noch kurz, dann fuhr man sie zur Untersuchung.

126.

Bridgets Genesung machte schnelle Fortschritte. Die Ohnmacht war tatsächlich nur eine Folge der Gehirnerschütterung und die hinterließ keine Folgeschäden. Die Rippen heilten schnell zusammen. Nick durfte sie nach einer Woche Klinikaufenthalt mit nach Hause nehmen. Er quartierte sie bei seinen Eltern ein, stellte eine Krankenschwester ein und behandelte sie auch sonst wie ein rohes Ei. Anfänglich genoss Bridget die Fürsorge, doch nach ein paar Tagen wurde es ihr fast zu viel. Sie und Nick lernten sich in dieser Zeit näher kennen und ihre Liebe wuchs von Tag zu Tag. Sie stellten fest, dass sie sich für viele Themen gemeinsam begeistern konnten. Beide registrierten diese Beobachtung mit Freude und Erleichterung.

Nach ein paar Wochen fühlte sie sich wieder gesund genug und wollte nun die Reise nach England antreten. Nick riet ihr davon ab. Er hatte immer noch Angst, man würde sie nicht wieder mit ihm nach Amerika reisen lassen und versuchen sie zu vereinnahmen. Er traute diesen Engländern nicht mehr über den Weg.

Er hatte sie zur Feier ihrer Genesungsfortschritte in den Country Club Mirror Beach eingeladen. Dahin, wo alles angefangen hatte. Dieses Mal konnte sie den Abend von ganzem Herzen genießen. Sie hätte jeden Kellner umarmen können, so glücklich fühlte sie sich.

Es war ein wunderschönes Essen, der Champagner schmeckte köstlich, Nick erlaubte wegen der Medikamente nur ein Gläschen, und der Mond hielt auch sein Versprechen über dem Meer. Nick und Bridget saßen auf der Terrasse. Leise Musik wehte zu ihnen herüber. Bridget fühlte sich so glücklich, wie noch nie in ihrem Leben. Sie war frei. Frei Nick zu lieben und mit ihm zu leben.

Nick fand jetzt, dass der Zeitpunkt gekommen war. Er nahm einen Schluck Kaffee, dann sagte er: „Du bist also wirklich entschlossen, nach England zu fahren?"

Bridget spürte einen Stich in der Magengrube. Musste er jetzt, an diesem wunderbaren Abend, mit diesem Thema anfangen? Sie waren dazu unterschiedlicher Meinung und bis jetzt hatten sie sich noch nicht angenähert.

Sie sah für einen Moment auf das Meer, dann antwortete sie: „Ich möchte doch meine Familie besuchen. Valerie steckt mitten in ihren Vorbereitungen. Sie könnte ein bisschen Hilfe gebrauchen. Ich habe mit ihr telefoniert und sie wäre froh über ein wenig Unterstützung."

Nick war immer noch nicht ganz davon überzeugt, dass man sie, wenn sie wieder in England ist, in Ruhe lassen würde: „Bist Du sicher, dass man nicht erneut versuchen wird, Dich umzustimmen und nicht mehr an Dir interessiert ist? Außerdem bist Du noch nicht ganz gesund."

„Ganz sicher. Du hast das Dokument, das mich frei lässt, doch selbst gesehen. Und außerdem, mir geht es gut."

Er wirkte jetzt verstimmt. „Ich hoffe, Du weißt, was Du tust."

„Wer weiß schon, was er tut? Aber einmal muss ich es ja riskieren wieder nach England zu fahren. Jetzt schau doch nicht so schockiert." Bridget wurde jetzt sanfter: „Und ich würde mich sehr freuen, wenn Du mitkommen würdest. Ich möchte, dass Du den Rest meiner Familie kennen lernst."

Nick überlegte nur kurz. Seine Bedenken waren noch nicht verflogen, dennoch gab er sich nun versöhnlicher: „Du hast Recht. Und ich würde Deine Familie auch gerne kennen lernen. Wenn sie alle so sind, wie Du, wird es bestimmt nicht langweilig."

Bridget freute sich: „Du kommst also mit?"

„Natürlich. Ich lass Dich doch nicht alleine fahren und riskiere, dass sie Dich mir wieder wegnehmen." Jetzt wurde sein Tonfall ganz sanft. „Außerdem habe ich versprochen, Dich nicht mehr alleine zu lassen und das halte ich."

Sie lächelten sich an. Konnte jemand auf der Welt noch glücklicher sein, als sie beide an diesem Abend. Sie wusste es nicht. Bridget sah auf das Meer, sah den sich spiegelnden Mond und sagte gedankenverloren: „Es ist ein wundervoller Ort."

Nick stimmte ihr zu: „Ja, fast magisch. Und er wird vielleicht noch schöner werden."

Bridget sah ihn fragend an: „Was meinst Du?"

Nick stand auf, fasste in die Innentasche seines Jacketts und holte eine Ringschachtel heraus. Er öffnete sie, entnahm ihr einen wunderschönen Ring aus Weißgold, der einen einkarätigen Diamanten hielt.

Er kniete sich vor Bridget hin und sagte, indem er die französische Form ihres Namens benutzte: „Brigitte Madeleine de Chennoncay-Eltham, ich bitte Dich hiermit, meine Frau zu werden. Möchtest Du mir diese Ehre erweisen?"

Bridget sah ihn erstaunt an. Sie hielt eine kurze Pause. Damit hatte sie nicht gerechnet, jedoch der Moment war zu schön, als dass sie ihn einfach vorüberziehen lassen wollte. Er sollte so lange wie möglich dauern. Nick wurde es mulmig. Wieso dauerte es so lange, bis sie antwortete? Aber Bridget fand, dass sie erst jetzt wirklich die glücklichste Frau auf der ganzen Welt war.

„Ja, Nick Page, das will ich." Sie streckte ihm ihre linke Hand hin und Nick steckte ihr erleichtert den Ring an den Finger. Er passte perfekt.

„Oh, ein gutes Omen." Sagte er. Sie standen beide auf und küssten sich lange und innig. Und der Mond lächelte dazu.

ENDE

ISBN 978-3-7418-4320-4

www.epubli.de